Best Time

白马时光

JANE

重遇简·奥斯汀

AUSTEN

[英] 简·奥斯汀　著　　潘艳梅　译

百花洲文艺出版社
BAIHUAZHOU LITERATURE AND ART PRESS

图书在版编目（CIP）数据

重遇简·奥斯汀 /（英）简·奥斯汀著；潘艳梅译.
—南昌：百花洲文艺出版社，2020. 12
ISBN 978-7-5500-3869-1

Ⅰ. ①重… Ⅱ. ①简… ②潘… Ⅲ. ①英国文学－现代文学－作品综合集 Ⅳ. ①I561.15

中国版本图书馆 CIP 数据核字（2020）第 199861 号

重遇简·奥斯汀

CHONG YU JIAN AOSITING

［英］简·奥斯汀 著 潘艳梅 译

出 版 人	章华荣
出 品 人	李国靖
特约监制	王 瑜
责任编辑	刘 云 黄文尹
特约策划	王俊艳
特约编辑	王云婷
封面设计	林 丽
版式设计	赵梦菲
出版发行	百花洲文艺出版社
社 址	南昌市红谷滩世贸路 898 号博能中心 I 期 A 座 20 楼
邮 编	330038
经 销	全国新华书店
印 刷	三河市兴博印务有限公司
开 本	880mm × 1230mm 1/32
印 张	13
字 数	288 千字
版 次	2021 年 4 月第 1 版第 1 次印刷
书 号	ISBN 978-7-5500-3869-1
定 价	68.00 元

赣版权登字：05-2020-186

发行电话 0791-86895108 网 址 http://www.bhzwy.com
图书若有印装错误，影响阅读，可向承印厂联系调换。

纪念简·奥斯汀

“唯独莎士比亚和简·奥斯汀经久不衰。”

—— 埃德蒙·威尔逊

目 录
Contents

Part 1
书信体小说

Part 2
中短篇小说

Part 3

杂文及戏剧

Part 4

残　篇

Jane Austen

Part 1

书信体小说

Jane Austen

爱情与友谊

献 词

致费尔南德伯爵夫人

本小说由她谦卑的仆人撰写。

友谊受欺骗，爱情遭背叛。

信 1

伊莎贝尔致劳拉

多少次了，我反反复复地央求你跟我女儿讲讲自己生活中的奇遇和不幸，你总是说："不行，亲爱的朋友，我不能答应你的请求，除非等到我不可能再有这种可怕经历的时候。"

无疑，这样的时刻已经到来了。你现在五十五岁了，要说一个女人何时才能避开不为人喜的情人纠缠，免受倔强父亲的残酷迫害，无疑就是这个时候了。

伊莎贝尔

信 2

劳拉致伊莎贝尔

你觉得我不会再面临曾经有过的不幸，对此我虽然不敢苟同，但为了不让你觉得我太过顽固或心地不良，我愿意满足你女儿的好奇心，只望我过去遭受痛苦折磨时所表现出来的坚毅勇敢能让她从中受益，为她以后的人生之路提供帮助。

劳拉

信 3

劳拉致玛丽安娜

作为我密友的女儿，我那些不愉快的经历，估计你已经心里有数了，不过你妈妈总央求我跟你讲讲细节。

我父亲出生于爱尔兰，是威尔士的常住居民。我母亲为一位意大利歌剧演员所生，是苏格兰一位贵族的私生女。我出生在西班牙，在法国的女修道院接受教育。

我十八岁那年，父母把我叫回了威尔士的家中。我们的房子坐落在尤思科河谷一个最浪漫迷人的地方。因为经历过诸多不幸，现在的我风韵不再，但我以前可是个大美人。不过，优雅漂亮算不上什么，我精通女性独有的各种才艺，这才是我的完美之处。在修道院时，我总能走在所授的课程前头，学识惊人，很快就超越了自己的老师。

世间各种美德都集中到了我的脑海里，那里是各种高贵品质和情感的汇集地。如果说我有什么缺点的话，那就是对朋友、熟人，还有对自己遭受的痛苦太过于敏感了。哎！现在可不这样了！虽然曾有的不幸依旧记忆犹新，但我不再有以前的感觉了。我的才艺也开始退化，歌喉不如以前那么美了，舞姿也不再优雅，而且，德拉库尔小舞步我都已经忘干净了。

再见。

劳拉

信 4

劳拉致玛丽安娜

我们的邻居很少，就你妈妈一人。她很可能已经告诉过你，她在经济困难的情况下离开了父母，退隐到威尔士，以节约用钱。我们的友谊就是从这里开始的。那个时候，你妈妈伊莎贝尔二十一岁，人品和举止都很宜人（只在我们之间说说），但美貌和才艺不及我的百分之一。不过她见多识广，在伦敦最好的寄宿学校待了两年，在巴斯待过两周，在南安普敦住过一晚。

“劳拉你要提防着点，”她经常说，“提防英格兰大都市的乏味浮华和慵懒放荡，巴斯毫无意义的奢侈沉迷和南安普敦的臭鱼。”

“哎呀！”我叫道，“我怎么才能避开这些从来没接触过的邪恶呢？我又怎么可能亲历伦敦的放荡、巴斯的奢侈和南安普敦的臭鱼？我注定要把青春年华和美貌浪费在尤思科河谷一座简陋的小屋里。”

哎，那时候我没想到，我会那么快就离开那间简陋的小屋，奔向外面看似迷人的花花世界。

再见。

劳拉

信 5

劳拉致玛丽安娜

12 月的一个晚上，我正跟父母围坐在炉边说话，突然听到外面狠敲了一下门，敲的正是我们的乡间小屋，让人不由得吃了一惊。

我父亲开口道："什么声音？"

"像是有人重重敲了一下门。"母亲答道。

"肯定是的。"我叫道。

"说得没错。"父亲说，"像是有人狠狠敲了一下我们的门，这门没招谁惹谁，真是怪了。"

"是啊！"我叫道，"我想，肯定是有人想进来。"

"我不这么想。"他说，"对于别人敲门的动机，我们可不能这样妄自揣测。不过，确实有人猛敲了一下门，这个应该没错。"

这时，可怕的敲击声再次响起，打断了父亲的话，我和母亲多少有点害怕。

"我们还是别去看吧？仆人都不在。"母亲说。

"我觉得应该去看看。"我答道。

"是啊，一定要去看看。"父亲附和道。

"现在就去吗？"母亲说。

"越快越好。"父亲说。

"哦！赶紧吧。"我叫道。

第三次敲门声响起，比之前更加剧烈，震动了我们的耳膜。"我敢肯定，是有人在敲门。"母亲说。

"肯定不会错了。"父亲说。

“我想仆人已经回来了，我听到玛丽已经去应门了。”我说。

“那就太好了！”父亲叫道，“那就等着看看来人是谁吧。”

我的推断没错，玛丽应了门后很快进了屋，告诉我们，门外来了一位年轻的绅士，带着一个仆人，他们迷路了，外面很冷，希望能借炉火暖暖身。

“你没让他们进来吗？”我说。

“你不反对吧，亲爱的？”父亲说。

“一点也不反对。”母亲答道。

玛丽没等吩咐，赶紧出了屋子，速速引进来一位年轻人，向我们做了介绍，我从来没见过这么英俊友善的男子。至于那位仆人，玛丽没做介绍。

天生感情丰富的我，已经被那个陌生人的遭遇深深打动了，因此，看到他的第一眼，我就觉得，我的未来是幸福还是悲惨，一切都取决于他了。

再见。

劳拉

信 6

劳拉致玛丽安娜

那位高贵的年轻人告诉我们，他叫林赛——因为一些特殊原因，我且用塔尔伯特代替他的名字。他告诉我们，他是英国一位准男爵的儿子，母亲很多年前就去世了，有个妹妹，中等身材。“我父亲是一个卑鄙、唯利是图的坏蛋——我也只有跟你们这种可亲的挚友在一起时，才会揭一揭他的短。”他对我父亲说，“尊敬的波利多尔先生，你和你亲爱的克劳迪尔、美丽的劳拉，你们的品行让我很放心。”我们点点头。“我父亲受虚假的财富光环和空有的盛名头衔引诱，坚持让我娶多萝西娅小姐。我说我绝对不会娶她。多萝西娅小姐美丽迷人，我也没有更喜欢的女人。但是，先生，你要知道，我不屑按别人的意愿去做事！那可不行！父亲永远强迫不了我。”

听了他这段话，我们都很欣赏他的男子气概。他继续说：“爱德华爵士很吃惊，没想到自己的想法会遭到这么强烈的反对，他说：‘好了，你怎么会说这种毫无意义的胡话？我猜你是小说看多了。’我不屑地答道：‘这有损我的尊严。’我骑上自己的马，让忠实的威廉跟上，打算去找我姑妈。

“我父亲的宅邸在贝德福德郡，姑妈在米都塞克斯，虽然我觉得自己对地理还算精通，但不知道怎么搞的，我发现自己闯入了这个美丽的河谷，身在南威尔士，这个时候，我本来应该到姑妈家了的。

“我不知道该怎么走了，在尤思科河岸上彷徨了一段时间，开始为自己的命运悲叹痛苦，自怨自艾。这时天已经全黑了，天上没有一颗星星给我指引方向，如果不是从四周的幽暗中觉察出一丝遥远的火光，真不知道会发生什么样的情况。我朝火光走去，发现那是你们的炉火，令人振奋的光焰。因为身遭不幸，再加上恐惧、寒冷和饥饿，我毫不犹豫地敲了门，希望能进来，最后，总算如愿以偿了。好了，迷人的劳拉（他抓起我的手继续说），我何时才能得到你的回报呢，对你的爱慕让我痛苦难安，我渴求得到你的回报。哦，你什么时候才能回报给我呢？”

“就现在，亲爱的迷人的爱德华。”我答道。随后，我们就在父亲的见证下结为夫妻，虽然父亲从未在教堂受过教育当过牧师。

再见。

劳拉

信 7

劳拉致玛丽安娜

结婚后，我们只在尤思科河谷待了很少的几天。深情地跟父亲、母亲和伊莎贝尔告别后，我随着爱德华去了米都塞克斯他姑妈家。姑妈菲利帕无比亲切地接待了我们。我的到来让她惊讶不已，因为她不但对侄子与我结婚的事情一无所知，而且完全没想过世界上有我这么一个人。

我们到那边时，爱德华的妹妹奥古斯塔也在姑妈家。我发现她哥哥的描述很贴切——中等身材，她也像菲利帕那么惊讶，但不像她那么热情。她对待我的态度有那么一种令人不悦的冷漠和令人生畏的矜持，让我意想不到，并为此痛苦。初次见面时，她的态度中既没有亲切，也没有和善跟怜悯，话语中也显出了我们的不同。她的言辞既不暖心也没有感情，她的问候毫无生气，丝毫没有兴奋之意；她也没有张开手臂来拥抱我，虽然我紧紧拥抱了她。

无意中听到奥古斯塔与她哥哥的几句对话后，我更加不喜欢她了，而且确信她的心不是为人与人之间的爱而生的，也不是为亲密的友谊而生。

“这么草率的婚姻，你觉得父亲能容忍？”奥古斯塔说。

“奥古斯塔，”高贵的年轻人答道，“我觉得你最好跟我站在同一边，至于我的事，不管其后果和影响如何，都别想着我会屈尊来考虑父亲能否同意。奥古斯塔，你老实告诉我，自打我十五岁以后，你可曾见我考虑过他的喜好，按他的意思办过事，哪怕是最微不足道的事情？”

“爱德华，你太谦虚了点。什么十五岁以后！亲爱的哥哥，自打你五岁起，我就没见你甘心让父亲满意过。不过，只恐怕过不了多久，你就会被迫放下姿态，为你的妻子寻求爱德华爵士的慷慨资助的。”

“绝不会，奥古斯塔，我绝不会放低自己的姿态。资助！劳拉需要什么资助！能从他那里得到什么资助？”爱德华说。

“只为一些无关紧要的东西，吃的喝的。”她答道。

“吃的喝的！你觉得一个高贵的人（比如我的劳拉），除了低俗无趣的吃喝，再不需要别的？”我丈夫无比轻蔑地答道。

“据我所知，这才是最好的资助。”奥古斯塔回道。

“你从来没尝到过恋爱的痛苦和喜悦吧，奥古斯塔？”我的爱德华说，“像你这样趣味低俗又堕落的人，怎么可能为爱而活？为了你挚爱的亲人，你能不能别这样想，觉得我们幸福的生活会陷入贫困和悲惨？”

“你真好笑，我不跟你吵。不过，到时候你就知道……”

这时，来了一位十分漂亮的年轻女子，奥古斯塔后面的话我没再听到。那位女子经人引着进了我偷听的那间屋子，一听说她是“多萝西娅小姐”我赶紧离开原位，跟着她进到客厅里，因为我清楚地记得，她就是那位小姐——残酷而无情的准男爵建议爱德华娶为妻子的那一位。

多萝西娅小姐来访，对菲利帕和奥古斯塔来说再寻常不过了，但我有理由猜测（她听说了这桩婚事，也听说爱德华到这边来了），她主要的动机是来看我。

我很快发现这位小姐虽然形体优雅迷人，言辞闲适有教养，但跟奥古斯塔一样，没有细腻而温柔的情感，感知力不足。

她只待了半小时，这期间没有向我吐露任何私密想法，也没让我跟她说点什么。亲爱的玛丽安娜，你可以想象，我从多萝西娅小姐那里感觉不到任何真挚的关心和喜爱之意。

再见。

劳拉

信 8

劳拉致玛丽安娜

多萝西娅小姐离开后没多久，另一位不速之客就到了。来人是爱德华爵士，奥古斯塔向他禀报了哥哥的婚姻，毫无疑问，他是来责备儿子的，竟然不知会一声就擅自结婚。不过，爱德华已经预先知道了他的计划，因此，他一进屋，爱德华就果敢地走上前去，对他说道："爱德华爵士，我知道你此行的目的——你是来责罚我的，因为我没得到你的允许，就跟我的劳拉结成了牢不可破的婚姻。但是，先生，我为这事自豪。惹得自己的父亲很不悦，这是我最值得吹嘘的事！"

面对他的英勇行径，爱德华男爵、菲利帕和奥古斯塔陷入了沉思，没等他们反应过来，他就抓起我的手，拉着我跑出客厅，上了他父亲停在门口的马车快速离开了，让爱德华男爵无从去追。

刚开始，车夫听了命令，朝通往伦敦的路驶去，充分考虑之后，我们让他到M去，爱德华最好的朋友就在那里，只有几英里的路程。

几小时后，我们到了M，报上名字后，爱德华的朋友之妻索菲亚立刻把我们迎了进去。三周来没有碰到一个真正的朋友（我也是这么跟你妈妈说的），这时候终于见到了一个真挚的友人，我的激动之情可想而知。索菲亚中等偏高，体形优美。美丽中散发出一种倦怠的气息，但也使她更有风韵，这正是她与众不同的地方。她感情丰富细腻，我们热情相拥，发誓要做一辈子的朋友，然后就敞开心扉相互倾诉压在心底最深处的秘密。我们愉快地交谈着，直到奥古斯都（爱德华的朋友）进来才被打断。他独自散步去了，刚回来。

爱德华和奥古斯都相见，那种感人的情景我真是见所未见。

"我的生命！我的灵魂！"爱德华叫道。

"我迷人的天使！"后者说道。

两人飞奔到彼此的怀里，那种感情令索菲亚和我深受触动，先后晕倒在沙发上。

再见。

劳拉

信9

同上

当天很晚的时候，我们收到了菲利帕的来信：

你们的鲁莽离开，让爱德华爵士大为光火，他已经带着奥古斯塔回了贝德福德郡。我希望能再享受与你们相伴的时光，但又不能把你们从如此亲密、值得深交的朋友身边夺走，所以，等你们离开朋友那里时，就回到姑妈菲利帕这里来吧。

我们恰如其分地回复了这封充满爱意的来信，对她的善意邀请表示感谢，向她保证说，等我们无处可去的时候，一定去她那里。对所有通情达理的人来说，这样的答复充满感激之意，应该再让人满意不过了，但结果不知道怎么搞的，她很不高兴我们的做法，反正她是个反复无常的人。几周后，她跟一个年轻但没什么财富的猎人结婚了，也许是为了报复我们，也许是为了排解寂寞。这草率的一步（尽管我们知道她许给我们的那笔财富落空了）不会让我们的灵魂为此叹息一声，我们只是有些担心，这位轻信的新娘将迎来无尽的苦恼。得知这件事时，我们敏感的神经都受了很大触动。

奥古斯都和索菲亚恳请我们把他们的住所当成自己家，劝说之下，我们决定以后都跟他们住在一起，再不分离。有爱德华和这对友好夫妇相伴的日子，是我人生中最幸福快乐的时光。我们相处得很愉快，坦言对彼此的忠贞友谊，发誓我们之间的爱永远不改变。这段时间我们不受打扰，没有不速之客闯入，因为奥古斯都和索菲亚刚到这里时，就委婉地对周围的邻人说，他们在自己的小天地里就很幸福，不希望跟其他家庭有太多交往。但是，哎，亲爱的玛丽安娜，这样的幸福太完美，也太短暂了。没过多久，一场意料之外的打击就把所有的欢乐抹杀掉了。有关奥古斯都和索菲亚，相信我所说的一切都让你觉得，他们是世界上最幸福的夫妇了，我想我无须让你知道，他们的结合其实是有违残忍而唯利是图的父母的意愿的。父母曾极力让他们与自己憎恶的人成婚，不过都是徒劳，他们不屈不挠，其勇气令人钦佩，非常值得提一提。总之，他们二人都拒绝向专横的势力屈服。

他们秘密结婚，无畏地冲开父母的束缚，决定永不放弃自己的主张，不接受双方父亲的任何和解建议，愿意自己努力，尊贵而独立地活着，虽然他们从不曾独立过。我们前去拜访时，他们刚结婚几个月，这期间他们资金充足，因为奥古斯都从那位不足为道的父亲的写字桌上偷了一大笔钱，就在跟索菲亚结婚前几天。

我们到来后，花费大增，尽管他们想方设法来补救，但还是快掏空了。然而，他们是那么高贵的人儿啊！不屑表露自己在金钱上的困窘，想到还债就会脸红。哎！这么无私的行为，他们得到了什么样的回报呢！英俊的奥古斯都被抓起来了，我们都破灭了。最最亲爱的玛丽安娜，施害者的残忍和背信弃义会让天性柔善的你震撼不已，就如同当初的爱德华、索菲亚、奥古斯都和我一样，我们娇弱的情感都受到了巨大打击。这空前绝后的暴行还不止于此，我们接到通知，说很快要来家里执法。天哪！我们能怎样呢！只能唉声叹气地晕倒在沙发上。

再见。

劳拉

信 10

劳拉续

这场灾难让我们一蹶不振，稍稍缓和了一些后，爱德华准备去探望监狱里的朋友，对他的厄运表达哀叹之意，他让我们在这期间考虑一下，该怎么迈出第一步，摆脱不幸的状态。我们答应会考虑的，他就动身去了伦敦。他不在的时候，我们按他的意思做了，深思熟虑之后，我们一致认为，最好的办法是离开这所房子。因为在这里，我们无时无刻不想着执行官员可能会来接手房子。我们焦虑不安地等着爱德华回来，想告诉他我们商议的结果。但是，爱德华没有回来。我们在沉闷中数着时间度日，悲叹哭泣，但一切都是徒劳，爱德华没有回来。对我们敏感的神经来说，这样的打击太残酷了，太出乎意料了，我们承受不了，只能晕倒过去。思来想去之后，我终于做了决定，站起身来，为索菲亚和自己收拾了必要的行装，拽着她上了一辆雇来的马车，朝伦敦而去。奥古斯都的住处离城区不到十二英里，因此，没多久我们就到了伦敦。一进入霍尔本区，我们就拉下前面的一扇玻璃，询问每一个看似体面的路人，问他们是否看到了我的爱德华。

但是，我们的马车驶得太快，我反复询问，却没时间等他们回答，我一点也没得到有关爱德华的消息。“要上哪儿去？”车夫问。“去纽盖特青年监狱。”我答道，“去看奥古斯都。”“哦，不，不。”索菲亚叫道，“我不能去纽盖特，看到奥古斯都被残忍地关起来，我会受不了的——光看他那些悲苦描述，我就已经够震撼了。”我表示赞同，她的情绪确实不宜去监狱探望奥古斯都，于是指挥车夫回到了乡下。最最亲爱的玛丽安娜，你可能多少有些奇怪，在当时那种困境之下，孤苦贫穷，没有住处，我怎么会不想着回到父母身边，回到尤思科河谷的小屋。其实不是我不想，而是，哎，我有必要告诉你一些之前没提到的情况，我要说的是，我离开后没几周，父母就去世了。他们去世后，我成了房子和财富的合法继承人。但是，哎呀！那房子本来就不是他们的，至于财富，他们每年的收入只够自己生活。世界就是这么残酷！至于你母亲，我本来也可以高高兴兴地回到她身边，把美丽的索菲亚介绍给她，在尤思科河谷宜人的生活圈里度过下半生，但这喜人的计划也落空了，因为你母亲结婚了，去了遥远的爱尔兰。

再见。

劳拉

信 11

劳拉续

我们离开伦敦时，索菲亚对我说："我在苏格兰有个亲戚，相信他会接纳我们的，丝毫都不会犹豫。""那我让车夫往那边走吗？"我说，突然又反应过来，惊叫道，"天哪，恐怕路太远，马到不了。"因为自己对马的力气和本领了解不足，我向车夫咨询了一下，他完全赞同我的观点。因此，我们决定到下一座城时，换一辆马车，乘驿马车完成后面的旅途。我们到达最后一个停歇的客栈时，距离索菲亚的亲戚家只有几英里了，因为不想做不速之客鲁莽闯入，我们给他写了一张措辞简洁漂亮的便条，说明了我们的贫困和悲苦境地，希望在苏格兰跟他住上几个月。

信刚寄出去，我们就打算马上跟着前去。正上马车时，一辆加冕四轮马车进了客栈院子，吸引了我们的目光。马车上下来一位年纪较大的绅士，一看到他，我就觉得心里一震，细看之后，心中顿时涌起一股暖流——他是我的外祖父。确认自己没猜错后，我赶紧下了马车，那位可敬的陌生人已经进了屋子，我跟了进去，双膝跪倒在他跟前，恳请他好好看看我，我是他的外孙女。他吃了一惊，仔细看了我的相貌后，把我从地上扶起，慈爱地拥着我的脖子，大声说道："我认出来了！没错，跟我的劳里纳长得很像，跟我们的女儿克劳迪尔也很像，外形甜美，跟你妈妈和外祖母一样。没错，你是劳里纳的外孙女，克劳迪尔的女儿。"他正深情地拥抱我时，索菲亚发现我突然离开了，惊讶不已，赶紧进屋来找我。这位尊贵的老人刚看到她，就惊讶地叫了起来："又来了一个外孙女！没错没错，你是劳里纳大女儿的孩子，跟美丽的玛蒂尔达长得很像，这就是最好的证明了。""哎呀！"索菲亚答道，"我第一眼看到您，就在心里说我们应该是亲戚——但究竟是哪边的亲戚，我也不敢确定。"他张开双臂拥抱了她，这时屋门开了，进来一个无比英俊的年轻男子。一见到他，圣克莱尔勋爵就吃了一惊，往后退了几步，高举着手说道："又一个外孙！这也太出乎人意料了！三分钟之内发现了这么多后人！我相信这是费兰德，劳里纳第三个女儿——美丽的贝莎的儿子。如果古斯塔夫斯也出现，那劳里纳的孙男孙女就全到场了。"

"我在这儿呢，"一个优雅的年轻人说道，他刚刚进屋子，"我就是你要见的古斯塔夫斯，是劳里纳第四个，也是最小一个女儿阿加莎的儿子。""一点也没错。"圣克莱尔勋爵答道，"但是，快说说（紧紧地盯着门），说说这屋里还有谁是我的外孙。""没有了，大人。""我给你们点费用，马上——这里有些纸币，一人五十英镑，拿去吧，记着，我已经尽了做外祖父的责任了。"随后，他迅速离开屋子，消失在房屋后头。

再见。

劳拉

信 12

劳拉续

圣克莱尔勋爵突然离开，你可以想见我们有多惊讶。“外祖父真不体面！”索菲亚叫道。“有失身份！”我说。这时，我们俩晕倒在彼此的怀里。晕倒了多久我们也不知道，醒过来时，发现屋子里只剩下我们俩了，没有古斯塔夫斯和费兰德的踪影，纸币也不见了。我们正悲叹命运不济时，门开了，有人喊道：“麦克唐纳来了。”来者正是索菲亚的表兄。他收到便条后就立即赶来了，真令人欣慰，因此，我十分喜欢他，从见到他的第一眼，就认定他是一位温和、悲悯的朋友。哎！其实他根本不是——因为，虽然他嘴里说为我们的不幸担忧，但照他的说法，这些事不会让他哀叹一声，也不会为此而诅咒带给我们不幸的扫帚星。他告诉索菲亚，女儿正在麦克唐纳宅邸等着我们回去，又说他很高兴见到我——自己表妹的朋友。

到了麦克唐纳宅邸，他女儿珍妮塔和房子的女主人非常友善地接待了我们。珍妮塔当时才十五岁，天性聪颖，有一颗敏感驿动的心，充满怜悯之情。她那些高贵的品质本应得到鼓励的，那是人性的美丽光华，可不幸的是，她父亲没有那么高贵的灵魂来欣赏她这些美好的品质，多年来一直想尽办法抑制其增长。事实上，他已经抹杀了她天生高贵的情感，劝她接受了自己推荐的一个年轻男子的求婚，过不了几个月他们就要结婚了。我们到家时，那个年轻人格雷姆也在场。他人品如何，我们很快就看出来了，麦克唐纳挑选的，能是什么好人呢？他们说他睿智、见多识广、令人愉快，我们不想自以为是地对这些琐事进行评判，但我们相信他没有内涵，他从来没读过《少年维特之烦恼》，头发没有一点赤褐色。可以肯定的是，珍妮塔对他没有任何爱意，至少对他没有感觉。他是她父亲挑选的人，这一点让他变得特别令人讨厌，即便其他各方面都配得上她，但光是这一点，就足以让珍妮塔的眼里写满了对他的抗拒之意。

考虑到这些，我们决定让珍妮塔认清事实。像她这么天性聪颖的人，我们的劝说肯定能成功，只需让她相信自己的观点，适当摒弃父亲的想法，她就会知道，在这件事上，自己全错了。一切如愿以偿，我们没费什么劲就让她相信，她不可能爱格雷姆，决不能遵从父亲的意愿。只是，我们说她爱的肯定另有其人时，她显得犹豫不决。有一段时间，她坚持说没有哪个年轻人让她觉得有一丝爱意。但我们认定这不可能后，她又说，跟其他人相比，她觉得自己更喜欢麦肯里上尉一些。她的坦白让我们很满意，等她列举了麦肯里的好品质之后，我们确信，她非常爱他，只想知道，他是否以某种方式透露过对她的爱意。

“到目前为止，没有透露过，我没有理由觉得他对我有什么感觉。”珍妮塔说。“他爱慕你，这是肯定的。爱恋都是相互的。他是否曾深情地凝望过你——温柔地握着你的手——无意间落下泪来——然后突然离开房间？”索菲亚说。“印象中没有——他总是拜访结束后才离开屋子，从来没有突然离开，或是不鞠躬就离开。”珍妮塔说。“亲爱的，你肯定搞错了——因为，他离开你时，不可能没有过迷茫、失望和仓皇。珍妮塔，好好想想，你确定他每次都鞠躬，言行与其他人没什么不同，这是不太可能的。”我说。这一点也得到了满意答复后，我们开始考虑，应该以什么样的方式告知麦肯里，珍妮塔对他的爱慕之情……最后，我们决定给他写一封匿名信，索菲亚执笔，内容如下：

哦！珍妮塔的梦中人，你多幸福啊！你占据了她的心，注定要与她牵手白头，为何迟迟不肯坦白对她的爱意？哎，想想吧，几周后，你的希望都将破灭，她将不幸地成为父亲残酷行为的牺牲品，嫁给令人讨厌的格雷姆。哎呀，你怎么这么残忍，竟纵容这样的悲剧发生在她身上，为何迟迟不肯执行那个在你心中酝酿已久的计划？只有秘密结婚，才能挽救你们两人的幸福。

那个迷人的麦肯里收到这张便条后，立即乘着爱的翅膀到了麦克唐纳宅邸，热切表达了对珍妮塔的爱慕之情。后来我们才知道，他是因为太害羞，所以一直将自己的炽热感情藏了起来。几次私会之后，索菲亚和我心满意足地看着他们私奔去了“逃婚小镇”①，选择在那里举办婚礼。虽然离麦克唐纳宅邸有些远，但其他地方他们都不喜欢。

再见。

劳拉

信 13

劳拉续

他们走了大约两小时，麦克唐纳和格雷姆才产生了怀疑。而且，如果不是出了点小事故，他们应该还意识不到。一天，索菲亚无意间用自

①逃婚小镇，即格雷特纳格林。18 世纪时，英格兰与苏格兰法定结婚年龄不同，英格兰是男二十二岁、女二十岁，苏格兰则是男二十岁、女十八岁，一些热恋的青年男女想早点结婚，就会逃到这个边境小镇来。现在是世界上最有名的婚礼举办地之一。

己的钥匙打开了麦克唐纳藏书室的一个私密抽屉，发现那是麦克唐纳放文件的地方，其中还有几张纸币，价值不菲。她把这一发现告诉了我，我们一致认为，像麦克唐纳这么卑鄙邪恶的人，让他丢些钱财也不为过，或许他的钱并非正常渠道所得。所以，我们决定，下次如果从那里经过，就从那个抽屉里拿一两张纸币，我或者她来拿都行。这个周密的计划成功执行了好几次，但是，哎呀，就在珍妮塔私奔的那一天，索菲亚正从抽屉里移出第五张纸币放入自己的钱包时，麦克唐纳突然鲁莽地闯了进来。索菲亚（虽然出于女性的尊贵，自然而然地表现出种种情况所需的迷人甜蜜）赶紧露出冷峻的面孔，朝这个胆大妄为的入侵者皱起眉头，傲然问道："怎么这么鲁莽地进来，打扰我休息。"麦克唐纳脸不红心不跳，甚至没有为自己的行为开脱，而是奋力指责索菲亚无耻地偷自己的钱。

这话损伤了索菲亚的尊严。"卑鄙小人！"她叫道，迅速把纸币放回抽屉，"你竟敢这样指责我，我做了什么需要脸红？"那个坏蛋不信，继续无礼地责骂义正词严的索菲亚。终于，他严重激怒了索菲亚，让她抛开了天性的温柔甜蜜，为了报复他，告诉了他珍妮塔已经私奔了，而且我们积极参与了这件事。他们正争吵时，我进了藏书室，听到麦克唐纳恶毒而毫无依据的指责，我自然和索菲亚一样愤怒。"大恶棍！"我叫道，"你怎么可以这样无休止地玷污这样一个高贵之人的清白名声？你为何不怀疑我呢？""我的确怀疑你，心满意足了吧，女士。"他说，"而且，我要你们赶紧离开这个家，半小时之内。"

"我们很高兴走。"索菲亚回答说，"心里早就讨厌你了，在你屋檐下待了这么久，全是因为跟你女儿的友谊。"

"你们真是我女儿的好朋友啊，好到把她送入了一个毫无原则、只求财富的人手里。”他答道。

“是啊！”我大声说道，“在这种种不幸中，仔细想想，唯一可以让我们感到安慰的就是，因为帮了珍妮塔，我们从他父亲那里得到的恩惠也算还清了。”

“在你们这些得意的人看来，我确实应该感激涕零了。”他说。

我们收拾好衣物和贵重物品，立即离开了麦克唐纳宅邸，走了大概一英里半，瘫坐在一条清澈透明的溪流边上，想歇一歇疲惫的双脚。那个地方很适合沉思。东边有一片茂盛的榆树林挡住了我们，西边还有一片很高的荨麻，跟前有溪水汩汩流淌，身后有一条收费公路。我们陷入了沉思，很享受这样的美景。有一段时间，我们俩都沉默着，终于，我大声打破了沉寂："多美的景色啊！为何爱德华和奥古斯都不能跟我们一起欣赏呢？”

“哎！我亲爱的劳拉，”索菲亚哭道，“发发慈悲吧，别再让我想那下了监狱的丈夫，别让我想他的不幸了。天哪，我怎么没去打听打听奥古斯都的命运呢，他是否还在纽盖特，是否判了刑。只是，到现在为止，我还是没办法战胜自己敏感的神经，没办法去打听他的情况。哎呀，求你别让我再听到爱人的名字。太让人难过了。听到有人提他，我就觉得情感上受不了。”

“对不起，索菲亚，我不是故意让你难过的。”我说着转换了话题，让她好好欣赏为我们挡住东风的榆树，多么高贵华美啊。“哎呀！亲爱的劳拉，”她回答说，“求你别谈这种伤感的话题，别再让我看这些美丽的榆树，这会刺激到我的神经，让我想起奥古斯都。他喜欢高大的榆树——也像你刚才那样赞美榆树，说它们高贵又华美。”

我不再说话，担心不管我说什么，都会让她再度想起奥古斯都，不小心刺痛她。

“我的劳拉，你怎么不说话了？”短暂沉默了一会儿后，她问道，“我没办法忍受这样的沉默，这会让我陷在自己的思绪里，满脑子都是奥古斯都。”

“天空真美！蔚蓝蔚蓝的，太迷人了，还有美妙的白色条纹映衬。”我说。

“哦！我的劳拉，”她望了一眼天空后，赶紧收回了目光，“别再伤害我了，别让我看这种东西，太残忍了，会让我想起奥古斯都那件白条纹的蓝色绸缎马甲！可怜可怜你这位不幸的朋友吧，别再说这种让人痛苦的话题了。”

我还能做什么呢？此刻，索菲亚的感情是那么敏感脆弱，她对奥古斯都的柔情让人如此心酸，我没勇气再挑起别的话题，只怕会以某种想象不到的方式刺激到她的神经，让她想起自己的丈夫。但是，沉默也是那么残忍，她恳请我快说话。

我正左右为难的时候，一场事故发生了，来得真够巧的。那是一位绅士的敞篷马车，正轱辘辘地从我们身后的小路上经过时，翻倒了。这场事故来得正是时候，因为这分散了索菲亚的注意力，让她从先前忧郁的冥想中挣脱了出来。我们快速离开坐的地方，跑去营救车里的人，他们刚才还高高地坐在时髦的敞篷车上，瞬间就倾倒在地，躺在了灰尘中。“人世飘忽无常，就像这辆敞篷车，就像那个红衣主教沃尔西[①]。”我们匆匆跑向事发现场时，我对索菲亚说。

索菲亚没有时间跟我说话，脑子里全被眼前的可怕场景占据了。首

①沃尔西（约1475—1530），英国的政治家和红衣主教，英王亨利八世的大法官和主理国务的大臣。

先映入我们眼帘的是两位绅士，衣着优雅但被血染透了——我们走了过去——他们是爱德华和奥古斯都。亲爱的玛丽安娜，他们是我们的丈夫。索菲亚尖叫着晕倒在地，我大叫后发了狂。后来的几分钟，我们都没了知觉，恢复后又再度丧失。大概有一小时一刻钟的时间，我们都处在这种不幸的状态中——索菲亚不停地晕倒，我反复发狂。终于，倒霉的爱德华呻吟了一声（唯独他还残留着一线生机），让我们清醒了过来。如果之前想到他们俩还有人活着，我们肯定不会这么悲伤——但是，刚看到他们，我们就觉得他们已经死了，不知道该怎么做，只能任由情绪失控。听到爱德华的呻吟后，我们立即抑制住悲伤，快速跑到亲爱的人儿身旁，一人跪在一边，祈求他一定要活下来。“劳拉，”他盯着我，无精打采的，“恐怕我是从车上翻下来了。”

发现他还清醒着，我喜不自胜。“哎呀！爱德华，告诉我，求你一定要在死前告诉我，那个不幸的日子，奥古斯都被抓走，你我分别之后，到底发生了什么事？”我说。

“我会的。”他说着深深地叹了一声，断气了。索菲亚随即昏倒。我则悲痛地乱喊乱叫，声音在颤抖，双眼一片茫然，面如死灰，感觉麻木。

“不要跟我提敞篷车。”我语无伦次，发了疯似的胡乱说道，“给我一把小提琴，我要为他演奏，抚慰他的忧伤——美丽的少女们，要当心丘比特的闪电，避开朱庇特的利箭——瞧那片杉树林子——我看到了一只羊腿——他们说爱德华没死，他们骗人——他们把他当成了胡瓜。”我就这样不断地大声说着，哀悼我的爱德华。整整两小时，我疯狂地说着胡话，如果不是索菲亚从昏迷中醒来，让我想想天就要黑了，湿气越来越重，我不会离开那里的，因为我一点也不觉得累。“我们到哪儿去呢，哪里能有我们的避难所？”我说。“去那间白色小屋。”她指着一座整洁的房屋说道，那屋子隐隐从榆树林间露出来，我先前没有看到。

她这个主意我赞同，于是，两人立即动身走了过去。敲了门，开门的是一位老妇人，我们央求她让我们寄宿一晚。她说她的房子很小，只有两个卧室，不过，可以让我们住其中一间，欢迎我们进来。我们心满意足地跟着这位好妇人进了屋，高兴地看到了炉火，多么温暖。她是个寡妇，只有一个女儿，刚刚十七岁，正处在最美的年华。但是，哎呀，她是个再普通不过的女孩，名字叫布丽姬特……对她不必有什么期待，她既没有崇高的思想，也没有细腻的情感或良好的感知力。她无非就是这样一个年轻女孩，脾气还算好，行事文明，乐于助人。我们算不上讨厌这里，唯独觉得瞧不上她。

再见。

劳拉

信 14

劳拉续

我亲爱的小朋友，用你所有的人生哲学把自己武装起来，把你所有的坚毅都拿出来吧。因为，哎呀，阅读下面的文字时，你的神经会绷得很紧。啊！之前经历过的不幸，都告诉你了，可厄运远不止这些呢。我父母和丈夫的死简直让天性敏感的我无法承受，但跟下面我要讲的事情一比，那都微不足道了。我们住进小屋后的第二天早晨，索菲亚抱怨自己纤细的双腿疼得太厉害，而且还伴有恼人的头痛，她认为是感冒了，因为头天晚上降露时她在户外频频晕倒。我想很可能就是这个原因了，不然还能有什么解释呢。我本来也可能出现同样的不适，但因为我一阵阵发疯，身体一直在活动，血是暖的，循环通畅，所以能抵挡住夜间的湿气，而索菲亚完全躺在地上不动，所以病得很重。她的病让我惊恐不安，对你来说，这样的病可能微不足道，但我有种直觉，这会要了她的命。

哎呀！我的恐惧不无道理，她越来越虚弱，让我一天比一天担忧。终于，她卧床不起，只能躺在好心的房东分拨给我们的床上了。疾病很快拖垮了她，没过几天，她就去世了。沉痛哀悼她的同时（那种痛苦你尽可以去想象），我唯一觉得有点安慰的是，她生病的这段时间，我一直在全心全意地照顾她。我每天都为她流泪——泪水湿透了她甜美的脸蛋，总把她漂亮的双手放我手心里。“我亲爱的劳拉，”死前几小时，她对我说，“我这样的不幸结局，是个教训，你要记住，不要像我这么鲁莽，要不然也不会这样……要谨防昏倒……虽然能恢复清醒，摆脱不适。但是，相信我，如果太频繁，而且季节不适，终将会对你的身体造成毁灭……看看我的命运，你就知道了。因为失去奥古斯都，我备受痛苦折磨，一场灾难性的昏厥要了我的命。要谨防昏倒，亲爱的劳拉……发狂的危害性不及昏厥的四分之一；如果不是太剧烈，那是身体的一种运动，我敢说，其结果对健康是有益的——如果能选择，就尽可能发狂，不要晕倒……”这是她最后对我说的话，是她对备受折磨的劳拉的临终劝告，而劳拉谨遵了她的遗言。

沉痛埋葬了过早归西的朋友后，我随即（尽管已经夜深了）离开了那个令人讨厌的村子，索菲亚死在那里，我的丈夫和奥古斯都也命丧附近。没走几码远，一辆马车超到了我的前头，我赶紧上了马车，决定去爱丁堡，希望那边某个富有同情心的朋友能收留我，抚慰我的伤痛。

天太黑了，进了马车后，我看不出上面有几名乘客，只知道人很多。我对他们毫不关心，只沉浸在自己悲痛的思绪中。车里一片沉寂，打破这种沉寂的只有某人的呼噜声，声响很大，反反复复。那男人肯定是个文盲恶棍！我在心里想着，太没教养了，怎么能发出这种噪声，弄得人心烦意乱，难以忍受！我相信，他肯定有各种恶行！对这样的人来说，犯什么样的罪都不足为奇！我心里这么琢磨着，觉得其他乘客肯定也有同样的想法。

终于，天亮了，我看到了那个不断惊扰我感情的无耻之徒。他竟然是爱德华男爵，我已故丈夫的父亲。坐在他旁边的是奥古斯塔，而我的旁边，坐着你妈妈和多萝西娅小姐。身在这么多熟人中间，我的惊讶之情可想而知。我目瞪口呆，可令人惊讶的还不止这些，我朝窗外一望，竟看到了菲利帕的丈夫，旁边正是菲利帕，他们坐在马车夫的位子上；再往身后望去，只见费兰德和古斯塔夫斯坐在车后座上。“哎呀！天哪！”我大叫道，“这不可能，我周围怎么会有这么多亲戚朋友？太不可思议了！”这话惊动了所有人，他们都朝我坐的角落望了过来。“哎呀！我的伊莎贝尔（我隔着多萝西娅小姐，投入她的怀抱），抱抱你可怜的劳拉吧。天哪！上次跟你在尤思科河谷分别时，我刚刚跟爱德华结婚，那时候多么幸福，父母也还健在，我还不知道什么叫不幸——可现在，我的朋友都没了，只剩你一个了——”

“什么！”奥古斯塔打断我说道，“这么说我哥哥死了？拜托，快告诉我们，他出了什么事？”

“是啊，冷酷无情的少女，”我回答说，“你那个不幸的哥哥，已经不在人世了，你现在恐怕很高兴吧，你成为爱德华男爵的财富继承人了。”

自从那天无意中听到她与爱德华的对话后，我就一直看不起她，但我还是礼貌地答应了她和爱德华爵士的请求，同意把这件不幸的事情完完整整地说一遍。听完这件悲惨的事后，就连冷酷的爱德华爵士和麻木不仁的奥古斯塔都大为震撼，悲痛不已。应你妈妈的请求，我把分别之后的所有不幸都讲了出来。奥古斯都被投入监狱，爱德华失踪了——我们去了苏格兰，意外地遇见外祖父和表兄们，还有，我们去了麦克唐纳宅邸，为珍妮塔做了一件好事——她父亲恩将仇报，做法残忍，妄自怀疑，还野蛮地对待我们，逼着我们离开了他家——我们失去了爱德华和奥古斯都，哀痛不已——后来，我最最亲爱的朋友也去世了。

我讲述的过程中，你妈妈的脸上写满了同情和惊讶，但不无遗憾的是，向来不够感性的她，一直让后一种表情占了上风。在经历这些不幸的过程中，我的行为一点过失都没有，她却试图挑出我在种种情况下的错误来。我自己是个明智的人，行为举止都反映出我高贵的情感和优雅的气质，她说什么，我基本没理会，只请她满足一下我的好奇心，告诉我她怎么会在这里，别再用无理的指责来损伤我的清誉。她立即满足了我的愿望，详细讲了分别之后的各种遭遇（你若不了解详情，你妈妈会告诉你的）。我也要求奥古斯塔讲了她自己、爱德华爵士和多萝西娅小姐的情况。

她告诉我，因为酷爱大自然的壮美，热切想去看看世界各地的美景，吉尔平高地之行深深吸引了她，她说服父亲一同前往苏格兰旅游，并要求多萝西娅小姐同行。几天前他们到了爱丁堡，每天都坐着公共马车到乡间旅行，此时他们正远足归来。随后，我问到了菲利帕和她丈夫的情况，得知她的财富已经让丈夫全部耗完了，现在靠丈夫驾车为生，这是他最擅长的技能。他们把所有东西都卖掉了，只剩下那辆四轮马车，将其改装成公共马车后，为了远离以前的熟人，驾着车去了爱丁堡，隔天往斯特林跑一次。菲利帕仍然深爱这个没良心的丈夫，跟着他去了苏格兰，总在去往斯特林的途中陪着他。“我们到苏格兰后，父亲一直乘他们的马车欣赏乡村美景，只是为了往他们的口袋里塞点钱——不过，对我们来说，挤在令人不适的公共马车里，隔天往返爱丁堡和斯特林一次，当然没有乘坐驿马车观览高地舒服了。”奥古斯塔说道。

要说这事，我完全赞同她的观点，暗自责备爱德华爵士为了一个愚蠢可笑的老妇人牺牲了自己女儿的快乐，而这个老妇人愚蠢地嫁给了一个如此年轻的男人，理应受到惩罚。不过，想到他平日的性格，这次的行为什么都说明不了，因为像他这样没感情没同情心，还大声打呼噜的人，你能从他那儿指望什么。

再见。

劳拉

信 15

劳拉续

到了享用早餐的那座城时，我决定跟费兰德和古斯塔夫斯谈谈，所以速速离开车厢，去了后座厢，温和地询问他们的健康状况，表明我担心他们的位子不太舒服。一开始，我的出现让他们混乱不安，害怕我会让他们说明外祖父留给我但被人夺走的钱到哪儿去了，发现我根本不提这回事后，他们让我也上后座去，方便交谈。于是，我坐了过去，其余的人都在大口大口地喝绿茶，吃黄油面包，我们则开诚布公地说开了，谈吐优雅，情感丰富。我跟他们讲了生命中的种种遭遇，应我的要求，他们也讲述了遇到的各种事情。

“你已经知道了，圣克莱尔勋爵跟一个意大利歌剧演员劳里纳生过几个女儿，我们是最小那两个女儿的儿子。我们的父亲是谁，两个母亲都搞不清楚，只是大致上认为，费兰德是砖匠菲利普·琼斯的儿子，我是爱丁堡一个叫格雷戈里·斯塔夫斯的束身衣作坊主的儿子。不过，这都无关紧要了，因为我俩的母亲都不曾跟他们结过婚，因此对我们古老而清白的血统没什么玷污。贝莎（费兰德的母亲）和阿加莎（我母亲）一直住在一起，她们俩都不富裕，两个人最初的财富加起来也只有九千英镑。她俩一直靠这点财富为生，等到我们十五岁时，只剩下九百英镑了。她们一直把这九百英镑放在客厅一张桌子的抽屉里，方便随时取用。或许是因为钱太方便拿走，或许是因为想要独立，又或许是因为太聪明（我们一直都比别人聪明），我现在也不知道了，总之，十五岁那年，我们拿了那九百英镑，离家出走了。

“怀揣战利品，我们决定节约开支，决不胡乱花钱，也不铺张浪费。因此，我们将钱分放在九个小包里，第一包用来买吃的，第二包买喝的，第三包用于家务管理，第四包买马车，第五包买马，第六包雇用仆人，第七包用于娱乐，第八包买衣服，第九包买银扣。就这样，做好两个月的花销安排后（我们希望这九百英镑尽可能用得久一些），我们迅速去了伦敦，用了七周零一天就到了，比预期早到了六天，很幸运。钱花光了，我们免去了带着钱的烦恼，开始想着回到母亲身旁，却意外得知她们俩都饿死了。所以，我们放弃了回家的打算，决定到某个巡回演出剧团当演员，因为我们很有舞台天赋。有一家剧团看过我们的表演后接纳了我们，这个剧团很小，只有经理和他妻子，加上我们俩，再无别人。付钱看戏的人更少，没人看是因为我们能演的戏太少，没有那么多人来演各种角色。不过，我们不怕被嘲笑。我们演得最好的是《麦克白》，可谓演绎得尽善尽美。经理总是演班柯，他妻子演麦克白夫人。我演三个女巫，其余人都由费兰德来演。老实说，这是我们演得最好，也是唯一演过的一出戏。

“在整个英格兰和威尔士巡演完之后，我们到了苏格兰，将这部戏剧带到了大不列颠的各片土壤。遇见你们和外祖父的那天，我们也碰巧在那座城里。外祖父的马车进来时，我们正在客栈的院子里，从他身上的纹章我们就知道，圣克莱尔勋爵是我们的外祖父，我们决定公开这段亲缘关系，极力想从他那里捞点油水。结果很成功，你知道的。得了两百英镑后，我们就迅速离开了那座城，让经理和他妻子自己演《麦克白》去。我们奔斯特林而去，在那里花天酒地，很快就挥霍掉了这笔财产。现在，我们正返回爱丁堡，打算靠演出升官发财。亲爱的表姐，这就是我们的经历。”

我谢过这位英俊的年轻人，他的讲述令人愉快，祝愿他们幸福顺利，然后就离开他们，回到了焦虑地等着我的朋友身边。

亲爱的玛丽安娜，至此，我的传奇故事已经接近尾声了，至少目前来说是这样了。

我们到爱丁堡后，爱德华爵士说，既然我是他儿子的遗孀，他愿意每年给我四百英镑，问我是否接受。我庄重地表示我愿意接受，但忍不住觉得，那个毫无同情心的男爵之所以有此意，仅仅因为我是爱德华的遗孀，并非因为我是美丽优雅的劳拉。

我在苏格兰高地一个迷人的村庄安了家，直到今天都没有离开，这里没有莫名的访客打扰，我任凭自己沉浸在忧郁和孤单里，为父母、丈夫和友人的死哀痛不已。

奥古斯塔嫁给了格雷姆，对她来说真是再合适不过的一个男人了，她是在苏格兰时认识他的。

爱德华爵士希望有人来继承自己的爵位和财产，因此娶了多萝西娅小姐，愿望成真了。

费兰德和古斯塔夫斯通过演出在爱丁堡的戏剧界赢得了名声，后来去了科芬园，依旧以演出为生，化名卢维斯和快克。

菲利帕撒手归西了，她丈夫仍旧驾着公共马车在爱丁堡和斯特林之间往返。

再见，我最亲爱的玛丽安娜。

劳拉

1790 年 6 月 13 日

苏珊夫人

信 1

苏珊·弗农致弗农先生

写于兰福德，12 月

亲爱的弟弟：

上次分别时，你邀请我到教堂山共度几周，好意难却，只望你和夫人方便接待，容我几天后登门拜访，与仰慕已久的弟妹相识。这里的好友都十分不愿意放我离去，但对我目前的心境来说，他们太过热情奔放，社交活动也太多了。所以，我热切希望能到你府上，与你们共享快乐的隐逸生活。我迫切想见到你们可爱的孩子们，希望能在他们心里占有一席之地。这一次，我要把所有的勇气都拿出来了，因为我就要与自己的女儿分离。她父亲常年生病，致使我无力关照她，履行对她的义务，而且，我有足够的理由相信，照顾她的家庭女教师也不尽责。因此，我决定把她安排到城里最好的私立学校，我可以在去你那儿的途中送她入学。我都已经安排好了，只希望教堂山不要拒绝我。如果你不接待我，将是我一生中最大的痛苦。

你充满感激和爱意的嫂嫂

苏珊·弗农

信2

苏珊·弗农致约翰逊夫人

写于兰福德

亲爱的艾莉西亚：

你以为我会留在这儿过完一冬，但你错了。我很伤心地告诉你，你大错特错了。刚刚过去的三个月，我度过了人生中少有的欢乐时光。只是现在什么都不顺了。家里的女性都联合起来对付我。我刚到兰福德时，你就预先知道会是什么样子，曼瓦林高兴极了，但我不能不有所顾虑。刚刚进入这个家时，我对自己说："我喜欢这个男人，老天保佑，这没什么危害。"我决定谨慎一些，好好记着自己是个寡妇，刚刚丧夫四个月，而且，我要尽量少说话——亲爱的，我一直都是这么做的，只让曼瓦林一人关注我。

我避开了各种常有的挑逗，没把任何人区别看待，詹姆斯·马丁先生除外，我稍稍注意了他，是为了将他跟曼瓦林小姐分开。但是，如果大家知道我的动机，肯定会对我产生敬意的。都说我是个冷酷的母亲，可我之所以这么做，全是受神圣母爱的驱使，全是为了我的女儿。如果不是女儿蠢到了极点，我的付出肯定早有回报了。詹姆斯确实向我提过亲，想迎娶我的女儿费雷德丽卡，可费雷德丽卡天生就是为了折磨我似的，竟断然拒绝了这段婚约，目前这事只能搁置一边了。

我曾经不止一次感到懊恼自己怎么没嫁给他呢，如果不是他羸弱成那样，我肯定会嫁给他的。不过，在这方面，我更像个浪漫主义者，光是富裕满足不了我。

詹姆斯走了，玛利亚·曼瓦林气坏了，曼瓦林夫人也对我心生妒忌，可以说是又妒又恼，大动肝火，所以，她会擅自诉诸监护人，我也一点都不感到惊讶——不过，这次你丈夫站在了我这边，对她的婚姻永不再管了，这可真是他这辈子做过的最友善、最讨人喜欢的事了。我希望你能让他保持怨愤才好。现在的情况真令人悲哀，没有哪个家庭会像我们这样，一下子发生这么的大变故，整个家庭都燃起了战火，曼瓦林简直不敢和我说话了。

是走的时候了，我决定离开他们，希望这周能在城里与你过些舒心的日子。如果约翰逊先生还像以前那样一点也不喜欢我，请你务必到威格莫尔街 10 号来见我。不过，我真希望情况不是这样，因为约翰逊先生虽然有诸多过失，但终究是个值得尊敬的人。

众所周知，我和他妻子是非常好的朋友，他轻视我，似乎不太好。我这次路经城里，是要去一个令人难以忍受的地方，一个乡下村子——教堂山。

亲爱的朋友，你要体谅我，这是我最后的退路了。如果英格兰还有别的地方可以待，我肯定不会去那里。查尔斯·弗农很令人讨厌，他妻子又让我害怕。不过，在找到更好的出路之前，我只能一直待在教堂山了。我女儿陪我到城里，然后，我会把她留在威格莫尔街，由萨默斯小姐照看，直到她能明白事理为止。她在那儿能交到好的朋友，因为女孩们都来自最上等的家庭。价格非常昂贵，我简直付不起。

再会，我一到伦敦就捎信给你。

你永远的

苏珊·弗农

信3

弗农夫人致德库西夫人

写于教堂山

亲爱的妈妈：

我很遗憾地告诉您，我们没法如约跟您一起过圣诞节了，有件事让我们措手不及，挡住了我们与您团聚的幸福之路。苏珊夫人写了封信，说随后要来拜访我们，而且待多久还不知道，这肯定会给我们造成不便的。我一点也没准备迎接她的到来，现在也不想细数她的那些不检点行为了。不管从哪个方面说，兰福德都很适合她居住，那里的生活优雅而奢华，她跟曼瓦林先生又有着不一般的关系，她这么快就换地方，真让我始料不及，虽然她死了丈夫以后，跟我们的友谊与日俱增。

我已经想过将来的某一天，或许我们非接纳她不可。我觉得弗农在斯塔福德郡时对她太过于好了。不管她整体品行如何，单看她对弗农的所作所为，就觉得居心叵测，太不厚道了。因为她，我们的婚姻首次被搅和，弗农就是太和善，否则肯定早看出来了。

虽然她是他哥哥的遗孀，而且处境困难，我们理应给她一些金钱上的帮助，但那么热切地邀请她到教堂山来，实在没有必要。弗农总把人想得好之又好，而苏珊夫人又擅长卖弄悲伤，表现自己的懊恼之情，还说从此要小心谨慎，让他的心都软了，相信她确实情真意切，但我对此很怀疑。搞不清她来投靠我们的目的，我就不能信任她。

亲爱的妈妈，您应该能猜到我是怀着怎样的心情等待她的到来。她很可能大肆展现自己的迷人魅力来让我喜欢她，但我肯定要努力保护自己，不受她影响，如果可能，还会采取更实质性的行动。她表现出急切想与我相识的样子，还十分亲切地提到了我的孩子，不过，我可不会愚蠢到去相信一个对自己孩子漠不关心甚至很刻薄的女人会真正关心我的孩子。苏珊夫人到教堂山之前，会把弗农小姐安顿在伦敦一所学校，这对我、对那位小姐来说，都再好不过了。

离开这样的母亲，对弗农小姐很有利，而我也觉得，这样一个没受过良好教育的十六岁女孩住在这里很不理想。我知道，雷金纳德一直想见见这位迷人的苏珊夫人，所以，我们希望他速速过来与我们团聚。

很高兴得知父亲的身体一直安然无恙。奉上我最真挚的爱意。

您的

凯瑟琳·弗农

信4

德库西先生致弗农夫人

写于帕克兰德

亲爱的姐姐：

恭喜你和弗农先生，你们将迎来全英格兰最会卖弄风情的女人。我总听人说她是一流的调情高手，最近又听说了她在兰福德的一些举止行为，这些都说明她不像其他人一样，满足于那种于人无害的调情，而是渴求更大的欢愉，让整个家庭陷入痛苦。她对曼瓦林先生的所作所为，让其夫人妒忌不已，无法容忍；她还吸引了一位年轻男子的注意，将其从曼瓦林先生的妹妹身边夺了过来。这些都是史密斯先生告诉我的，此刻他就在这附近（我曾在赫斯特和维尔福德与他一同进餐）刚从兰福德回来不久，两周前在那里见过苏珊夫人，对此很有谈资。

她是怎么样的一个女人啊！我很想见见她，你们的邀请我欣然接受，好见识一下那是怎样的一种迷人魅力，能让同一屋檐下的两个男人同时着迷，却又不随意许给任何一人。而且，她可不是个年轻女子！我很高兴弗农小姐不随她母亲到教堂山去，因为她没有什么吸引人的地方，而且，按照史密斯先生的说法，她又呆又傲。一个集骄傲和愚蠢于一身的女孩，就算装腔作势，也无法引起人的注意，弗农小姐确实应该被打发走。不过，据我所知，苏珊夫人有某种蛊惑人的骗术，能亲眼见识并深入了解一下，肯定其乐无穷。我很快就到你们那边去。

你亲爱的弟弟

雷金纳德・德库西

信5

苏珊·弗农致约翰逊夫人

写于教堂山

亲爱的艾莉西亚：

我离开伦敦前收到了你的便条，得知约翰逊先生对你头天晚上的行踪没有起疑，真是太好了。无疑，能彻底瞒住他是最好的，因为他很顽固，容易被人欺骗。我安全抵达这边了，弗农先生对我的款待，倒是没什么可抱怨的，可我得承认，我对他妻子的行为不那么满意。她很有教养，颇具上流社会女人的风度，不过这也没给我留下什么好感。我希望她见到我时心怀喜悦，我也尽可能和蔼地对待她，但一切都是徒劳。她不喜欢我。诚然，六年前我曾竭力阻止小叔子娶她，但这也是我的热心所至，不足为怪，只是这事显得我很小心眼很有恶意似的，担心那桩婚事影响到我，我就极力反对，只是最后也没有成功。

我有时感到懊恼，当初我们被迫卖掉弗农城堡时，怎么没让查尔斯买下来呢。那时候我们处境困难，关键是正逢查尔斯结婚之际，我想人们应该能理解这种微妙的感情——我不能容忍丈夫因弟弟坐拥家族财产而尊严受损，要是事情能这么安排：我们不搬出城堡，跟查尔斯住在一起，而他又一直保持单身，那我肯定不会劝丈夫把城堡卖给别人的。可惜当时查尔斯正要与德库西小姐结婚，我就只能这么做了。而且他现在有了很多孩子，即便当时买下弗农城堡，对我又有什么好处？我阻止他买城堡的事显然给他妻子留下了不好的印象，不过，讨厌一个人，有时都不需要理由。在钱的方面他对我还是很有用的，我很尊重他，他太容易受控了！

这房子很不错，家具时髦，显得富足而优雅。我相信查尔斯非常有钱，一个在银行开了账户的男人，肯定很富有，只是他们不懂怎么花钱，社交聚会很少，若非公务需要，也从不到伦敦去。我们应该尽可能显得愚蠢一点。我想通过孩子来赢取弟妹的心，现在，他们的名字我都知道了，我打算以自己最大的深情来关心其中一个孩子：小费雷德里克，我曾把他抱到膝上，为他大伯的命运而哀叹。

可怜的曼瓦林！我有多想他，自然不用说了，他始终在我的脑海里萦绕。我到这里后收到过他的一封信，很阴郁，信中满是对妻子和妹妹的抱怨，也哀叹自己命运不济。我跟弗农一家搪塞说这是他妻子写来的信。如果我要写信给他，就附在写给你的信里。

你永远的

苏珊·弗农

信 6

弗农夫人致德库西先生

写于教堂山

亲爱的雷金纳德：

我见到那个危险人物了，向你描述一下吧，虽然你很快就能目睹她究竟有多美丽绝伦了。对于这样一个不再年轻的女子，你肯定会对她的魅力表示怀疑，但我不得不说，我从来没见过像苏珊夫人这么美的女人。她优雅动人，漂亮的灰色眼睛、黑色睫毛。从外表来看，不超过二十五岁的样子，事实上她已经三十五岁了。我不想去赞美她，尽管早听说她很美，但还是忍不住觉得，她的确有一种特别的魅力，光艳动人又优雅可掬。她跟我说话时是那么温柔而坦诚，甚至充满了深情，若非知道她一直很反对我跟弗农先生结婚，若是素昧平生，我肯定会把她当成一个特别好的朋友。

我知道，人们常常把卖弄风情跟无耻的言行联系到一起，认为内心卑劣之人必然谈吐粗俗，尽管如此，我还是不愿意相信她。她面容甜美，声音迷人，举止温和，但我还是要遗憾地说，这不是骗术是什么？很不幸，我对她太了解了。她聪明美丽，和蔼可亲，深知如何轻松地与人交谈；她很善谈，语言驾驭自如，我相信，她经常以此来颠倒黑白。尽管我对她的无情笃信不疑，但还是差点就信了她，以为她真的很关心自己的女儿。

她谈起女儿时，那么温情而焦虑，还因为忽略了她的教育而悲伤，不过她说那是难免的。这时，我就得努力去想她在城里度过了多少个欢愉的春天，却把自己的女儿留在斯塔福德郡让仆人或是好不了多少的家庭女教师照看，才能确保自己不去相信她说的话。

对于一直厌恶她的我，她的举止都能产生这么大的影响，那对弗农先生这种好脾气的人，其影响就可想而知了。我真希望能像弗农一样，相信她是自愿离开兰福德来教堂山的；若非她在那里待了几个月才发现朋友的生活方式不适合自己的心境，我恐怕会相信她真的很在乎失去的丈夫（尽管她对他的所作所为备受非议，相信她真的是为了静居才到这来。只是我仍然忍不住想，她在曼瓦林家住了那么久，怎么能忍受这里完全不同的生活方式。我只能猜测，尽管为时已晚），她还是想做些循规蹈矩的事来挽救自己的名声，才从那里搬过来的，其实她在那边过得很开心。你朋友史密斯先生所说的事不可能是真的，因为她经常与曼瓦林夫人通信。不管怎样，那位先生肯定是夸大其词了，要两个男人同时拜倒在她的石榴裙下，简直不太可能。

你的

凯瑟琳·弗农

信 7

苏珊夫人致约翰逊夫人

写于教堂山

亲爱的艾莉西亚：

你能帮我留意费雷德丽卡，真是太好了，这是我们友谊的印证，我对此感激不尽。你的厚爱我心领了，只是我不能让你做出这么大的牺牲。她是个傻女孩，没什么吸引人的地方，因此，我不愿意耽误你片刻宝贵的时间来带她去爱德华街，而且每次拜访都会减少她学习的时间，让她留在萨默斯小姐身边就好了。我希望她能自信、有品位地弹奏和歌唱。她跟我一样，有一双精巧的手，嗓音也不错。

我幼年时被宠坏了，从来没人强迫我专心做点什么事，以致我现在没什么才艺，一个美丽的女人可不能少了这些。这倒不是说我想盲目跟风，要求她掌握各种语言、艺术和科学，把她培养成一个既懂法语，又懂意大利语和德语的女人简直是浪费时间，音乐、歌唱和绘画等能为女人赢得一些掌声，却不能为她赢得一个恋人——毕竟，举止优雅才是最重要的。

我也不是说费雷德丽卡该学些深奥的东西，我想她不会在学校待太久的，根本没办法深入学习，因为我希望她在一年内成为詹姆斯先生的妻子。你知道我为何抱这种希望的，我有很好的理由，况且，对费雷德丽卡这个年龄的女孩来说，待在学校是一种耻辱。还有，为了达到这一目的，你最好别再邀请她了，我希望她过得越不顺越好。我相信，只要我给詹姆斯先生写封信，他随时都会重新求婚。同时，我也想麻烦你一件事，如果詹姆斯到城里去，千万别让他爱上别人。偶尔邀请他到你家去，跟他谈谈费雷德丽卡，这样他就不会把她忘了。

总之，在这件事情上，我觉得自己做得很好，体现了我的细心谨慎和温柔淑娴。有些母亲看到这么好的人来提亲，可能一开始就会逼着女儿接受，我可不会这样，不会强迫费雷德丽卡接受她心不甘情不愿的婚姻，我会采取一些严厉的措施，让她过得很不舒坦，直到她自己做出选择，愿意接受他——不过，这孩子真够让人烦心的。

你肯定很想知道我在这里是怎么打发时间的吧，最开始那周真是无聊透顶，难以忍受，不过现在开始好转了，因为弗农夫人的弟弟也来了，他是个帅气的年轻人，给我添了不少乐趣。而且，他有某种吸引我的地方，一种说不上来的鲁莽和冒昧，我必须把他调教过来。他很活泼，也很聪明的样子，如果我多多鼓励他，让他更加赞赏我，排斥他姐姐那副好心帮忙的模样，他肯定是个理想的调情对象。

征服一个傲慢无礼的灵魂，让原本不喜欢你的人认可你的魅力，是一件其乐无穷的事。我已经以平静和矜持扰乱了他的心，接下来，我要努力挫一挫德库西家自以为是的狂傲之气，让弗农夫人知道，作为一个姐姐，她的警告白费了；同时让雷金纳德相信，是他姐姐扭曲真相诽谤我。这项计划至少能让我自得其乐，不因离开你和我所爱的一切而情绪糟到极点。

你永远的

苏珊·弗农

信 8

弗农夫人致德库西夫人

写于教堂山

亲爱的妈妈：

短期内您是不能指望雷金纳德回去了，他让我告诉您，天气暖和，他忍不住接受了弗农先生的挽留，要在苏萨克斯郡多待一段时间，好跟他一起去打猎。他希望您立即派人把他的马送过来，何时回肯特郡见您，现在还不好说。亲爱的妈妈，出现这样的变化，我也很难过，但您最好不要跟父亲说起，他太为雷金纳德操心了，这事可能会敲响他健康的警钟，严重影响到他的精神。

苏珊夫人的确魅力非凡，只不过两周的时间，已经让我弟弟喜欢上她了。总之，我觉得他延迟归期，部分原因是出于对她的着迷，当然也想跟弗农先生去打猎，反正待这么长时间，我也享受不到与亲弟弟相伴的喜悦。这个水性杨花的女人诡计多端，真的把我给惹怒了，她竟然能让雷金纳德失去判断力，这证明她有多危险。刚来的时候，雷金纳德是那么反感她！上次给我写信时，还讲了她在兰福德的一些丑行，从一位熟知她的绅士那儿听来的，如果所说属实，那就更令人讨厌了，当时雷金纳德对那些事是深信不疑的。我相信，之前在他眼中，苏珊夫人跟别的英格兰女人没什么不同，他刚来时，也觉得她既不美丽也不尊贵，随便一个男人，只要有意跟她调情，都能取悦她。

我得承认，苏珊夫人的言行的确能让人打消这些想法，你从中看不出任何不得体的地方，既不虚荣，也不矫揉造作、轻浮欠妥。而且，她魅力四射，如果雷金纳德对她的过去一点都不了解，我不会因为他的爱恋而感到吃惊，可现在他毫无理智，不听劝告地和她亲密来往，实在太让我震惊了。他刚刚燃起强烈的爱慕之情时，我觉得很自然，毕竟她那么温柔美丽，打动不了他才怪。可是后来，每每提到她，他竟然会用一些极度奢华的赞美之词。昨天他还说，这样的美貌和才情，对男人的心灵产生多大的影响都不足为奇。我用她性情中不好的一面来反驳时，他竟然说，不管她以前做错了什么，都可以归咎为缺乏教育和早婚的缘故，无论如何，她都是个绝美的女人。

他沉迷其中，不计她的丑行，为她寻找托词，这种行为很让我恼火。他在教堂山完全不把自己当外人，即使弗农先生不邀请，他也会久留的，所以我也不怪弗农。

苏珊夫人的意图，无非是卖弄风情，让众人为她倾倒，我想不出她还会有什么更危险的计划。但是，看着年轻的雷金纳德被她愚弄，我心里真不是滋味。

您的

凯瑟琳·弗农

信 9

约翰逊夫人致苏珊·弗农

写于爱德华街

我最亲爱的朋友：

德库西先生来了，那就太好了，我建议你，一定要想方设法嫁给他。众所周知，他父亲的财产非常可观，而且相信他一定能继承。雷金纳德爵士身体很弱，应该没有多少时日来挡你的路了。我听说那个年轻人口碑很好，所以，亲爱的苏珊，虽然没人真正配得上你，可德库西先生还是值得拥有的。

曼瓦林当然会大发雷霆，不过你轻易就能安抚他。况且为了名声，他也得小心谨慎，不可能要求你等着他解脱出来。

我见到詹姆斯先生了，上周他在城里住了几天，几次到爱德华街登门造访。我跟他谈到了你们母女，他仍旧对你们记忆犹新，我相信，不管是娶你还是娶你女儿，他都很乐意。

为了让他心怀希望，我告诉他费雷德丽卡已经动心了，改好了很多。因为他曾向玛利亚·曼瓦林表达爱意，我斥责了他，他辩白说那是闹着玩的，我俩都为那女孩的失望大笑不止。总之，跟他相处很愉快，他永远都是那么蠢。

你忠诚的朋友

艾莉西亚

信 10

苏珊·弗农致约翰逊夫人

写于教堂山

亲爱的朋友：

谢谢你给我的建议，你让我嫁给德库西先生，我知道这是为我好，但到底该不该这么做，我目前还不确定。婚姻这么严肃的事情，我不能轻易就做决定，况且我现在也不急需钱。此外，那位老先生不死，这桩婚事对我来说，就没有多少好处。不过，我可以自负地说，这桩婚姻已经触手可及。他已经完全臣服于我，而我很享受这种征服感，我征服了一颗原本不喜欢我，对我的过去怀有偏见的心。我也希望他姐姐能够相信，那些中伤他人的流言蜚语在智慧和有风度的人面前一无是处。我看得很清楚，她弟弟对我的好感与日俱增，这让她很不安，我也明白，她不需要理由就可以阻挠我。不过，如果能让雷金纳德怀疑他姐姐对我的看法，那已经是最好的对抗方式了。

看着他与我日渐亲密，尤其是在我的影响下言行举止发生了变化，真是件快事。我的冷静和尊贵让他的张狂行径有所收敛，亲昵友好也随之而来。我一直都循规蹈矩，一生中从不曾表现得像个卖弄风情的女子，尽管我的占有欲或许太强了点。经过感性而严肃的交谈后，我已经彻底降伏了他，可以说，让他多少有些爱上我了，一点都不像是那种普通的调情。

弗农夫人总认为我是受什么阴谋的驱使，才故意表现得温柔谦逊，她有这种想法，真该受千刀万剐，因为她的那些坏话，我本可以让她遭些罪的。不过，她爱怎样就怎样吧，随她怎么想，随她选择，我还没见过哪个姐姐能阻止一个年轻男子坠入爱河的。现在，我和雷金纳德已经有了某种信任关系，似乎正在向精神层次的友谊发展。我可以告诉你的是，不会再有进一步发展了，因为，如果我对他并没有特别的好感，就不能把自己的深情付诸一个胆敢恶意猜测我的男人。

雷金纳德还算英俊，但也不像你听闻的那么出色，而且，跟兰福德的朋友相比那就差太多了。他不像曼瓦林那么温文尔雅，在花言巧语、幽默讨好上又相对欠缺。不过，他还算令人惬意，能陪我消遣度过一些轻松愉快的时光，否则我就只能受他姐姐的冷落，听他姐夫那些愚蠢的话了。

你对詹姆斯先生的重视让我心里一暖，我打算给费雷德丽卡一点暗示，让她尽快知道我的意图。

你的
苏珊·弗农

信 11

弗农夫人至德库西夫人

写于教堂山

亲爱的妈妈：

想起雷金纳德，看到苏珊夫人对他的影响与日俱增，我真是越来越不安了。他们现在的关系很微妙，经常长时间在一起交谈。苏珊夫人花言巧语，翘首弄姿，已经让他完全丧失了判断力，不知道她的图谋不轨。看着他们毫无预兆地建立起这么亲密的关系，我真的很意外，不过，我觉得苏珊夫人不会打算跟他结婚的。我希望您找个合适的借口把雷金纳德弄回家去。他一点也不想离开我们，我已经用父亲的健康状况暗示过他很多次了，在自己家里，我只能说这么多。目前来讲，她对他的影响实在太大了，完全消除了过去的不良印象，他不光忘了她那些丑行，还为她的言行辩护。史密斯先生曾说过她在兰福德的行径，说她在那里让曼瓦林先生和一个已经与曼瓦林小姐订婚的年轻男子拜倒在她的石榴裙下，雷金纳德刚来时，相信这一切都是真的，可现在，他认为那不过是恶意编造。他还诚恳地跟我说，很后悔当初听信那些谣言。

我很难过，当初真不该让她进家门！等待她来的时候我就一直不安，可从来没想过这种顾虑是为雷金纳德而生。我曾想过她是个令人不快的女伴，可没想到我弟弟竟然被这样一个女人征服，之前他可是对她的丑行一清二楚，打心底看不起她的为人啊！如果您能把他支使走，那就再好不过了。

您的

凯瑟琳·弗农

信 12

雷金纳德·德库西爵士致他的儿子

写于帕克兰德

我知道大部分年轻男子都不希望别人——哪怕是至亲打探自己的心事，但是，亲爱的雷金纳德，我希望你不要拘泥于这些，不要再让父亲忧虑，不要为了保密而将父亲拒之门外，对他的建议视而不见。你应该知道，你是独子，是这个古老家族的继承人，你生活中的一举一动都会引起旁人的注意，尤其是婚姻大事，这关乎你的一切——你的幸福、你的父母，还有你的名声。我想，你应该不会在尚未告知父母、获得父母同意的情况下，就擅自与人订下婚约吧。但我还是担心你会被近来贴上你的一位夫人吸引，缔结一段让整个家族，不管远近都极度排斥的姻缘。

苏珊夫人年龄大了，这是我们拒绝她的一个原因，但更重要的是，她人品不佳，与此相比，你们相差十二岁都不算什么大问题。若非你被所谓的魅力蒙住了双眼，我也不愿可笑地在此列数她那些广为人知的不检点行为。她怠慢丈夫，与其他男人勾搭，挥霍浪费成性，臭名昭著，时下无人不知，也无人会淡忘。查尔斯·弗农先生对她好，总在我们家人面前说她的好话，但不管他怎样慷慨地为她辩护，也掩盖不了她曾为一己之私，百般阻挠查尔斯与凯瑟琳结婚的事实。

我老了，又疾病缠身，只望有生之年能看到你安顿下来。妻子是否富有，我倒是不在乎，但她必须有无可非议的家庭背景和人品。如果你的抉择无人反对，我也会欣然同意，但我有责任反对一桩可能心机颇深，最终必然以悲剧收场的婚姻。

她这么做可能只是虚荣所致，或是想赢得曾对她有偏见的男人的爱慕，但也很可能还有别的目的。她很穷，自然想找个对自己有利的人结婚。你也明白自己的权益，连我都无权阻止你继承家族财产。这辈子我曾让你烦扰过，这算不算一种报复呢，可面对这种报复，我无论如何都不会屈服。坦白告诉你，我的观点是这样的：我不希望你因为惧怕而屈从我，而是出于你的理智与情感听从我。如果你跟苏珊·弗农夫人结婚，我的生活将不再有舒适可言；我对儿子的赞誉也将成为笑柄；我将以见他、想念他或听闻他的消息而倍感羞耻。

我的话也许一点用都没有，只能借着这封信阐明看法，但我有责任告诉你，你对苏珊·弗农女士的偏爱已经为朋友们所知，我想警告你——提防她。至于你为何不再相信史密斯的话，可以把理由说来听听，一个月前，你可是对他的话笃信不疑。

如果你能向我保证，只是短期内喜欢和一个聪颖的女人聊天，纯粹是出于对她美貌和才干的欣赏，不会对她的丑行视而不见，那我会为你高兴。但是，如果你无法保证，那至少向我解释清楚，到底是什么让你对她发生这么大的改观。

你的父亲

雷金纳德·德库西

信 13

德库西夫人致弗农夫人

写于帕克兰德

亲爱的凯瑟琳：

很不幸，收到你上一封信时，我因为感冒卧病在床，眼睛也受了影响，没办法亲自阅读，所以你父亲说要给我念时，我没有拒绝，这就是说，你对弟弟的所有顾虑都让他知道了，我也为此懊恼不已。我本想眼睛好了之后，就立即给雷金纳德写信，尽我所能让他知道，像他这样前途光明的年轻人，跟这么有心计的苏珊夫人亲密交往是多么危险。我还想提醒他，我们现在很孤单，希望他回来，陪我们度过漫漫冬夜。这番话能否起作用，目前还很难说。不过更让我担忧的还是你父亲，一点没错，他得知这件事后，非常不安。你之前担心的情况，就这样成了真，相信这事已在他心中挥之不去了。

他给雷金纳德写了满满一封信，寄往你所写的地址去了，特别要求儿子说清楚，苏珊夫人究竟跟他说了什么，竟让他不再相信先前那些可怕的传闻。今天早上，我们收到他的回信了，附寄给你，我猜你也很想看看。我本以为他的答复能给我们多一些安慰，可他似乎铁定了心，觉得苏珊夫人很好，虽然他对婚姻事宜做了保证，可实在没法让我放心。为了安抚你父亲，我能说的都说了，看了雷金纳德的回信后，他的焦虑倒是减缓了一些。

亲爱的凯瑟琳，这太让人恼火了，这个不速之客不光让我们圣诞节无法相聚，还引来了这么多苦恼和麻烦！

替我亲吻可爱的孩子们。

你深情的母亲

C. 德库西

信 14

德库西先生致雷金纳德爵士

写于教堂山

亲爱的父亲：

此刻收到您的信，震撼之情真是前所未有。我想，我得感谢姐姐这样描述我，损害我在您心中的形象，还给您敲这样的警钟。我不明白，她怎么会担心这种莫须有的事情，还搞得整个家庭不得安宁；我可以保证，也只有她，才会觉得有这种可能。她之所以认为苏珊夫人有企图，是因为她对苏珊的优点缺乏了解，可就算是最尖刻的仇敌，也不该那样否认她啊。如果我的举动让姐姐对我的婚姻观有所怀疑，那我确实应该有所收敛了。我和苏珊夫人的年龄差距是个不可逾越的鸿沟，亲爱的父亲，我求您息怒，别让疑虑破坏了您的安宁，妨碍我们之间的沟通理解。

我对苏珊夫人没有别的想法，如您所说，只是短期内很享受与这样一位聪明绝顶的女人聊天。在我久居的这段时间里，如果姐姐能受我和姐夫的些许影响，对我们的评判或许会公正一些。但是很不幸，姐姐的成见太深，根本不会相信苏珊夫人。因为钟爱自己的丈夫（这对他俩来说都是一桩幸事），她无法原谅曾阻挠他们结婚的人，把这事归结为苏珊夫人的自私自利。但就这件事，还有其他很多事情上，世人都严重伤害了这位夫人，都在以最大的恶意揣测她的行为。

当初苏珊夫人听了一些对姐姐不利的消息，才会相信自己一直喜爱的弗农先生会因为这段婚姻而毁了幸福。这件事不仅说清了苏珊夫人反对他们结婚的真正动机，将她从诸多指责中开脱出来，也向我们证明，流言蜚语是多么的不可信。因为不管多正直的人，都无法避开造谣中伤。如果像我姐姐这种退避世外，根本没机会做坏事的人都难逃非议，那我们就不能鲁莽地去指责那些身处闹市，周围满是诱惑的人，认为他们有能力犯错就一定会犯错。

我轻信了查尔斯·史密斯编造的谣言，对苏珊夫人怀有偏见，应该好好责备一下自己。我现在深信，他们根本就是在诽谤她。所谓曼瓦林夫人的妒忌，全是他自己捏造的，关于苏珊夫人吸引曼瓦林小姐的情人，也纯属子虚乌有。詹姆斯·马丁受了引诱，才会去关注那位年轻小姐的，而且，他是个有钱人，很明显是曼瓦林小姐想和他结婚。众所周知，曼瓦林小姐极力想钓个金龟婿，因此她诱惑的有钱男子被更有魅力的女人吸引，使她无法再使坏时，根本没人会同情她。苏珊夫人无意俘虏他人，后来发现曼瓦林小姐因情人背叛而痛恨她时，她不顾曼瓦林先生和夫人的恳切挽留，毅然决然地离开了那个家。我有理由相信，詹姆斯先生的确向苏珊夫人求婚了，不过，她发现对方爱恋自己后，马上就离开了兰福德，这也表明她是清白的。亲爱的父亲，相信您能了解真相，给这位受伤的女人一个公正的评判。

我还知道，苏珊夫人来教堂山的动机是非常可贵的。她是勤俭节约的典范，对弗农先生的关爱恰如其分，也希望获得姐姐的好感，可回报却不尽如人意。她是一位无可非议的母亲，把孩子留下全是出于母爱，是为了让她接受良好的教育。然而，由于她不像大部分母亲那样盲目而柔弱，人们才会指责她缺乏母性的温柔。不过，但凡明智的人，都应该知道如何评价和赞美她这种精心引导的方式，并且和我一样，希望费雷德丽卡能表现得更好，不辜负母亲的良苦用心。

亲爱的父亲，我现在写的，正是我对苏珊夫人的真实看法，读完之后，您就知道我有多么爱慕她的才华，欣赏她的性格了。假如我庄严的保证无法使您放心，仍叫您杞人忧天，那可就伤害了我的情感，置我于烦恼之中了。

您的儿子

雷金纳德·德库西

信 15

弗农夫人致德库西夫人

写于教堂山

亲爱的妈妈：

雷金纳德的信我给您寄回，得知父亲看完信后有所缓和，我也就放心了，请把这些话以及我的祝词一起转述给他。不过，我还是要悄悄跟您说，这只能让我相信，弟弟目前没有娶苏珊夫人的打算，至于三个月以后怎样，就很难说了。他找了很多看似合理的借口，解释苏珊夫人在兰福德的所作所为，只希望事实果真如此。但是，他说的那些，肯定都是苏珊夫人传达给他的，所以我不但不相信，反而更加痛心了，他们之间谈论这些，可见亲密程度非同一般。

让弟弟觉得不快，我深表歉意，但他这么热切地为苏珊夫人辩护，我觉得不是什么好事。老实说，他对我很不满，可我仍旧觉得，我对苏珊的评价并非草率之举。可怜的女人！虽然我不喜欢她，但也忍不住同情她，因为她真的有太多不幸了。今天早上她收到一封信，是接管她女儿的人写来的，要求她把弗农小姐接走，因为有人发现那位小姐试图逃跑。她为什么要跑，又要逃到哪儿去，没有明说。但是，那女孩的境况出乎人的意料，这事真让人伤心，苏珊夫人肯定苦恼极了。费雷德丽卡十六岁了，应该更懂事一些才对，从她母亲的潜台词里，看得出那是个执拗的女孩。不过，这也是被人忽略所至，她母亲应该吸取教训。

弗农先生听了苏珊夫人的决定后立即动身去了伦敦。如果可能，他会劝萨默斯小姐继续让费雷德丽卡待着；但假如劝说无效，他就会把她带到教堂山来，直到找到别的安顿处为止。碰到这种懊恼的事情，我估计苏珊夫人会和雷金纳德到灌木丛里散步，唤起他所有的柔情，以此来缓解自己的悲苦吧。有关这事，她跟我说了很多，说得头头是道。我想说，话太漂亮，反而让人觉得感情不深了，又怕这样说显得自己太过小气。我也不会再盯着她的过错不放，她可能成为雷金纳德的妻子呢！上天保佑，千万别出这样的乱子！但是，谁让我比别人更能明察秋毫呢？弗农先生说，收到信时，她的悲痛之情无人可比，难道他判断力不如我？

她压根不希望费雷德丽卡到教堂山来，就好像那孩子还没受到应有的惩罚似的，但又没有别的地方可去，所以只能短期在这儿待一段时间了。她对我说："亲爱的弟妹，我女儿来了以后，你必须对她严厉一点。提这样的要求，的确让人痛心，但这也是逼不得已。我平日太娇惯她了，让她养成了坏脾气，从来容不得别人反对她，你得支持和鼓励我，见我太仁慈的时候，一定要提醒我。"

她说的似乎很在理。雷金纳德对那个可怜的傻女孩很生气，他那么反感那女孩，对苏珊夫人来说也不是什么光彩的事，他的看法肯定也都源于那位母亲的描述。

唉，不管他的命运如何，我们都已经尽力了。以后就只能看天意了。

您永远的

凯瑟琳·弗农

信 16

苏珊夫人致约翰逊夫人

写于教堂山

亲爱的艾莉西亚：

今早我收到萨默斯小姐的来信，感到前所未有的恼火。我那个可怕的女儿竟然试图逃跑，真没想到她是这样一个小恶魔，我还以为她跟所有弗农家的人一样软弱呢。她之所以想跑，应该是收到了我的信吧，我在信里说明了对詹姆斯先生的意图。除此之外，应该没别的理由了。我猜她是想去斯塔福德郡的克拉克家，因为她没别的亲人了。她应该受到惩罚，应该嫁给詹姆斯。我已经让查尔斯到伦敦去了，只求他尽量办妥这件事，我一点也不希望她到这儿来。如果萨默斯小姐不愿再留她，你务必帮我另外找一所学校，否则，我们就立马让她结婚。萨默斯小姐在信里说，费雷德丽卡无论如何都不愿说出逃跑的理由，所以，定然是我前面所说的原因了。

费雷德丽卡很害羞，而且非常怕我，不敢泄露秘密，但我还是担心她那个温和的叔叔会让她说出不该说的话来。不过，相信我编造的故事不会比她讲的差。如果说我有什么值得夸耀的，那就是口才了。漂亮的言辞能引起人的关注和尊重，就像美貌能赢来爱慕一样，这下我有机会施展自己的才能了，我可是大部分时间都花在谈话上了。

雷金纳德只要不单独跟我待着就觉得浑身不舒服。天气好的时候，我们会在灌木丛中散步，耗上几小时。整体来说，我很喜欢他，他聪明又善谈，不过有时鲁莽而讨厌。他有种可笑的细腻，但凡听到有人说我的不是，总要我好好解释一番，直到自以为了解了事情的始末才算满意。

这是一种爱的体现，但坦白来讲，我并不太享受这种爱意。我更喜欢曼瓦林的温柔和包容，他对我的美德深信不疑，认为我不管做什么都是对的，而且对那些猜疑不断，为自己情绪找理由的人有某种程度的蔑视。不管从哪方面说，曼瓦林都比雷金纳德优秀——哪都好，就是不能像雷金纳德一样跟我在一起！可怜的人儿，他肯定被妒忌搞得心烦意乱，不过我一点也不感到抱歉，因为没有什么比妒忌更能让爱延续了。他恳求我让他到这边乡下来，隐姓埋名地住在附近某个地方，但我不允许这样的事情发生。忘记本分，不顾世俗观点的女人是不可宽恕的。

你永远的

苏珊·弗农

信 17

弗农夫人致德库西夫人

写于教堂山

亲爱的妈妈：

弗农先生周四晚上带着他侄女回来了。在那之前，苏珊夫人已经收到信，得知萨默斯小姐坚决不再让弗农小姐留在学校，因此我们做了些准备，为迎接她的到来，一晚上都焦急地等着。他们到家时我们正在喝茶，那女孩进屋时，好像很害怕的样子，我从来没见过像她那么战战兢兢的人。苏珊夫人之前还在挥泪，为母女即将相聚兴奋至极，见到女儿时却很自制，一点温柔之意都没有，她几乎不和女儿说话。我们坐下来后，费雷德丽卡的眼泪差点夺眶而出，她赶紧把她带出了房间，过了好一阵才回来。回来时，她双眼通红，似乎跟之前一样激动了，可她女儿却没再出现。可怜的雷金纳德看到密友如此伤心，抑制不住自己的担忧之情，温柔而关切地看着她，我看到她时不时得意地瞥他一眼，这真让我反感。这乏味的场景持续了一整个晚上，她表现得那么夸张而造作，我可以肯定，她根本就没有什么感情。

看到她女儿后我对她更是愤怒有加，那个可怜的女孩一点都不开心的样子，让人心疼。苏珊夫人太严厉了，费雷德丽卡似乎没那么大脾气，根本没必要那样子对她，她一副胆小、忧郁而懊悔的模样。她非常漂亮，虽然不如她妈妈那么耀眼，而且跟她妈妈一点都不像。她的脸娇嫩欲滴，比不得母亲惊艳，却有弗农家的影子，鹅蛋脸，浅黑色的眼睛，不管跟我还是跟她叔叔说话，都非常温柔的样子，因为我们对她很好，她自然有感激之情。她母亲暗示我们，她很难管教，可我从来没见过哪个乖张的孩子会有这样的面孔。

我看明白了，苏珊夫人只是一味地严加管教，而费雷德丽卡只有沉默和沮丧。我相信她对自己的女儿一点爱意都没有，从来没有给过她公正的评判，也从来没有亲切地对待过她。

我没机会跟这位侄女谈心，她非常害羞，而且我看得出来，她有某种难言之隐，不能跟我多说。关于她逃跑的理由，目前依旧一无所知。她那位好心的叔叔因为怕她懊恼，一路上都没敢问她太多问题。真希望去接她的是我而不是弗农，三十英里的旅途，我怎么都能把真相套出来。这些天，按苏珊夫人的要求，那架小钢琴搬到了她的梳妆室里，费雷德丽卡整天都待在那里，说是练钢琴，但我从那儿经过时，基本没听到过什么乐音，真不知道她究竟在里头干吗。那里有很多书，不过像她这样年方十五，缺乏管教的女孩应该读不了，也不会去读。

可怜的孩子！窗外的景象对她也不是很有益，因为从那个房间只能眺望草坪，一边是灌木丛，可以看到她妈妈跟雷金纳德在那里散步，闲聊甚欢。费雷德丽卡这个年龄的女孩，只要不是太幼稚，都会被这种场景吸引的。给女儿树立这样的榜样，简直不可饶恕吧？

雷金纳德仍旧认为苏珊夫人是再好不过的一位母亲，指责费雷德丽卡是个一无是处的女孩！他相信那女孩试图逃走根本没什么正当理由，也没受到什么刺激。虽然我不能肯定地说事出有因，但萨默斯小姐说了，弗农小姐待在威格莫尔时，并没有不服管教或堕落的迹象，直到这次出逃被人发现。因此，我决不会像雷金纳德那样，轻易就相信苏珊夫人，尽管她一直跟我说，费雷德丽卡不过是受不了约束，也不想再学习，才会试图逃跑。哦，雷金纳德，你还有自己的判断力吗！他甚至都不承认那女孩长得漂亮，我说她很美时，他竟然说她的眼睛一点神采都没有！

有时他觉得费雷德丽卡理解力太差，有时又说她脾气不好。总之，常说谎的人，没法把话说得前后一致。苏珊夫人觉得费雷德丽卡应受指责，有时说她生性乖张，有时又哀叹她少根筋。雷金纳德不过是重复她的话而已。

您的

凯瑟琳·弗农

信 18

弗农夫人致德库西夫人

写于教堂山

亲爱的妈妈：

我对费雷德丽卡·弗农的描述能让您感兴趣，真是太好了，我相信，她真的值得您来关注。最近我被自己的一个想法惊到了，不过，相信您听完后，会对费雷德丽卡的印象更好的。我忍不住觉得，她迷上了我弟弟。我经常见她盯着雷金纳德的脸看，一副哀伤而爱慕的表情。他非常帅，而且言行举止中有种令人喜欢的率真之情，我想费雷德丽卡也这么觉得。她平时总是若有所思、愁眉苦脸的样子，可只要雷金纳德随便说点什么有趣的事情，她就整张脸都微笑起来，神采奕奕；如果他说的事情很严肃，她就聚精会神地听着，唯恐错过一字一句。

我希望雷金纳德能感觉到这些，我们都知道他有一颗感恩的心。如果费雷德丽卡纯洁的爱恋能将雷金纳德从她母亲那儿吸引过来，我们就该感谢上天把她带到教堂山来了。亲爱的妈妈，我想您可能不愿意她做您的儿媳妇，没错，她太年轻，受的教育又不好，她母亲还给她树立了轻浮的榜样。不过，我想说，她性情很好，天生资质也非常不错。她虽然没有什么才能，但一点都不像她母亲说的那样愚蠢，而且很喜欢读书，大部分时间都在阅读。她母亲不像先前那样管得紧了，我就尽可能让她跟我待一起，好不容易才让她抛开了胆怯之情。

我们现在是很好的朋友了，尽管她在母亲面前从不开口，但跟我说过的话足以证明，如果苏珊夫人好好对待她，她肯定比现在要优秀得多。没有母亲束缚时，她是那么温和、亲切有礼，她的堂弟堂妹们都很喜欢她。

您亲爱的女儿

凯瑟琳·弗农

信 19

苏珊夫人致约翰逊夫人

写于教堂山

亲爱的艾莉西亚：

我想，你肯定很想知道费雷德丽卡的情况吧，而且可能觉得我懒散，一直没给你写信。两周前的礼拜四那天，她跟她叔叔一块儿到这儿来了，我不失时机，立即质问她逃跑的理由，发现跟我上一封信中的猜测完全吻合。我在信里的期望把她吓坏了，因为孩子气的执拗和愚蠢，她决定逃跑，直接奔往朋友克拉克家。幸好跑了两条街就迷路了，被人追到抓了回来。

这就是费雷德丽卡·弗农小姐人生中的第一个壮举，才十六岁就敢这样，以后会有多大的“威名”可想而知了。萨默斯小姐说学校有规定，不能再留她，真把我气坏了。其实这不过是一个小小的愚蠢举动，估计那位小姐是考虑到我女儿的家族关系，害怕拿不到钱吧。管他呢，反正费雷德丽卡是到我身边来了，而且无事可做，又开启了在兰福德就已经开始的浪漫幻想。她爱上雷金纳德·德库西了！为了违抗母亲，她拒绝了一桩无懈可击的婚事，这还不够，竟然还在未经母亲许可的情况下动了感情。这个年龄的女孩，像她这么滑稽可笑的真是闻所未闻。她还算机敏，不过表现得太不谙世故了，只会让人觉得可笑，没有哪个男人会喜欢她的。

就爱情这事来说，天真无邪一点用处都没有，那女孩头脑简单，也不知道是天生的还是装的。我还不确定雷金纳德怎么看她，他的看法又会引来什么样的结果。反正目前他没有将她区别看待，就算知道了她的感情，估计也只会漠然视之。弗农一家比较欣赏她这种美，不过对雷金纳德没什么影响。她喜欢跟她婶婶待在一起，一点都不像我。她的确很适合做弗农夫人的女伴，那女人本身死板，没有谈天说地的智慧，也只有费雷德丽卡不会让她黯然失色。她刚来的时候，我还设法阻止她与婶婶频频见面，不过现在释然了，相信她会遵循我定下的规矩的。

不过，虽然我现在对她很宽容，但别指望我会放弃让她结婚的计划。不，我已经铁定了心，只是还没决定好该怎么实施计划而已。在教堂山我可不能提这事，免得弗农夫妇自视聪明各种劝说，目前我也没办法去城里。所以，费雷德丽卡小姐的事只能再放一放了。

你永远的

苏珊·弗农

信 20

弗农夫人致德库西夫人

写于教堂山

亲爱的妈妈：

我们这里来了一个不速之客，昨天到的。当时我正在陪孩子们吃饭，忽然听到门口传来马车声，心里想着应该去看一下，便出了幼儿室。楼梯下到一半时，我看到费雷德丽卡面如死灰地跑了上来，越过我冲进了自己的房间。我赶紧跟了过去，问她发生了什么事。“哎呀！”她说，“他来了——詹姆斯先生来了，我该怎么办呢？”这话没头没脑的，我恳求她告诉我到底是什么意思。可就在这时，门敲响了——是雷金纳德，他听了苏珊夫人的吩咐，来叫费雷德丽卡下楼去。“是德库西先生！”费雷德丽卡说，脸“唰”地红了，“是妈妈派他来的，我得走了。”

我们三人一同下了楼，弟弟诧异地看着费雷德丽卡那张惊恐的脸。我们在早餐室找到了苏珊夫人，还有一个看似很绅士的年轻男子，苏珊夫人介绍说他是詹姆斯·马丁先生——你可能还记得，就是原本爱恋曼瓦林小姐，被她竭力抢过来的那个人，但她俘获这个人，似乎不是为自己，要么就是后来转给了女儿。总之詹姆斯先生现在疯狂地爱着费雷德丽卡，而且得到了苏珊夫人的全力支持，但我相信那个可怜的女孩一点也不喜欢他。而这个年轻男子虽然人不错，衣着也华丽，但在弗农先生和我看来，是个非常软弱的人。

费雷德丽卡非常羞涩和茫然的样子，进入早餐室时，我不禁同情起她来。苏珊夫人十分看重这位来客，但我觉得她并不是很乐意见他。詹姆斯先生说了很多，多次为自己不请自来表示歉意——他说这话时频频发笑，很不应该——他反反复复说了很多事，三次告诉苏珊夫人几天前他见到了约翰逊夫人。他不时看看费雷德丽卡，但更多时候都专注在她母亲身上。这个可怜的女孩一声不吭地坐着——眼睛盯着下方，脸色不断变化。雷金纳德也注意到她在沉默中的变化了。终于，苏珊夫人厌倦了这种局面，提议出去走一走，我们便留下那两位绅士，去穿毛皮大氅。

上楼时，苏珊夫人说想到我的梳妆室单独跟我谈谈，一会儿就好，很迫切的样子。因此，我引着她到了室内，带上了门。她说：“詹姆斯先生到这来，真叫人吃惊，我这辈子从来没这么惊讶过，事发突然，我应该向你道歉，亲爱的弟妹。只是，作为一位母亲，我应该倍感高兴才是。他太爱我的女儿了，才会忍不住想过来看她。詹姆斯先生性情温和，人品很好。虽然有点喋喋不休，不过花一两年时间准能调整过来。而且，从其他方面来说，他跟费雷德丽卡简直是绝配，一直以来又这么爱恋她，实在太让人高兴了。所以我希望你和弟弟能成全这桩婚事。这事我以前没跟任何人提起过，因为我觉得费雷德丽卡要学习深造，这事不宜公之于众；但我现在觉得，费雷德丽卡年龄大了，不会再服从学校的管教了，所以开始考虑让她跟詹姆斯先生结婚了，我原本也打算这两天跟你们夫妇谈谈这事的。

“亲爱的弟妹，隐瞒了这么久，只求你能谅解我，并且赞同我的做法，事情没有完全定下来之前，确实不便轻易透露的。几年后，等你把可爱的小凯瑟琳许配给一个在亲戚关系、人品方面都无可挑剔的男子时，就会明白我此刻的心情了。不过，谢天谢地，你不会像我这么欣喜若狂的，因为凯瑟琳养尊处优，不像我的费雷德丽卡，没条件享受舒适的生活。”

末了，她让我向她表示祝贺。想来我当时的话很笨拙吧，因为事发突然，我都不知道怎么样才能说清楚了。不过，她非常激动地谢了我，因为我真的很关心她们母女的幸福。

随后，她又说：“亲爱的弗农夫人，我不善言辞，从来不会向别人表达自己的心迹，只希望你能相信我的这番话。认识你之前，我就听到人们赞美过你，只是真的没想到，我会像此刻这般爱你。而且，我得说，你能把我当朋友，我已经非常满足了，因为我有理由相信，曾有人试图让你对我心怀芥蒂。我只希望那些人可以看到，现在我们的心连在一起，能相互了解对方的真实感受了，当然了，对于他们的善意，我该表示感谢。好了，不耽误你时间了。你对我们母女实在太好了，上天保佑，希望你永远这么幸福。”

亲爱的母亲，面对这样一个女人你能说什么呢？她的言语是那么庄重诚挚！但我还是忍不住怀疑她说的这些到底是不是真的。至于雷金纳德，我相信他没搞明白这到底是怎么一回事。詹姆斯先生进来时，他一副茫然的模样，那个年轻男子的愚笨和费雷德丽卡的慌乱彻底把他搞糊涂了。虽然苏珊夫人的话对他很有影响，但他明显还是很伤心，觉得苏珊怎么会为女儿吸引这样一个男人。

詹姆斯先生泰然自若地称要在这里住上几天——希望我们不会觉得唐突，他知道这样很无礼，但因为把我们当亲戚，才没那么多拘束，最后他大笑着说，希望真的可以成为我们的亲戚。他这么冒失，连苏珊夫人都有点窘迫，我相信她心里肯定希望詹姆斯快走。

不过，如果这可怜女孩的情感真被我和她叔叔猜中了，那我们就得为她做点什么了。她不能成为手段和野心的牺牲品，不该遭这种担惊受怕的罪。这女孩的心在雷金纳德·德库西身上，尽管他冷落了她，但她应该有更好的命运，而不该成为詹姆斯·马丁的妻子。我会尽快跟她谈谈问出真相的，但她似乎躲着我。我希望这其中没有什么误解，也希望她不负我的好意。她对待詹姆斯的一言一行都只有警觉和尴尬，没有任何鼓励对方的意思。

再见，亲爱的妈妈。

您的女儿

凯瑟琳·弗农

信 21

弗农小姐致德库西先生

先生：

此举冒昧，请您原谅。若非悲伤至极，我也不想打扰您。詹姆斯·马丁先生让我痛苦极了，我再没有别的法子了，只能写信给您，因为母亲不许我向叔叔和婶婶谈及此事。有关这事，我真害怕我的求助会被您当成胡言乱语，觉得我不听母亲的话，擅自写信。但是，如果您不站在我这边，劝她放弃这门婚事，我会疯掉的，我实在没法忍受詹姆斯先生。除了您，没人能劝得动她。

如果您大发慈悲为我着想，劝她把詹姆斯先生赶走，我将对您感激不尽。我从一开始就讨厌他：先生，我向您保证，这绝不是心血来潮；我一直就觉得他又蠢又无礼，令人讨厌，而现在，他比以前更加难以忍受了。我宁愿自己养活自己，也不愿嫁给他。

写这封信，我深表歉意，我知道这样很唐突，也知道这会让母亲非常生气，但我想冒这个险。

您卑微的仆人

费雷德丽卡·弗农

信 22

苏珊夫人致约翰逊夫人

写于教堂山

最最亲爱的朋友：

这真是太难以忍受了！我从来没这么暴怒过，只能写信给你，缓解一下我的愤怒之情了，也只有你能了解我的感受。詹姆斯·马丁先生周二那天到这儿来了！你知道我有多惊讶、多恼火吗！因为我不希望教堂山的人看到他。他此行的目的，简直没法说！不请自来也就算了，他还自作主张要在这待上一段时间。我真想毒死他！不过，我充分利用这个机会，把事情告诉了弗农夫人，她的真实想法我不知道，总之她没有反对我。我也跟费雷德丽卡挑明了，她必须对詹姆斯先生恭谦有礼，我心意已决，她必须嫁给他。她说了一些话，表明自己很痛苦，仅此而已。看到她对雷金纳德的爱慕之情与日俱增，我的立场更加坚定了，因为我担心这种爱恋最终会换来回报。哪怕是不足为道的一点恻隐之心也逃不过我的眼睛，我绝对不会让这种事情发生。

雷金纳德虽然没有任何冷落我的意思，但他最近总不由自主地提到费雷德丽卡，有一次还赞美了她。看到我的客人他吃惊不小，带着妒忌之情观察詹姆斯先生，这一点很合我意。但不幸的是，我没法以此来折磨他，因为詹姆斯虽然向我大献殷勤，但很快就让所有人明白，他的心属于我女儿。和德库西单独在一起时，我毫不费力就让他相信，不管从哪方面考虑，我期许的这桩婚事都非常合理，这件事安排得再好不过了。谁都看得出来詹姆斯先生不是个聪明人，不过我不许费雷德丽卡向弗农夫妇抱怨，因此他们也没理由来干涉，尽管我那个无礼的弟妹很想这么干。

一切都有条不紊地进行着，虽然我希望詹姆斯先生赶紧走，但对事态的发展还是颇感满意。所以，当整个计划突然被打乱时，我的心情可想而知了，我一点都不希望这种事情发生啊。就在今天早上，雷金纳德走进我的梳妆室，表情异常严肃，没怎么拐弯抹角就说开了，滔滔不绝，说他要跟我讲道理，说我不顾女儿的意愿，执意要她嫁给詹姆斯·马丁先生是多么的不对，多么的不仁慈。我震惊极了。发现说笑不能让他释怀时，我恳请他听我解释，并问他是谁让他来训斥我的。他如实告诉了我，语气中还夹杂着一点无耻的赞美和不合时宜的柔情，但我已经顾不上那些了，原来是我女儿让他知道了有关詹姆斯和我以及她自己的一些情况，让他非常不安。

总之，我发现她第一时间就给他写信，求他来干涉这件事；收到信后，他和她谈了谈，了解细枝末节后，保证会帮她传达真实的意愿。毫无疑问，那女孩逮住这个机会向他表明了爱意。他提起她时的那副模样，都明摆着了。这种爱肯定让他感觉良好！我要永远鄙视这个男人，竟然为一份从未期许过的爱沾沾自喜。我将永远记恨他们俩。他对我没有真情真意，否则根本不会听信于她；而她呢，因为那颗悖逆的小心脏和不合体统的情感，竟然寻求一个年轻男子的保护，之前他们俩几乎没说过一句话啊！一个鲁莽，一个轻信，都让我百般厌恶。她损我的那些鬼话，他竟然能信！难道他不觉得我这样做是有难言之隐的？他不是觉得我理性而善良吗？对我的信任都到哪儿去了？真正的爱人难道不应该对中伤我的人愤恨不已吗——而且，他不是一直都看不起那个没有天资也缺乏教养的黄毛丫头吗？

我冷静了一会儿，但这已经超出我的忍耐限度了，希望当时我表现得足够激烈。他花了好长时间，竭力来缓解我的愤恨之意。但是，一个遭谴责受侮辱的女人，如果会为恭维所动，那她就是个傻子。最后，他被我触怒了，离开了梳妆室，摆出一副更生气的模样。我很冷静，他却出离愤怒了，不过这事应该很快能平息下来。他的愤怒或许会永久消失，而我的，只会历久弥新。

离开我后，我听见他把自己关在了房间里，现在还在里头。你肯定觉得，他的反应多么令人不快啊！但有些人的感情就是这么不可理喻。我现在不够冷静，还没有去见费雷德丽卡。今天这事可不能让她随随便便就忘了。她会发现，一腔的柔情不过是徒劳，只会受到全世界的唾弃，招来母亲的巨大怨恨。

爱你的

苏珊·弗农

信23

弗农夫人致德库西夫人

写于教堂山

亲爱的妈妈：

让我先祝贺一下！那件让我们焦虑不安的事情，终于画上了圆满的句号，现在前景非常光明了，事情出现了转机，先前还让您那么担忧，真是抱歉。危险已经过去，我想这份欢愉应该能抵消先前让您遭的那些罪。我高兴坏了，简直握不住笔了，不过还是决定让詹姆斯给您捎上短短几行，向您说明究竟是怎么一回事，这事肯定会让您吃惊不小的，因为雷金纳德要回帕克兰德了。

大约半小时前，我正和詹姆斯先生闲坐在早餐室里，弟弟把我叫出了房间。我立马察觉，肯定有事情发生，只见他面色铁青，言辞激动。亲爱的妈妈，您知道的，他有成见时，就是这副急切的模样。“凯瑟琳，”他说，“明天我要回家去了，我也不想离开你，但我得走了，其实我应该感到高兴，因为可以回去见爸妈了。我马上会让我的猎人把詹姆斯送走的，所以如果你有信要捎，给他就行了。我先去伦敦办点事，周三或周四才能到家。不过，离开你之前，”他的语调低下来，但言辞更加有力了，“我得让你留心一件事——别让费雷德丽卡·弗农因那个马丁而不高兴，他想娶她，是她母亲促成了这桩婚事，但她不愿意接受。你要相信，我说的每一句话都是真的。我知道，如果詹姆斯先生继续留在这儿，会让费雷德丽卡陷入不幸的。她是个漂亮女孩，应该有更好的归宿。我这就把詹姆斯送走，他是个傻瓜。费雷德丽卡的母亲究竟在想什么呢，天知道！再见了。”他真挚地握了握我的手，继续说：“也不知道何时能再见你，费雷德丽卡的事一定要放在心上，务必当自己的事来处理，为她伸张正义。她是个讨人喜欢的女孩，比我们想的还要有头脑。”

随后，他离开我，跑上了楼梯。我没有阻止他，因为我知道他是什么样的感受。听完这番话，我当时的心情就不用说了，有那么一会儿，我待在原地，沉浸在欢喜之中，费了好些劲才平静下来。

我回到餐厅后，大约过了十分钟，苏珊夫人也进来了。我断定她和雷金纳德吵架了，于是好奇地看着她的脸，想验证一下我的想法。可她真是个谎言女神，表现出漠不关心的样子，聊了一些无关紧要的事情后，她跟我说：“我听威尔逊说德库西先生要走了——今早就要离开教堂山，是不是真的？”我回答说没错。“昨晚他可什么都没跟我们说呢，”她笑着说，“今天早餐时也没说，也许他当时也不知道自己要走吧。年轻男人总是匆匆打定主意，又突然放弃掉。如果他出发前改变主意不走了，我一点也不会感到惊讶。”

她说完就离开了屋子。亲爱的妈妈，我相信雷金纳德不会改变计划，事情已经一发不可收拾了。他们肯定为费雷德丽卡吵架了。苏珊夫人的沉稳也确实惊到了我。等您见到雷金纳德时，该有多高兴啊，他仍旧值得您称赞，仍旧能为您带来欢乐！

下次写信时，我就可以跟您讲，詹姆斯走了，苏珊夫人战败，费雷德丽卡平安无事了。我们还有很多事要做，也一定能做成。我急切想知道，这一惊人变化，会招致什么样的结局。

至此搁笔，再祝贺一下。

您永远的

凯瑟琳·弗农

信 24

弗农夫人致德库西夫人

写于教堂山

亲爱的妈妈：

捎去上一封信时，我没想到当时的欢喜之情会这么快就荡然无存，甚至变成了无尽的忧郁，真后悔给您写了那封信。您能预见后事如何吗？亲爱的妈妈，两小时前充斥在我心中的希望和欢乐，如今全然消失了。苏珊夫人和雷金纳德和好了，我们又回到了原点。只有一点成功了，那就是詹姆斯先生被送走了。我们现在还指望什么呢？我真是失望极了。雷金纳德本来要走的，他的马已经在门口整装待发，谁还会觉得有顾虑呢？

整整半小时，我一直盼着他离开。把那封信捎给您之后，我去找弗农先生，坐在他房间里跟他谈论这件事情，然后决定去看看费雷德丽卡，早餐后我就没再见到她。我在楼梯上找到了她，她正在那儿哭呢。“亲爱的婶婶，”她说，“他要走了——德库西先生要走了，都是我的错。我怕您生我的气，但我也不知道会有这样的结果。”

“亲爱的，”我说，“这事不用跟我道歉，能把我弟弟送回家，我感激还来不及呢，因为，”我想了想说道，“我父亲非常想念他。不过，你到底做了什么呢？”

她满脸通红地答道：“我非常不喜欢詹姆斯先生，忍不住——我知道，我错了，可您不知道我有多痛苦，妈妈不让我跟你们说这事，而且——”“所以你就跟我弟弟说了，让他来干涉。”我替她解释道。

“不是，是我给他写信了——确实写了，今天早上，我很早就起来了，起来后两小时天才亮。写完信后，我都没想过自己会有勇气交出去。早餐过后我正要回房，却在走廊上碰到了他，我知道，一切都取决于那一刻了，于是我逼着自己把信交给了他。他人真好，很快就接了。我不敢看他，赶紧跑开了，非常害怕，简直没办法呼吸。亲爱的婶婶，您不知道我有多痛苦。”

“费雷德丽卡，”我说，“你有什么苦恼，只管告诉我，你该知道，我是你的朋友，永远都会支持你的。你觉得我跟你叔叔不会像我弟弟那样维护你吗？”

“没有，您的好心我从来没有怀疑过，”她再度脸红了，说道，“但是我想德库西先生可以对付我妈妈。可惜我错了：他们大吵了一架，他就要走了。妈妈永远不会原谅我的，我也会陷入更糟糕的境地。”

“不，不会的，”我说，“这个时候，你妈妈不应该阻止你跟我说这些。她无权让你苦恼，她不应该这样做。而且，你向雷金纳德求助，可能对大家都好。我相信这再好不过了。你以后再也不用苦恼了。”

就在那时，我看到雷金纳德走出了苏珊夫人的梳妆室，惊讶之情可想而知，紧接着，我开始感到担忧了。他看到我时，一副慌乱模样，非常明显。费雷德丽卡赶紧走开了。

“你这就走吗？”我说，“想找弗农的话，他在自己房间里。”“不，凯瑟琳，”他答道，“我不走了。能单独跟你说几句话吗？”

到了我的房间后，他的慌乱有增无减，只听他说：“我发现，我总是这么鲁莽冲动。我彻底误会了苏珊夫人，差点带着对她的错误印象离开了这栋房子。这真是个天大的误会，我想，我们都错了。费雷德丽卡不了解自己的母亲，苏珊夫人是为了她好，但她从不把母亲当朋友。所以，苏珊夫人一直不知道女儿为何不开心。而且，我也无权干涉这件事。费雷德丽卡小姐向我求助是个错误。总而言之，凯瑟琳，一切都错了，幸好现在都解决了。我想，苏珊夫人想跟你谈谈，不知你有没有空。”

“当然有了。”我答道，深深叹了一声，这演得哪出蹩脚戏啊。我没有说话，说什么都是徒劳。雷金纳德高兴地走了，我好奇地去找苏珊夫人，想听听她会怎么说。

“我说得没错吧，”她微笑着说，“你弟弟到底还是不会离开我们。”

“是的，没错。”我非常严肃地答道，“不过我当时觉得你肯定说错了。”

“我本不该冒险说那话的，”她反击道，“不过当时我突然想，他之所以要走，可能是因为早上跟我说话时，两人沟通不畅快，搞得他很不高兴了。想到这儿，我吃了一惊，觉得这场偶发的争吵我也有责任，可不能为此让你跟弟弟分离。你应该还记得，我随后就离开了早餐室。我抓紧时间，尽量澄清了这些误会。事情是这样的——费雷德丽卡非常不愿意嫁给詹姆斯先生。”

“那你觉得她应该嫁？”我有些激动地叫道，“费雷德丽卡通情达理，詹姆斯却很没头脑。”“我一点也不懊悔，亲爱的弟妹，”她说，“不过，你能给我女儿这么好的评价，我感到很高兴。詹姆斯先生是不太好，孩子气的言行让他更加蹩脚，不过，如果费雷德丽卡能有我期望的那种洞察力和才能，哪怕是稍稍有那么一点，我都不会急着促成这桩婚事。”

“真奇怪，只有你看不到自己女儿的聪慧。”我说。

“费雷德丽卡对自己没有正确的认识，她又害羞又幼稚，而且，非常怕我。她跟那可怜的父亲待在一起时被宠坏了，所以，我有必要表现得严厉一点，这让她疏远了我。她根本没有什么出色的智慧和天赋，思想也不活跃，否则她早就脱颖而出了。她受的教育何其可悲可叹！亲爱的弗农夫人，天知道我对她有多了解，但我真不想把责任推给某个人，他的名字对我来说是神圣的。”说到这儿，她假装哭了起来，我再也忍受不了她了。“但是，”我说，“夫人你怎么会跟我弟弟发生争执？”

“都是我女儿搞的鬼，这不但说明她缺乏判断力，也验证了我刚才说的，她非常怕我——她写信给德库西了。”“这事我知道，可你不许她向我和弗农先生诉苦，不向我弟弟求助，她还能怎么办呢？”我说。

“天哪！”她叫道，“你怎么可以这样看我！你觉得我会明知道自己孩子不高兴，还要故意让她痛苦吗！我不让她跟你说这些，是怕你打乱我的阴谋诡计？你觉得我没有一点正直，没有一点感情可言？我想永久把她打发掉，以破坏她的幸福作为我在尘世上的首要职责？这种想法太可怕了！”

“那你让她缄口不谈是什么意思？”我问道。“亲爱的弟妹，你知道了又有什么用呢？这事又不会就此打住。我怎么能让你卷入这种连自己也避之莫及的事情当中？不管是为你、为她还是为我，我都不该这么做。我既已打定主意，就不希望别人来干涉，不管这人有多好心。毫无疑问，你们误会了我，但我相信我是对的。”

“别人又怎么会频频误会你！你怎么可能不懂女儿的感受！你怎么会不知道她讨厌詹姆斯先生？”我说。

“我知道，他显然不是她会相中的那种男子，但我相信，她不喜欢他，不是因为他的缺点。只是，亲爱的弟妹，有关这一点，你还是不要问得太清楚了。”她热忱地抓住我的手，继续道，“我承认，我有所隐瞒。费雷德丽卡让我很不高兴！尤其是她向德库西求助，严重伤害了我。”

“你神神秘秘的是什么意思，”我说，“你觉得你女儿是因为爱慕雷金纳德才讨厌詹姆斯先生，而不是因为詹姆斯很愚蠢，所以她的反感之情不值得在意；还有，夫人，你明明知道，以我弟弟的天性，不可能拒之不理，那你为何还要跟他争吵？”

“你知道的，他这人很热心，过来劝我了，他为这个受折磨的女孩，这个悲伤的女主角动了恻隐之心。我们俩相互误会了：他觉得我应该受到更多指责，而我认为他的干涉不可饶恕，其实现在发现并非如此。我对他感到很抱歉，那种心情真是难以言表，其实我们俩都是好心，当然也都有责任。他之所以决定离开教堂山，全是因为过分激动所致。我得知他的打算后，才开始思考，或许我们都误会了对方，我应该趁早去跟他和解。因为我对你家中的每一个人都很有感情，如果与德库西先生就这么不欢而散，我会很痛苦的。还有，假如费雷德丽卡确实有不喜欢詹姆斯先生的理由，我会立即告知他，让他放弃。这事让她不快，我应该责备自己，虽然我是无心之失。她真该受到惩罚，如果她像我一样重视自己的幸福，如果她能有点判断力，尽量克制自己，她现在应该生活得不错了。抱歉，亲爱的弟妹，耽误你的时间了，不过我的性格就是这样。这番解释过后，相信我不会再惹你生气了。”

我只能说：“确实没那么生气了！”随后沉默地离开了她。这真是我能容忍的最大限度了。如果我开口，肯定会控制不住自己的。她的信誓旦旦，她的谎言，我不想详述了，肯定会让您生气的。我只觉得厌恶极了。我尽量平静下来，回了客厅。詹姆斯先生的马车就在门口，他还像往常那样，一脸的愉悦，之后就离开了。苏珊夫人鼓动或驱赶一个恋人竟是那么轻而易举！

然而，费雷德丽卡并没有轻松下来，她还是不高兴，仍旧怕她妈妈生气。而且，她虽然害怕我弟弟离开，但他留下来后，可能又觉得妒忌了。我看到她密切地注视着他和苏珊夫人，可怜的女孩，我现在觉得她没希望了，她的爱恋不会有回报的。他对她的看法曾有很大改观，给了她一些公正的评判，可是，与她母亲和好后，那渺茫的希望又随之破碎了。

亲爱的妈妈，准备做最坏的打算吧，他们很可能会结婚！他比以往都更受控于她了。如果发生那样糟糕的事情，费雷德丽卡就彻底归我们管了。

我希望上一封信不要到得太早，因为片刻的欢愉之后，随之而来的只有失望。

您永远的

凯瑟琳·弗农

信25

苏珊夫人致约翰逊夫人

写于教堂山

亲爱的艾莉西亚：

恭喜我吧，我成功了，欣喜若狂。前几天写信给你时，确实有很多恼火的理由，到现在也不知道自己该不该平静下来，因为我感到比以往任何时候都难以平息，难打起精神来。都是他那种高人一等的感觉害的，其实他根本就是傲慢无礼！我告诉你，我决不会轻易原谅他的，他差点就离开了教堂山！威尔逊告诉我他要走时，我刚刚写完上一封信。我觉得必须做点什么，因为，以我的性格，我不会受一个感情强烈又深藏仇恨的男人摆布。如果让他带着对我的不良印象离开，那是在拿我的名誉开玩笑，所以，我必须要屈尊将就一下了。

我让威尔逊告诉他，我想趁他离开前跟他谈谈，他很快就过来了，离开时的愤怒情绪已经缓和了一些。他似乎没想到我会叫他，一副迫切想知道我要说什么，但又怕被我说服的样子。如果表情如我所愿，我当时应该是冷静又尊贵的样子，还有点沉思之意，让他知道我不太高兴了。"抱歉，先生，不应该擅自派人去叫你过来。"我说，"但是，听说你今天要离开，我觉得有必要恳求你，千万不要因为我而缩短了逗留此地的时间，哪怕是一小时。我知道，发生这样的事情，我们两人没法继续住在同一个屋檐下了：亲密的友谊发生了天翻地覆的变化，以后的交流都会成为一种严酷的惩罚。你决定离开教堂山，无疑是因为你我出了状况，你的心情我也能理解。但是，我不忍心让你离开至爱的亲人。我留在这里，没法像你那样给弗农夫妇带来快乐，而且，可能我在这儿住得太久了。

因此，无论如何，离开的人应该是我，我离开对大家再好不过了。我不希望以任何方式致使相亲相爱的一家人分离。我要去哪儿，对任何人来说都不重要，我自己也无所谓。但你不同，你对所有亲人来说都很重要。”

说到这儿，我不再往下说，我想，你会对我的言辞感到满意的。这番话对雷金纳德不无影响，瞬间见效。哦，说话时看到他脸上的变化，看着他在柔情和不满中挣扎，真是件快事！他的感情容易受影响，确实有几分惬意之处，但我可不羡慕他这种情感，我自己可不想受世界影响。不过，一个人想影响另一个人的情绪时，如果对方是这种人，事情就方便多了。我只用只言片语就让雷金纳德的态度软了下来，立刻向我臣服，而且比以前更加温顺、更加依恋我，也更加忠诚。可他差点就愤怒地离开了我，还满心自负，不想屈尊来寻求解释。

现在，他虽然轻松被打败了，但我没法原谅他的骄傲之举，我想我是否该惩罚惩罚他，和解后又立即让他滚蛋，或者跟他结婚，一辈子折磨他。不过，这些手段都欠考虑，不宜实施。我现在脑子里各种计划此起彼伏，要做的事情真多：我必须惩罚费雷德丽卡，狠狠地惩罚她，她竟然向雷金纳德求助；我也要惩罚雷金纳德，因为他轻易就答应了别人的请求，还做出这样的事情来；我还要惩罚我弟妹，因为詹姆斯被遣走后，她一副张狂得意的模样；为了让雷金纳德跟我和好，我无暇顾及那个不幸的詹姆斯了；我要让他们为我这些天受的侮辱做出补偿。为达到这些目的，我想了很多计划。我也想着尽快去城里，不管实施的是哪种计划，都应该赶快行动起来；也不管哪种点子取胜，伦敦都是最适合行动的地方。况且你的社交圈也能让我受益，让我放纵一下，我在教堂山可是过了十周的苦修生活。

依我的性格，打算了这么久，必须让我女儿跟詹姆斯完婚了。你对这桩婚事有什么看法，请告诉我。你知道，我不是那种喜欢左右摇摆，容易受影响的人，费雷德丽卡别想用自己的观点来打动我。还有她对雷金纳德的愚蠢爱恋，我必须打消她这些荒唐的念头。综合考虑后，我觉得应该把她带到城里，赶紧跟詹姆斯先生结婚。

我与雷金纳德意愿相悖时，本来很自信能和他保持良好关系的，但目前来说，不尽如人意。他虽然仍在我的掌控之中，但争吵之后，的确产生了不可忽略的嫌隙，我是否该以这场胜利为荣，还拿不准。

亲爱的艾西莉亚，所有这些事，你有什么想法都告诉我。不知你是否能在自己附近帮我找个合适的住处。

你最亲爱的

苏珊·弗农

信 26

约翰逊夫人致苏珊夫人

写于爱德华街

亲爱的朋友：

谢谢你的来信，我的建议如下：你尽快到城里来，不要带费雷德丽卡。既然让费雷德丽卡嫁给詹姆斯会激怒德库西和他的家人，不如你嫁给德库西先生，更能达到你的目的。你应该多为自己考虑，别为女儿想那么多，她不会记你的好的，她跟弗农一家待在教堂山再好不过了。而你擅长社交，万万不能离开社交圈。所以，留下费雷德丽卡，算是对她折磨你的一种惩罚，让她沉迷在罗曼蒂克的柔情蜜意中，最终带来的痛苦够她受的。你尽快到伦敦来吧。我之所以这么说，还有个原因：曼瓦林上周到城里来了，不顾约翰逊先生的反对，寻机会来见我。因为你，他难过极了，而且对德库西大为妒忌，如果现在让他俩碰面，很不妥当。不过，如果你不让他在这儿见到你，只怕他会有轻率之举——比如跑到教堂山去，那就太可怕了！此外，如果你听取我的建议，决定嫁给德库西，那就必须让曼瓦林死心，只有你能影响到他，让他回到妻子身边。

而下面这个理由，也是我让你过来的原因：约翰逊先生下周二要离开伦敦，到巴斯去休养，如果那边的水土适宜，而我也不反对的话，他会因为痛风在那边待上好几周。他不在的时候，我们就可以自己选择社交群，好好享乐一番了。我本想叫你住到爱德华街来，但他曾逼着我发誓，再不邀请你到家里来，如果不是在钱方面苦恼至极，我也不会做出那样的保证。不过，我可以在上西摩尔街帮你找个很好的套间，我们可以一直待在那里，也可以到我家来，我想我对约翰逊先生的承诺可以理解为——至少他不在的时候可以这样理解：不让你到家里过夜。

可怜的曼瓦林跟我讲了他妻子的妒忌之情，那个愚蠢的女人竟然奢望这么有魅力的男人对她矢志不渝！不过她向来都是那么蠢——竟然嫁给了他，她可是大笔财产的继承人，而他身无分文——除了叫她准男爵夫人，我想她应该有个绰号叫蠢女人。她结成这桩婚事真是愚蠢至极，虽然约翰逊先生是她的监护人，但他的感觉我可不能体会，我永远不会认可她。

再见。

你永远的

艾莉西亚

信 27

弗农夫人致德库西夫人

写于教堂山

亲爱的妈妈：

这封信由雷金纳德捎给您。他逗留了这么长时间，总算要走了，只是我担心他离开得太晚，对我们没有好处。苏珊夫人要去伦敦见一位挚友——约翰逊夫人。刚开始她打算让费雷德丽卡一块去，说是方便找老师，但被我们否决了。费雷德丽卡如果跟她去，那可就惨了，我不能看着她任由母亲摆布，伦敦所有老师也不能补偿她失去幸福的痛苦。我还担心她的健康，她所有的一切，道德准则倒还好——我相信她不会受母亲或其朋友的影响。只是，她只能跟这些人混在一起——环境非常有害，毫无疑问——否则就会孤单至极，对她来说，没有比这更糟糕的了。而且，如果她跟她妈妈待在一起，天哪，很可能会有雷金纳德相伴，这真是莫大的罪恶。

我们这里不久就会平静下来，恢复正轨，我相信，读书、谈心、锻炼，还有我的孩子和各种家庭娱乐，都能让这个年轻的可人儿渐渐恢复过来。我可以毫无顾忌地说，世上的女人，最让她靠不住的就是自己的母亲了。

苏珊夫人要在城里住多久，是否还会回到这来，我也不清楚。我虽然邀她有空回来，但没有一点热忱之意，她若想来，即便我冷冷淡淡也阻止不了她。

我得知那位夫人要去伦敦后，忍不住问雷金纳德打不打算在伦敦过冬，他虽然说还没决定好，但神情和语气显然跟他的话不搭。我叹了一声，就目前来看，这事已经让我绝望了。如果他很快就离开你们去了伦敦，那就一切都完了。

您亲爱的

凯瑟琳·弗农

信 28

约翰逊夫人致苏珊夫人

写于爱德华街

我亲爱的朋友：

写这封信时我真是痛苦极了，最不幸的事情发生了。约翰逊先生歪打正着，发现了折磨我们俩的最佳办法。我猜他是从哪儿听到了你要来伦敦的消息，人为地让痛风发作了，巴斯之旅只能延迟，甚至可能去不了了。我相信，这场病痛的来去全在于他高兴与否。以前我想跟汉密尔顿一家去湖泊区时，也发生过同样的情况；三年前我想去巴斯，他就没有痛风征兆。我的信对你有这么大影响，真是太好了，德库西肯定是你的了。你到伦敦后立即通知我，尤其要告诉我你打算怎么对待曼瓦林。何时能去见你还很难说，我受到的限制太多了。他不在巴斯病倒，偏偏在这儿病倒，真是讨厌的伎俩，让我完全没办法听任自己了。如果在巴斯，他的老姑妈会照顾他，而在这儿，只能全靠我了。他默默忍受着病痛，让我连发脾气的借口都没有了。

你永远的

艾莉西亚

信 29

苏珊·弗农夫人致约翰逊夫人

写于上西摩尔街

亲爱的艾莉西亚：

约翰逊先生即便不突发痛风，都已经够让人讨厌了，现在这样，真让人厌恶至极。竟然把你当个护士似的禁闭在他屋里！亲爱的艾莉西亚，嫁给他这么大年龄的人，你真该为自己当初犯下的错误忏悔！他又老又呆板，难以控制，还患有痛风；想喜欢他吧，太老了点；想等他死吧，又太年轻了一点。我昨晚五点左右到的，曼瓦林出现时，我刚刚吃完晚餐。我不想掩饰见到他时的欢喜之情，也不想否认我感觉到的巨大反差，不管是容貌还是言行举止，雷金纳德跟他一比，都相差甚远。有那么一两小时，我一直在想，不如嫁给他算了，虽然这只是个懒散而荒谬的想法，不会在我心里停留多久。对于婚姻，我不想急着下定论，也不盼着雷金纳德如约到城里来。我可能找个借口，让他延迟到城里的时间，等曼瓦林走了再让他来。

我有些迟疑不决，要是雷金纳德爵士死了，我绝不会有半点犹豫，但目前那个老家伙时好时坏的，完全取决于他的状况，一点也不适合我热爱自由的天性；我要是下定决心等着那老家伙过世，借口倒是足够，因为我现在守寡还不到十个月。我没让曼瓦林知道我的打算，也没让他觉得我跟雷金纳德不单是普通的调情，我把他安抚好了。

你给我挑的住房我非常满意，希望早点见面。

你永远的

苏珊·弗农

信 30

苏珊·弗农夫人致德库西先生

写于上西摩尔街

你的信我收到了，得知你迫切期待与我相会，欢喜之情实难掩饰，但同时我也觉得，见面的时间有必要往后推一推了。不要觉得我冷酷无情，仗着自己的魅力颐指气使，也不要指责我的多变，先听听我的理由。

从教堂山过来的旅途中，我借着闲暇之便，考虑了你我的现状。回顾之后，觉得我们必须谨慎持重一些才好，迄今为止，我们在这方面一点都不注意。你我的感情太过仓促，缺乏沉淀，朋友们都是这么说的，世俗观点也是这么认为的。我们匆匆订下婚约，一点也不谨慎，所以不能轻率行事，只怕你信赖的朋友们有太多理由来反对这门亲事了。

你父亲希望你娶个门当户对的人，像你家人一样拥有丰厚的财产，这种累积财产的愿望虽然不算太明智，但也是人之常情，不会让人觉得惊讶或愤恨，所以我们不该责怪他。他有权要求你为家里找一个富有的妻子。有时我也埋怨自己，这样与你结亲，让你遭罪，太鲁莽了。但是，像我这种感觉至上的人，理智往往来得太晚了。

我现在新寡不过数月，虽然那段持续了多年的婚姻没有留下任何幸福美好的回忆，但我知道这么快再婚会遭到世人谴责的，人们会说我粗俗不堪，弗农先生也会为此不悦，这是我没法忍受的。或许我可以及时强硬起来，反对世俗的不公和指责，但如果失去弗农先生的尊重，我无论如何都受不了。更何况这还会伤害到你跟家人的关系，我怎么能这样呢？你作为一个儿子，如果因为我而跟父母分离，只会让我原本凄苦的心更加不安，就算跟你在一起，也只能悲戚度日。

因此，我们应该晚些再相聚——等情况乐观一点再说——等出现好的转机时再说。为了我们的计划，我觉得你不应该到这儿来，你我不能见面。这句话真是残忍，但我必须说出口，我也不想这样，等你考虑到我们的现状时，就知道我妄自写这样的话是多么无奈了。你应该——你一定要相信，推迟相聚的时间，完全是信念支撑着我，对我来说也是一种折磨，千万不要怀疑我不在乎你的感情。好了，再说一遍，我们不应该、也不能见面。你我分开几个月后，你姐姐——弗农夫人的担忧之情应该能平息下来了，她习惯了养尊处优的生活，总觉得财富必不可少，以她的天性，是没办法理解我们的。

尽快回信给我——一定要快，告诉我你听从我的安排，不会因此而责怪我。我受不了你的指责：我的精神已经承受得够多了，不能再施压了。我得寻求些欢愉才行，幸好我在城里有很多朋友，曼瓦林就是其中之一。你看，我对他们夫妇都是那么真诚。

永远忠于你的

苏珊·弗农

信 31

苏珊夫人致约翰逊夫人

写于上西摩尔街

我亲爱的朋友：

那个折磨人的家伙，雷金纳德，到这儿来了。我写信给他，本想让他在乡下多待一段时间，没想到却加速了他来城里的步伐。我希望他赶紧离开，但也只能取悦于他，表明我对他的依恋。

他的心，他的灵，都对我忠贞不渝。他会把这张便条带给你，算是我的一封介绍信，他很想认识你。让他跟你待一个晚上，千万别让他回到这儿来。我跟他说我不太舒服，想自己静一静。如果他回来，可能会引起混乱，因为仆人信不得的。我请求你把他留在爱德华街，你会发现，与他相伴一点也不让人觉得沉闷的；我允许你跟他调情，你喜欢就好。同时，别忘了我的真正用意；你要尽可能让他相信，如果他继续待在城里，会置我于悲惨境地；各种理由你明白的，不合体统，诸如此类。我自己也会刺激他走，不过我失去耐心了，只想尽快摆脱他，因为曼瓦林半小时后就会过来。

苏珊·弗农

信 32

约翰逊夫人致苏珊夫人

爱德华街

我亲爱的朋友：

我痛苦万分，不知道如何是好了。德库西先生来得真不是时候，他到这边时，曼瓦林夫人刚刚进屋，硬是要见她的监护人，这事我也是后来才知道的，因为他们俩到家时，我刚好外出，否则我无论如何都会把雷金纳德赶走的。幸好曼瓦林夫人一见到约翰逊先生就闭嘴了，而当时雷金纳德正在休息室等我呢。

曼瓦林夫人是昨天到的，追着她丈夫来了，这事或许她丈夫已经告诉你了。她是来家里寻求监护人出面干涉的，我还没反应过来，雷金纳德就已经什么都知道了，你想掩饰的一切都没能藏得住。很不幸，曼瓦林夫人从她丈夫的仆人那儿挖到了消息，得知你到城里后，他每天都去拜访你，因此自己跟踪他，到了你的门口！我能说什么呢，这事真是太可怕了！现在德库西什么都知道了，这会儿正跟约翰逊先生私谈。不要怪我，这事我也阻止不了。约翰逊先生有段时间怀疑德库西想娶你，得知他到家里后，马上就想跟他单独谈谈。

那个可恶的曼瓦林夫人，如你所愿，已经比以前更瘦更丑了，她还在这里，他们三个正在密谈。我能怎么办呢？就让我那个丈夫变本加厉地折磨我吧。

我焦虑万分。祝福你。

你忠实的

艾莉西亚

信 33

苏珊夫人致约翰逊夫人

写于上西摩尔街

你这番话真让人恼火。倒霉透顶，你当时应该在家的！我还以为你七点钟肯定会在家呢！不过我还不会泄气。别折磨自己了，我不会怪你，放心吧，我会跟雷金纳德好好编个故事的。

曼瓦林刚走，告诉我他妻子到城里来了。愚蠢的女人，她使这种伎俩到底想干吗？我真希望她老老实实地待在兰福德。

雷金纳德肯定会暴怒，不过到明天吃晚餐时，一切都会恢复常态。

再会！

苏珊·弗农

信 34

德库西先生致苏珊夫人

写于宾馆

我写这封信是想跟你道别的，你的魅力不再，我已经把你看透了。昨天分别后，我从权威人士那儿听闻了你的事，只恨自己听信了你，任由你摆布，我现在要马上离开了，永远不再见你。我指的是什么，你心知肚明。兰福德！兰福德！光是这个词就够了。这些消息都是曼瓦林夫人亲自告诉我的，就在约翰逊先生家。

你知道我是多么爱你，我现在的心情你也很清楚。不过，对于这样一个以别人的痛苦为乐，从不对别人付出真爱的女人，我决不会软弱地向她吐露自己的情感。

雷金纳德·德库西

信 35

苏珊夫人致德库西先生

写于上西摩尔街

读了你的便条，我的惊讶之情简直难以形容。我茫然不知所措，没法理性地思考曼瓦林夫人究竟跟你说了什么，竟让你的感情一下子发生这么大变化。人们揣测我的意图，对我进行恶意的诽谤，我不是都跟你解释过了吗？你究竟听到了什么，竟摇摆不定，不尊重我了？我对你隐瞒了什么吗？雷金纳德，你带给我的不安难以言喻，我没想到曼瓦林夫人因妒忌生出的那个老故事会再度复苏，再度被人听到。

快到我的身边来，有什么迷惑都跟我说清楚。相信我，兰福德的说辞一点都不可靠，没有听信的必要。如果要分手，你离开即可——不过我可没心思开玩笑；我是认真的；你对我失去尊重之情，哪怕只是一小时的时间，我都觉得是一种耻辱，不知道如何去承受。

我会一分一秒地数着时间，等着你的到来。

苏珊·弗农

信 36

德库西先生致苏珊夫人

写于宾馆

你为何还写信给我？还想了解什么细枝末节？事情已然至此，我也就说清楚吧。你在弗农先生死后的所有不端行为，我早有所耳闻，见到你之前，我对世俗的看法笃信不疑，但你施展出自己歪曲事实的能力，让我摒弃了那些看法，在无法辩驳的情况下相信了你。但以后不会再信了，我以前从未想过你跟那个男人有什么关系，现在知道了，你们不仅有关系，而且还在继续，你打乱了那个家庭的平静。那家人热情接待了你，而你就是这么回报人家的。你离开兰福德后一直在跟他联系，是他，而不是他妻子，现在他还天天来拜访你。

这一切你能否认吗？你一边跟他相好，一边诱使我成为你的恋人，我就这么上了圈套！我真该感谢你，我不会抱怨，也不会遗憾地叹息，我的愚笨让自己遭此厄运，是另一个人的善良和诚实挽救了我。最不幸的是曼瓦林夫人，她讲述过去时，巨大的痛苦让她失去了理智，都不知道怎么安慰她好！

说了这么多，你不会再假装不明白我为何要跟你说再见了吧。我对你的了解最终又回到了原点。我明白了，与其憎恶那些征服我的诡计，不如鄙视自己，因为自己软弱，才让人有机可乘。

雷金纳德·德库西

信 37

苏珊夫人致德库西先生

写于上西摩尔街

我心满意足，写完这几行，也不会再打扰你了。两周前你还渴望与我订婚，如今，一切都已面目全非。我高兴地发现，你父母的精明忠告没有白费。不过，相信你的孝顺之举并不能让你马上恢复平静，我也只能安慰自己，希望自己能从失望中挺过来。

苏珊·弗农

信38

约翰逊夫人致苏珊·弗农夫人

写于爱德华街

亲爱的朋友：

你跟德库西先生关系破裂，我很难过，虽然并不觉得惊讶，他已经写信告知约翰逊先生了。他说今天要离开伦敦。相信我，你的感觉我能体会，但我还得说，我们的交往也要告一段落了，哪怕是写信也不能了，希望你不要为此而生气。这事我也很痛苦，但约翰逊先生郑重说过了，如果我继续跟你来往，他就要到乡下度过余生，你知道，那种窘境是无法忍受的，我只能选另外一条路了。

你肯定听说了，曼瓦林夫妇要离婚，我担心曼瓦林夫人会回到我家来住；不过，她仍旧太爱自己的丈夫，很为他苦恼，或许她活不了多久了。曼瓦林小姐刚刚来了城里，跟她姑妈住在一起。他们说，那位小姐声称，离开伦敦前一定要追到詹姆斯·马丁先生。如果我是你，就干脆自己把他弄到手好了。我对德库西先生的印象差点忘记告诉你了：我很喜欢他，觉得他跟曼瓦林一样帅气，他性格爽朗、令人愉快，让人忍不住对他一见钟情。约翰逊先生跟他是至交。

再见了，最亲爱的苏珊，真希望事情不要这么背离人意。去兰福德真是一场不幸！不过，我敢说，你已经尽力了，只是命运弄人。

你最亲爱的

艾莉西亚

信 39

苏珊夫人致约翰逊夫人

写于上西摩尔街

亲爱的艾莉西亚：

既然你我必须分离，我也只有接受的份，你也是不得已而为之。不过，我们的友谊不会因此而受损，等你像我一样独立时，美好的时光就会重现，我们又可以像从前一样亲密无间了。为了这一天，我只能焦虑地等待着，同时，我可以肯定地跟你说，我从来没像现在这么轻松过，或者说，从来没对自己，对周围的一切这么满意过。

我憎恶你丈夫，看不起雷金纳德，永不会再见他，我不该为此而欢庆吗？曼瓦林比以往更专注于我，而且，我们自由了，如果他求婚，估计我不会拒绝。要是他妻子跟你们住，这事就靠你了，你完全可以推动事情的进度。她的感情那么强烈，容易被激怒，会让她耗尽的。你我朋友一场，相信你会帮我的。我现在很高兴自己没跟雷金纳德结婚，也决不让费雷德丽卡有此机会。明天，我就把她从教堂山接来，让玛利亚·曼瓦林小姐担惊受怕去吧。费雷德丽卡成为詹姆斯先生的妻子之前，绝不能离开我的家，她或许会抱怨，弗农一家也会恼怒，但我不在乎。

我已经厌倦了，不会再让别人的反复无常左右我的意愿，也不会再抛开自己的看法去顺从别人，我对他们可没这义务，也没有尊重之情。我放弃的已经够多了，我很容易受人影响。费雷德丽卡会发现，现在的我已经变了。

再见，最亲爱的朋友，希望你丈夫迎来更加痛苦的下一次痛风！希望你永远把我当成最好的朋友。

苏珊·弗农

信 40

德库西夫人致弗农夫人

亲爱的凯瑟琳：

我有个大好的消息要告诉你，雷金纳德回来了！早上真不该给你寄那封信，免得你为雷金纳德去了伦敦而恼火。他现在回来了，不是来问我们让不让他娶苏珊夫人，而是来告诉我们，他们已经断绝关系了。他刚到家一小时，细节我还不清楚，因为他很沮丧，我不忍心细问，不过，估计马上就会有眉目的。自打他出生以来，就这一刻，让我们最最欢喜了。我们只有一个愿望，恳请你到这边来，越快越好。几周前你就应该到的，希望这不会给弗农先生带来什么不便；也希望你把孩子们都带上，当然还有你那可爱的侄女，我很想见见她。

之前雷金纳德不在，又没有教堂山的人来，这个冬天真是痛苦难熬，让我觉得前所未有地枯燥乏味，这次欢聚定然会唤回我们的活力。费雷德丽卡经常在我的脑海里出现，等雷金纳德恢复了往日的蓬勃朝气——相信很快就会恢复的，我们就试着让他转变心意，我希望满满，相信不久就能看到他们手牵手在一起了。

爱你的母亲

C. 德库西

信 41

弗农夫人致德库西夫人

写于教堂山

亲爱的妈妈：

您的来信让我万分惊讶！他们真的分手了——永远？我应该欣喜若狂的，只是不太敢相信，因为见识了那么多以后，确实没办法相信雷金纳德真的回到了你的身边！想想周三那天的事，我更觉得惊讶了，就是他刚回到帕克兰德的那天，不受欢迎的苏珊夫人出人意料地来了，一脸的快活、容光焕发，似乎去了伦敦以后，更有意于跟他结婚了，完全没有与他诀别的意思。她大概待了两小时，跟从前一样温柔亲切、令人愉快，没有任何一句话，也没有任何迹象表明他们之间出现了争吵或感情淡漠。我问她我弟弟去城里以后，是否跟她见过面。您知道的，我的意图不在于了解真相，只是想看看她的反应。她马上就回答了我的问题，没有任何尴尬之情，说他很友善，周一曾拜访过她，不过，她相信他已经回家了，我才不信呢。

您的邀请，我们欣然接受，下周四，我和孩子们就可以跟您团聚了。上天保佑，希望到时候雷金纳德不会又去了城里。我也希望能带上亲爱的费雷德丽卡，可遗憾的是，她母亲到这来，就是为了把她接走的。这可怜的女孩太悲惨了，但这事谁也阻止不了。我一点都不愿意让她走，她叔叔也一样，我们尽力劝说，可苏珊夫人说，她要在伦敦待上几个月，如果女儿不在身边，不给她找老师，她会于心不安的，诸如此类。无可否认，她的态度友善温和，没有任何不妥，弗农先生相信她以后会爱护费雷德丽卡，我真希望自己也这么想。

跟我们告别时，那个可怜的女孩心都碎了。我嘱咐她一定要经常写信给我，让她记住，万一有什么困难，我们永远都是她的朋友。我单独跟她说了这些，希望这番话能让她舒坦一点。但是，如果不亲自去城里看看她的情况，我放不下心来。

我也希望能撮合您信尾提到的婚姻，希望不是白白期盼一回，可现在，这似乎不太可能了。

您永远的

凯瑟琳·弗农

尾声

因为当事人之间的聚散离合，通信没再继续，这对邮局的收益来说真是个莫大的损失。情况发展如何，从弗农夫人和她侄女的书信中能获悉的甚少，因为前者很快就从书信风格中发现，费雷德丽卡的信都是在母亲的监督下写的。因此，她不再时时刻刻惦记着给她写信，不再追问细节，而是亲自去了伦敦。

其间，她从直率的弟弟那里了解到很多，知道他和苏珊夫人之间发生了些什么，从此也更加看不起这位夫人，更急着让费雷德丽卡离开这样的母亲，由自己来照管。尽管希望渺茫，她还是决定试一试，想看看能否得到嫂嫂的许可，她的焦虑之情催着她早早地去了伦敦。弗农先生呢，就像先前表现出来的一样，总是想做什么就做什么，他在业务上找了个妥帖的理由，也去了城里。满心狐疑的弗农夫人到伦敦后，马上就迎来了苏珊夫人，对方是那么从容优雅，令人愉悦，差点就让她忘了自己的憎恶之情。苏珊夫人没有回忆雷金纳德，没有自责之意，也没有任何的尴尬窘迫，她精神饱满，似乎只急于表明她对小叔子和弟妹的感激之情，与他们做朋友的欢喜之意。

费雷德丽卡跟苏珊夫人一样，没什么变化，在母亲面前还是那么拘谨，一副羞怯的模样。这让她婶婶更加确定，她过得一点都不舒坦，所以暗自下定决心，要把她从火坑中救出来，虽然苏珊夫人并没有表现出任何刻薄的样子。她不再逼着女儿嫁给詹姆斯先生，基本没提起他，只说他不在伦敦。她所有的话题都围绕着女儿的幸福和成长，高兴地说费雷德丽卡越来越让母亲称心如意了。弗农夫人又是惊讶又是疑虑重重，到底怀疑什么，自己也说不清楚，她没改变主意，只是担心计划很难实现。直到苏珊夫人问她，跟住在教堂山相比，费雷德丽卡有无变化，并且承认自己有时感到焦虑，不知道伦敦是否真正适合女儿时，她觉得事情有了转机。她说苏珊夫人的疑虑不无道理，坦白建议让侄女回乡下去。面对她的友善，苏珊夫人不知道怎么表达自己的情感才好，她说不管怎么样，她都没办法割舍得下自己的女儿。而且，虽然计划尚未完全定下来，但不久后如果要把女儿送到乡下去，她自己就可以执行，不需要弗农夫人费这么大的心。弗农夫人坚持自己的意见，苏珊夫人也不让步，几天下来，似乎没有妥协的意思。

就在这期间，恰逢来了一场流感，悬而未决的事马上就有了结果。因为担心女儿，苏珊夫人一下子惊醒了，一心只想让她远离危险，免受感染，对女儿染上流感的担忧之情超过了其他一切琐事！费雷德丽卡随叔婶回了教堂山。三周后，苏珊夫人宣布她就要与詹姆斯·马丁先生结婚了。至此，弗农夫人发现，先前所有的疑惑有了答案，原来自己催促费雷德丽卡离开，只是帮苏珊夫人搬开了绊脚石而已，对方从一开始就有此意。费雷德丽卡本来说只住六周，但她母亲很乐意让她继续待下去，让所有人都开心。虽然也写过一两封情真意切的信来邀她回去，但两个月后，再不提女儿不在身边的事，又过了两个月，彻底不给她写信了。

因此，费雷德丽卡一直住在叔叔和婶婶家，终有一天雷金纳德·德库西会禁不住劝说和巧言哄骗，对她动心，熄灭对她母亲的爱恋之情，杜绝将来的一切牵扯，不再受她吸引。一年以后，这事大概就能成了，也许三个月就差不多了，因为雷金纳德的感情来得快去得也快。

苏珊夫人二婚后是否幸福，很难说，因为，谁敢担保自己的想法准确无误呢？世人都是根据表象来判断罢了，她虽然没吃什么亏，但丈夫并不是自己喜欢的类型，良心上也过意不去。

詹姆斯先生可算是倒了大霉，虽然他糊涂透顶，却也不该受这样的罪。因此，就让世人同情他去吧。我承认，我只同情曼瓦林小姐一人，她到城里后，把两年的时间都花在了衣物装扮上，只为了捕获詹姆斯的心，最终却输给了一个比她大十岁的女人。

艾米莉亚·韦伯斯特

献 词

一个妙趣横生，写得很不错的故事，献给奥斯汀夫人。来自她卑微的仆人。

信 1

致艾米莉亚·韦伯斯特小姐

亲爱的艾米莉亚：

听到这个消息你肯定会高兴的，我那可亲的哥哥从国外回来了，周四到的。我从来没见过他那么好的外形，你这位密友除外。

玛蒂尔达·赫维

信 2

致亨利·贝弗利先生

亲爱的贝弗利：

我上周四到的，父亲、母亲和妹妹们都热情接待了我。我两个妹妹都是很好的女孩子，尤其是玛蒂，我觉得很适合做你的妻子。你觉得怎样呢？她将拥有两千英镑，数目不少于你以后继承的财产。如果你不跟她结婚，那就太让人难过了。

乔治·赫维

信 3

致玛蒂尔达·赫维小姐

亲爱的玛蒂：

得知你哥哥回来了，我真的很高兴。我有很多事要跟你说，但信纸难书，我只能说，我是你忠实的朋友。

艾米莉亚·韦伯斯特

信 4

致莎莉·赫维小姐

亲爱的莎莉：

我找了一棵方便把信放进去的空心老橡树，长期以来，我们俩一直是秘密通信呢。这棵树距离我家一英里，离你的住处七英里。你可能觉得我应该选一棵距离两边路程差不多的树，这点我也考虑到了。不过，鉴于你身体虚弱，健康状况不稳定，我觉得多走路对你有好处，所以就不选离你比较近的地方了。

你忠实的朋友

本杰明·巴尔

信 5

致玛蒂尔达·赫维小姐

亲爱的玛蒂：

我写这封信是为了告诉你，我上周一前往巴斯，路过你家门口时没有前去拜访。另外还有很多事要告诉你，但信纸难书，你只要相信，我永远是你忠实的朋友。

艾米莉亚·韦伯斯特

信 6

致韦伯斯特小姐

星期六

小姐：

此刻写信给你的是一个卑微的仰慕你的人。上周一你前往巴斯路过我家门口时，我看到了美如天仙的你。我是透过望远镜看到你的，马上就被你的美貌迷住了，此后茶饭不思。

乔治·赫维

信 7

致杰克

今早我吃早餐时，来了一份报纸，我在婚讯栏中看到了下面一则消息：

> 乔治·赫维先生与艾米莉亚·韦伯斯特小姐喜结连理，亨利·贝弗利先生与玛蒂尔达·赫维小姐喜结连理，还有本杰明·巴尔先生与莎莉·赫维小姐喜结连理。

你的

汤姆

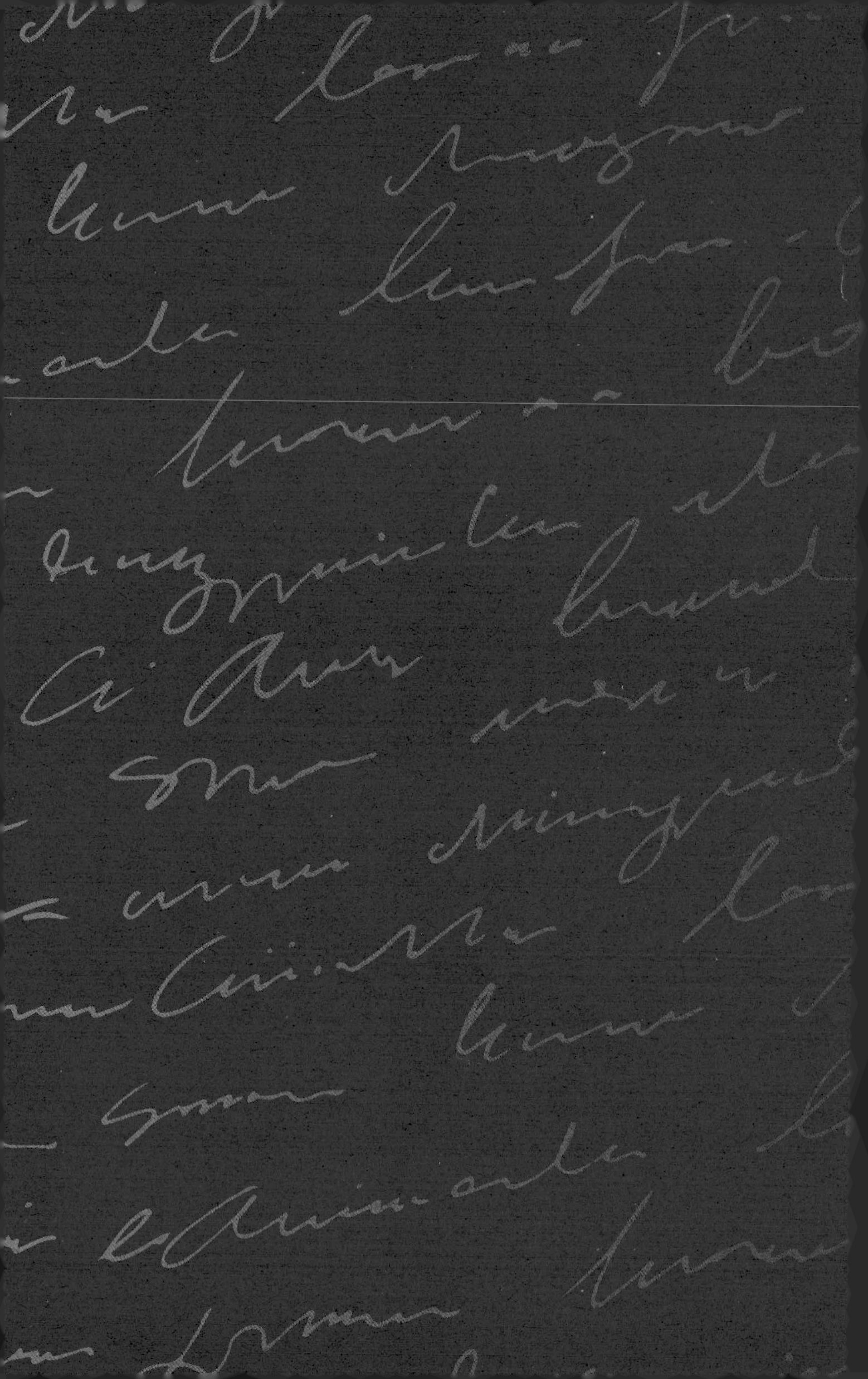

Part 2

中短篇小说

Jane Austen

凯瑟琳

献 词

致奥斯汀小姐

小姐：

因你热心而慷慨的支助，《美丽的卡桑德拉》和《英格兰历史》已经有六十个版本了，在英国所有图书馆都找到了一个角落。我斗胆请求你也为下面这篇小说耗费些心思，我自认为这是一篇前无古人，后无来者的杰作，除非这个来者就是你这位感激而卑微的仆人。

1792 年 8 月

于斯蒂文顿

1

就像先前的很多主人公一样，凯瑟琳很不幸，年幼时便失去了双亲，在一位未婚姑妈的照顾下长大。那位姑妈虽然爱她，但对她的言行看管极严，因此让很多人（包括她自己）怀疑，姑妈到底是不是真的爱她。因为有这样的猜忌，她很少有真正的快乐可言，有时只因某位军官到场，她就不得不放弃舞会，或是不得已跟姑妈介绍的舞伴跳舞，没法自己选择。但是她精力充沛，不容易沮丧，除非是特别大的烦恼，否则没有什么能影响到她的勃勃生机和好情绪。除了靠自身精力来对抗失望，她还有一个始终能安慰自己不幸的地方，那是一个漂亮的凉亭，是她在年幼时和村里的两个伙伴一起建成的。有烦心事时，她总会到那个凉亭里去，就在姑妈花园里一条幽静宜人的小路尽头，对她来说，那儿似乎有某种魔力，总能平静她的内心，抚慰她的情绪。也许在卧室里独处和沉思也有同样的效果，但因为习惯使然，凯蒂[1]总是首先想到凉亭，不会想到卧室，觉得只有那里能让自己舒缓过来。

凯瑟琳想象力丰富，对于友情以及脑海里能想到的方方面面都有着炽热的感情。那座凉亭是她和两个美丽女孩共同努力的结果。她很小的时候，就对这两个女孩倍感亲切和喜爱。她们是教区牧师的女儿，姑妈一直跟那个家庭保持着非常亲密的联系。因为那两个女孩接受的教育模式跟她不一样，所以她们大部分时间都不在一起，只有等韦恩小姐们放

①凯蒂，凯瑟琳的昵称。

假时，才能聚到一块儿。现在凯蒂时常觉得难过，在那美好的童年时光里，她和亲爱的朋友们一起建起了凉亭，可眼下她与她们的分离或许已经成了永恒，因此这里比其他地方都更能勾起她忧伤而美丽的回忆。有她们相伴的日子，每每想起，令人伤感，又倍感安慰！

如今，牧师韦恩先生已经去世两年了，随之发生的亲人分离让人悲叹不已。他的家人陷入了只能依赖一些亲戚生活的境地，那些人虽然很富足，也与他们联系紧密，却不管怎么劝说都不愿支助这个家，为这个家庭做点贡献。所幸的是，韦恩夫人不知道，也不用承担这些苦了，丈夫去世前两个月，她已经脱离了病痛苦海。大女儿塞西莉亚不得不接受一个表兄的邀请，整装去了东印度，虽然她一点也不愿意，可只有接受这份邀请，她才有生存下去的可能。然而，这完全不符合她一直以来的观念，也违背了她的意愿，让她在情感上非常抵触，如果可以选择，她宁愿做苦役也不到那边去。到了孟加拉后，因为个人魅力，她很快就找了个丈夫，现在已经结婚快一年了。婚礼奢华，但婚后很不幸福。那个男人年龄是她的两倍，性情一点也不随和，举止也不宜人，虽然人品还是不错的。朋友结婚后，凯蒂收到过她的两封信，信中总透露着不满，虽然没有直白的情感描述，但字里行间都可以看出她不幸福。她什么快乐的事都没提过，只是怀念已一去不复返的曾经在一起的美好时光，如今唯一的幸福，就是盼望着再度回到英格兰。

塞西莉亚的妹妹玛丽由另一个亲戚，一位老贵妇——哈利法克斯夫人带走了，去给她的女儿们做伴，并在塞西莉亚离开英格兰时，随着那个家庭去了苏格兰。凯蒂从她那儿收到的信比较多，但从信中来看，她也不比姐姐舒服多少。她的境况和姐姐一样，充满了悲伤和绝望，她没有结婚，还有望改变处境，但就现状来说，希望很渺茫。在这样一个家庭里，虽然都是亲戚，但没一个朋友，她的信里多是沮丧的情绪，因为与姐姐分离，而且姐姐的婚姻很不幸。与世间最喜欢的两个人——塞西莉亚和玛丽分离后，凯蒂对她们的情感越来越深，对能勾起回忆的一切都倍加珍爱，她们种的灌木，还有互赠的纪念品都变得那么神圣可贵。

2

现在切特温德村的教产归达德利先生所有，那一家子完全不同于韦恩家，对珀西瓦尔夫人和她侄女来说，他们只会制造麻烦和苦恼。达德利先生是一个贵族家庭的小儿子，那个家以骄傲而非富足闻名。这位先生酷爱尊严、善妒、执着于权势，永远在跟人吵架，不跟珀西瓦尔夫人吵，就跟她的管家和佃户就教会税争执不休。也跟很多邻居吵闹，因为得不到他想要的尊重，抑或是炫耀不成。他妻子是一个未受过教育的无知女人，来自一个古老的家庭，她以自己的家庭为傲，却不知道其中缘由，就跟达德利先生一样，自大、好争吵，也不想想究竟为什么而吵。两人独有一女，遗传了父母的愚昧无知和傲慢，她根本就不漂亮，可父母却视她为魅力无敌的可人儿，希望她将来能嫁入豪门，恢复家庭荣誉。因为家境日渐衰落，达德利先生不得不在这乡村做牧师，他们的尊严大大受损了。

很快，他们就视珀西瓦尔家为低劣家庭，看不起她们，同时又羡慕她们的财富，妒忌她们比自己更受尊重，可又假装她们在自己眼里无足轻重，不断散布恶意谣言中伤她们，毁坏她们在邻里中的形象。

这样一个家庭，怎么能安慰凯蒂与韦恩姐妹分离的失落，弥补她在社交圈的损失？在这偏远之地，面对这样的烦恼，凯蒂有时特别想有个朋友。姑妈对她可以说是爱得过度了，只要看到她没精打采的，就会难过不已，但又总担心只要给她自由选择的机会，她就会鲁莽结婚。因此，只要看到她跟年轻男子在一起，就会对她的行为很不满。姑妈天性开朗率直，当她为侄女考虑的时候，会希望周围的社交圈大一些，自己也能与更多人交往，但想到每个家庭都有年轻男子，这样的想法马上就会消失。因为同样的担忧，珀西瓦尔夫人不常参加邻里的社交活动，也不邀请亲戚到家里消耗时光。因此有家远亲要来切特温德做客时，她觉得很担忧，因为那家有个年轻男子，听说有种种叫人惊恐的恶习。不过那个儿子出门旅行了。凯蒂再三恳求让那家人来，姑妈也知道自己拒绝了太多友人的来访，这次她又很想见见那家人，因此很容易就被说服了。整个夏天都按捺不住喜悦的心情，急切等着他们到来。

即将来访的是斯坦利夫妇，凯瑟琳非常高兴，因为有了盼头，觉得只与姑妈交谈的单调生活必然会有改善。她精神高涨，他们到达前三四天，她简直无法集中精力做任何事情了。珀西瓦尔夫人总觉得她出了问题，常常抱怨，说她做事缺乏沉稳和耐性。的确，凯蒂生性急切，沉稳和耐性不符合她的性格，不过，这两种品性在年轻人身上也不常见。因为缺个宜人的伙伴，姑妈的话语又那么乏味，她越来越不想做手头的事情，发现自己厌倦了在客厅里读书、工作和画画，更愿意到凉亭里去，珀西瓦尔夫人因为怕潮，从来不跟她一块儿去的。

家里的一切都整洁得体，姑妈为此而自豪，更令人扬扬得意的是，她知道自己的房屋向来都井然有序，因为她的财富可观，家业颇丰，简直不需要做什么准备来迎接客人。期盼了好久，客人终于到了，马车声响起，绕着蜿蜒的小路而来，凯瑟琳觉得这声音比意大利歌剧乐还要迷人，对很多女主角来说，最享受的可就是歌剧了。

斯坦利夫妇非常有钱，也很时髦。斯坦利先生是众议院的一员，因此，他们有半年的时间住在伦敦，虽然是强制性的，但也很宜人。斯坦利小姐自六岁起到今年春天，一直有最好的老师辅导，在这十二年的时间里，她专注于学习各种才艺，现在正是展示的时候，几年后又会彻底放到一边的。她外形优雅，非常漂亮，也不缺少才能，但本该致力于获取有用知识和提高精神层次的这几年，她却全用来学习画画、意大利语和音乐，尤其是后者。因此，现在的她虽然多才多艺，但阅历、理解力欠缺，而且没有什么品位和判断能力。她天生好脾气，但不知道反省，受挫时缺乏耐心，也无法为别人的幸福牺牲自己的喜好。她所有心思都围绕着自己的美丽外表和时尚衣物转，希望能招来诸多爱慕。她声称喜欢书却从来不读，她漂亮却没有智慧，脾气好但没什么优点，这就是卡米拉·斯坦利。

凯瑟琳呢，因为喜欢卡米拉的外表，再加上自己处境孤独，会喜欢上任何一个来访之人，加之她的理解力和判断力也不尽如人意，所以一看到斯坦利小姐，就相信对方正是自己需要的伙伴，可以从某种程度上弥补塞西莉亚和玛丽·韦恩不在的缺憾。从卡米拉到家的第一天起，她就整天和她黏在一起，又因为家里只有这么两个年轻人，她们俩总是形影相随。

凯蒂是个很好的读者，虽然读得不是很深入。发现斯坦利小姐也喜欢读书时，她高兴不已，急切想知道她们对书的品位是否相同，于是开始问新朋友各种问题。她虽然读了很多现代史，但一开始只挑了一本轻松的、广泛受青睐的书来问。“我想，你肯定读过史密斯夫人的小说吧！”她对同伴说。

“哦，当然了。”斯坦利小姐答道，“我非常喜欢她的小说，简直是世界上最美好的东西。”

“你最喜欢哪本？”我问道。

“哦，亲爱的，我觉得它们之间没有可比性——《艾米琳》要远胜其他。”斯坦利小姐说。

“我想，很多人都这么认为，不过，对我来说，好像没那么大差别。你觉得那一本写得更好些吗？”我说。

“这我可不知道，但就是各方面都挺好的。《埃塞雷德》就太长了。”

“相信这也是很多人不喜欢后者的原因，”凯蒂说，“不过对我来说，如果一本书写得很好的话，只会让人觉得还没读够。”

“我也这么认为，只是那本书还没看完，我就已经厌倦了。”

“你不觉得《埃塞雷德》的故事情节很有意思吗？有关格拉斯米尔的描述，你不觉得很美？”

“哦，因为太急着看结局，我都跳过去了。”随后，她毫不费力地转换了话题，继续说道，“今年秋天我们要去湖泊区，真是太高兴了，亨利·德弗洛先生承诺跟我们一起去，有他在，旅途会愉快得多。”

“那是肯定的。不过，我觉得亨利先生的幽默总不能留到最需要的时候发挥，有点可惜。当然了，你有这么好的安排，很让人羡慕。”

“哦，一想到这个我就高兴呢，别的都不愿去想了。我跟你说，上个月我什么都没干，只是在筹划应该带什么样的衣服，我最后决定，除了旅行装之外，应该再带点别的。如果你以后去，我也建议你这样，因为我琢磨着，可能会碰上赛马会，还可能在马特洛克或斯卡布罗停留，要为这种场合做些准备。”

“然后，你们打算去约克郡吗？”

“肯定不去——其实我根本不知道路，也从来不为这些事操心。我只知道我们要从德贝郡去马特洛克和斯卡布罗，但究竟先去哪里，我不清楚，也不关心。我希望在斯卡布罗遇上些特别好的朋友。奥古斯塔上次写信告诉我，说彼得先生也可能会去，不过还不确定。我受不了彼得，他这个人很讨厌。”

“是吗，他很讨厌？”凯蒂问道，不知道还能说什么。

“哦，他太可怕了。”就在这时，对话被打断了，凯蒂还没搞清楚彼得先生的人品就离开了，只知道他讨厌又可怕，至于为什么，怎么个讨厌法、可怕法，还有待发现。对于这个新朋友，她也不知道应该抱什么样的想法，对方似乎对英格兰的地理一无所知，如果没看错，她还很没品位，也没什么学识。不过，凯蒂不想草草下定论，她希望能公正评判斯坦利小姐，也希望自己与她为友的愿望能成真。因此，她决定先不下定论。

3

晚餐过后，谈话围绕着政治态势展开了，珀西瓦尔夫人坚持认为人类都在堕落。从她这方面说，她坚信万事万物都在走向分崩离析，世上所有的秩序都毁掉了，她听说众议院有时到早晨五点都不休息，以前从来没有这么堕落过。最后，她希望可以活着看到人们恢复伊丽莎白女王统治时期的各种礼仪。“哦，夫人，”她侄女说，“你该不会觉得，随着时间的流逝，伊丽莎白女王还能回来吧，但愿你不是这意思。”

“伊丽莎白女王，”面对这段依据不太充分的历史，始终不敢发一言的斯坦利夫人说道，“活到了很大岁数，而且是个很聪明的女人。”

“没错，夫人。”凯蒂说，“但我觉得这两点都没什么值得称颂的，我一点都不希望她回归。因为，如果她重来，拥有同样好的能力和体质，带来的毁坏绝不会比以前少。”随后，她转向一直沉默坐着的卡米拉说，“你对伊丽莎白怎么看，斯坦利小姐？希望你不要为她辩护。”

“哦，亲爱的，”斯坦利小姐说，“我对政治一窍不通，也受不了有人提这个。”她这样断然拒绝谈论，凯蒂觉得很吃惊，但没有说话，斯塔利小姐愚昧无知，根本不知道自己所听信的政治究竟是怎么一回事。

凯蒂回到自己房间，对新伙伴感到满心困惑，担心她根本不像塞西莉亚和玛丽。第二天早晨的事更让她坚定了这一想法，以后的每一天，这种想法与日俱增。她发现斯坦利小姐的话语非常单调，从她那里，除了时装，再听不到别的内容，除了弹钢琴，也不再有别的消遣。凯蒂努力去了解她，希望她如自己所愿，但最终放弃了，觉得这是徒劳。卡米拉有时会表现出有点幽默的样子，让凯蒂心生希望，觉得她至少有点天分，虽然不是很高。只是这种智慧的火花太少了，简直不值一提，凯蒂终于相信，那只是偶然罢了。没过几天，她所有的知识都展露无余，凯蒂从她那里得知的无非就是，他们在伦敦的房子有多大，什么时候开始时尚娱乐活动，谁是最受欢迎的美人，谁是最好的女帽商。至于别的，也就是某个她在谈话中提到的熟人，有关他们的品行，说辞都很简单，要么说那人是世界上最甜蜜的人，要么就是让她极其喜爱、讨厌或害怕的人，惨不忍睹。

凯瑟琳渴望获取各种可能的信息，了解哈利法克斯家的人，她推断，斯坦利小姐肯定跟他们熟，因为她好像跟每个人都很熟，不管对方重要与否。一天，斯坦利小姐列数她妈妈拜访的各类人物时，凯蒂抓住机会问，她们是否也拜访哈利法克斯夫人。

“哦，要不是你提醒，我都想不起她来。她是世界上最可爱的一个女人，是我们的一个挚友，我想，在伦敦待的半年中，我们没有哪天不碰面的。而且，我跟她家的女孩都通信。”

“这么说，那家人很讨人喜欢了！”凯蒂说，“理应如此。想必你们经常见面，已经无话不谈了吧。”

“哦，亲爱的，并非如此。”斯坦利小姐说，“有时候我们一整月都互不说话。可能在公共场合遇到，但是，你瞧，我们不会靠太近，只是点点头或微笑示意。”

“那样也挺好。不过，我想问的是，你见过一个叫韦恩小姐的跟他们在一起吗？”

“我知道你说的那个人——她戴一顶蓝色帽子，我到布鲁克街参加哈利法克斯夫人家的舞会时经常见到她。冬天的时候，他们家每月举办一次舞会。我觉得哈利法克斯夫人真好，竟然照顾韦恩小姐，因为她只是个远亲，而且那么穷，这是哈利法克斯小姐告诉我的，说她妈妈发现，那女孩除了身上的衣服，一无所有，这也太丢脸了吧？”

“她有这么穷吗？不过她家的亲戚确实挺富有的。”

“哦，不，我的意思是，韦恩先生死后让孩子们这么悲苦，真是丢人。他在切特温德生活时，只有两三个牧师助手和四个孩子需要供养。如果像很多人那样有十个孩子要养，他可怎么办呢？”

“他会让他们接受良好的教育，然后撒手而去，生者还是那么贫穷。”

“哦，我觉得这个家庭再幸运不过了。你瞧，乔治·菲茨吉本先生承担全部费用让大女儿去了印度，她在那边嫁得很体面，简直是世界上最幸福的人了。哈利法克斯夫人照顾小女儿视若己出，她不跟随夫人去社交场合，但夫人举办舞会时，她总在场的，没有谁比哈利法克斯夫人对她更好了。去年，夫人本来要带她去切尔滕纳姆的，可惜住处不够。所以，我觉得她没有什么好抱怨的。对了，还有两个儿子，据我所知，M主教让其中一个参了军，当了海军上尉；另外那个归宿也很好，我听说有人让他进了威尔士的什么学校。他们住在这里时，你应该认识他们吧？”

“当然了，我们每天都见面，就像你家人和哈利法克斯家在城里时一样，只不过，我们总是轻轻松松走近了说话，不会点点头，微笑一下就离开。他们一家人非常好，我觉得世上简直没人能跟他们媲美。后来住进牧师公馆的邻居，非常差劲。”

“哦，那真是可怕！你竟然忍受得了。”

“哎呀，你要是我，会怎么做呢？”

“哦，天哪，我要是你，就整天诅咒他们。”

“我也诅咒了，但没什么用。”

“哎呀，真是的，世上竟然有这样的人。希望我爸爸哪天在议院时，能提议将他们的脑子敲出来。这样以家庭为傲，真是可恶！我敢说，那个家族肯定没什么特别的。”

“哦，不，相信他们这么自以为是，肯定有理由的，他是阿米亚特勋爵的弟弟。”

“是啊，我知道得很清楚，不过，他们没理由这么令人讨厌。我记得今年春天在拉内拉赫碰到过达德利小姐，跟阿米亚特夫人在一起，她戴了一顶可怕的帽子，从那以后我再也受不了她们两人。对了，你觉得韦恩家的人很讨人喜欢？”

“你这样说，好像不太相信似的！说到韦恩家的人，岂止是讨人喜欢！简直是最让人感兴趣和着迷的一家。他们的美德，我无力去评判，但可以真真切切感受得到。除了他们，跟谁在一起我都不舒服。”

“哦，我对哈利法克斯家的小姐们也是这种感觉。对了，我明天得写信给卡洛琳，但不知道跟她说什么。巴洛姐妹也是非常甜美的女孩，不过，要是奥古斯塔的头发没那么黑就好了。我受不了彼得先生，真是个可怕的坏蛋！总因痛风卧床不起，对家人来说真是种不幸。”

“或许他自己也不想这样。不过，说到韦恩家的人，你真觉得他们很幸运？”

“我有吗？哎，所有人都这么认为，不是吗？哈利法克斯小姐、卡洛琳和玛利亚都说他们是世界上最幸运的人。还有乔治·菲茨吉本先生，人人都这么说。”

“说到底，都是些馈赠过他们的人。但是，你觉得这能叫幸运吗？一个有天赋有鉴赏力的女孩，被送到孟加拉去寻求丈夫，婚前根本没机会了解所嫁之人的品行，婚后再判断，一点用都没有了，他可能是个暴君，是个傻瓜，甚至两者兼备，与她了解到的完全相反。你觉得这能叫幸运？”

“这些我就不知道了，只知道乔治先生是个大好人，帮她走出去，为她支付旅途费用，能这样帮她的人，恐怕不多。”

“希望谁都别这样帮她，”凯蒂急切地说道，“这样她就可以留在英格兰，幸福地生活了。”

“哎呀，我想不出有什么不好的，在两三个好女孩的陪同下，高高兴兴地出门，一段愉快的旅途后，到达孟加拉，或是巴巴多斯，管他是哪里，然后快速跟一个迷人又很富裕的男人结婚，我看不出这有什么不好。”

“你对这事的看法，”凯蒂笑着说，“明显跟我不一样。但是，假定这一切都是真的，我们还是无法确定，这样的旅途、同伴和丈夫对她来说是否真的算一种幸运。她不得已冒险走了一条与众不同的路，这无疑是一场艰难的考验，因为对目的地一无所知，无须人加难，本身就很遭罪。”

“我一点都不觉得。她是第一个去东印度找丈夫的女孩，要是我也这么穷，会觉得很好玩的。”

“相信到时候你就不会这么认为了。不过，至少你没说她妹妹的处境好。她连衣服都要靠别人施舍，而那些人一点都不同情她，你自己说的，他们还觉得她很幸运。”

“你真会引用我的话。哈利法克斯夫人是个讨人喜欢的女人，全世界脾气最好的一个，我有十足的理由来说她的好话，因为我们对她感激不尽。我妈妈身体不适的时候，她常常陪着我，今年春天，她把自己的马借了我五次，这可是一种巨大的恩惠，因为那匹马漂亮无比，除了我她可没借过别人。”

“还有，”她接着说，“哈利法克斯家的小姐们也很讨人喜欢。玛利亚再聪明不过了，她画油画，什么乐曲都能弹。我离开伦敦前，她答应给我一幅画作的，但我彻底忘了要了。为了要她一幅画，我不惜任何代价。”

“但是，这不是很奇怪吗，”凯蒂说，“主教把查尔斯·韦恩送去当了海军，他本来可以在教堂为他提供一个更好的职位的，那可是查尔斯最喜欢的职业。据我所知，主教常承诺让韦恩先生过上好的生活，既然没履行承诺，就有义务在他儿子身上兑现。”

“那你肯定觉得他该辞去主教职位，让给他了，对于他们的安排，你似乎铁了心了，觉得都不满意。”

“哎，”凯蒂说，“关于这个话题，我们永远无法达成一致，所以多说无益，以后也别再提了。”说完她离开房间，跑出屋子，很快到了凉亭里，只有这里能平息她的愤怒之情，她本来就对韦恩家的亲戚不满，现在又从卡米拉口中得知大部分人认为他们的安排非常好，更加愤怒不已。有那么一会儿，她精神高涨，咒骂、痛恨所有人，等表达了对韦恩家的情意后，凉亭就开始像往常那样抚慰着她的神经，让她沉静下来，她取出一本随身携带的书读了起来。

她专心致志地读了将近一小时，这时卡米拉急切地跑了过来，非常高兴的样子。“哎呀，亲爱的凯瑟琳，”她气喘吁吁地说，“我这里有个好消息，不过，你要先猜，是什么好消息。我们真是世界上最幸福的人，你知道吗，达德利家发来请帖了，邀请我们去他家参加舞会，他们真是好人！这对他们的家庭来说意义有多非凡，我简直想不出来。只想说，我太爱他们了。而且，这事真碰巧，我明天会收到城里寄来的一顶新帽子，舞会刚好能用上，是金网帽，肯定很漂亮的，人人都想要这种式样的帽子。”

对凯蒂来说，举办舞会确实是个令人愉快的消息，她喜欢跳舞，又往往享受不到乐趣，但此刻她觉得比卡米拉还要高兴，因为对她来说，那些不好的事都已经习以为常了。卡米拉的高兴之情也绝不亚于凯蒂，而且表现得较为急切。帽子收到了，一切都准备妥当了。做准备的那些时日，虽然骚乱不安，但日子过得很快。然而，就在舞会快到来时，什么指示都不需要了，品位也无处展示了，又没什么难题需要解决，那段时间反而显得特别难熬了，每个钟头都是那么漫长。凯蒂没享受过几次跳舞的乐趣，这可以作为她急不可耐的借口和她天性活跃的脑子变得懒散的托词。她的朋友虽没有这样的借口，可表现得比她还糟糕。除了从屋子闲逛到花园，从花园漫步到大街，卡米拉再无心做别的，她一心想着周四何时才能到来（虽然这个问题很容易回答），数着时间度日，让日子变得更加漫长难熬了。

4

周三晚上，她们满心欢喜地回到自己房间里，可第二天早晨醒来时，凯蒂觉得牙疼得厉害。一开始她骗自己不疼，可都是徒劳，切肤之痛，蒙骗不了的；她又想着再睡一觉就好了，可没能得逞，因为疼痛让她合不上眼睛。随后，她叫来女仆，又让女管家帮忙，把处方簿和女管家知道的疗方都试了一遍，丝毫不见效。疼痛只能缓解一会儿，马上又回来了。她只得放弃努力，认命了，不仅要忍受牙疼，舞会也去不成了。虽然她那么热切地盼望着这个日子来临，欢天喜地为此做准备，而且相信自己会很享受这场舞会，但遇到这种情况，她也不会像同龄的很多女孩一样完全不能泰然自若。她觉得去不成舞会算不了什么，这样的事每天都会有人碰到，生活中比这不幸的事比比皆是，等哪一天回首顾盼时，或许会感叹当初不识愁滋味呢。想到这儿，她很快理智地承认了事实，耐下性子，忍住疼痛（跟去不成舞会相比，疼痛更加不幸一些），走进早餐室，从容地把这事告诉了大家。

珀西瓦尔夫人感到很失望，但更为她的牙疼揪心。她担心凯蒂去了会跟男人跳舞，自己阻止不了，可还是想尽一切办法来缓解她的疼痛，虽然这些法子刚才都用过了，同时宣布，凯蒂不能出门了。斯坦利小姐对自己的朋友也很关切，她心情复杂，担心妈妈让所有人留在家里的提议会得到认可，因此难过极了。不过，她的担忧很快就释然了，因为凯蒂反对说，她不愿意任何人留下来陪她，斯坦利小姐应该去。斯坦利小姐不断表达自己强烈的遗憾之情，让凯蒂受不了回了房间。此刻，这位小姐总算彻底松了口气，有空来真正同情和担心自己的朋友了，那位朋友待在她的卧室里，又频频出来走动希望能缓解疼痛，总免不了遇上她。

“哎呀，这事真的太可怕了。”卡米拉说，“这样的日子，怎么会牙疼呢！要是在别的时日，谁也不会放在心上，可事情就是难料。我从来没在舞会当天出过这种状况，让人出不了门！真希望世上没有牙齿这东西，它们只会制造麻烦，我说，人们肯定能发明出什么来，代替牙齿吃东西的吧。真可怜，让你疼成这样！看到你就觉得心惊。但是，你不会把牙拔掉吧，不会的吧！老天，千万别拔，我觉得这是最恐怖的事了。我宁愿受天底下最可怕的折磨，也不愿意拔牙。哦，你真能忍！还可以这么安静！哎呀，我要是你，肯定会大惊小怪，让人受不了的。我会把你折磨致死的。”

“是啊，你会的。”凯蒂说。

“凯瑟琳，依我看，”珀西瓦尔夫人说，“你之所以牙疼，肯定是因为你在那个凉亭里坐太久了，那里总是很潮。那个亭子已经彻底毁了你的健康，不过相信对我的影响没那么严重。5月的时候我曾在那里坐过，后来就一直觉得不适。放心，我一定会让约翰把它给拆了。”

“你不会的，夫人。”凯蒂说，“要知道，拆掉亭子，我会很难过的。”

“你的话真荒唐，多古怪的想法，你就不能把房间想象成凉亭吗！”

“夫人，如果这房间是塞西莉亚和玛丽建的，对我就有同样的意义，那里之所以吸引我，并不仅仅因为它是座凉亭。”

“是啊，珀西瓦尔夫人，”斯坦利夫人说，“我觉得凯瑟琳喜欢那座凉亭，是因为一段让她自豪的情谊。我很高兴看到年轻人之间建立这样的友谊，这是一个人性情友善的标志。卡米拉小的时候我就一直这样教育她，而且努力把她介绍给值得她关心的同龄人。最有益于雕琢品位的，莫过于知性优雅的信件往来了。哈利法克斯夫人的想法跟我一样，卡米拉跟她的女儿们通信，我敢说，她的几个女儿没有哪个不擅长写信的。”

这样的观点对珀西瓦尔夫人来说太新潮了，她觉得女孩之间的信件往来毫无益处，而且受那些邪恶建议和坏榜样的影响，往往让人鲁莽和犯错误。她情不自禁地说，她在世间活了五十年，从来没跟谁通过信，也不觉得有失体面。斯坦利夫人无言以对，但她那个不太懂礼貌的女儿鲁莽地说："但是夫人，假如你跟人通过信，现在会是什么样子谁知道呢，或许会成为完全不同的一个人呢。我想说，无论如何我都不能没有那些通信人，这是我生命中最大的乐趣。如妈妈所说，这些信对我品位的雕琢有多大影响，简直难以想象，因为我每周都会收到朋友的来信。"

"今天你收到了奥古斯塔·巴洛的来信，对吧，亲爱的。"她妈妈说，"据我所知，她的信写得非常好。"

"哦，是啊，妈妈，她的信最令人愉快了。她用了长长一大段来描述苏珊夫人给她的时尚外出服，漂亮极了，我简直妒忌死了。"

"哦，那个年轻的孩子有这样的好消息，让人听了格外高兴。我很关心奥古斯塔，她的快乐就是我的快乐。她还说别的没？好像是一封很长的信呢，他们要去斯卡布罗吗？"

"天哪，我现在才想起来，她没提这事呢。我上次写信时，压根没想起来问。除了时尚外出服，别的她都没提。"

她肯定很擅长写信，凯蒂想，用那么长一封信来描述一顶软帽和一件皮上衣。随后，她厌倦了她们的谈话，离开了屋子。身体没有不适时，这样的谈话能给她一些欢愉，现在疼痛在身，她只觉得疲惫又沮丧。令人高兴的是，梳妆时卡米拉有她妈妈和一大半的女仆围绕在身边，非常称心，不需要她的帮忙，也不用她参与。因此，她独自待在客厅里。后来，斯坦利先生和她姑妈走了进来，姑妈问了几句后，任由她安静地待着，自己与斯坦利先生展开了常有的政治讨论。有关这个话题，他们永远无法达成一致，觉得自己完全有资格胜任议院职位的斯坦利先生坚决果断地认为，国家进入了最繁荣最兴盛的时期。而珀西瓦尔夫人虽然论据少些，但同样坚定而狂热，她认定整个民族会快速腐朽，如她所说，万事万物都到了六七十岁的老年期了。这样的争论对凯蒂来说不无乐趣，因为她觉得疼痛有所缓解了，再加上不用参与其间，她只觉得两人这么面红耳赤地争论太好玩了，忍不住想，如果姑妈的想法应验了，斯坦利先生的失望之情，绝不亚于姑妈不能如愿以偿时的受挫之情。

等了好一段时间，斯坦利夫人和女儿出现了，卡米拉精神勃勃，漂亮极了，她迈着碎步进入房间时，再度哀叹朋友的不幸，比之前更加声色俱动。终于，他们离开了，凯蒂觉得舒了一口气，一整天都没这么轻松过，她给玛丽·韦恩写了一封信，洋洋洒洒地描述自己的不幸。

5

有人说，交流能减轻人的痛苦，写完信后，凯蒂认定这种说法是真的，因为牙疼大大缓解了，她突然有个想法，想跟随朋友到达德利家去。他们刚走了一小时，既然衣物都准备好了，路又不太远，她觉得，一小时后她应该就能到那边了。他们是乘坐斯坦利先生的马车去的，所以，她可以驾着姑妈的车前去。计划似乎不难实施，而且好像乐趣多多。思量了几分钟后，她决定行动起来，赶紧朝楼梯跑去，急切地按铃召唤女仆。

接下来，吵吵闹闹地忙碌了近一小时，她装扮完毕，发现自己漂亮极了。她派安妮速速去叫马车，她自己则戴上手套，整理礼服褶边。几分钟后，她听到马车声在门口响起，一时间觉得有些吃惊，难道车夫事先做好了准备？她想了想，觉得可能是车夫预先知道她会有这样的打算吧。于是，她匆匆出了房间，正好撞见兴冲冲跑进来的安妮，只听她大声说：“天哪，小姐！来了一位绅士，乘四轮轻便车来的，我怎么也想不出他是谁！马车驶过来时，我正穿过客厅，看到汤姆邋邋遢遢的就要去开门，头发才刚刚束起来，也只有他会那样，我不希望那位绅士看到他，所以自己朝门走了过去。那位绅士简直是世上最英俊的人了，你肯定想见见他，当时我穿着围裙，觉得羞死了。不过，小姐，他虽然英俊无比，但似乎对我的穿着一点也不介意。他问我家里有没有人，我说只有你在，我没否认你在家，因为我相信你看到他会很高兴的。随后，他问我斯坦利夫妇没在吗，我说是，然后——”

“我的天哪！”凯蒂说，“这是什么情况？那会是谁呢？你以前没见过！他也没说自己的名字？”

“没有说，小姐，他什么都没说。所以，我让他到客厅里去，他非常高兴的样子，而且——”

“不管他是谁，”凯蒂说，“反正是给了你很深刻的印象，安妮。只是，他从哪儿来，到这来干吗呢？”

“哦，小姐，我想说，我觉得他来这里跟你有关。因为，他问我你有没有空闲见人，并且让我问候你，说他会高兴地等着你的。不过，我觉得他最好还是别到你的梳妆室来，东西都乱糟糟的，所以，我跟他说，他要是在客厅里等，我们会感激不尽的，然后就跑上楼来通知你了。我敢说，你肯定也在等他。哎呀，小姐，我打赌，他是来邀你去跟他跳舞的，马车准备好了，就等着带你去达德利先生家。”

安妮的想法让凯蒂忍不住笑了，只希望这是真的，因为她要找别的舞伴，很可能已经太晚了。“但是，他究竟会跟我说什么呢！或许他是来打家劫舍的。不过他穿着很体面，假如我们有什么损失，至少也有点安慰，打劫的是一个乘四轮轻便车的绅士。他的仆人穿什么制服？”

“最奇怪的就在这儿，小姐，他一个仆人都没带，而且坐的是出租马车。但不管怎样，他就像王子一样英俊，而且很有风度。哦，亲爱的小姐，下去吧，我相信，你看到他会很高兴的。”

“嗯，是该下去了，不过真是太奇怪了，他会跟我说什么呢。”她在镜中看了自己一眼，迫不及待地下了楼，尽管有些颤抖，不知道接下来会发生什么事。她在门口顿了一下，鼓起勇气打开门，果断地走进屋子。那个陌生人的外貌，果然与仆人的描述不差一二。她一进屋，他就站了起来，把正在阅读的报纸放到一边，轻松快活地朝她走来，开口说道：“我得自我介绍一下，真是尴尬，但眼下也只能这样了，希望你不要对我有什么偏见。小姐，你的名字，我就不用问了——你是珀西瓦尔小姐，我早听人说过，烂熟于心，无须多问。”

凯蒂本以为他会先报上名来，没想到先提到了自己，因为没人陪同，又没遇到过这种情况，只觉得不知道怎么开口才好。虽然下楼的时候一直在筹划怎么与他交谈，但这意料之外的言辞让她不知所措，只轻轻回了个屈膝礼，坐到了他让过来的椅子上，心里一片茫然。

那位绅士继续说道：“看到我这么快就从法国回来，你一定很吃惊吧，我回英格兰，当然是因为有事了，突然发生了一件让人难过的事情。离开英格兰之前，我想我一定要拜访一下德文郡的一个家庭，仰慕已久了。”

在英格兰看到这么一个陌生人，完全不知道他去过法国，凯蒂本来就觉得吃惊，又听他这么说自己，更是惊讶万分。她又是惊讶又是茫然，说不出话来，而那位客人还在继续。“小姐，你应该知道，我等你等得很着急，就像你渴望斯坦利夫妇在身边一样。他们都好吧？还有珀西瓦尔夫人，她怎么样？”还没等她回答，他又高兴地继续道，“哎呀，亲爱的珀西瓦尔小姐，相信你是要出门吧，耽误你约会了，这样侵扰你，岂敢奢求你原谅！而且，我怎么能在这时候打扰你呢！看你的装扮，是要去参加舞会吧！那可是快乐之地，多年来我一直渴望参与。我想，你们至少每周都有一次舞会吧。对了，其他人上哪儿去了，是哪个天使垂怜我，只留你在家？”

“先生，你好像……”凯蒂被他说话的方式弄糊涂了，而且很不高兴，他竟然这么无拘无束地跟一个从未谋面，到现在还不知道他名字的女子说话，“先生，你好像认识斯坦利夫妇，你到这儿来，应该跟他们有关吧？”

“你觉得我认识斯坦利夫妇，”他笑着答道，“太抬举我了，小姐，我只是见过他们而已，非常远的关系，不过是我父母罢了。别的嘛，就没什么了。”

“天哪！”凯蒂说道，“这么说你是斯坦利先生？真对不起，我怎么也没想到——因为你没说你的名字。”

“对不起的应该是我，你一进屋，我就滔滔不绝地说开了，只顾介绍自己，真的，非常抱歉。”

“我现在觉得，你说话的方式挺好的。”凯蒂笑着说道，“不过，你一直没提自己的名字，按理来说，提一提比较好些。”

斯坦利是那么幽默而快活，让凯蒂不由得露出了率真活泼的天性，跟他说话时，也像他那样俏皮起来，虽然只认识了很短的时间，不该这么不拘礼节地跟他说话。他的家人是她亲戚，她已经跟他们很熟了，所以，她倾向于认为，有了这层关系，不管认识的时间有多短暂，都可以忽略不计了。“斯坦利夫妇和你妹妹都很好。”她说，“我还想说，看到你，我感到很意外。不过，你刚才说回英格兰是因为发生了令人难过的事，那就遗憾了。”

“哦，别说这个了，”他说，“那真是件讨厌至极的事情，想起来我就难过。对了，我爸妈和你姑妈到哪儿去了？哦，知道吗，我进来时，碰到的那个女仆真是漂亮极了，一开始还以为那是你呢。”

“你太抬举我了，我可没有这样的美德，从来不会去给人开门的。”

“可别生气，我没有冒犯你的意思。不过，快说说，打扮得这么漂亮是要去哪？你的马车刚刚到了。”

“我要去邻居家跳舞，你家人和我姑妈都已经过去了。”

“没等你一起去，怎么回事？估计你跟我一样，打扮的时间比较长。”

“我打扮的时间是比较长，只不过他们已经去了两小时了，所以，不是你想的那样，我是因为疼痛去不了——”

“疼痛！”斯坦利打断她说，“天哪，真可怕！不管你痛的是哪儿。好了，亲爱的珀西瓦尔小姐，我跟你一起去怎么样？跟我跳舞如何？我觉得肯定很开心的。”

“没有异议。”凯蒂笑着说，发现女仆的臆测太对了，“而且，我觉得很荣幸，另外我还敢说，举办舞会的那家人会热烈欢迎你的。”

“哦，希望如此，管他呢，他们又不能把我赶出门去。只不过，我这一身旅行装，风尘仆仆的，恐怕会有损你这位德文郡美丽女士的形象，我又没办法换。要不你帮我弄点粉来，我再从某个男仆那里借双鞋，我离开里昂时太过匆忙，都没有时间收拾行李，只带了些亚麻衣物。”

凯蒂满心答应，他想要的都会帮他弄来，并让男仆引他进了斯坦利先生的梳妆室，叫仆人送来粉和润发油，仆人很乐意亲自去取。因为斯坦利只要了些琐碎东西来打扮自己，凯蒂觉得十分钟他就能准备完毕，可后来发现，他说自己慢，果然如此，他让她等了大半个小时，他还没出来时十点的钟声就已经敲响了，其他人可是八点就走的。

“哦，”他一进来就说，“我够快吧！以前从来没这么匆忙过呢。”

“如果是这样的话，那的确算快了。”凯蒂答道，“快与不快都是相对而言。”

“哦，就知道你会高兴的，我已经够快了。走吧，马车准备好了，别让我等着。”说着，他牵着她的手，拉着她出了房间。

“对了，亲爱的表妹，”落座后他说道，“看到你跟我这么年轻帅气的家伙一起走进屋子，所有人都会吃惊的。希望你姑妈不会惊恐万状。”

“老实说吧，”凯蒂答道，“为了避免她受惊，最好是在进屋之前，给她，或是给你妈妈捎个信，况且你是个彻头彻尾的陌生人，当然要向达德利夫妇介绍一下的。”

“哦，可笑。”他说，“希望你不要遵循这样的繁文缛节，我们俩相识就没有这样的假正经和荒谬。再说了，我们一起进去，可以引起整村人的热议。”

“对我来说，”凯蒂答道，“那的确是莫大的诱惑，不过，不知道姑妈会不会这样想了。你瞧，她那个时代的女人，礼节观念都很守旧。”

“那你更应该这样了，打破成规。再说了，干吗不跟我一起进去，我的亲人可都在里头，况且你已经跟我同乘一辆马车了，一个陪同的女伴都没有，你觉得这两桩大罪，哪一桩会让你姑妈更加生气？”

“哎呀，”凯瑟琳说，“不知道，但她肯定会生气的。只是，既然我现在已经不守礼了，不该再有第二次的。”

“恰恰相反，正是因为已经犯了错，你才免不了一错再错，因为有了第一次，就会有第二次。”

“你真荒唐，”她笑道，“只怕你这堆理由说服不了我。”

“至少能让你觉得我很讨人喜欢，这就是我最大的幸福，至于刚才这事，等到了再说吧。我想，这是每月一次的舞会吧。除了跳舞再没别的。”

“估计我跟你说过了，是达德利夫妇举办的。”

“哦，是啊，你说过的，但是达德利先生干吗不每月办一次呢！对了，达德利是谁？我现在想，每个人都会举办舞会吧，相信不久以后我也会的。还有，你喜欢我爸妈吗？还有可怜的小卡米拉，她有没有用哈利法克斯家的事把你烦死？”这时，马车顺利地在达德利先生家门口停下了，斯坦利没等凯蒂回答就匆匆牵着她下了车，甚至没想起来，她还没回答他刚才的问题呢。

他们进到了小小的前厅里，因为要办舞会，达德利先生把这里弄得很体面。凯蒂立即让引着他们上楼的男仆去通知珀西瓦尔夫人或斯坦利夫人，就说她来了，让她们过来找她。但斯坦利急切想见到他们，一向不容人反对的他不让她等，也没听她想说什么，强行挽起她的胳膊，大声说起话来，淹没了她的声音。凯蒂有些嗔怒，又有些欢喜，无奈地跟他一起上了楼，没来得及劝他放手，两人就已经进了舞会大厅。

6

此时，珀西瓦尔夫人正在屋子上端跟一位夫人交谈，长篇大论地讲着侄女的倒霉事，还有可怕的牙疼，那位侄女已经靠毅力忍受了一整天。“不过，我们走的时候，”她说，“她已经好点了，真是谢天谢地，希望她会找本书读一读，以此打发时间，可怜的家伙！不读书她会很闷的。这会儿她可能上床睡觉了，真可怜，对她来说，那才是最舒服的地方，对吧，夫人？”那位夫人正要表示赞同，楼梯上传来了骚动声，因为男仆打开了门，似乎有人要进来，屋里所有人都忍不住侧目，此时正值舞会休息时刻，所有人都高兴地坐了下来。因此，珀西瓦尔夫人很不幸，一眼就看到了自己的侄女，她以为她应该在床上，要么在看书，以此打发时间，可是她衣着款款地走了进来，脸上带着微笑，快活又迷茫的样子，旁边是一个英俊无比的年轻男子，没有她那样的困惑，只有满脸的勃勃生机。

珀西瓦尔夫人面露愤怒和惊讶的神色，从座位上站了起来，凯蒂速速朝她走来，迫不及待地做了解释，她看出来了，大家都很惊讶，对她很不悦。这时卡米拉看到哥哥，飞快地跑了过去，她的言辞和行动很快就让人摸清了来者是谁。过分溺爱孩子的斯坦利先生别后三个月再度见到自己的儿子，又惊又喜，虽然儿子没通知自己就回了伦敦，但他一点也不生气，询问了儿子此行的原因后，没再与之多说，因为儿子急着要见母亲，而且有必要向达德利家介绍一下。

引介之后，在场的除斯坦利之外，其他人都很不高兴，他们觉得他不请自来，有损尊严，因此接待他的方式比以往更加傲慢。不过，天性快活的他很少有低沉的时候，面对种种非难，他的蔑视之情压倒了一切，对自己的行为结果自有看法，坚决不会让其他人的言行阻挠了自己的计划，因此假装没有看到。他们冷言冷语，他却有种独特的轻松愉快。随后，在父亲和妹妹的陪同下，他们去了另一个房间，正在打牌的母亲见到自己的儿子，惊讶和欢喜自不用说，接着又是一番解释。这期间，卡米拉急切想与能听她说话的人交流自己的感受，于是回到凯瑟琳那里，一坐下就开口说道：“哎呀，还有比这更让人愉快的吗！事情总是难料，我还从来没参加过这样的舞会，这么多意外惊喜，真是太好了！”

“看来，”凯蒂说，“对你来说，舞会意味着事情多多。”

“哦，是啊，确实如此。想想，我哥哥这么突然地回来了，而致使他回来的事情又是那么吓人，我从来没听过这么可怕的事。”

“到底是什么事让他离开了法国呢？听说是件让人难过的事。”

“哎呀，你简直想象不到！他出国期间，最喜欢的那匹猎马莫名其妙地在猎园里病倒了。相信那是场意外，不过肯定有这个那个的原因吧，总之他们立刻给身在里昂的哥哥发了快件，深知他把这匹母马看得比什么都重要，就这样，我哥哥马上离开法国回了伦敦，连一件外套都没带。我真为他生气，你瞧，出门连衣服都不换，太可怕了。”

“哦，是啊，”凯蒂说，“好像从头到尾都是件很骇人的事。”

“简直没法想象！真不希望他失去那匹母马，别的事怎么都行。”

“除了出门没带别的外套。”

“哦，是啊，你都不知道我有多生气。还有，爱德华一到布拉普顿，那个可怜的东西就死了，他没办法继续待在那里，所以径直到切特温德来找我们。我希望他别再到国外去了。”

“你觉得他不会去了吗？”

“哦，亲爱的，相信他还会去的，只是，我真心希望他别再去了。你不知道我有多爱他！而且，你也很爱他，对吧？”

“那肯定了，”凯蒂笑着说，“只要是英俊的男子，我看到了就喜欢。”

“那就跟我一样了，世上所有英俊男子我都爱。”

“那可真是人外有人啊，”凯蒂答道，“因为我只爱看到过的那些。”

珀西瓦尔夫人坐在凯蒂的另一侧，此刻听到这番话，什么爱啊，年轻男子啊，立即转向她们说道：“你们在说什么，凯瑟琳！”

凯瑟琳立即像孩子似的巧妙避开了，简单地答道：“没什么，夫人。”因为自己的鲁莽行为，她已经挨了姑妈一整晚的训斥，她责备她不该来参加舞会，不该与爱德华·斯坦利同乘一辆马车，更不该与他一起进屋。最后这一条罪状，凯瑟琳不知道如何辩解，至于第二条，她很想回答说，她觉得让斯坦利步行过来也很不礼貌，但又不敢与姑妈开玩笑，这会让她更加生气的。第一条罪状呢，她认为很荒唐，因为她觉得自己来参加舞会是合乎情理的。

对话继续，直到爱德华进入房间径直朝凯蒂走来，跟她说所有人都在等着她引领下一支舞呢，这让她一下子成了全屋的焦点。凯蒂急切想逃离身边令人不快的姑妈，因此毫不犹豫地伸出了手，这么多人看着，她甚至没表现出礼节上该有的顾虑，就高高兴兴地离开了座位。这一举动让在场的几个年轻小姐非常生气，其中就有斯坦利小姐，虽然她非常爱哥哥，也很喜欢凯蒂，但不足以抵消她的愤怒，这种做法忽略了她的重要性，打破了她的平静。

爱德华只想按自己的心意邀珀西瓦尔小姐起舞，完全不知道在场的人并不愿意，也不希望如此。作为一个女继承人，卡米拉当然很重要，但她的出生决定了她不能有太多要求，因为父亲只是个商人。这样的处境让她对这件事大为光火，因为，虽然她出于虚荣，为了引人注目，有时会声称不知道自己祖父是谁，对宗谱一无所知，就像完全不了解天文学（她应该再加上地理学）一样，但她很为自己的家庭和亲人自豪，如果他们遭到忽略，她很容易恼火。“如果她是别人的女儿，”她对妈妈说，“我就不会介意，但是，你看看她，装得好像在我之上似的，她父亲只是个店铺老板，太差劲了！这对我们整个家族来说，真是种侮辱！我觉得爸爸应该干涉一下，但是，除了政治他什么都不关心，也从来不为我考虑，如果我是皮特先生或大法官，他就会关心我，不让我受侮辱了。太让人生气了，爱德华竟然让她站到了那里，我真希望他没来英格兰！我只求凯蒂摔倒，扭断脖子，或是扭伤脚踝。”

斯坦利夫人完全赞同女儿的观点，虽然她没那么暴烈，但也为尊严受损表达了差不多的怨恨。凯蒂到此时还不知道自己冒犯了人，因此没法道歉，也没法做补偿，她沉浸在与屋里第一美男跳舞的幸福中，其他人都可以忽略不计。那一晚过得太愉快了。他大部分时间都在跟她搭档，他的容貌、言辞和充沛的精力都那么有吸引力，很容易就赢得了她的芳心，事实上他很少会失败，几乎能赢得所有人的喜爱。凯蒂太高兴了，虽然注意到姑妈情绪不佳，但没有放在心上，等终于发现卡米拉的言行变化时，也没有太在意。她情绪高涨，谁的不快都影响不了她，不管是卡米拉还是姑妈，她都漠不关心。

斯坦利先生虽然不会为儿子的轻率或荒唐真正生气，因为看到他就是一种幸福，但也坚决认为爱德华不应该继续待在英格兰，应该尽快离开此地，越快越好。然而，他跟爱德华谈及此事时，却发现他非常不愿意回法国，倒愿意陪着他们完成计划之旅，他向父亲保证说，陪着他们让他觉得快乐无比，至于法国游历之事，没那么重要，等以后没事做的时候，随时可以再去。他提出这些反对的理由时，那副模样充分表明，他毫不怀疑自己能够得逞，就好像父亲的争辩仅仅是为了维护自己的权威似的，所以，在这场争论中，他丝毫不费力气。最后他说：“哎呀，先生，这个以后再说吧，不是什么大不了的事，没必要再讨论了。”此时，他们一同乘坐的马车已经到了珀西瓦尔夫人家门口，他下了马车，没等父亲回答就进了屋子。

7

回家的路上，凯蒂才开始正视卡米拉对她的冷漠，因为太有针对性了，没办法忽略。她们俩和两位夫人在车上落座后，斯坦利小姐再也压抑不住自己的愤怒，抛出一番话发泄了出来："哎，我得说，我从来没参加过这么没劲的舞会！不过事情总是难料，总有些什么原因，让我在舞会中失望。真希望没有这么多事。"

"斯坦利小姐，"珀西瓦尔夫人坐直了身体说，"你没玩开心，真让人遗憾。我觉得一切都好极了，或许我不该这么说，但你这么难满足的话，你妈妈应该带你去别的舞会。"

"让妈妈带我去别的舞会，我不懂你什么意思，夫人，我落伍了。"

"哦，亲爱的珀西瓦尔夫人，"斯坦利夫人说，"我的小卡米拉说的话，你千万别介意，因为她有时候情绪高涨得厉害，说话不经过大脑。相信谁都没有参加过比这更讲究、更令人愉快的舞会了，我敢肯定，这才是她要表达的意思。"

"没错，是这样。"卡米拉悻悻地说，"不过我得说，有人表现得那么粗鲁，真是骇人，太不讨人喜欢了！我倒是一点也不生气，也不介意整个世界都凌驾到我头上来，但这还是很让人讨厌，没法容忍。倒不是说我有丝毫的介意，一晚上快速从最高处跌到了底层，只是这也太让人不快了。中场突然有个人出现，抢了所有人的风头，我真不习惯，虽然我一点都不在乎，不过我跟你说，我可不会轻易原谅或忘记的。"

这番话把整件事都挑明了，凯蒂立即非常恭谦地道了歉，因为她头脑清醒，不以家庭自傲，而且天性善良，不与任何人闹矛盾。她情真意切，表明自己对这样的过错深表歉意，无任何造作之情，几乎让卡米拉平息了所有愤怒。卡米拉高兴地发现，凯蒂不是有意冒犯，而且完全没忘记他们的出身差别，现在她只觉得同情对方，好情绪也恢复过来了。她脾气来得快也去得快，说起了当晚最大的乐趣，声称从来没参加过这么欢快的晚会。凯蒂的努力让斯坦利小姐释怀了，也唤回了她妈妈的热诚，现在只需要让珀西瓦尔夫人高兴起来，一切就完美了。但是，姑妈被卡米拉做作的优越感惹恼了，更为她哥哥来切特温德而生气，一整晚都不高兴，现在仍然沉默沮丧，让其他人也无法完全轻松起来。第二天早晨，她一找到机会，就赶紧跟斯坦利先生谈起了他儿子回来的事，明确摆出自己的观点，认为他到此地是一件非常愚蠢的事。最后她说，希望他告知爱德华·斯坦利，她有个原则，从来不让年轻的男访客待在她家，不管时间长短。

“先生，”她继续道，“我并没有对你不敬的意思，但让他待着，我实在没法答应。如果他继续待在这儿，真不知道会有什么样的后果，因为现在的女孩总偏爱年轻英俊的男子，虽然我一直搞不懂，为何要把年轻美貌看得这么重要！以此替代真正的价值和美德，真是可悲。相信我，表哥，不管人们的观点有多不同，可以肯定的是，唯独美德能成就我们自己，一个年轻男子，即便英俊帅气，性格迷人，也不能让他成为一个更体面的人。我一直是这么想的，以后也会这么想。所以，我要求你儿子离开切特温德，你应该好好感激我才对，要不然，真不知道他跟我侄女会发生什么事。说起这个，你肯定很惊讶吧。”她压低嗓音继续道，“纸包不住火，我得承认，凯蒂是个再粗鲁不过的女孩。不瞒你说，我曾见过她跟一个年轻男人坐在一起欢笑，还窃窃私语，那个人她都没见过几次，她的行为很不体面。所以，我请你赶快把儿子送走，否则一切都会变得乱七八糟的。”

斯坦利先生听到这儿，不知道她对凯蒂的冒失还要奚落多久，为了努力缓解她的担忧之情，他保证说，只求无论如何让儿子陪他们过完当天，而且请她相信，在这件事上，他比她还要急切，也非常感激她。他还说，他知道爱德华本人很想返回法国，因为儿子很明智，认为已实施的计划如果不能继续推进，那就是白白浪费时间，虽然他自己心里明白，事实恰恰相反。他的保证多少让珀西瓦尔夫人安下心来，也差不多平息了她的种种忧虑，让她愿意在剩余的时间里对他儿子客气一些。随后，斯坦利先生赶紧去找爱德华，重述了珀西瓦尔夫人和他的谈话，并严厉指出，他必须次日离开切特温德，因为自己也被卷进去了。听了珀西瓦尔夫人的荒唐忧虑，爱德华只觉得很吃惊，其实，引发这样的风波，他心里很高兴，暗想怎么才能再推波助澜一下呢，完全没听到父亲后边又说了些什么。斯坦利先生没得到肯定的答复，愤怒地离开了，虽然还是乐观地抱着希望。

8

爱德华虽然一点也不愿意娶珀西瓦尔小姐为妻，对她的感情与对待任何一个天性可爱、令人愉快的女孩子并无差异，但因为对她的关注引起了姑妈的恐慌，他觉得其乐无穷，完全没考虑会对那位小姐造成什么样的影响。她在屋里时，他总坐在她旁边，她一离开，他就表现出不高兴的样子，总是最先开口问她能否马上回来；他喜欢她的画作，为她的钢琴演奏入迷，不管她说什么，他都很感兴趣的样子；他只跟她说话，就好像眼里只有她一人。无疑，对珀西瓦尔夫人这样敏感、容易惊慌的人来说，这样的做法非常奏效。对她的侄女也起到了同样的影响，因为她想象力丰富，天性浪漫，又十分喜欢他，当然希望他这样对待自己了，这也是情理中的事。越能证明自己喜欢她，他就越高兴，也让她更加希望了解他。至于珀西瓦尔夫人，则一整天都备受折磨，以前虽然有过类似的情况，但从来没像现在这样让她心烦意乱，她的担忧之情前所未有，完全被激发了出来。她不喜欢斯坦利，对自己的侄女生气，急不可耐地想分开他们，连礼节和教养都不顾了，虽然斯坦利没提过第二天要走，但主餐后她忍不住问他什么时候出发，一副急切让他滚蛋的样子。

“哦，夫人，”他答道，“我要是晚上十二点走，你会觉得自己很幸运；我要是不走，你就只能怪自己留了这么多时间来让我自行安排启程了。”珀西瓦尔夫人听到这话，忽地气红了脸，也不知道在向谁说，总之立马长篇大论地开始指责现代年轻人的可怕行为，说他们跟她那个时代大不一样了，还讲了很多有关文明礼貌的逸事，很有教育意义，说明她年轻时认识的那些人品行有多好。但这番话并不能阻止爱德华与她侄女到花园中散步，并且没有别人陪伴，大晚上的去了将近一小时。他们趁珀西瓦尔夫人不在时，和卡米拉一起离开了屋子，卡米拉回来时，却不知道他们到哪儿去了。她跟他们一起绕着通往凉亭的小路走了两三圈，马上就厌倦了听他们谈话，因为自己很难插上嘴，她不时转去看书，又看不下去，只好留下他们俩在凉亭里，自己往花园别处逛去，吃点水果，看看珀西瓦尔夫人的温室。他们基本没注意到她的离开，更不会觉得遗憾，依旧天马行空地谈着，因为斯坦利很少长时间集中在一个话题上，而且不管针对什么都有话说，一直到凯蒂的姑妈走来，他们才被打断。

此时，凯蒂完全相信，不管是自身能力还是知识量，爱德华·斯坦利都远在他妹妹之上。因为想证实这一点，她总是趁机把话题转到历史上，很快，他们就因一个历史问题起了争执，对斯坦利来说，这简直不可避免，因为他不会真正站在任何一方，而且对一个话题很少有固定的观点。因此，他可以随意选择一方，激情澎湃地辩论。对他来说，所有这些话题他都漠不关心，不像凯蒂，热切真挚的情感总左右着自己的判断，很容易就会下定论，虽然这种定论并非绝对可靠，但她热情洋溢地争辩着，表明自己所笃信的观点。

他们就这样谈论着，有一段时间说到了理查三世的为人，他极力反对她的观点，突然抓起她的手，激动地说："在我看来，你完全搞错了。"然后炽热地把她的手按到自己唇上，之后就跑出了凉亭。这一举动让凯蒂大吃一惊，完全不知道怎么回事，一时间只能呆呆地坐在原地。她正打算跟过去踏上他刚刚走过的狭窄小路时，看到姑妈走了过来，比往常走得都快。他突然离开，原来是这个原因，只是他的举动还是很不可思议。她有点不知所措，被人看见她跟爱德华在这样一个地方，而且他还以那样的方式离开，她觉得不可理喻，更何况还让姑妈看到了，对姑妈来说，所有殷勤的行为都是可憎的。她茫然地留在原地，踌躇不定，忧虑不安，看着姑妈越走越近，自己只待在凉亭里没动。

珀西瓦尔夫人的脸上自然没有任何让她侄女精神鼓舞的神色，那位侄女静静地等候着她的斥责，沉思着该如何反驳。珀西瓦尔夫人走得太累了，一时间说不出话来，顿了片刻后，她开始长篇大论、尖酸地说了起来："好呀，超出我的想象了。我知道你很放荡，可还没准备看到这一幕呢。这可比你以往都过火了，我这辈子都没听说过这么过火的事！这么厚颜无耻的女孩，我也从来没有见过！我悉心教导你，为你费神为你担忧，得到的就是这样的回报！天知道我为你费了多少心，我只愿把你培养成一个合乎道德的人，从来没奢望你的琴艺或是画作比别人更胜一筹。我只希望你成为一个体面的好人，贤良淑惠，能够为附近的年轻人树立榜样。我为你购买《布莱尔的布道》《卡莱博寻妻记》，把自己藏书室的钥匙给你，从邻居那儿给你借很多书，都是为了这一个目的。但是，到头来我是在给自己制造麻烦。哦，凯瑟琳，你真是个不知羞耻的人，真不知道以后会成什么样。不过，”她缓和了一些，多少有点温柔地继续道，“看到你为自己的所作所为有了羞愧之意，我很高兴，如果你真的感到抱歉，并且在以后的生活中忏悔和纠正自己，或许我能原谅你。但是，我清楚地看到，一切都变得乱七八糟了，这个国家的秩序不久就要瓦解。”

“不管怎样，夫人，希望我的所作所为，不会加速这一瓦解。”凯瑟琳非常恭谦地说道，“因为，我以名义担保，我今晚没做什么能颠覆这个国家现状的事情。”

“你错了，孩子。”姑妈答道，“一个国家的繁荣取决于其子民的美德，如此粗俗地违背传统和规矩的人，必然会加速它的毁灭。你给这个世界做了很不好的表率，为世界所不容。”

“对不起，夫人。”凯蒂说，“但我只是给你做了不好的表率，因为我的过错只有你看到。我敢说，我的所作所为，不足为虑。斯坦利先生的举动也让我很吃惊，我的惊讶之情一点都不亚于你，我只能猜测，那是他太过兴奋的结果，他觉得凭我们的关系，这样做是可以的。夫人，你不觉得很晚了吗，老实说，你应该回屋里去了。”凯蒂很清楚，这样一说，姑妈就无可辩驳了。果然，她立刻起身匆匆往回走，因为非常担心自己的健康，对侄女的忧虑也一时间消散了。凯蒂安静地走在她旁边，满脑子想着让姑妈惊恐不安的那件事。

“真是的，我怎么这么不谨慎，”珀西瓦尔夫人说，“太健忘了，这么晚了还在门外头坐着！我会犯风湿病的，现在开始觉得很冷了。我肯定得重感冒了，整个冬天都要躺在床上了。”然后，她掰着手指数道，“现在是7月，马上就要冷了，8月、9月、10月、11月、12月、1月、2月、3月、4月，恐怕5月之前我都没有健康可言了。我一定要把那座凉亭拆了——会让我死掉的，谁知道呢，或许我永远都康复不了了。我的好友莎拉·哈庆森小姐就是这样死的。4月的一天晚上，她在外面待到很晚，因为下雨，浑身湿透了，回家后又没有换衣服。真不知道有多少人因为感冒死于非命！我相信，除了天花之外，所有的不适都是由感冒引起的。”

凯蒂努力让她相信，她的担忧毫无依据，现在还没那么晚，不会感冒，就算感冒了，也很可能不会引发别的病痛，不需要十个月就能康复，但一切劝说都徒劳无益。珀西瓦尔夫人只回答说，她真希望自己多加注意，就不需要听这样一个身体很好的女孩劝说了，说完就匆匆上楼睡觉去了，让凯蒂替她向斯坦利夫妇表达歉意。虽然珀西瓦尔夫人觉得道个歉就够了，但凯蒂还是多少有点尴尬，只能跟客人说，她姑妈可能感冒了，因为珀西瓦尔夫人让她轻描淡写，不要吓到客人。斯坦利夫妇深知他们的表妹很容易为这类事惊慌，因此听完后没有太惊讶，只是适当表达了关切之意。

9

不一会儿，爱德华和他妹妹也进来了，凯蒂毫不费劲就知道了他为何会有那样的举动，因为他对这事很热心，急切想知道自己是否得逞，忍不住直截了当地询问起来。他的轻松和漠然让她惊讶不已，同时觉得受了侮辱。他承认，他只是假装爱恋她，以此来吓唬吓唬她姑妈，那只是个诡计，竟让她一时间差点相信了他对自己的感情。没错，她对他也算不上爱恋，但还是觉得失望，这样一个英俊优雅又活泼的年轻男子，不但对自己完全没有感情，还把感情当儿戏。他性格中有种新鲜的东西让她觉得着迷，他异常英俊，跟她一样精神勃勃、活泼快活，言行举止又是那么讨巧，叫人喜欢，原以为他肯定亲切友善，差点就完全相信了他。而他呢，深知这些特点正是自己的魅力所在，这都拜赐于父亲对他种种毛病的宽容大度，他很可能表现得非常粗野不雅，可这种行为，甚至比他的美貌和财富都更能赢得所有人的关注喜爱，尤其是年轻女子，会觉得很有趣。

他的魅力影响之大，在凯蒂身上体现得淋漓尽致，他不仅让她的愤怒全消了，而且有能力让她再度高兴起来，比之前还要愉快。那个夜晚跟头天晚上一样宜人，大部分时间他们都在一起交谈，他谈吐迷人，眼睛顾盼生辉，因此，分别之时，凯蒂再度认为他真的爱着自己，虽然几小时前她已经彻底抛开了这一念头。她回想两人之间的对话，虽然主题总在变换，也想不起来他曾说过什么表达爱意的句子，但她仍旧相信他确实有这种情感。不过，因为理由不够充分，她担心这样的揣测纯属徒劳，觉得还是先不下定论，等第二天分别之时，再确定他是否真的有关爱之情。她越看越喜欢他，越想知道他是否也喜欢自己。她深信他天性聪明，脾气很好，即便轻率和疏忽，在她看来也很有吸引力，认为那不过是源于年轻男子的勃勃生气而已，虽然很多人会觉得那是他性格中的缺陷，而他也不是个理解力差或缺乏理解力的人。她认定了这些，觉得肯定不会错，然后高高兴兴地上床去了，决定第二天再仔细了解他的人品，观察他的举动。

她怀着美好的心愿起床，要不是安妮进屋告诉她，爱德华·斯坦利已经走了，她一定会执行头天晚上的想法的。一开始，她不愿相信这是真的，但女仆确信无疑地说，他头天晚上就订了马车，早上七点车子就到了，八点多的时候，她亲眼看到他离开了，绝对不会假。

“这，”她为自己的愚蠢气红了脸，“这就是他对我的爱意，我竟然还确信无疑！天哪，我真是个蠢女人！自负、荒唐！竟然认为一个年轻男子会在二十四小时内爱上一个毫无吸引力，只有眼睛比较漂亮的女孩！他真的走了！或许再也不会想起我来了！哎呀，我怎么不八点钟起床呢！这是懒惰和愚蠢的惩罚，真是可喜可贺啊。我活该！这么自负，简直难以忍受，罪该万死。不过，这对我多少有些帮助，至少让我知道了，以后千万不能以为谁都会爱上我了。我还是希望在他离开前见他一面，因为以后可能很多年都见不上面了。他就这么离开了，好像完全没想过这些。真是奇怪，他竟然没有通知我们就走了，没跟任何人告别！哎，年轻男人就是这样，一时兴起，不可收拾，要么就是想去做什么古怪的事！真是不可理喻！年轻女人也一样可笑！我应该马上就会变得跟姑妈一样，觉得所有事情都变得乱七八糟，整个人类都在堕落。”

她穿戴完毕，打算离开卧室，亲自去问问珀西瓦尔夫人，就在这时，斯坦利小姐来敲她的门，进门后就长篇大论地说开了，像往常那样紧张兮兮的，她说父亲真是可怕，竟然让爱德华走了，爱德华也很让人吃惊，竟然一大早就离开了他们。“他到我屋里跟我道别时，”她说，“你都不知道我有多惊讶。”

“这么说，今天早晨你见到他了？”凯蒂问道。

“是啊，我当时还很困，简直睁不开眼。他说，‘卡米拉，再见，我要走了。我没时间跟其他人道别，也没勇气去见凯蒂，因为，你看，我永不该走的。’”

“胡说，”凯蒂说，“他不会那样说的，如果真说了，也是在开玩笑。”

“我敢说，他从来没这么认真过，他当时根本无心开玩笑。他还让我等所有人都聚在一起吃早餐时，向你姑妈转达歉意，还有他对你的爱，他说你是个好女孩，真希望可以多跟你在一起。你很适合他，因为你是这么活泼善良，他真心希望你别在他回来前嫁人了，因为这里才是他最喜欢待的地方。你都不知道他把你说得多么美好，我听着听着睡着了，他才离开。不过，可以肯定的是，他爱你，我想来想去都是这样，真的。”

“你也太荒唐了吧？”凯蒂高兴地笑着说，“我才不相信他会这么容易动心。不过，他确实说爱我？希望我别在他回来前结婚？还说我是个好女孩，真的？”

“哦，亲爱的，我敢保证，这是他能给人的最高赞美了。有时候我求了他一小时，都很难让他赞美我一下。”

“你觉得他真的不愿意走？”

“哦，你都不知道他有多难过。如果不是父亲坚持，他这月都不会走的，这是爱德华昨天告诉我的。他说他真希望自己没承诺到国外去，因为他越来越后悔了，这妨碍了其他的计划，而且，爸爸跟他谈了之后，他就更不想离开切特温德了。”

“这些话真是他说的？那你父亲为何要坚持让他走呢？”

“让他离开英格兰，才能阻止他执行别的计划，而且，跟斯坦利先生谈过之后，他更不乐意离开了。”

“这是什么意思！”

“哎呀，反正他非常爱你，这个可以肯定，至于别的计划是什么，我父亲好像是说，如果哥哥不去国外，可能会立即跟你结婚。我得去看你姑妈的植物了，有一株我特别喜欢——另外还有两三株，非常不错。”

10

卡米拉说的是真的吗？凯瑟琳在朋友离开屋子后，暗自思忖道，我很怀疑，很不能确定，斯坦利真不愿意离开英格兰？真是为了我？“为了打乱他的计划”，他的计划到底是什么，真的跟结婚有关？这么快就爱上我了！或许是因为我热心吧，这是我最可取的地方。而斯坦利，在那漫不经心的华丽外表下，藏着一颗容易爱上别人的心。哦，这让我们之间拉得多么近啊！但是他已经走了——或许要去几年——不得不跟最爱的人分别，为父亲的虚荣牺牲自己的幸福！离开这座房子时，他该有多痛苦啊！没办法见我，跟我说再见，而我这个可怜虫，竟然浑然不知地在睡觉。怪不得他要那么早离开呢。他没办法来见我。多么好的年轻人啊！你肯定痛苦万分吧！我就知道，这么一个优雅有教养的年轻人，会以这样的方式离开，肯定有什么不容辩驳的理由！想到这儿，她觉得一切不可置否了，于是心满意足，意气风发地朝姑妈的房间走去，完全没有想，年轻女子是多么虚荣，年轻男子的行为又是多么不可理喻。

斯坦利家的其他人依旧留在切特温德，这期间凯蒂一直满心欢喜——他们离开时，非常热情地邀请她去伦敦做客，卡米拉说，她去了可能有机会认识漂亮女孩奥古斯塔·哈利法克斯。凯蒂想，或许能够再度见到亲爱的玛丽。面对斯坦利夫人的邀请，珀西瓦尔夫人回答说，她认为伦敦是万恶之地，社会美德已经丧失，各种邪恶日益聚拢，还说凯蒂肯定会被邪恶倾向侵蚀，沉迷其中，所以绝对不能去伦敦，因为她根本抵挡不住诱惑。

斯坦利一家走后，凯蒂恢复了以前的生活，但是，哎呀，一切都不再令人愉快了。只有凉亭还能引起她的兴趣，大概是因为那里有段特别的记忆，让她想起爱德华·斯坦利。

夏天就这么过去了，没有什么值得描述的插曲，或者说，没有什么让凯瑟琳高兴的事，唯一让她开心的是收到了朋友塞西莉亚——现在是拉赛尔斯夫人的来信，说她不久就要和丈夫一起回英格兰。

卡米拉和凯瑟琳频频通信，但两人都觉得没一点乐趣可言。现在，凯瑟琳对斯坦利小姐的来信一点兴趣都没有了，因为那位年轻小姐只说她哥哥离开后去了里昂，后来就再没提过他的名字——她的信里基本没什么内容，只是描述一些新的衣服物件，列举各种约会，赞美奥古斯塔·哈利法克斯小姐，偶尔骂一骂可怜的彼得先生。

珀西瓦尔夫人在切特温德的房子取名叫格鲁夫之屋，距离埃克塞特郡不到五英里，那位夫人虽有马有车，但凯瑟琳能说服她去城里购物的时候很少，因为那里总有很多军官，在主要的街道上出没。一群流浪艺人参加附近的比赛归来，在路上搭了临时戏院，珀西瓦尔夫人依了侄女，答应骄纵她一回，趁那些艺人还在，让她去看看演出。这位夫人坚持让她邀请达德利小姐一同前去，以示美意，这就有了新的难题，因为需要有个绅士陪同。

伊芙琳

献　词

致玛丽·劳埃德

下面这则小说，由她卑微的仆人奉上。

在苏塞克斯郡的一个偏远处（据我的了解，情况刚好相反），有一个村子叫伊芙琳，大概是英格兰南部最美的一个地方了。二十年前，有一位绅士骑着马路过此地，依我的观点，他当时进了一家小酒馆，非常认真地询问该教区是否有房子要转让。女房东跟伊芙琳的其他人一样，非常和蔼可亲，她摇了摇头，似乎不想回答。他受不了这种模棱两可的答案，但不知道如何才能得到想要的信息，又没必要把问题重复一遍，这个问题看似已经让那个好女人不舒服了。他转过身，看起来很焦虑。“真是人逢绝境啊！”他一边自言自语，一边走向窗子，扔下肩带。打开窗子时，他顿时觉得精神恢复了，比往常都神清气爽。不过，这只是短暂的，疑惑和焦虑再次袭来，让他闷闷不乐。

那个好女人一直静静地观察着他的每一个表情变化，充满了伊芙琳人特有的那种慈悲爱怜，她请他说说究竟为什么忧虑。“先生，我能为你做点什么，好减轻你的痛苦呢？说说看，怎样才能让你不再忧虑，也请你相信，我不乏安慰和帮助你的能力，因为我有一个慈悲的灵魂。”

“好心人。”高尔先生说，听了这番慷慨言辞，他感动得要掉下泪来，“对我来说你几乎是个陌生人，可你高贵的灵魂让我更加想在这里找间漂亮房子了。能成为你的邻居，有幸与你相识，更多地了解你的美德，何乐而不为呢！哎呀，要是能如愿以偿，那就太好了！好女人，你说，有这个可能吗？我说不出话来了——你懂我意思的——”

“哎呀，先生，”威利斯夫人说，“真的没有房子，村里的房子都有人住，因为这里环境优美，空气清新，没有痛苦，没有疾病，也从来没道德败坏的行为。不过……”威利斯夫人顿了一下后继续说道，“有一家人，他们虽然很爱这个地方，但特别慷慨大方，可能愿意把房子施舍给你。”

他赶紧寻根问底，了解到方位后，立即朝那家人走去。离房子不远时，他看到了赏心悦目的一幕。房子立于一片圆形小围场的正中央，四周环绕着规则的栅栏，边上种了三排箭杆杨，有的地方是云杉。一条石路穿过漂亮的灌木林，围场的其他地方没有任何林木阻挡，平坦光滑，四头白色的奶牛按同样的间距，排在场子里吃草。高尔先生进入围场时，这里的一切都是那么迷人。一条漂亮的砾石路直接通往房屋，没有拐弯，也没有中断。高尔先生按了门铃，门很快就开了。“韦布夫妇在家吗？”高尔先生问道。

“我的好先生，他们都在。”仆人说完后，引着高尔先生上了楼梯，到了一间十分雅致的梳妆室里，韦布夫人站了起来，向威利斯夫人说的那样，异常热情地欢迎他的到来。

“欢迎，大好人，欢迎到家里来，欢迎享用家里的一切。威廉，快把这件大喜事告诉男主人，让他跟我一起分享这份欢乐。赶紧弄点巧克力来，在餐厅里铺上桌布，摆上鹿肉馅饼。还有，让这位绅士吃点三明治，再带一篮水果来。弄点冰块，准备一盆汤，别忘了带果冻和蛋糕。”随后，她转向高尔先生，取出自己的钱包，“收下这个，好先生。凡是我能赠予的，你都可以享用，相信我。真希望我的钱包能鼓一些，不过，韦布先生肯定会把不足的补上。我知道，他在家里放了一百英镑的现金，他马上就会拿来给你的。”

高尔先生被她的慷慨折服了，将钱包放入自己的口袋，收下这几百英镑的馈赠，他感激不尽，一时不知道如何表达谢意。片刻之后，韦布先生走进房间，像他的夫人那样反复表达了自己的热情和友谊。不一会儿，巧克力、三明治、果冻、蛋糕、冰块和汤都送来了，高尔先生都吃了一点，剩余的装进了口袋，随后被引入餐厅，在那里享用了最丰盛的主餐，喝了最美味的酒。这期间韦布夫妇一直站在他旁边，让他再多吃点多喝点。“亲爱的先生，那现在，”高尔先生用完餐后，韦布先生说道，“我们还能做点什么，好让你快乐，也表达我们对你的深情呢？说说看，你还想要什么，能满足你的愿望是我们的荣幸。”

“那就把你们的房子和土地给我吧，别的就不要了。”高尔先生说。

“都给你，”他们两人马上大声说道，“从今以后，都是你的了。”契约达成，高尔先生接受了这份礼物，韦布先生让人准备马车，同时让威廉把年轻的小姐们叫来。

“好人，”韦布夫人说，“我们不会打扰你很久的。”

“不用致歉，亲爱的夫人，”高尔先生答道，“只要你们愿意，尽可以在这待上半小时。”

他这么有礼貌，让那对夫妇欣喜若狂，大加赞赏，他们觉得这样只会让自己的行为更加不可饶恕，因为占用了他的时间。

没过多久，年轻的小姐们进了屋。大的那一位将近十七岁，另外那位要小上几岁。高尔先生一看到韦布小姐，马上就感觉到，除了刚刚收下的房子，还有能让他更加幸福的东西。韦布夫人把他介绍给了自己的女儿：“亲爱的，这是我们的朋友高尔先生，他好心收下了这座小房子，还承诺会永远看护好。”

“请允许我说一声，先生，”韦布小姐说，“你的善良，我能感觉得到，因为我父母认识你的时间这么短，却异乎寻常地喜欢你。”

高尔先生鞠了一躬：“谢谢你，小姐。我敢保证，我打心眼里喜欢这座房子，要是他们能再慷慨一点，把大女儿嫁给我，带上丰厚的嫁妆，那我就别无他求了。”这番恭维的话让美丽的韦布小姐脸上泛起了红晕，但她似乎想求助于自己的父母。她的父母欢喜地相互看了看，终于，韦布夫人打破了沉默，说道：“你的大恩大德，我们无以回报。这孩子，我们的玛利亚，就给你吧，她要完成一项艰巨的任务，那就是，努力回报你的恩情善举。”韦布先生补充道：“她的财产只有一万英镑，太少了，都拿不出手。”高尔先生大大方方地表示反对，说有这笔钱就足够了。韦布夫妇带上小女儿离开了，第二天，大女儿就和高尔先生举行了婚礼。

此刻，这位英俊的男人觉得自己幸福无比，娶了一位美丽能配得上他的年轻女子，有可观的财富，还有漂亮的房子，又住在伊芙琳村，可以认识威利斯夫人，还有什么不满意的呢？几个月以来，他都觉得称心如意，直到有一天，玛利亚挽着他的胳膊在灌木林里散步时，看到一朵盛开的玫瑰躺在砾石上，那是从一株玫瑰树上落下来的，韦布先生一共种了四株，意在让小路赏心悦目。这四株玫瑰把灌木林分成了四等分，让步行的人总能通过花知道自己绕着围场走了多远。玛利亚弯腰捡起那朵美丽的花儿，秉着家人特有的慷慨，把花送给了自己的丈夫。“我亲爱的费雷德里克，”她说，“收下这朵漂亮的玫瑰吧。”“玫瑰！”高尔先生大叫起来，“哦，玛利亚，我忍不住想起我可怜的妹妹来了，我竟然把她给忘了！”

真实的情况是这样的，高尔先生是一个大家庭的独子，而露丝（英文与玫瑰同音）是家里的第十三个女儿。这位年轻的小姐有诸多美德，备受亲人喜爱，本该有更美好的命运的。她皮肤白皙，明眸善睐，受人喜爱也在情理之中。众人之所以喜欢她，还有一个理由，那就是她有着世界上最漂亮的头发。哥哥结婚前几个月，她的心被一个年轻男子迷住了，那个年轻人有着很高的地位和远大的前程，这就意味着，男方的家人会反对他们结婚，即便他们情投意合，即便那位年轻男子求婚了，他的父亲还是很反对，要他离开爱人露丝的住地卡莱尔，回到苏塞克斯的家中去。他只得服从父亲的安排。随后，愤怒的父亲又从他的话语中得知，他非露丝不娶，于是决定把他送到怀特岛，让他待上两周，由卓别林家看管，只望身在异乡的他，会因恋人不在身边，随着时间的流逝改变心意。

就这样，那位年轻的绅士在不得已的情况下和英格兰告别了，甚至没能见上他的露丝一面，就被迫起航了。一场风暴让水手们无计可施，船在卡尔肖特海岸失事，船上所有人都没逃过这一劫。这件不幸的事很快传到了卡莱尔，美丽的露丝大受打击，痛苦之情难以言表。为了缓解她的痛苦，她哥哥踏上了旅程，想到苏塞克斯为她要一张恋人的画像，只求那个严厉而苦恼的父亲不要拒绝自己的请求。到了距离城堡不到几英里的伊芙琳时，他连逢喜事，完全忘记了自己此行的目的，也忘了不幸的妹妹。有关玫瑰的小插曲让他什么都想起来了，为自己的疏忽悔恨不已，赶紧回到家里，怀着痛苦、忧虑和愧疚的心情给露丝写了下面这封信。

自伊芙琳

6月14日

亲爱的妹妹：

我离开卡莱尔已经四个月了，这期间一直没有给你写信，你可能会责怪我，指责我的疏忽和健忘。哎呀！我承认，你的指责是对的，我为此而脸红。不过，如果你还活着，请不要把我想得太冷酷了，也别想着我会忘记露丝的处境。相信我，我永远不会忘记你，假如能收到你的回信，知道你还活着，我会立即赶往那个城堡。

偕玛利亚共同奉上真挚美好的祝愿。

谨上

费雷德里克·高尔

他焦虑不安地等待着回信，也确实在两地距离所能允许的最短时间内收到了，但是，哎呀，不是露丝写的。

自卡莱尔

6 月 17 日

亲爱的哥哥：

妈妈擅自为可怜的露丝打开了你的信，因为她已经死了六周了。你这么长时间不在，音讯全无，让我们非常不安，也催着她早早进入了坟墓。所以，你去那个城堡，可谓多此一举了。你离开卡莱尔后，一直没告诉我们你在哪里，也没有只言片语描绘你乏味的外出经历，我们都觉得很奇怪。

替所有人问候玛利亚，另外，她是谁，请告知我们。

你亲爱的妹妹

M. 高尔

看了这封信，高尔先生把妹妹的死归因到了自己身上，情感大受刺激，虽然住在从来没什么疾病的伊芙琳，他还是突发痛风，只能待在自己房间里了，让玛利亚有机会做了回出色的仆人，就像《查尔斯·格兰迪森爵士》中最受人喜欢的那个角色一样。在这种情况下，没有哪个女人比玛利亚更亲切体贴，她无微不至地照顾他，终于看到他的腿渐渐恢复，能走路了，真令人高兴。他没有死，真是万幸。没过多久，他就能出门了，于是骑上马，朝那座城堡而去，想看看那位勋爵会不会因儿子的死变得心软，假如他儿子和露丝还活着，他会不会同意他们的婚事。亲爱的玛利亚目送着他远去，直到再看不见他的身影，悲痛地瘫坐到椅子上，觉得没有他在身旁，一点乐趣都没有了。

高尔先生到达城堡时已经是深夜了，城堡坐落在一座满是树林的山丘上，可以观望美丽的海景。高尔先生对这里的环境还算喜欢，尽管比自己家差太多了。坡路蜿蜒曲折，那么多古老的林木，他觉得与城堡很不相宜，因为这座建筑年代非常久远了，他觉得应该用伊芙琳小屋的那种围场，形成鲜明对比，为建筑增加点生气。他沿着弯弯曲曲的小路向上，面对老城堡阴郁的外表皱起了眉头，恐惧之情也油然而生。直到受人引着进入了客厅，看到那一家人正坐在一起喝茶，他才觉得安全了。

对围坐在那里的人来说，高尔先生完全是个陌生人，不过，在黑暗中会胆怯、独自待着时会觉得害怕的他，根本不需要什么鼓励，就脸不红心不跳地步入位高一等、也从未见过他的众人当中，若无其事地坐了下来。高尔这名字，勋爵完全没听过。他觉得惊讶又痛苦，但还是站了起来，尽一个受过良好教育的男子所能，礼貌地欢迎了他。与铁石心肠的勋爵相比，夫人因失去儿子而受到的打击要大得多，得知来者是亨利所爱的露丝的哥哥时，她差点没坐稳。

“勋爵大人，”高尔先生坐下后说道，“你可能觉得奇怪，怎么会来了我这样一个不速之客。到此叨扰您，全是因为我妹妹，我可怜的妹妹她已经不在人世了。我来这里，不能带给她任何喜悦，但是，为了她的家人，我还是想知道，这对不幸人儿的死，是否让你的心灵大受触动。如果设想一个更好的结局，假设他们两人都还活着，您是否会同意他们结婚。”

勋爵似乎惊得说不出话来。一提到儿子，勋爵夫人就受不了，流着泪离开了屋子，屋里其余人还在全神贯注地听着，他们几乎都认为高尔先生神经错乱了。“高尔先生，”勋爵答道，“这真是个奇怪的问题，我觉得这是无谓的假设。我一直为儿子的死懊恼不已，悲痛之情无人能及，得知高尔小姐为我儿子而死，我也很难过。但是，本来我对这事的看法就已经改变了，你要我假设他们还活着，反倒让我觉得没有改变的必要了。”

“勋爵大人，”高尔先生愤怒地答道，“我看出来了，你是个顽固不化的人，即便儿子的死，也换不来你对他未来生活的美好祝愿。我不耽误你了，勋爵。我看清楚了，你是一个邪恶的男人。好了，祝愿你们这些先生女士都有个愉快的夜晚。”他说完立即出了屋子，身后的人一致认为他疯了。因为愤怒，他忘了当时天色已晚，否则，每每想起这个，他都会发抖的。骑上马，城堡的大门把他关在外边后，他浑身颤抖起来。

我们不妨来想想他的处境，独自一人，骑在马背上，时值 8 月底夜间九点，没有灯光，只有将满之月的光亮指引，星星一眨一眨的让人害怕，想到这些，谁不同情他呢？四分之一英里内没有任何一间屋舍，身后阴郁的城堡在胡桃和松树影中更加昏暗了。他简直吓疯了，一路疾驰，不敢睁开眼，直到进入自己的村庄，不会再看到吉卜赛人或鬼魂。

回到家，他按了门铃，但没人应答，再按一次，还是没人开门，三次、四次，都没有人影，这时，他发现餐厅的窗子开着，便爬了进去。穿过屋子，到了玛利亚的梳妆室，发现所有仆人围在那里喝茶。这也太奇怪了，他晕倒了，等他醒来时，发现自己在沙发上，妻子的贴身女仆跪在身旁，用匈牙利水[①]擦拭他的太阳穴。从她嘴里，他得知心爱的

①匈牙利水，一位匈牙利皇后发明的药水，用来恢复瘫痪病人麻痹的四肢。

玛利亚为自己的离开悲痛不已，他走后三小时，她就因心碎而死了。

之后，他沉着冷静地对玛利亚的葬礼做了必要的安排，葬礼将于下周一举行，当时是周六。高尔先生把一切安排妥当后，动身前往卡莱尔，想投入家人的怀抱中，排解自己的忧虑。旅途很令人愉快，三天半后，他精神勃勃地回到了家里。出人意料的是，他一进早餐室就看到了露丝，亲爱的露丝正坐在沙发上。看到他，她晕倒了，如果不是背对门坐着的那位绅士站起来扶住她，她已经倒在了地上——很快，她就醒过来了，向哥哥介绍了这位绅士，说那是她丈夫达文波特先生。

“不会吧，亲爱的露丝，”高尔先生惊讶地说，“我以为你死了，埋了呢。”“哎呀，亲爱的费雷德里克，”露丝答道，“我是希望你那样认为的，希望你在国内散布这个消息，然后让其通过某种方式传到那座城堡里。或许多多少少能打动那里的人。直到前天，向我传达亨利死讯的达文波特先生向我求婚了，我激动地接受了他，昨天我们就结婚了。”高尔先生拥抱了自己的妹妹，与达文波特先生握了手，然后闲逛着朝城里走去。路过一家酒馆，他要了一壶啤酒，很快就送上来了，端酒的正是他的老朋友威利斯夫人。

看到威利斯夫人在卡莱尔，他大吃一惊，但没忘记对她的尊重，单腿跪下，接过那一杯冒着泡的酒，觉得那比花蜜还要甜。随后，他立即表明自己的心意，向她求婚了，她屈尊俯就，优雅地接受了他，告诉他自己只是到表姐——酒馆老板家做客，只要他愿意，随时可以回伊芙琳。第二天早晨他们就结婚了，随即回了伊芙琳。到家时，他想起自己还不曾给韦布夫妇写过信，告知他们女儿去世的消息，他们到目前还一无所知，因为从来不读报。于是，他写了下面这封信。

自伊芙琳

1809年8月19日

最最亲爱的夫人：

我的心碎之情，不知该如何表达！我们的玛利亚，亲爱的玛利亚不在人世了，她于8月12日，周六那天香消玉殒了。我能想象你们此刻的悲痛之情，你们一定在为我（而非自己）的损失而哀痛。不过，我也是幸福的，拥有了美丽的莎拉，我还奢求什么呢?

永远尊重你们的

费雷德里克·高尔

自韦斯特盖特宅邸

8月22日

大好人：

得知你现在幸福安康，我们真的很高兴！你这么慷慨地写信告知我们发生在玛利亚身上的不幸，真是感激不尽。我在信封里塞了一张三十英镑的银行汇票，这是我和韦布先生的心意，恳请你和美丽的莎拉收下。

满怀感激的

安妮·奥古斯塔·韦布

高尔夫妇在伊芙琳住了很多年，享受着因自身美德带来的完美生活。伊芙琳唯一的变化是，达文波特夫妇也搬到了那里，住在威利斯夫人以前的房舍里，做了白马酒馆的业主，多年不曾变过。

弗雷德里克和艾尔弗丽达

献 词

致劳埃德小姐

亲爱的玛莎：

为感谢你前不久那么大方地帮我完成了棉布斗篷，作为你真挚的友人，特奉上这部小小的作品，以表谢意。

艾尔弗丽达的叔叔是弗雷德里克的爸爸，也就是说，他们是父亲这头的亲堂兄妹。

因为同一天出生，又在同一所学校长大，相互之间自然会有些超出常规礼仪的情感。他们彼此爱慕，感情真挚，但都决定按礼节规矩对待所爱之人和其他人，决不越雷池半步。

他们俩都非常漂亮，长得很像，因此会有人分辨不出来。就算是最好的朋友，能说出来的区别无非就是，脸型不同，眼睛的颜色不同，鼻子的高度也不一样。

艾尔弗丽达的好朋友夏洛特要去姑妈家做客，艾尔弗丽达得知后给她写了下面这封信。

致夏洛特·杜伦孟德小姐

亲爱的夏洛特：

你待在威廉姆森夫人那边时，能否帮我买一顶时尚漂亮的新帽子，适合我的肤色即可，不胜感激。

你的

艾尔弗丽达·佛克纳

向来乐于助人的夏洛特返回村庄前为朋友买了心仪的帽子，旅程结束，欢喜而归。

夏洛特回到克伦克哈丹博瑞村（那是个甜蜜的村庄，父亲雷克特住在那里）时，弗雷德里克和艾尔弗丽达满心欢喜地前来迎接她，各自与她相拥，邀她一起去白杨林里散步。白杨林在牧师住所和一片青翠的草地之间，草地上开满了各种各样的花朵，潺潺的溪水通过一条暗道从潭珀谷引来，灌溉着花花草草。

他们在林子里待了将近九小时，突然听到美妙柔和的歌声传来，只觉得一阵惊喜，歌词如下：

达蒙深爱着我，
我曾深信不疑。
可惜今已非昨，
只恐他将我欺。

听到这里，他们在林子里转了个弯，看到两个年轻漂亮的女子相互挽着胳膊。一看到他们，两个年轻的女子立即踏上另外一条路，消失在了视野里。

艾尔弗丽达和同伴看得很清楚，那两个女子既不是格林家的两位小姐，也不是杰克逊夫人和她的女儿，两人出现在此，让人有些惊讶。终于，他们想起来了，林子不远处新搬来了一户人家。他们赶紧回家，打定了主意，要尽快去认识一下那两位美丽可爱的女孩，还有她们的家人。

商量一致后，他们当天晚上就去拜访了菲茨罗伊夫人和她的两个女儿。由人引着进了一间以花彩装饰的漂亮梳妆室后，他们见到了外表光鲜美丽的大姐杰拉琳达。坐了一段时间后，他们又为丽贝卡在谈话中流露出的智慧和迷人魅力而倾倒，不约而同地跳了起来，赞叹道：“多么可爱有魅力的人儿啊，虽然眼睛斜视叫人害怕，头发油腻、背部凸起，相貌骇人，难以想象、难以描述，但我还是忍不住要说，你美丽的心灵让我着迷，也打消了鲁莽的访客初见你时升起的恐惧之情。”

“你能如此清晰地表达自己的观点，清楚辨别印度棉布和英国棉布各自的优点，而且明确表示自己更喜欢前者，让我不禁心生敬佩，因为我对这些一点概念也没有。不瞒你说，我觉得两者没什么区别。”

与和蔼可亲又受宠若惊的丽贝卡做了一番深刻而礼貌的交谈后，他们离开屋子，速速回了家。

从那以后，菲茨罗伊、杜伦孟德和佛克纳家的友谊与日俱增，他们成了亲密无间的好朋友，完全不拘小节，谁要是稍有一点挑衅就一脚给踹出门去，毫不含糊。

大家快乐相处的这段时间里，菲茨罗伊家的大姐跟一个车夫私奔了，至于可爱的丽贝卡，白金汉郡的罗杰上尉向她求婚了。

菲茨罗伊夫人不同意这桩婚事，因为两人都还“很年轻”，丽贝卡三十六岁，罗杰上尉刚过六十三岁。作为妥协，他们同意再等等，等两人年龄大些再说。

与此同时，弗雷德里克的父母向艾尔弗丽达的父母提亲，希望他们两人结为连理，艾尔弗丽达的父母欣然同意。结婚礼服已经买了，只等定个好日子。

美丽的夏洛特则收到诚挚邀请，邀她再度到姑妈家做客，她决定接受邀请，因此去菲茨罗伊夫人家同好友丽贝卡道别，发现丽贝卡周围摆满了胭脂水粉、发膏头饰，努力想让那张脸平淡无奇的脸亮丽起来，可一切无济于事。

“亲爱的丽贝卡，我是来跟你道别的，要去姑妈家住上两周。其实，跟你们分开我也很难过，不过，我就跟你现在忙活的事情一样，我这趟也是势在必行。”

“哦，老实说吧，亲爱的，”丽贝卡说，“我最近脑子里一直在想（或许多少有点原因吧），我的脸色跟其他地方不太搭调。所以，你瞧，我想涂点红，抹点白，别的时候我可不会用什么水粉色彩，我最讨厌化妆了。”

夏洛特明白朋友的弦外之音，知道对方是想听自己的赞美之词，好心的她自然不愿让对方失望。之后，两个好朋友分别了。

夏洛特告别朋友，上了去往威廉姆森夫人家的漂亮车子，她心情沉重，眼泪汪汪。因为跟朋友分别太难过了，甚至没有多想自己这样子是多么怪异、不成体统。

她到达威廉姆森夫人住的伦敦城时，那个愚蠢至极的车夫一再说他不知道要去的是城里哪个区域，因为他从来就不是个见多识广的人。说这话真是一点也不害臊。

前面我们已经知道，夏洛特总想极力帮助所有人，所以，好心的她最大限度地宽容了，告诉车夫应该驶往波特兰街，车夫这才听命驱车。没过多久，夏洛特就已经在姑妈的怀抱里了。

她们像以前那样，亲密无间地坐到一把椅子上。就在这时，门忽地开了，进来一位上了年纪的绅士，灰黄色的脸，旧旧的粉色外套，也许是虚弱的缘故，也许是故意为之，他跪倒在美丽的夏洛特跟前，表明自己对她的爱恋，恳请她怜悯自己，其情其景令人动容。

因为不忍心让任何一个人痛苦，夏洛特答应做他的妻子，老绅士离开了屋子，一切恢复了平静。

然而，没过多久，平静就被打破了，门再一次打开，走进来一位年轻帅气的男子，身穿崭新的蓝色外套，恳请美丽的夏洛特聆听自己的真情告白。

这个陌生人仪表堂堂，让夏洛特忍不住心生爱意，对他的感情绝不亚于对刚才那位：她没办法计算感情的多与少，但心里能感觉得到。

因为满心欢喜，再加上总想让每个人开心的天性使然，她承诺做他的妻子。第二天早晨，他离开了。晚餐时，两位女士坐在一起享用一只小兔子、一对松鸡、三只野鸡和一打鸽子。

直到第三天早晨，夏洛特才想起自己跟两个人订下了婚约，越来越觉得自己做的事太过愚蠢荒唐。她思来想去，愧疚之情愈来愈甚，最后纵身一跃，投入了流经波特兰街姑妈家庭院的那条深溪水沟。

她的尸体漂到了克伦克哈丹博瑞村，人们将她捞起，埋葬在那里。弗雷德里克、艾尔弗丽达和丽贝卡撰写了铭文，刻在她的墓碑上：

墓志铭

我们的密友长眠此地，

错许两人让她愧疚不已，

纵身投入波特兰街的小溪，

花容月貌何处再觅。

短短几行话，美丽哀婉，路过之人，读后无不泪如雨下。读者朋友，如果这些句子不能让你为之动容，那你就不配细细品读。

深切哀悼过亡友后，弗雷德里克、艾尔弗丽达以及罗杰上尉和丽贝卡来到菲茨罗伊夫人的跟前，一起跪下，说了下面这些话：

“夫人，亲爱的罗杰上尉首次向丽贝卡求婚时，唯有你不同意他们的婚事，觉得两人‘太年轻’。自上次提亲到现在，已经过去七天了，美丽的夏洛特香消玉殒了，人生短暂，你不该再有那样的托词了。”

“夫人，同意他们的婚事吧，作为回报，我右手里这个喷香的瓶子给你，且永远属于你，我决不再要回。但是，如果你不在三天内同意他们牵手，我就将左手的匕首刺入你的胸膛，让你鲜血直流。”

“夫人，说句话吧，他们的命运，你的命运，都掌握在你手里。”

他们软硬兼施，取得了理想的效果，得到的答复是：“我亲爱的朋友们，你们言之有理，让人反对不得。三天之后，丽贝卡就跟上尉结为夫妻吧。”

这番话让众人心满意足，皆大欢喜，大家再度恢复了平静，罗杰上尉恳请丽贝卡为大家唱一首歌，丽贝卡说自己得了重感冒，但盛情难却，于是唱了一曲：

克罗登去了集市，
带了条红丝带给贝丝，
她用丝带扎条辫子，
绵绵情意寓于斯。

第三天晚上，罗杰上尉和丽贝卡结为夫妇。婚礼过后，两人乘坐四轮马车前往白金汉郡去了，上尉的家就在那里。

艾尔弗丽达的父母非常希望她在生前嫁给弗雷德里克，但也知道她那娇弱的内心承受不了任何劳累，确定婚期这样的事对她来说太难了，因此在这件事上没有催她。

时间不断飞逝，衣服都已经过时了，艾尔弗丽达和弗雷德里克的事情却没有任何进展。这时，罗杰上尉偕妻子来拜访岳母，同行的还有十八岁的漂亮女儿。

艾尔弗丽达发现昔日的密友已经变得又老又丑，不再讨人喜欢了，同时高兴地得知她的漂亮女儿埃莉诺也来了，一心想跟她建立亲密无间的友谊。

但是，与埃莉诺相识并不像预期的那么愉快，艾尔弗丽达很快就发现这个女孩只把自己当成个老女人来对待，屈辱感油然而生。更可怕的是，她发现丽贝卡的这位女儿对弗雷德里克燃起了爱火，愈演愈烈。

发现这种苗头后，艾尔弗丽达立即来到弗雷德里克身边，颇有些英雄气概地告诉他，希望第二天就跟他结婚。

对那些缺乏勇气的人来说，这种窘境简直让人窒息，可弗雷德里克一点也没有吓到，而是冒失地答道："天哪，艾尔弗丽达，明天你自己结婚去吧，反正我不结。"

这个答复对生性脆弱的艾尔弗丽达来说真是太痛苦了，她昏倒在地，此后反反复复地昏厥，这次晕眩还没恢复过来，马上又倒下了。

危及自己的生命或自由时，弗雷德里克非常有勇气，但同时，他的心就像棉花一样柔软。听到艾尔弗丽达病危的消息，他赶紧来到她的身旁，发现她比人们说的、比自己预期的要好，于是与她结为了连理，一辈子在一起。

杰克和爱丽丝

献 词

献给舰船“坚毅”号上的海军候补少尉弗朗西斯·威廉·奥斯汀。来自他忠实而谦卑的仆人。

曾经五十三岁的约翰逊先生，十二个月后满五十四岁了，当时他高高兴兴地做了个决定，要在下一次过生日时举办化装舞会，邀请自己的孩子和朋友们来庆祝。因此，年满五十五岁的那天，他将舞会邀请函分发到了邻居手中。他的熟人并不多，在帕米蒂铎村，左邻右舍就这么几个人：威廉姆斯夫人、琼斯夫妇、查尔斯·亚当斯，还有三位辛普森小姐，参加化装舞会的也只有这些人。

描述舞会之夜前，我有必要向读者介绍一下他这些熟人的面貌品行。琼斯夫妇都是高个子，富有激情，而且脾气好，行为端正。查尔斯·亚当斯是个成熟而迷人的年轻男子，非常地英俊耀眼，让人不敢直视。卡洛琳·辛普森小姐的体态举止和性情都很讨人喜欢，唯一的缺点就是野心太大，永无止境；她的二妹苏琪则是个妒忌心强、心存怨恨的恶毒之人，身材肥胖短小，不招人爱；三妹塞西莉亚美丽无比，就是总有些忧郁。威廉姆斯夫人呢，可以说在道德上尽善尽美。她是个寡妇，有一笔可观的财产，且风韵犹存。她仁慈公正、慷慨真诚、虔诚尽责、和蔼可亲又不失风趣优雅。约翰逊一家非常友爱，虽然有点沉迷于酒精和赌博，但有诸多良好品性。

这群人集中在一起，聚到了约翰逊家漂亮的客厅里，所有女性中，戴着苏丹女王面具的那位身材迷人，最引人注目。男性中有一位戴太阳面具的最受人关注，他炯炯有神的眼睛就像耀眼的发光体，远非常人能比，那双眼睛是那么地光彩夺目，以至无人敢靠近，只能待在半英里以外的地方，因此，他独占了屋里最好的角落，那地方长度超过四分之三英里，宽度有半英里。终于，这位绅士发现，他目光中散发出的炽烈让众人不适，迫使他们聚集到了屋子的一角。于是，他眯起眼睛，脱掉了面具，这时，众人发现他是查尔斯·亚当斯，身穿纯绿色外套。

惊讶之情刚刚平息了一点，众人的目光又被两个戴黑色面具的人吸引了，他们走上前来，激情四射，两人都很高，但似乎有诸多良好品质。两人诙谐地对查尔斯说："'这两人'是琼斯夫妇。"的确如此。

谁也猜不出那位苏丹女王是谁！直到她倚靠在一把长椅上说起话来，那个样子，活脱脱一个花神弗洛拉，她说："哎呀，塞西莉亚，真希望我是自己扮演的那个人。"这时，聪明过人的查尔斯·亚当斯发现她是野心勃勃的卡洛琳·辛普森，至于她在跟谁说话，他想，肯定是那个美丽而做作的妹妹塞西莉亚吧。

这时，他们一起朝游戏桌走去，那里坐着三个戴黑色面具的人，每人都拿着一个酒瓶，玩得入了迷。而一个戴着"美德"面具的女人匆匆逃离了这声色狼藉的场景，同时，一个戴着"妒忌"面具、矮胖的女人代替她坐到了三个赌徒跟前。查尔斯·亚当斯还是那么聪明，很快就发现玩得起劲的那三个人是约翰逊一家，戴"妒忌"面具的是苏琪·辛普森，而戴"美德"面具的是威廉姆斯夫人。

随后，所有人取掉面具，大家退到另一个屋子里休息，参加优雅健康的娱乐活动，而约翰逊家的三个人高高兴兴地把酒喝完了，之后，大家（包括"美德"夫人）都回了家，醉醺醺的。

此后三个月，帕米蒂铎村的居民每每谈起化装舞会，总有诸多谈资，而他们谈得最多、最详细的，莫过于查尔斯·亚当斯先生。他百里挑一的外表、炯炯有神的眼睛、闪耀出众的智慧，这一切的一切，无不让年轻的女士们蠢蠢欲动，俘获了很多人的心。参加化装舞会的有六位女士，其中五位回来后没什么异样，只有爱丽丝·约翰逊很不开心，因为查尔斯的迷人魅力对她来说是那么不可抵挡。好了，读者们肯定觉得奇怪，既然他这么卓越出众，怎么只征服了约翰逊小姐的心，有必要说明的是，三位辛普森小姐之所以能抵挡住他的诱惑，是因为她们一个野心大，一个爱妒忌，一个孤芳自赏。

卡洛琳热切渴望找一个有爵位的丈夫；而对苏琪来说，查尔斯的卓越出众只能激起她的妒忌，而非爱恋之情；塞西莉亚则太过自恋，旁人谁也取悦不了她。至于威廉姆斯夫人和琼斯夫人，前者很明智，不会爱上一个比她小很多的年轻人，后者虽然富有激情，但她深爱自己的丈夫，压根不会去想这类事情。

约翰逊小姐竭尽所能，想知道对方是否对自己有丝毫的爱慕之意，但查尔斯·亚当斯表现出来的一切都说明，他那颗冷峻漠然的心仍旧不受任何人牵绊。他对所有人都彬彬有礼，对谁都没有偏爱之情，仍旧是那个英俊潇洒，但不动情的查尔斯·亚当斯。

一天晚上，爱丽丝有点喝多了——这种情况也算不上罕见——因为脑子凌乱又害了相思病，决定去跟睿智的威廉姆斯夫人谈谈。那位夫人就在自己家里，通常情况下都是如此，因为她不喜欢出门，就像伟大的查尔斯·格兰迪森爵士[①]那样，如果在家，绝对不会说自己不在，她会像时下流行的那样，直接把不喜欢的访客拒之门外，如同拒绝再婚一样。

---

①查尔斯·格兰迪森爵士，塞缪尔·理查森的第三部小说《查尔斯·格兰迪森爵士的历史》中的男主角，其外貌和高尚的品德曾赢得广大女性的欢迎。

可怜的爱丽丝喝多了，但异常精神，一心只想着查尔斯·亚当斯，说的话也全都围绕着他。直率的话没说几句，威廉姆斯夫人就发现爱丽丝的情感是那么一发不可收拾，让她的悲悯之情油然而生，于是对她说："亲爱的约翰逊小姐，我看出来了，你的心抵挡不了年轻人查尔斯的迷人魅力，我对你深表同情，这是你的初恋吗？"

"是的。"

"那太让人痛苦了，我自己就是个例子，尝尽了初恋的悲苦，决心将来要避开这样的灾难。希望现在说这些还为时不晚，亲爱的，如果还有得救，一定要把自己从这样的危险中解救出来。第二次恋爱一般就不会有严重后果，对此我就不说什么了。初恋时要保护好自己，别害怕迎接第二次爱恋。"

"夫人，你刚才说自己遭遇过恋爱不幸，希望我能及时避免，你能，跟我讲讲你的生活，你的恋爱奇遇吗？"

"非常愿意，亲爱的。"

"我父亲是伯克郡的一位绅士，有着可观的财富，而且有好几个孩子。我六岁那年，不幸失去了母亲，那时父亲还年轻，也很脆弱，他没送我去学校，而是请了个能干的家庭女教师，在家辅导我学习。我的哥哥弟弟都去适龄的学校上学了，妹妹们都比我小，还得由仆人看着。迪金斯小姐是个出色的家庭女教师，她教我走上了良善之路，在她的辅导下，我越来越宜人可亲，简直接近完美。可惜我十七岁时，那位可敬的女教师离开了我。我永远忘不了她临走时说的话，'亲爱的凯蒂，'她说，'晚安了。'之后，我再也没见过她。"威廉姆斯夫人抹了抹眼睛，继续说，"那天晚上，她跟管家私奔了。第二年，我受父亲一个远亲——沃特金斯夫人的邀请，到她居住的城里过冬。这位夫人时尚富有，家庭和睦，大家都觉得她是个受人尊敬的漂亮女人，只不过我从来没觉得她很俊俏。她额头太高，眼睛太小，而且红润过头了。”

“怎么会呢？”约翰逊小姐有些生气，红着脸打断她说，“你怎么会觉得有人红润过头了？”

“当然会了，原因嘛，听我慢慢说，亲爱的爱丽丝，如果一个人的肤色太红，那她的脸也是很红的，太红了。”

“只是，夫人，人的脸会红润过头吗？”

“当然了，亲爱的约翰逊小姐，我跟你说，面色太红并不比面色苍白好到哪里去。”

“好了，夫人，继续讲你的故事吧。”

“嗯，我刚才说，这位夫人邀我去她居住的城里共度几周。很多绅士觉得她漂亮，但我觉得她额头太高，眼睛太小，而且肤色红润过头了。”

“有关这一点，夫人，就像我刚才说的，你肯定搞错了，沃特金斯夫人不可能红润过头，因为，谁会嫌弃脸色太好啊。”

“请原谅，亲爱的，这一点我不敢苟同。我再明明白白地解释一下吧，我的观点是这样的：如果一个女人的脸上红色部分太多了，那她就是红润过头了。”

“但是，夫人，我觉得任何一个人的面颊都不会红色成分太多的。”

“什么，亲爱的，你觉得人的脸不会红润过度？”

说到这儿，约翰逊小姐完全失去了耐性，甚至恼羞成怒了，因为威廉姆斯夫人执拗地坚持己见。我们一定还记得，此时的爱丽丝小姐有她易怒的理由，我不是说她喝醉了，而是酒精让她头脑发热，再加上澎湃的激情，她一点也控制不了自己的脾气。

终于，争执愈演愈烈，约翰逊先生进来时，爱丽丝“简直要打人了”，他好不容易才劝开了她，让她放开威廉姆斯夫人，别再为沃特金斯夫人的红脸颊纠缠不休了。

读者朋友肯定会认为，这次争吵之后，约翰逊家和威廉姆斯家不会再有什么亲密来往了，然而你想错了，因为约翰逊夫人是个通情达理的人，不会因为这样的醉后行为而生气，她觉得这是很正常的。爱丽丝小姐则真心实意地尊重威廉姆斯夫人，而且非常享受她的红葡萄酒，更何况那位夫人的权威也会让她妥协让步的。

两人和解后几周，威廉姆斯夫人邀约翰逊小姐到一片香橼林里散步，那片林子就在她的木垛和查尔斯·亚当斯的饮马池之间。爱丽丝深知威廉姆斯夫人是一片好意，而且满怀憧憬，希望看到林子尽头查尔斯的饮马池，所以，她欣然前往。没走多远，威廉姆斯夫人的一番话就打破了她的美好憧憬。

"亲爱的爱丽丝，我一直忍着，没往后讲自己的事，是因为不想勾起你的回忆，让你想起那个最好忘掉、永别再想起的场景，因为那只会让你蒙羞，不能给你带来赞誉。"

爱丽丝开始脸红了，正要说话时，威廉姆斯夫人发现了她的不快，继续说道："好孩子，我刚才说的恐怕已经冒犯到你了。我向你保证，我无意让你难过，让你想起那件已经无可挽回的事。综合考虑你的情况，我觉得你不该受常人那么多指责，因为一个人喝醉以后，你可说不准他们会做些什么。"

"夫人，我的行为让人无法忍受，我知道——"

"亲爱的，那事就别再苦恼了，放心吧，我已经彻底忘了。其实呢，我一点也不生气，因为我从一开始就看出来了，你当时简直烂醉如泥。

我知道你完全不能自控，才会说出那些古怪的话来。好了，我又让你不高兴了，这个话题就不谈了，以后也别再提起。记住，这事已经彻底过去了。还是继续说我的事吧。先说明，我不会再对沃特金斯夫人做任何描述了，以免让你想起之前的事来。你从来没见过她，所以，她是否额头太高，眼睛太小，脸色太过红润，对你来说都无关紧要。”

“又提这个！威廉姆斯夫人，真的够了！”

旧事重提，可怜的爱丽丝被激怒了，如果不是被别的事吸引了她们的注意，真不知道会怎么样收场。吸引她们的是一位美丽的年轻女子，躺在一棵香橼树下，无比悲痛的样子。两人很快停止争论，满怀同情地走上前去，对她说道：“美丽的少女，你这副痛苦的模样，是出了什么不幸吗，如果你愿意，就跟我们说说吧，希望能帮你分担。你的生活跟遭遇，能讲一讲吗？”

“当然了，好心的女士，你们先坐下来吧。”她们坐下来后，那女子开始讲了。

“我出生在北威尔士，父亲是当地最响当当的泰勒家族中的一员，这个家族包含很多个家庭。我母亲有个姐姐，家境很好，是个寡妇，在我们邻村经营一家酒馆，在她的劝说之下，父亲轻易就让她领走了我，由她抚养我长大。所以，过去这八年，我一直都跟她在一起，她给我找了一流的老师，教我各种上流社会女性应该有的才能。在她们的教导下，我学会了音乐、舞蹈、绘画和多种语言，也就是说，我比威尔士其他泰勒家的女儿都要出色。我一直是世界上最幸福的人儿，直到半年前——我应该先跟你们说明，我们那一片区，大部分土地都归查尔斯·亚当斯所有，就是那所砖房的主人，你们看，就在那边。”

“查尔斯·亚当斯！”爱丽丝惊叫道，“你认识查尔斯·亚当斯？”

“我确实认识他，小姐，这就是我难过的原因了。半年前，他来收取那地方的租金，我一看到他，就忍不住爱上了他。小姐，你也认识他，他有多迷人，就不用我说了。我抵挡不住他的魅力……”

“哎，是啊！”爱丽丝深深叹了一声。

“我姑妈跟他的厨师很熟，在我的恳求之下，她决定通过那位朋友打探一下，看我的爱恋会不会有回报。因此，一天晚上，她去跟厨师苏珊夫人一道喝茶，交谈的过程中，那位夫人说她住的地方很好，主人非常善良，说到这儿时，我姑妈旁敲侧击，竭尽机敏才能，很快就从她那儿套了出来。只听她说，她觉得主人一辈子都不会结婚，‘因为他总是跟我说，做他的夫人，必须年轻貌美、拥有高贵的出身、智慧、美德和金钱’。她还说，‘我曾努力让他放弃这种想法，劝他说遇见这样的妻子根本没可能找到，可我的劝说一点用都没有，他心意已决，动摇不得。’听了这些，我的悲痛之情可想而知，因为我虽然有青春美貌、智慧和美德，但只是有望继承姑妈的房子和业务，他可能觉得我地位不高，不够资格与他牵手。

“不过，我决定冒一次险，因此给他写了一封十分友好的信，表明我对他的柔情蜜意。他回绝了我，愤怒而不容置喙。但我觉得那是因为他太羞怯了，没有别的原因，所以再度写信提了此事。他没再回复我，而且很快离开了那边村子。听到他离开的消息，我往这边写了信，告诉他我会在帕米蒂铎村等他，这是我的荣幸，但他没答复我。我愿意相信，沉默即是同意，因此背着姑妈离开了威尔士，经过一番长途跋涉，今天早晨才到了这里。经过打听，得知去他家要经过这片林子。想到马上就能见着他，我满心欢喜地进了林子，在里头穿行了这么一段后，突然有一条腿动不了了，一看才知道，我被一个捕兽夹夹住了，这位先生的林子里到处是这样的东西。”

“哎呀！”威廉姆斯夫人叫道，“幸亏我们碰上了你，否则可能也会遭遇你这样的不幸呢。”

“是啊，你们是该庆幸，我刚好走在你们前头。不用说，我受伤后只能大喊大叫了，声音在林子里回荡，直到那个闹心鬼的一个仆人前来帮忙，才让我解脱了出来，只是我的一条腿已经严重伤到了。”

听了这番忧郁的独白，威廉姆斯夫人那双漂亮的眼睛湿润了，爱丽丝忍不住叫道：“天哪，查尔斯真残忍，伤害了美人的心，还有她的腿。”

威廉姆斯夫人打断她说，这位年轻小姐的腿必须及时处理。检查了伤口后，她立即行动起来，技术娴熟，让人瞠目结舌，因为她以前从来没有过这样的表现。之后，露西从地上站起来，发现自己可以轻松走路了，于是，在威廉姆斯夫人的盛情邀请之下，她随着她们一起去了这位夫人家。

露西完美的身材、漂亮的面孔和优雅的举止让爱丽丝颇为喜欢。晚饭后，该分别了，她非常肯定地对露西说，除了自己的父亲兄弟、叔叔婶婶、表兄妹和其他亲戚，以及威廉姆斯夫人、查尔斯·亚当斯和几个特好的朋友之外，她应该是这世上最让她喜欢的人了。

要不是发现爱丽丝太过随意地享用威廉姆斯夫人的红葡萄酒，这样的美言和关爱肯定会让露西高兴不已的。

有着敏锐洞察力的威廉姆斯夫人透过露西微妙的表情看出了她的心思，约翰逊小姐走后，她对露西说：“露西，等你跟爱丽丝再熟悉一些，看到她喝那么多酒，就不会感到惊讶了，因为她每天都这样喝。她有很多与众不同的迷人品质，却不懂得节制。她一家人都是酒鬼。我不无遗憾地说，真没见过这样的，一家三口都是彻头彻尾的赌徒，尤其是爱丽丝。但她是个迷人的女孩。我觉得，她虽算不上性情温和，但无疑有着澎湃的激情！总之，她是个可爱的女孩子，相信你会喜欢她的。这么友好的人，我认识的可不多——哦，你没见到她那晚咆哮的样子，就为了很小的事情！当然了，她也是个最容易讨好的女孩，我一直都很喜欢她！”

“夫人这么一说，她好像有很多优点呢。”露西答道。

“哦，太多了！”威廉姆斯夫人说，“我特别喜欢她，或许有点盲目了，这种感情让我对她的缺点视而不见。”

第二天早晨，三位辛普森小姐前来拜访威廉姆斯夫人，她极其礼貌地接待了她们，并介绍露西给她们认识。大姐对露西喜爱有加，临别之时，她表达了自己独特的野心，想让露西第二天早晨跟她们一起去巴斯，她们要到那儿去待上几周。

“露西自己决定吧。”威廉姆斯夫人说，“如果她选择接受你的善意邀请，我希望她不要因为跟我难分难舍而犹犹豫豫。我真无法想象自己有多离不开她。但她从来没去过巴斯，我觉得这种短途旅行对她再好不过了。亲爱的，你说呢？”她转向露西，继续道，“你要跟几位小姐去巴斯吗？没有你，我会很难过的，但同时也为你高兴，我希望你去。但你要是去了，我真是难受得像要死去，真的。”

露西觉得陪她们去巴斯是一种荣幸，但她拒绝了，对极力邀请她的辛普森小姐深表谢意。辛普森小姐非常失望。威廉姆斯夫人坚持让露西去，声称如果露西不去，她永远不能原谅她，但如果露西去了，她又会生活不下去，总之，在这样的劝说之下，露西决定前去。第二天早晨十点，三位辛普森小姐准时来叫她。没过多久，威廉姆斯夫人就高兴地收到了这位年轻朋友的来信，说她们安全到达巴斯了。

现在，该回过头来讲讲本小说里的一个男主角——爱丽丝的哥哥了。之前我简直没机会提他，当然也是因为他嗜酒如命，完全失去了上天赐予他的禀赋，他做的事情没什么值得说的。露西离开后不久他就死了，自然是饮酒恶习带来的结果。他过世后，妹妹成了家里大笔财富的唯一继承人，这让她有了新的希望，觉得自己可能成为查尔斯·亚当斯的妻子，因此，哥哥的死让她高兴不已，心里只有欢喜，没有任何的哀悼之意。

发现自己对查尔斯·亚当斯的爱恋与日俱增后，她决定告知父亲，要求他去向查尔斯说明联姻之意。父亲同意了，终于在一天早晨前去向那位年轻男子说明了来意。约翰逊先生是个寡言少语的男人，三两句就把事情开诚布公了。那位父亲得到的答案如下：

“先生，你可能希望我表现出欢喜之色，对你的提亲表示感激，但是，告诉你吧，我觉得这是一种侮辱。先生，我视自己为完美之人，你见过比我身形更好面容更英俊的人吗？我的言行举止温文尔雅，而且有种特别的高贵与亲切，能跟我媲美的人，我还不曾见过。而且，我比欧洲任何人都熟知各种语言，各门学科，各种艺术和各类事情。我脾气温和，又有诸多美德，我是举世无双的。所以，先生，以我的性格，你觉得我会跟你的女儿结婚吗？我且简短地说一说你跟她吧。我觉得你整体上是个好男人，但也是个常常喝醉的老家伙，那对我来说无关紧要。你的女儿呢，既不够漂亮，也不够亲善有才智，对我来说也不够富有。我对妻子只有一个期待，那就是完美，如同我自己一样。先生，这就是我的观点，我以此为荣。我有一个朋友，就她这么一个，此刻正在准备主餐，你要是想见见她，可以叫她过来，她会告诉你，我的观点一向如此。”

约翰逊先生觉得不必了，表达了对亚当斯先生的谢意，感谢他对自己和女儿的品行给予了肯定，然后就离开了。

可怜的爱丽丝得知父亲此行很不成功，万分失望，只有沉浸在酒精中，才能迅速把不快忘掉。

帕米蒂铎村发生这些事的同时，露西在巴斯征服了所有人的心。在那里生活了两周后，她对查尔斯迷人身影的记忆基本抹去了。她因他的魅力而心灵受挫，又因他设的陷阱而腿部受伤，想想这些，忘掉他似乎算不上太难。她下了决心，为了忘掉他，每天都花上五分钟的时间，集中精力把他赶出自己的记忆。

写第二封信时，她向威廉姆斯夫人道出了一个令人愉快的消息：她已经如愿以偿，彻底忘掉他了，同时她还提到，有一位公爵向她求婚了，年纪较大，非常富有，因为健康出了问题才去巴斯旅行。她写道：

我很苦恼，不知道要不要接受他。跟那位公爵结婚有很多好处，其他那些人在地位和财富上都没法跟他相比，而且，婚姻能让我拥有一个家庭，这是我最最想要的。夫人，你希望我一直跟你待在一起，你那么善良、高贵而慷慨，但我不想成为你的负担，我是那么爱你，尊重你。负担只应该留给我们鄙视的人，这是我可敬的姑妈灌输给我的道理，可惜我之前没有严遵她的教诲。我现在说的这位好姑妈，因为我草率离开威尔士而愤怒不已，听人说，她再也不会接纳我了。

我现在很想离开一起来的这几位小姐。辛普森小姐若是抛开她的野心，算是个非常友善的人，但她二妹，那个酷爱妒忌的苏琪就很不好相处了。我在这边的上流圈子如鱼得水，相信她已经为此心生妒忌和仇恨，因为她经常威胁我，说要割开我的喉咙，有时真动了手。所以，夫人，我想离开巴斯，这想法无可指摘，我只希望离开时，能有个家庭接纳我。静候你的消息，告诉我有关公爵你有何建议。

满怀感恩的

露西

威廉姆斯夫人就这件事写了自己的观点，内容如下：

最最亲爱的露西，对于公爵，你有什么好犹豫的呢？我了解到了他的人品，发现他是个没有道德又很无知的男人。我的露西可不能嫁给这样一个人！他富可敌国，而且财富还在日益增长。你如何体面地花这笔钱呢！在世人眼里，你对他有什么价值！他又怎会尊重自己的妻子！好了，最最亲爱的露西，何不当机立断，赶快回到我的身边来？永远别再离开了。虽然我很赞赏你有关负担的观点，但是，那并不影响你带给我的快乐。没错，你一直跟我在一起，会让我花费很多，我很可能承担不起，但这点负担怎能跟与你相伴的快乐相比？我知道，这会让我破产——你肯定不愿有这样的后果，但也不能拒绝回到这样一个爱你的人身旁。

C. 威廉姆斯

露西若是收到威廉姆斯夫人的信，会对这样的建议做何反应，我们不得而知，因为信件到达巴斯前几小时，她就停止了呼吸，死在苏琪的妒忌和怨恨之下。苏琪妒忌她的惊艳美貌，对她下了毒，让正值十七岁青春年华的她早早地从世上香消玉殒了。

那个美丽可爱的露西，一生没有犯过什么罪，也不曾受任何瑕疵玷污，只是鲁莽地离开了自己的姑妈，她的死让所有熟人哀痛不已。最受折磨的是威廉姆斯夫人、约翰逊小姐和那位公爵，其中，前两位对她的关心最为真挚，尤其是爱丽丝，因为跟她共度了一个晚上后，再也没想过她。公爵悲痛是有原因的，只因失去了过去十天他一直温柔爱恋、真诚关心的人。他诚挚地哀悼了她两周，之后就喜欢上了卡洛琳·辛普森的野心，让她成了公爵夫人。为此，辛普森小姐高兴不已，野心得到了满足。她那个心黑的妹妹苏琪着实欣喜若狂了一段时间，她的所作所为显然是内心欲望所致。不过好景不长，这场凶蛮的谋杀案被发现了，虽然有朋友说情，她还是速速上了绞刑台。那个美丽而造作的塞西莉亚太过迷恋自己出众的美貌，觉得卡洛琳都能嫁给公爵，那她应该得到某个王子的垂青才对。得知本国的王子都定亲后，她离开了英格兰，目前只听说她成了莫卧儿大帝最喜爱的女眷。

与此同时，有个消息在帕米蒂铎村的居民之间传开了，人人惊讶而好奇，听说查尔斯·亚当斯要结婚了。跟谁结婚，还是个谜。琼斯夫妇猜测是约翰逊小姐，但约翰逊小姐知道不是自己，她担心是亚当斯的那位厨师。然而，令所有人大吃一惊的是，与他公开结为连理的人竟然是威廉姆斯夫人。

亨利和伊莱扎

献 词

献给库珀小姐，来自她卑微的仆人。

乔治先生和哈考特夫人在监督晒制干草的人干活，对于工作勤勉的人，他们微笑表示赞许，对那些懒惰的人，则用棍棒督促。这时，他们发现一个厚厚的草堆下方隐隐躺着一个小女孩，顶多三个月大。小女孩漂亮迷人的脸把他们打动了，面对他们的诸多问题，婴孩活泼可爱的回应也让他们高兴不已。他们决定把她带回家，不惜成本精心培养，因为他们没有自己的孩子。

他们都是很好的人，最注重的就是引导孩子热爱美德、痛恨邪恶，对此他们做得很成功（伊莱扎也天生有这样的倾向）。她长大后，受到了所有熟人的喜爱。哈考特夫人非常爱她，乔治先生也喜欢她，所有人都赞赏她，她一直生活在无尽的欢乐之中，直到十八岁那年。有一天她偷了一张五十英镑的纸币，被人发现了，随即被收养她的人残忍地赶出了家门。对伊莱扎这样一个思想高贵、意气风发的人来说，这样的转变简直是致命打击。但深知自己优点的她没有懊恼，而是在一棵树下自娱自乐唱起了这样的歌曲：

我虽身陷艰难穷途，
但愿无须朋友支助。
我的心灵清白无瑕，
永寻美德不恋其他。

她用歌曲逗乐自己，再加上想法比较乐观，几小时后，她站了起来，朝一个叫M的小市集走去。她最好的朋友就在那里，经营一家叫红狮的酒吧。她迅速到了朋友那里，讲了自己的不幸，并申明希望到某个家庭中，做一个卑微的女伴。

威尔逊夫人是世上最善良的一个人，刚在酒吧坐下的她得知伊莱扎的愿望后，随即给F公爵夫人——一个备受尊敬的女人写了一封信：

F公爵夫人：

请求你收下这位年轻女子，她是那么优秀的一个人，人品无可挑剔，比起服侍别人来，她更愿意做你的女伴。请速速过来，从我的怀里带走她。

莎拉·威尔逊

公爵夫人与威尔逊夫人友谊深厚，总会竭力帮她的忙，现在有机会施恩于她，只觉得欣喜若狂，收到信后就立即出发赶往红狮酒吧，当天晚上就到了。F公爵夫人大约四十五岁半，非常有激情，待友诚挚，疾恶如仇。她是个寡妇，只有一个女儿，这孩子即将与一位财富可观的年轻男子结婚。公爵夫人见到我们的女主角后，迅速搂住她的脖子，言明自己非常喜欢她，决心以后再也不与她分离。伊莱扎听到这样的友情宣言，满心欢喜。第二天早晨，她与亲爱的威尔逊夫人依依不舍地告别后，随着公爵夫人去了萨里的住所。

公爵夫人极尽华美之词，把她介绍给了女儿哈里特小姐。这位小姐很喜欢她的外貌，恳请她做自己的妹妹，伊莱扎屈尊俯就，答应了她。西塞尔先生是哈里特小姐的恋人，经常跟公爵夫人一家、跟伊莱扎在一起。

两人互生了爱恋，西塞尔先表白，劝伊莱扎跟他秘密结婚。这很容易办到，因为公爵夫人的教士也非常喜爱伊莱扎，他们相信，他会尽力帮助她的。

一天晚上，公爵夫人和哈里特小姐去参加聚会，趁着这两人不在，他们结为了夫妇，婚礼由喜爱伊莱扎的那位牧师主持。两位女士回来后，发现伊莱扎留了一张便条，惊讶不已：

夫人：

我们结婚了，走了。

亨利·西塞尔和伊莱扎·西塞尔

公爵夫人读完信，弄清事情的始末后，暴跳如雷，大半个小时都在歇斯底里地喊他们的名字，愤怒之情汹涌而出，声音令人震颤。她还派了三百个全副武装的男人去追他们，并且发了命令，不管死活，一定要把他们带回来，心想如果带回来后还活着，她一定要监禁他们几年，把他们折磨致死。此时，塞西尔和伊莱扎正逃往欧洲大陆，觉得那里比自己的故土安全。他们有理由相信，公爵夫人的复仇手段是非常恐怖的。

他们在法国住了三年，其间生了两个男孩，之后，伊莱扎成了寡妇，一无所有，无法支撑自己和孩子的生活。结婚后，他们每年为生活花销一万八千英镑，因此西塞尔先生剩下的财产已经不足二十分之一，他们必须省吃俭用，必须把收入用到极致。

伊莱扎为生计发了狂，丈夫死后，她立即乘坐日子宽裕时他们打造的一艘载有五十五支枪的大驳船返回了英格兰。刚刚踏上多佛港口的海岸时，就被公爵夫人的武力抓获，送进了夫人专门为私禁囚徒而秘密建造的纽盖特牢房。

伊莱扎刚进牢房，第一念头便是如何才能逃出去。她冲向牢房门，门锁着，看看窗子，铁栏挡住了，她失望了，逃跑计划无法执行。幸运的是，她看到牢房一角有把小锯子，还有梯子和绳子。她赶紧拿起锯子，动起手来，没几周，就把栏杆都锯掉了，只剩下一根，用来拴梯子。

这时，又有新的难题，她一时间不知道如何是好。两个孩子太小了，没办法自己顺着梯子爬下去，而她也没法抱着他们下楼梯。终于，她决定把所有衣服扔下去，数量可真不少，然后严格叮嘱孩子千万别伤到自己，接着把他们扔到了衣服上，自己轻轻松松地顺着梯子爬了下来。到了底部，她高兴地发现两个孩子毫发无损，已经睡着了。

她现在觉得很有必要把所有衣物卖掉，养活孩子跟自己。她满含眼泪跟荣耀时所剩的最后遗物作别，用卖得的钱买了些更有用的东西，给孩子买了玩具，还有块金表是给自己的。刚买完这些必需品，她就觉得饥饿难忍了，相信孩子们也是一样，他们正在咬她的两个手指。

为了摆脱这避之不及的厄运，她决定回到老朋友乔治先生和哈考特夫人身边。他们曾对她那么慷慨，只希望还能对她慷慨一次。此处到他们漂亮的宅邸有四十英里左右，她马不停蹄地走了三十英里，发现自己到了一座城门口，过去幸福快乐的时候，她常陪着乔治先生和哈考特夫人在某家酒馆里享受茶点。

她坐在一位绅士门口的台阶上，满脑子都是最后一次参加宴会时的欢乐情景。想完这些，她站了起来。那家酒馆，承载了她多少欢乐的回忆啊，她决定站到酒馆里，希望进进出出的人们能好心赏给她一点钱。

她刚站到酒馆的院子里，一辆马车驶了出来，在她所在的角落转弯时停了一下，马车夫趁机看了看眼前这位美人。伊莱扎走到马车跟前，正想请求他们施舍，目光落到了车里的夫人身上，不由得尖叫起来："哈考特夫人！”

那位夫人也叫道：“伊莱扎！”

“是的，夫人，正是可怜的伊莱扎。”

乔治先生也在马车上，惊得目瞪口呆。他正想让伊莱扎讲讲自己的境况时，哈考特夫人极度欢喜地喊道：“乔治先生，乔治先生，她不光是我们领养的女儿伊莱扎，也是我们的亲生孩子。”

“亲生孩子！哈考特夫人，你什么意思？你从来就没生过孩子。你要好好解释一下。”

“乔治先生，还记得吧，你乘船前往美国时，我正怀着你的孩子。”

“记得，记得，继续说，亲爱的。”

“你走后四个月，我生下了这个女孩，但我担心你讨厌她，嫌弃她不是男孩，所以把她放到了一个干草堆脚。几周后，你回来了，很庆幸，没有问起我这件事。因为孩子被人救走了，我自己感到心满意足，也就很快把这事给忘了，而且忘得很彻底。所以不久之后，在原来丢弃她的干草堆下发现她时，我跟你一样，完全没想过这是自己的孩子，可以说，我一点也没回忆起之前的情景来。但是，现在突然听到她的声音，我就像被震了一下，这跟我们的亲生孩子一模一样。”

“这事你说得有理有据，让人不得不信。”乔治先生说，“毫无疑问，她是我们的女儿，既然这样，我也大度一次，宽恕她犯下的偷窃罪吧。”

他们就这样和解了，伊莱扎带着两个孩子上了马车，回到她已经离开了四年的家。不久后，她恢复了自己在哈考特邸宅的威望，随后组建了一支军队，带着队伍彻底毁掉了公爵夫人私建的纽盖特监狱。因为这次行动，她赢得了成千上万人的祝福，自己也在心里为此而喝彩。

美丽的卡桑德拉

献 词

经允许献给奥斯汀小姐

女士：

你是一只凤凰，有着别致的品位和高贵的情感，还有数不清的美德。你是那么漂亮，身材姣好、举止优雅、谈吐睿智。因此，要是以下这则故事能博得你一笑，你这位卑微的仆人也就得偿所愿了。

卡桑德拉是邦德街一位著名女帽设计师的独生女，她父亲出身高贵，与某位公爵夫人的管家是近亲。

卡桑德拉十六岁时，出落得美丽动人，无意间喜欢上了母亲刚刚做好的一顶女帽，那是一位伯爵夫人定制的。她把帽子戴到自己漂亮的脑袋上，走出母亲的商铺，独自谋生路去了。她遇见的第一个人是子爵——一个年轻男子，不仅多才多艺，品行端正，而且英俊帅气。她行了个屈膝礼，继续往前。随后，她到了一个糕点铺，狼吞虎咽地吃了六块冷冻甜食，却拒绝付钱，只把糕点师推倒，径直走了出去。在那之后，她上了一辆出租马车，让其驶往汉普斯特德，没过多久就到了，她又命令车夫掉头，载她回来。回到先前她出发的那条街，那个地点，车夫问她要车费。她反反复复摸索自己的口袋，什么也没掏出来，一个子儿都没有。赶车的男子盛气凌人，不容赖账，最后她只得把自己的帽子戴到他头上，跑开了。她穿过很多条街，没有任何奇遇，直到转过布卢姆斯贝里广场的一角时，她碰上了玛利亚。卡桑德拉震住了，玛利亚也似乎很惊讶。她们哆嗦起来，满脸绯红，又渐渐转白，最后，两人沉默着擦肩而过。再之后，卡桑德拉的朋友——一个寡妇，从窗口挤出小小的脑袋，跟她搭起话来，问她是否安好。卡桑德拉行了个屈膝礼，继续往前。又行了四分之一英里，她到了邦德街父亲的家门口，她已经离开这里差不多七小时了。

进到屋里，可敬的母亲把她拥到怀里，卡桑德拉笑了，低声对她说：“今天过得真不错。”

Part 3

杂文及戏剧

Jane Austen

英格兰历史

献　词

谨献给乔治·奥斯汀的大女儿奥斯汀小姐，所有情意都在作品中了。

自亨利四世统治时期到查尔斯一世驾崩，来自一位偏见多多、愚昧无知的历史学家。

注意：本作品中很少提及日期。

亨利四世

1399年，亨利四世战胜他的表兄——原国王理查二世，心满意足地登上英格兰的宝座，开始了他的统治生涯，此后一直住在波菲亚特城堡，在那里不幸遭到了谋杀。可以料定亨利结过婚，因为他有四个儿子，这一点确凿无疑，不过，我没法告知读者谁是他妻子。不管怎样，亨利不可能永远活着，他病了，儿子威尔士亲王前来夺走了他的王冠。为此，国王发表了长篇大论的演说，读者可参考莎士比亚的喜剧，而王子的演说更加冗长。事情的结果是，国王死了，儿子亨利击败威廉加斯科因继承王位。

亨利五世

威尔士亲王登基后，改过自新，变得非常亲善，弃开了所有放荡的朋友，也不再鞭笞威廉先生。他在位期间，科巴姆勋爵被活活烧死了，原因我忘记了。后来，这位君主转而关注法兰西，打了著名的阿金库尔战役。之后娶了法国国王的女儿凯瑟琳——莎士比亚笔下非常美丽的一个女人为妻。虽然战功赫赫，但也免不了一死，他死后，其子亨利继位。

亨利六世

对于这位君王，我能说的不多，即便多，我也不会去说，因为他是兰开斯特家族的成员。我想，他和约克公爵之间的战争，你应该很了解吧；若是不了解，最好读一些相关历史，因为我不想对这个进行普及，这会让我忍不住发脾气，宣泄出我对那些党派或准则与我相左的人的痛恨之情，所以我就不多写了。这位国王娶了安茹的玛格丽特为妻，这个女人的悲痛和不幸简直让我这个痛恨她的人都觉得同情了。亨利六世统治期间，圣女贞德在英国引起了巨大轰动。他们不该烧死她的，却偏偏这么做了。约克家族和兰开斯特家族之间发生了多次战争，前者常常获胜——理应如此，但最后彻底失败了，国王被谋杀，王后被遣送回家，爱德华四世登上王位。

爱德华四世

这位君主以他的美貌和胆量闻名，画像足见他英俊迷人，而他在已订婚的情况下无畏地娶了另一个女人，足以证明他的勇气。他的妻子是伊丽莎白·伍德维尔，一个寡妇，可怜的女人！后来被那个邪恶贪婪的怪物亨利七世囚禁在一座修道院里。爱德华的情妇是珍·修尔，有一部关于她的戏剧，不过那是部悲剧，不值得一读。做了诸多高贵的事情后，这位君主驾崩，其子继位。

爱德华五世

这位不幸的王子在世的时间太短，一幅画像都没有留下。他被叔叔理查三世用计谋杀掉了。

理查三世

这位国王的性格，多被历史学家们写得太苛刻了，但因为他是约克家族的人，我更倾向于认为他是一个非常可敬的男人。有人断言他杀害了两个侄子和自己的妻子，也有人说他没有杀害两个侄子，我觉得这是真的；如果确乎如此，大概也可以肯定他没有杀害自己的妻子，因为如果珀金·沃贝克真的是约克公爵，为何兰伯特·西蒙不可能是理查的遗孀？不管是否有罪，他都没能长治久安，因为一生作恶多端的里士满的亨利·都铎发动了一次大叛乱，夺走了王冠，并在博斯沃思之战中杀了国王，夺取了王位。

亨利七世

这位国王登基后不久便娶了约克的伊丽莎白公主为妻，这次联姻明显可以看出，他觉得自己的权力低于对方，虽然他装得截然相反。婚后他有两个儿子，两个女儿，大女儿嫁给了苏格兰国王，后来幸福地成为世界上最伟大的一个人物的祖母。有关这一人物，我以后有机会再长篇大论地讲一番。小女儿玛丽一开始嫁给法兰西国王，后嫁给萨福克公爵，育有一女，也就是后来的简·格雷小姐，这位小姐虽然不如美丽的表姐苏格兰女王，但也是个年轻漂亮的女子，别人在打猎时，她却在读希腊图书，并因此而闻名。

亨利七世在位期间，上边提到的珀金·沃贝克和兰伯特·西蒙出现了，前者被戴枷示众，到比例修道院寻求庇护，后跟沃里克伯爵一起被斩首，后者被放到了国王的厨房内。这位国王死后，其子亨利继承王位，亨利八世唯一的优点就是，没有女儿伊丽莎白那么坏。

亨利八世

有关这位国王的统治详情，我猜读者们肯定不如我这么了解，这么说或许是一种冒犯。因此，为了避免让他们重复阅读以前已经读过的东西，也为了免去我的麻烦，我只对他统治时期的一些大事进行轻描淡写，那些我彻底记不清楚的事，就不再写了。这些大事包括：红衣主教沃尔西告诉莱斯特教堂的神父阿伯特“他要把尸骨埋葬于此”，还有宗教改革，以及他和安娜·波林骑马穿过伦敦街道的事。本着公平公正的原则，我有义务说明，这位美丽的女人完全是无辜的，没有犯下人们所指控的罪行，她的美丽、优雅和生气勃勃就是明证，更别说她还庄严地声明过自己无罪，称人们对她的指控是多么站不住脚，国王的性格也是多么软弱。所有这些都是更加确凿的证据，虽然比起之前所说的事实来，这些证据可能微不足道。

虽然我曾表示过不会列太多日期，但还是觉得应该适度给出一些，选择一些读者非常有必要知道的日子，让他们知道，安娜给国王的信写于5月6日。这位国王的罪名和暴行多得数不清，历史已经显露无遗，无须辩驳洗冤。他曾解散修道院，使其遭受到毁灭性的破坏，对英格兰的景观却产生了巨大作用，或许他这么做也就是为了这一目的。否则，一个没有宗教信仰的人，怎么会大费周章来毁坏已经在国内屹立了多年的修道院。这位国王的第五任妻子是诺福克公爵的侄女，虽然普遍认为处死她的罪名纯属子虚乌有，但很多人认为她在婚前生活放荡——对此我很怀疑，因为她是那位高贵的诺福克公爵的亲戚，那位公爵对苏格兰女王一片深情，并最终成了牺牲品。亨利八世的最后一任妻子千方百计拯救他，但于事无补。他死后，儿子爱德华继承王位。

爱德华六世

父亲去世时，这位王子才九岁，很多人认为他太年轻，无法治理国家，国王在世时也这么认为，他母亲的哥哥萨默塞特公爵被选为摄政王，在他幼年时辅佐执政。这个男人整体来说性情温和，我多少有点喜欢，尽管我绝不会假惺惺地断言他比得上那些一流的男人：艾塞克斯伯爵罗伯特、德拉米尔或是吉尔平。这位摄政王后来被处死了，如果他知道苏格兰女王也因同样的理由而死，应该为自己的死因感到自豪。不过，他不可能知道当时尚未发生的事情，也不会有任何特别的高兴之意。萨默塞特公爵死后，诺森伯兰公爵辅助国王统治国家，他背信弃义，让自己的儿媳简·格雷，即前面提到的以读希腊书闻名的女士，在国王死后得了王位。不管简·格雷是否真正懂希腊语，也不管这样的学习是否出自过度空虚，总之，我相信她是个非凡的女人，这一点毫无疑问。不管是什么原因，她一生中都表现出了很有学识的样子，鄙视受人吹捧的娱乐消遣，因为她自称不愿意做女王。走向死刑架时，她因看到自己的丈夫瞬间即逝，分别用拉丁语和希腊语写了一个句子。

玛丽

这个女人登上英格兰王位可以说是出于幸运，不像她的表侄女苏格兰女王玛丽和简·格雷，有很好的主张、出众的美德和相貌。在她的统治下，国家陷入了不幸，但我对此并不同情，因为，他们活该，竟让她继承了弟弟的王位。更愚蠢至极的是，他们竟然没预见她无子嗣，只能由那个残害社会、简直是人类之耻的伊丽莎白来继位。她统治时期，很多人成为新教的殉道者，我估计为此而死的不少于一打人。她嫁给了西班牙的菲利普国王，这位国王在她妹妹统治时期组建了舰队，并因此而闻名。她死时无子嗣，恐怖时期随之而来，她被定为安宁的破坏者、骗子和叛徒，送她上断头台的伊丽莎白登上了王位。

伊丽莎白

这个女人手下的大臣跟她一样邪恶，真是场灾难，要是没有那些寡廉鲜耻的男人做同谋，鼓励她犯罪，不会造成这么大的危害。我知道很多人坚决认为伯利勋爵、弗朗西斯·沃尔辛厄姆爵士和其余国家领袖都是练达、能干，有功的大臣。但是，哎，如果哪位作者和读者对这些男人持有这样的观点，那简直就是瞎了眼了，他们肯定对美德——真正的美德视而不见还中伤诋毁。这些自吹自擂的男人是国家的耻辱，男性的耻辱，他们竟然让自己的女王[①]被囚禁了十九年之久。即便不考虑这个女人与伊丽莎白的亲属关系，不考虑她的美德，她也还是一位女王，并且屈尊相信了伊丽莎白，本该得到帮助和保护的。最后，这些男人还放纵伊丽莎白将这个高贵的女人残忍处死，真是太过分了。

这件不光彩的事，永远成为他们智慧和人格的污点，只要随便那么一想，谁还会赞美伯利勋爵或佛朗西斯·沃尔辛厄姆？哦，这位令人着迷的女王——她当时唯一的朋友是诺福克公爵，现在的朋友包括惠特克先生、勒弗罗伊夫人、奈特夫人和我，竟要被自己的儿子抛弃，被自己的表姑囚禁、责骂、羞辱和诽谤，伊丽莎白下令处死她时，她那高贵的灵魂怎经得起这样的灾难！不过，她还是坚毅、泰然自若地接受了这一切，始终不改变自己的宗教信仰，并且做好了准备，迎接残酷的命运，这种雅量，也只有清白之人才会有。

还有，你们这些读者，难道会相信那些冷酷狂热的新教徒？他们指责她对天主教笃信不疑，坚定不可动摇，然而，这不正好证明，指责她的人灵魂有多狭隘，判断有多偏颇吗？她在弗斯仑歌城堡——神圣之地

①指伊丽莎白的表侄女苏格兰女王玛丽·斯图亚特。

的大厅里被处死，时值1586年2月8日，星期三——死于伊丽莎白及其朝臣，还有众多英格兰人无休止的指责。我有必要总结一下我对这位命运不济的女王的观点，她统治苏格兰期间被加上了诸多罪名，我现在可以很严肃地向读者保证，她完全是清白的；一生并无大错，充其量是有些轻率；但这都是她内心坦荡、青春年少以及教育背景所致。

如果我这番保证能彻底消除读者因其他历史学家的观点而产生的猜测和疑虑，那我就该继续往前，讲讲伊丽莎白统治时期的其余标志性事件了。就在这时期，弗朗西斯·德雷克爵士——英国第一位航海家完成了环球航行并活了下来，为国家和同行增添了光彩。他虽然很伟大，但也只是个知名航海家，我知道那个世纪或者说下一世纪有一位年轻人，可以与之相提并论，当时他还年轻，但已经承诺不负所有亲人和朋友的热切期待，本作品献给的这位美丽女士，还有同样可亲的我，就位属他的亲朋之列。

虽然来自不同的职业，闪耀于不同的生活领域，但这位年轻人和航海家德雷克一样拥有卓越的人格，他就是艾塞克斯的罗伯特·德弗罗伯爵。不光性格与同样不幸的费雷德里克·德拉米尔无异，两个人的相同点还有很多，伊丽莎白对艾塞克斯伯爵的折磨也与艾米琳带给德拉米尔的痛苦相似。这位高贵而英勇的伯爵，若说起他的厄运，真是无穷无尽。下面这个例子就足以说明：他于2月25日被处死，当时是爱尔兰的海军上尉，曾为这个国家尽忠尽责，抛头颅洒热血。处死他后，伊丽莎白没活多久就悲惨地去世了，如果不是她曾伤害过玛丽，我应该同情她的。

詹姆斯一世

这位国王虽然有些过错，其中最大的莫过于眼睁睁看着自己的母亲死去，但综合考虑的话，我还是难免要喜欢他。他娶了丹麦的安妮，有几个孩子，最大的儿子亨利王子先父亲而死，可谓幸运，否则，他很可能要像自己的弟弟一样惨遭祸害。因为我自己偏爱罗马天主教，因此，不得已而指责一些天主教徒的行为，实属无奈。不过，相信这对于一个历史学家来说是情有可原的。我要说的是，这位君王在位期间，罗马天主教徒对新教徒的做法并非君子所为。他们对皇室和上下议院的所作所为非常野蛮，就连最有教养的亨利·珀西也没有令人愉快的翩翩风度，因为他完全受命于天主教蒙特伊格上议员。

沃尔特·雷利爵士在这一时期及前述的伊丽莎白执政期非常活跃，获得了很多人的尊崇和敬意。不过，鉴于他是高贵的艾塞克斯伯爵的一个敌人，我就不说赞美他的话了，只建议想了解他生平细节的人阅读谢里丹的喜剧《批评家》，可从中发现很多有关他以及他的朋友克里斯托弗·哈顿的趣闻逸事，了解这些以后，就更能发现他的美德了。说到这儿，我想起了一个有关 carpet（地毯）的有趣字谜，在此冒昧呈上，以逗读者一乐。

字谜

对于詹姆斯一世来说，前半部分就是后半部分，两部分合起来，可以任由你踩过。[①] 这位君王最宠幸的一位大臣是 Car，后被册封为桑末塞伯爵，他的名字就在字谜里，同时受宠的还有白金汉公爵乔治·维利尔斯。这位国王死后，儿子查尔斯继承王位。

---

①毯子的英文 Carpet，前半部分 car 是宠臣 Robert Car 的名字，后半部分 pet 有宠幸之意。

查尔斯一世

这位可敬的君王似乎天生是为受苦而来的，遭遇的不幸不亚于他那位美丽的祖母。既然他是她的后代，本不该再受这么多苦的。英格兰历史上从未像这个时期一样，出现过这么多可鄙的人物，而可敬的人却是少之又少。综观整个国家，除了总效忠于国王，按他的喜好行事的牛津人士，可敬的人物只有五个。这五个一直未忘记自己职责，或者说永不背离君王的高贵人士包括：国王本人——始终坚定地自我支持，大主教劳德，斯特拉福德伯爵，福克兰子爵和奥蒙德公爵，他们在此期间也一样的积极或者说狂热。

这时期的恶棍太多，列不尽也看不完，所以，我只提一提这帮恶人的首领吧。

克伦威尔、菲尔菲克斯、汉普登和皮姆大概可视为英格兰多年来卷入的所有动乱、不幸及内战的元凶。我虽然喜欢苏格兰，但还是认为，在詹姆斯一世和伊丽莎白统治时期，这些人对英国大众是有罪的，因为他们竟敢与君王想法不一，忘了作为斯图亚特成员，有义务爱戴自己的君王，而且，他们还背叛、废黜和囚禁了不幸的玛丽，反抗、欺骗和出卖了同样不幸的查尔斯。

詹姆斯一世统治时期，这种事情太多了，拙笔难描，而且，我也没兴趣详写任何一件事，当然自己做的事情除外。我写英格兰历史的主要原因，是想证明苏格兰女王的清白，我自认为已经达到目的了，我还要谴责伊丽莎白，对此，只恐不尽如人意。

由于我无意详述因议会残忍和不检而使詹姆斯国王遭受痛苦的事情，所以，只需证明他们强加给他的专横独裁罪名不成立就行了。这个我觉得不难做到，因为有一条论据，我自信能说服所有受良好教育引导，明智而有同情心的人，这个理由就是：他是一个斯图亚特成员。

星期六

1791 年 11 月 26 日

信集

献　词

致库珀小姐

表姐：

我深知你迷人的性格不管在哪个国家，不管在基督界的哪一个地方，都会备受人喜爱，你这个滑稽的表妹精心挑选了一些稀奇古怪的闲话，分类后做成了合集，在此奉上，以期批评指正。

信 1

一位母亲致她的朋友

我的两个孩子现在吸引人的方式跟以前不一样了，因为到了该多多少少认识世界的年龄。我的奥古斯塔十七岁，妹妹比她小一岁。我自认为，她们的教育还算遂愿，不会有损其行为举止，而且，我相信她们的外貌也不会让人觉得教育欠缺。她们都是甜美的女孩，明智又不矫揉造作，有教养又很随和，而且活泼温柔。鉴于她们各方面的学习进度都一样，我打算抛开年龄差距，把她们一起引入社交界。今晚就定为她们出入社交圈的日子，我们要去跟库珀夫人和她女儿一起喝茶。就我们几个，真好，这是为我的孩子着想，第一天就进入太大的圈子，她们可能会胆怯的。不过，我们会循序渐进的。

明天，斯坦利夫人家要跟我们一起喝茶，或许菲利普小姐家会跟他们一道来。周二我们有一次晨间拜访，周三要去韦斯特布鲁克家进餐，周四在家招待客人，周五去参加约翰·韦恩家的私人音乐会——周六呢，希望道森小姐早上来访，这样我的女儿们就完全进入社交圈了。我不知道她们是否受得了这么多的娱乐消遣，我倒不担心她们精神上受不了，只是很为她们的健康顾虑。

这件大事总算让我松了一口气，我的孩子们终于步入外面的世界了。快到出发时间时，你不知道这两个甜蜜的人儿颤抖成什么样，又是期待又是担忧的。马车到达门口之前，我把她们叫到梳妆室里，让她们坐下后，说道：“亲爱的孩子们，我教育你们，为你们辛劳为你们担忧，现在总算到了收获的时候。今天晚上，你们就要进入一个充满神奇的大世界。我要提醒你们，不要被愚蠢和邪恶影响，相信我，孩子们，如果你们受其影响——那就太让人难过了。”她们俩都向我保证，会心怀感恩，永远记住我的忠告，仔细遵循。而且，她们已经准备好去探索那个充满神奇的世界了：她们相信自己的行为不会让我懊恼，是我在她们年少时一直细心照料她们，塑造了她们的思想。

“你们能预先这样想，我也就不用为你们担心了——可以高高兴兴地把你们介绍给库珀夫人，不用害怕你们学她，被她的愚蠢影响到了。来吧，孩子们，马车到门口了，我知道你们急不可耐，所以片刻都不会耽误你们。”我说道。

我们到达沃里时，可怜的奥古斯塔简直喘不过气来，玛格丽特倒是生气勃勃，一阵狂喜。“心心念念了这么久，这一刻总算到来了。”她说，“我们马上就能进入那个神奇的世界。”

过了一会儿，我们进了库珀夫人的客厅，她已经和女儿等候多时了。我高兴地发现，我的孩子留给她们的印象很好。没错，她们俩是那么甜美优雅，虽然初入社交圈，多少有些局促不安，但言谈举止轻松自在，无不令人欢喜。亲爱的夫人，你想想，看到这一切，我该有多高兴啊！她们热心地关注眼前的一切，对有些事情则充满了厌恶，她们让其他人着了迷，多么令人惊讶啊！总之，她们回来时兴高采烈的，对社交界，对圈子里的人和相关礼仪都有所了解了。

你永远的

A. F.

信2

一位失恋女子致她的朋友

为何这一次失恋让我的心如此沉重？为何我觉得越来越难过，受到了前所未有的伤害？难道我对威洛比的感情比对以往的任何人都要深？抑或是人的感情在反复受伤后变得越来越不堪一击？亲爱的贝尔，我估计就是这样子了，我很清楚，我对威洛比的爱比对内维尔、费兹温或克劳福德都更真挚，虽然我也曾在他们身上感受到暖心的持久爱恋。告诉我，亲爱的贝尔，想到不忠不义的爱德华，我为何还会叹息，看到他的新娘，我为何挥泪不止？事实业已如此。朋友们都为我惶惶不安，我的健康状况日渐下降，他们为我担忧，也为我的无精打采而哀叹，只恐会有什么不好的后果。他们邀请自己的友人来跟我一起过圣诞节，想把我的思绪引到别的事情上去，希望能缓解我的忧伤。布丽姬特·达克伍德夫人和她弟妹简小姐有望周五过来，西顿上校一家下周会跟我们在一起。这都是我叔叔和表兄妹们的无尽好意，但是，这么多不同的面孔出现在我面前，只会让我疲倦和痛苦。我会一直给你写信，等有访客来了才停笔。

周五晚上

布丽姬特夫人今天早上来了，一同来的还有甜美的简小姐，虽然我认识这个女人已经有十五年了，但以前从未注意过她有多漂亮。她现在大约三十五岁，却没有留下任何疾病、伤痛和岁月的痕迹，简直比十七岁的女孩更朝气焕发。她进入房间的那一刻，我就觉得很喜欢她，而她也同样喜欢我，之后的时间都和我黏在一起。她的面容那么甜蜜可亲，似有超凡脱俗之感，她的谈吐也同样迷人，我忍不住告诉她，我是多么喜欢她。“哦，简小姐——”我说，因为不知道如何表达自己而顿了一下。“哦！简小姐——”我重复道，一时间想不出应景的词来。她似乎在等我往下说。我感到茫然和苦恼，思绪一片混乱，只说道：“你好吗？”

她看出也感觉到了我的尴尬，亲切而冷静地说道：“我亲爱的索菲，说话的时候用不着紧张。好了，换个话题吧，刚才的话题我就当没注意到。”这话让我顿时放松下来，她多么善良多么惹人喜爱啊！

“你还跟以前一样经常骑马吗？”她问。

“我的医生建议我多骑马，周围有很好的马道，我也有一匹漂亮的马儿，我觉得很享受，所以我经常骑。”我立即答道，不知所措的感觉全然没有了。

“亲爱的，这下你正常了。”她说。随后即兴说了下面这番话，建议我多骑马，并且要坦率——“可以骑马的地方就骑马，能够坦率时就坦率。”她说，“我骑过一次，但那是好多年以前了。”说到这儿时，她的声音很低，而且在颤抖。我静默不语，为她说话的方式吃了一惊，一时答不上来。“我结婚以后，”她盯着我的脸继续道，“就没再骑过马。”

我从来没有这么惊讶过——“你结婚了，小姐！”我反复说道。

“你好像很意外呢，”她说，“肯定觉得这不大可能吧。不过，我确实结过婚，真的。”

“那他们怎么还叫你简小姐？”

“我的索菲，我是在父亲不知情，没有他同意的情况下结婚的，嫁给了上一任海军上将安斯利。因此，有必要向他、向所有人保密，等有机会再公之于世。只是，哎呀，这样的机会还没降临，我亲爱的海军上将安斯利·达克伍德就死了。对不起，我又哭了。”简小姐抹着眼泪说，

“我总想起我丈夫来。亲爱的索菲，他是为了国家，在美国作战时牺牲的，当时我们幸福无比的婚姻才持续了七年。我们有两个可爱的男孩，一个女孩，是我唯一的安慰，他们时常跟父亲和我住在一起，我骗他和其他人说，那是一个哥哥的孩子，虽然我是独生女。可是，我失去亨利[1]后没多久，那些可爱的孩子也都病死了。想想吧，亲爱的索菲，我以妈妈的身份把孩子们葬入坟墓时，会是什么样的感受。没过几周，我父亲也去世了。可怜的老好人，幸亏他到死都对我的婚姻一无所知。”

“但是，你丈夫死后，你也没坦白这段婚姻，用上他的姓氏吗？”

“没有，我做不到。尤其是失去孩子以后，我更不想这么做了。只有布丽姬特夫人和你知道我曾经做过妻子，做过母亲。用达克伍德这个姓氏，我办不到，自从亨利死后，我一听到这个姓氏就难过。也知道自己没有继承权，所以，我既没有坦白婚事，也没有改姓，决定在父亲死后只使用自己的教名。”她顿住了。

“哦！我亲爱的简小姐，”我说，“你能把这事说给我听，真是太感激了！你不知道这对我触动有多大！对了，你讲完了吗？”

“亲爱的索菲，我只想补充一下，亨利的哥哥差不多在同一时期去世了，布丽姬特夫人像我一样成了寡妇，因为早听说过彼此的高贵品行，我们一直互有爱意，还没见过面，就决定要住到一起了。我们写信给对方讨论这个问题，送信的是同一个邮差，可见我们多么心有灵犀！我们都提议共同组建一个家庭，而且都欣然接受了，自那以后，我们就相亲相爱地住在一起了。”

“这就结束了？”我说，“真希望还有后续。”

“结束了，你还听过比这更令人感伤的事情吗？”

---

①亨利，安斯利的昵称。

“没有——正是因为这样，我觉得很高兴，因为一个人不开心时，没有什么比听到同样悲惨的事更让人欢喜了。”

“啊，我的索菲，你为什么不开心呢？”

“威洛比的婚事，你听说了吗？”

“亲爱的，何必为他的背叛难过呢，你以前经历过很多年轻男子，不都好好的？”

“哎呀，小姐，我那时候习惯了。但是，威洛比解除婚约时，我已经有大半年时间没失恋过了。”

“可怜的孩子！”简说。

信3

一位悲伤的女子致她的朋友

几天前我参加了阿什博纳姆先生举办的一次家庭舞会。因为妈妈从来不出去，她把我委托给格雷维尔夫人照顾，那位夫人信守承诺，路上经过时来叫我，并让我坐在前头。这点恩惠算不上什么，虽然我知道，在别人看来这是对我极大的恩赐了。

“玛利亚小姐，”那位夫人看着我走向车门时说，“你今晚真漂亮——在你面前，我可怜的姑娘们就差一大截了。希望你妈妈没自找麻烦送你出门。你穿了一件新礼服？”

“是啊，夫人。”我假装漫不经心地答道。

“哦，我觉得不错。”我经她允许坐到旁边时，她摸了摸衣服，“可以说，非常漂亮。不过，我得说，你瞧，我总是有话直说，我觉得这种花费完全没有必要。你怎么不穿旧条纹的那件呢？我不会因为别人穷就挑人家的刺，这不是我的风格，我总觉得他们更应该受鄙视和同情，而不应该受指责，尤其是他们无能为力的时候。不过，我还得说，我觉得你那件旧条纹的礼服就够好了——说实话吧——我总是有话直说，我觉得屋里一大半的人都不会知道你穿了新礼服。不过，估计你今晚想行大运吧。当然是越快越好了，希望你成功。”

“老实说，夫人，我没这意思。”

“哪个年轻女子会承认自己想猎婚？”格雷维尔小姐笑了起来。艾伦没笑，她应该很同情我。

“你离家前妈妈就睡觉去了？”格雷维尔夫人问。

“亲爱的夫人，”艾伦说，“现在才九点呢。”

“是啊，艾伦，不过蜡烛要花钱的，威廉姆斯夫人很会精打细算。”

“她正要坐下来吃晚餐，夫人。”

“她晚餐吃什么？”

“我没注意。”

“我想，面包和奶酪吧。”

“我从来没想过要吃更好的晚餐呢，”艾伦说，“你还有什么可想的。”

她妈妈说：“你吃的比这好多了。”格雷维尔小姐大笑起来，面对她妈妈的风趣，她一直都是这种反应。

这就是我不得已坐到那位夫人的马车上时的尴尬情景。我不敢无礼，因为妈妈总告诫我，要想在这世上得心应手，必须恭谦有耐心。她强调说我要接受格雷维尔夫人的所有邀请，否则，我肯定不能再去她家或坐她的马车了，虽然跟她们在一起总因贫困遭人耻笑，讨厌极了。

我们到阿什博纳姆家时，将近十点了，比预期晚了一个半小时，不过格雷维尔夫人太时髦了——或者说，她自认为这样——不可能准时的。舞会还没有开始，因为他们在等格雷维尔夫人。进入舞场没多久，伯纳德先生就约我一起跳舞，但是，我们正要站起来时，他突然想起白手套在仆人那里，于是匆匆跑了出去。这时候，舞会开始了，格雷维尔夫人要去另一个房间，此时正走在我前边，看到我，立刻停了下来，也不顾有几个人正朝这边走来，只管说道："你在这儿呢，玛利亚小姐！怎么没有舞伴？可怜的小姐！恐怕你的新礼服没有用处了。不过，别失望，舞会结束之前，你可能还有机会呢。"说完她就走了，没听到我反复说我有约了，这样在大庭广众之下羞辱我，真让我恼火不已。

伯纳德先生很快就回来了，一进屋子就朝我走来，引着我朝舞场走去，刚才格雷维尔夫人那样诋毁我，只望此举能挽救我的形象，改变那些听到她说话的老妇人对我的看法。我很快忘记了自己的苦恼，沉浸在跳舞的欢乐中，而且很享受这位舞伴，他是屋里最迷人的一位，是一大笔财产的继承人。我看得出，格雷维尔夫人发现他选了我时，非常不高兴。她决定来羞辱我，所以，舞会休息时，她在梅森小姐的陪同下，比往常更盛气凌人地走了过来，声音大得半屋子的人都能听到，对我说道："哎呀，玛利亚小姐，你祖父是做什么营生的？梅森小姐和我没个定论，他到底是个杂货商，还是个装订商呢。"

我知道她想羞辱我，决定尽力而为，不让她得逞。"都不是，夫人，他是个葡萄酒商人。"

"啊，我就知道他做的是这类低微的营生。他破产了，对吧？"

"相信不是，夫人。"

“他不是潜逃了吗？”

“我没听说。”

“至少，他是因无力还债而死的吧？”

“没人跟我这样讲过。”

“哎哟，你父亲不是一贫如洗吗？”

“我想不是的。”

“他不是曾上过王座法庭？”

“我没见他上过。”

她瞥了我一眼，盛怒之下走了。我有点为自己的无礼而开心，但又怕让人觉得太莽撞。

格雷维尔夫人对我愤怒无比，一晚上再没看过我一眼，而我也很享受被她忽略的感觉，很多人聚在一起时，她跟别的人都说话，唯独不跟我说。晚餐时，格雷维尔小姐跟她母亲在一起，艾伦则愿意跟伯纳德和我待在一块儿。我们跳得很愉快，回来的路上，因为格雷维尔夫人睡着了，我一路都很轻松。

第二天，我们正吃主餐时，格雷维尔夫人的马车停在了门口，通常来说，这是她计划好的。她叫仆人传口信说，她不出来，但玛利亚小姐必须到马车门口去，她有话要说，而且，要赶快去，刻不容缓。

“这口信真够无礼的，妈妈！”我说。

“去吧，玛利亚。”妈妈说。于是我不得已出了门，按那位夫人的意思站到了马车门口，虽然风很大也很冷。

“哦，玛利亚小姐，我觉得你很漂亮，跟昨晚一样。不过，我不是来看你衣服的，只是来告诉你，后天你可以跟我们一起进餐。记住，不是明天，明天别来，因为克莱蒙特勋爵夫妇和汤姆斯·斯坦利爵士一家可能会来。你肯定不会很轻松，因为我不会派马车来的。要是下雨了，你可以带把伞。”听到她说允许我不被雨淋湿时，我忍不住笑了起来。“还有，记住了，一定要准时，因为我不会等人的——我讨厌熟得太过的食物。不过，你也不必提前来。你妈妈在做什么，吃主餐是吧？”

“是的，夫人，你过来时，我们刚吃了一半。”

“玛利亚，你觉得很冷吧。”艾伦说。

“是啊，东风吹得可怕。”她妈妈说，“跟你说，我实在受不了，就把窗子拉了下来。不过，玛利亚小姐，你已经习惯风吹雨打了吧，不然怎么会有这么粗糙难看的肤色。你们这些没法经常乘坐马车的小姐，在什么样的天气条件下步行都不会介意，也不怕风暴露了你们的腿。像这样的天气，我可不会让自己的孩子站在外面。不过有些人不知道什么叫冷，也无娇弱可言。哦，记住了，我们希望你周二下午五点到。记得让女仆陪你来——晚上没有月亮——回家的路上会很恐怖的。问候你妈妈。恐怕主餐都凉了，走吧。”

她离开了，留下愤怒无比的我，一贯如此。

玛利亚·威廉姆斯

信 4

一位鲁莽的年轻小姐致她的朋友

昨天我们跟伊芙琳先生一同进餐了，其间认识了他的表妹，一个非常漂亮的女子。我非常喜欢她的外表，她不仅脸蛋漂亮迷人，言行举止和声音也特别吸引人。所有这些都激起了我的好奇心，想了解她的过去，她的父母是谁，她从哪里来，碰到过什么事，当时只知道她是伊芙琳先生的一个亲戚，名字叫格伦维尔。到了晚上，一个很好的机会出现了，我想知道的那些都可以试着问一问，因为当时大部分人都在玩牌，只剩伊芙琳夫人、我妈妈、德雷顿医生、格伦维尔小姐和我自己。而伊芙琳夫人和我妈妈在低声谈话，医生睡着了，所以，我们相互招呼一下也成了必然。这正合我意，我决定不再闷着，以下面的方式跟她展开了对话。

“你在艾塞克斯待很久了吗，小姐？”

“我周二到的。”

“你从德贝郡来的？”

“不是的，小姐！”她似乎对我的问题感到很惊讶，“我来自萨福克郡。”亲爱的玛丽，你可能觉得我这样打破沉默还不错，不过，你了解我的，只要心里想着什么事，就会变得冒冒失失的。

“你喜欢这个村子吗，格伦维尔小姐？觉得能比得上你离开的那个村庄吗？”

“比那里美多了，小姐。”她叹了一声。我很想知道是什么原因。

“只是，不管什么村庄，不管有多美，”我说，“都弥补不了离开最心爱朋友的遗憾吧。”她摇了摇头，似乎觉得我说得很真切。这更激起了我的好奇心，我决定无论如何要探寻下去。

“这么说，格伦维尔小姐，离开萨福克郡你觉得很难过？”

“确实如此。”

“我想，你是那里土生土长的吧？”

“是啊，小姐，我在那里度过了很多幸福的时光。”

“那里待着很幸福吧，”我说，“希望你在那边没有过什么不愉快。”

“人类是不可能有完全的幸福的，谁都无权期待永久的幸福。我自然也有过一些不幸。”

“是什么样的不幸呢，亲爱的小姐？”我说，迫不及待地想把什么都了解清楚。

“没什么，小姐，我想，那都是因为我有意犯错所致。”

“小姐，我敢说不是这样的，不管你经历了什么痛苦，都只可能是亲人的残忍或朋友的错误所致。”她叹了一声。

“你好像不开心，亲爱的格伦维尔小姐。我能帮你缓解苦痛吗？”

“不能，小姐！”她非常惊讶地答道，“没人可以让我开心。”她无比悲痛而严肃地吐出这几个字来，我一时间没勇气回答，只能沉默了。过了一会儿，我缓过来了，无比爱怜地看着她。“亲爱的格伦维尔小姐，”我说，“你还这么年轻——或许正需要别人给你点建议，前提是这个人要关心你，年龄比你大些，而且有很好的判断力，我就是这样一个人。好了，你敢不敢接受我对你的友谊和信任，并以同样的方式回报给我？”

“我对你感激不尽，小姐，”她说，“你这么关心我，让我受宠若惊。只是，我没有什么困难，对现状也没有什么疑惑彷徨，不需要任何建议。不过，等我有困难的时候，”她露出谦恭的微笑说，“会向你求助的。”

我点了点头，因为遭到了拒绝，觉得很屈辱，不过，我没表现出来。发现情感和友谊得不到任何回报后，我决定用各种问题和猜疑重新发起进攻。“你打算在英格兰本地待很久吗，格伦维尔小姐？”

“是的，小姐，肯定要待上一段时间了。”

“但是，你不在家，格伦维尔先生和夫人能受得了吗？”

“他们都不在人世了，小姐。”这个答案我真没想到。我彻底沉默了，觉得自己真是笨到家了。

信 5

一位坠入情网的年轻小姐致她的朋友

我叔叔越来越吝啬，婶婶越来越挑剔了，而我，一天比一天爱得更深。照这样下去，到年底会是什么样子啊！今天早晨，我高兴地收到了下面这封信，是亲爱的马斯格雷夫写来的。

写于萨克威尔街

1 月 7 日

自第一次看到我美丽的亨利埃塔，到今天有一个月了，这个神圣的日子必须、也应该以某种方式来纪念，这种方式就是写信给她。我永远忘不了她美丽的身影出现在我眼前的那一刹，时间永远不会将这段记忆抹去。那是在斯库德默夫人家。斯库德默夫人家离漂亮至极的亨利埃塔不到一英里，真是幸福！那个美丽的人儿进入屋子时，哎呀！我是什么样的感觉？看到她，我就像看到了一件奇珍异宝，完全震住了——只爱慕地盯着她，她的美每分每秒都在增加，不幸的马斯格雷夫，还没得她目光的垂青，就已经被她的美貌俘虏。是啊，小姐，能爱慕你是一种幸福，一种令人感激不尽的荣耀。我对自己说："即便为亨利埃塔而死，对马斯格雷夫来说又算得了什么？"那个引人妒忌的人啊，她集万人的宠爱于一身，上校喜欢她，男爵也朝她祝酒，我多么渴望得到她的垂青啊！

亲爱的亨利埃塔，你是那么美，简直宛若天仙。你非凡人能比，你是个天使，是维纳斯的化身。总之，小姐，你是我见过的最美的女孩——而且，因为你允许马斯格雷夫爱你，让他怀抱希望，你在他眼中更加完美了。啊，天使般的亨利埃塔小姐，上天为证，我多么希望你那个邪恶的叔叔和他那个寡廉鲜耻的夫人赶快死掉，因为只有他们死掉，我美丽的人儿才能过上我财富买不来的优裕生活（虽然他们的财产也不是很多），才会同意做我的妻子。残忍的亨利埃塔啊，竟然坚持这样的决定！我现在跟姐姐在一起，打算住一段时间，等自己的房子弄好。我的房子虽然很不错，但目前有些破损了。再见，我的公主——我的心在为你颤动，我是最最爱慕你的人，你忠实而卑微的仆人。

汤姆·马斯格雷夫

玛蒂尔达，情书都有个模式的！你看到过这样的杰作吗？这样的情感，这么纯粹的想法，这么流畅的语言和真挚的爱恋，全都挥洒于一张纸上？我可从来没见过，因为不是每个女孩都能遇到马斯格雷夫。哦，我真想跟他在一起！我打算明天回复他的信，就这么写：

亲爱的马斯格雷夫：

收到你的信，我的幸福之情难以形容。我想，我应该欢喜得大哭一场，因为，我爱你，胜过爱世上任何一人。我觉得你是全英格兰最迷人、最英俊的男子，的确如此。我一生中从未读过这么美的信。下次写信给我时，你还要这样写，在字里行间透露出你对我的爱慕。我非常想见你，怎么才能设法见面呢？我们是那么相爱，分离会让人活不下去的。哦，我亲爱的马斯格雷夫，你不知道我是多么盼着叔叔婶婶死去。他们要不赶快死，我想我会疯掉的，因为我对你的爱一天比一天见长。你姐姐有你在家陪着，真是幸福啊，而英格兰的人也是多么幸福，因为你在那里啊。我求你好心再给我写一封信，因为我从来没有读过这么甜蜜的信件。

你真诚的、忠实的、永远的

亨利埃塔·霍尔顿

希望我的回信，能让他喜欢，这是我能写出来的最佳水平了。其实，我一直听人说，他很擅长写情书。我第一次见到他，是在斯库德默夫人家。一看到那位夫人，她就问我喜不喜欢她的堂弟马斯格雷夫。

“说实在话，”我说，“我觉得他是个很英俊的年轻人。”

“你这样想，那就太好了，”她答道，“他正苦恋着你呢。”

“天哪！斯库德默夫人，”我说，“这也太荒唐了吧？”

“不，这可是千真万确。”她说，“我跟你说，他第一眼看到你，就爱上你了。”

“希望如此吧，”我说，“因为这是我唯一喜欢的一种恋爱方式，一见钟情很有意思。”

“哦，那我跟你说说你的这位俘虏吧。”斯库德默夫人说，“我相信他是很完美的一个人，绝不是不值一提的那种，我堂弟是个很有魅力的年轻人，见过很多世面，而且写的情书比谁都美。”

听到这儿我很高兴，也对自己的俘虏非常满意，不过，我觉得最好还是让自己神气一点，于是说道：“那挺好的，斯库德默夫人。不过，你看，像我们这种年轻女子，又是继承人，可不会嫁给一无所有的男人。”

“我亲爱的霍尔顿小姐，”她说，“你说得很有道理，相信我，对于那些无权奢望你财富的人，我是绝不可能鼓励你去嫁的。马斯格雷夫先生一点也不穷，他有田产，一年几百英镑的收入，还有望大增。而且有座很好的房子，虽然目前有些失修了。”

“要是这样的话，”我答道，“我就不说什么针对他的话了，你还说他见多识广，擅长写情书，所以，我也没理由觉得他爱慕我有什么不对了。尽管我可能不会嫁给他，斯库德默夫人。”

“你当然没义务嫁给他了，”斯库德默夫人说，“除非你也陷入爱情不能自拔，因为，要是我说得没错，你现在恐怕还不了解自己，不知道自己对他怀有柔情蜜意。”

“天哪，斯库德默夫人，”我红着脸答道，“你怎么会有这种想法呢？”

“因为你的每一个表情，每一句话都出卖了你。”她说，“好了，我亲爱的亨利埃塔，把我当个朋友，在我面前坦诚点吧。你难道不喜欢马斯格雷夫先生，对他没有多于其他熟人的感情？”

“求你别问我这样的问题，斯库德默夫人，”我转过头说，“我不宜回答。”

“哦，亲爱的，”她说，“瞧吧，这正好验证了我的猜测。不过，亨利埃塔怎么会为拥有这么好的情人而羞愧呢，又干吗要在我面前拒绝承认？”

“承认了也没什么好脸红羞愧的，”我鼓起勇气说，“不瞒你说，我确实爱你的堂弟马斯格雷夫先生，真心喜欢他，因为爱慕一个英俊的男人并没有什么不妥。如果他平淡无奇，或许我有理由为这种卑贱的情感而羞愧，因为对方很不值得。不过，你堂弟有这样的身材和面孔，又有那么漂亮的头发，我也没必要羞于承认，这么出众的人，确实让我印象深刻。”

“好女孩，”斯库德墨夫人十分深情地拥抱了我，“你对这些事情的想法真够细腻的，而且，这么好的洞察力，同龄人中没有几个！哎呀，你高洁的情操让我顿生敬意。”

“是吗，斯库德墨夫人，”我说，“你过奖了。不过，求你明说，你堂弟爱慕我，是他亲自告诉你的吗？要是这样，那我就更喜欢他了，因为，没有红粉知己的情人，哪能算什么好情人？”

“哦，亲爱的，”她说，“你们俩真是天生一对。你说的每一句话都让我深信，受某种无形力量的驱使，你们的观点和情感都太像了。还有，你们的头发也差别不大。是的，亲爱的，可怜而失望的马斯格雷夫确实跟我透露过他对你的爱恋。当时我也没觉得奇怪。不知怎么的，我一直都有种预感，觉得他会爱上你。”

“哦，那他是怎么跟你说的呢？”

“那是晚餐之后，我们围着炉火坐在一起，谈论一些无关紧要的事情。其实，主要是我在说话，他在沉默和思索，突然，他打断了我的话，用非常戏剧性的语调大声说道，‘没错，我恋爱了，我感觉到了——亨利埃塔·霍尔顿小姐俘获了我。’”

“哦，他是这样述衷肠的，”我说，“真是太美好了！用了那么迷人的两句话！可惜不押韵。”

“你喜欢就好。”她说，“确实，这两句话很有味道。‘这么说你爱上她了，堂弟？’我问他，‘那可真叫人难过，因为，虽然你各方面都无可挑剔，还有能够增值的田产，房子也很漂亮，尽管有些失修。但是，谁能指望成功追到美丽的亨利埃塔呢，已经有一位上校向她求婚，还有位男爵为她祝酒。’”

“那个，我——”我还没往下说，斯库德默夫人继续说道：“‘哎呀，亲爱的堂姐，’他回答我说，‘我知道她是万人迷，我想赢得美人归，简直没什么机会，不需要你提醒，这会让我更加不安的。不过，你和亨利埃塔都不能否认，我的情感非常强烈，愿意为她而死，成为她美貌的牺牲品。等我死了’——”她还要继续往下说——

“哦，斯库德默夫人，”我抹着眼泪说，“这么好的人真不该说死！”

“当时的情景的确感人。”斯库德墨夫人说，“‘等我死了，’他说，‘把我带到她的脚边，或许她会流下同情的泪水，滴落在我可怜的遗体上。’”

“亲爱的斯库德墨夫人，”我打断她说，“这太感人了，别再说了，我受不了。”

“哦！你有一颗甜蜜敏感的心，我喜欢。是啊，为了不伤你太深，我还是别说了吧。”

“拜托，你还是继续说吧。”我说。她照做了。

“他接着对我说，‘哎呀，堂姐，想想吧，我感觉到那珍贵的泪水滴落到脸上时，该是怎样的心醉神迷！为了这样的狂喜，我何不速速死掉呢！等我步入坟墓时，能否为美丽的亨利埃塔祈祷，愿有一个比我幸运的年轻人得到她的垂青，愿他像不幸的马斯格雷夫那样深切爱她，当我化为尘土时，愿他们成为幸福的模范夫妻。’”

你听到过这么感伤的话吗？多美的祝愿啊，等他死时，希望能躺到我的脚边！哦，他要有多么高贵的灵魂，才能有这样的愿望啊！

斯库德墨夫人继续说：“‘哎呀，我亲爱的堂弟，’我跟他说，‘这么感人的举动，不管多铁石心肠的女人，都会被感化的。美若天仙的亨利埃塔如果听到你对她的美好祝愿，定然会为你的情意心生怜悯，努力回报给你，因为她心肠柔软。’‘哦，堂姐，’他回答说，‘不要这么肯定，讨我欢心，让我空欢喜一场。不，取悦这个天使般的女人，我没希望了，现在唯一的愿望就是死掉。’‘真爱总让人意志消沉，’我说，‘但是，你的希望很大很大，你能征服这位美人的心，我向你保证，我一整天都密切注意着她，清楚地知道她内心深处会珍惜你的万般柔情，尽管她对此一无所知。’”

“亲爱的斯库德默夫人，”我大声说，“这个我可真不知道！”

“我刚才不是说了吗？你对此一无所知。我接着对他说，‘我刚开始没说这些鼓励你，是因为惊讶带给人的欢喜更多。’‘不，堂姐，’他无力地说道，‘无论如何我都不相信自己能打动亨利埃塔·霍尔顿的心，你这是在欺骗自己，别企图来骗我了。’简短点说，亲爱的，我后面的工作，就是花了几小时的时间，让那可怜的年轻人相信，你真的喜欢他。最后，他再也无法否认我强有力的论调，也不再怀疑我所说的一切，那种心醉神迷和狂喜之情，简直无法形容。”

“哎呀，那个人，”我叫道，“他这么炽热地爱着我！但是，亲爱的斯库德默夫人，你是不是跟他说，我全靠叔叔婶婶养活呢？”

“是的，我全都告诉他了。”

“那他怎么说？”

“他表达了对你叔叔和婶婶的恶意，诅咒了英格兰的法律，竟然让叔叔婶婶拥有财产，让急需财产的侄子侄女无法到手。他希望自己在众议院，这样就可以改革立法机构，修正所有该诅咒的法律。”

“哦！真是个贴心的人！精神可嘉！”我说。

“他接着说，他不敢奢望美丽的亨利埃塔能屈尊放弃财富和已经习以为常的奢华，接受他有限的收入能提供的生活，尽管还算得上舒适优雅，他甚至期望自己的房子已经弄好，能够迎接她进门。我告诉他，别想着她能接受，指望她放弃现有的荣华富贵，这对她不公平，况且这笔财富还滋养着一些更穷的人，可不光是用来满足你们俩的。”

“没错，”我说，“我常常施舍别人。有关这个，马斯格雷夫是怎么说的？”

“他说他也只能悲哀地承认我说的事实了，所以，如果他能成为那个幸运儿，注定要做美丽的亨利埃塔的丈夫，那么，不管多么难熬，他都愿意等，等待那个幸福的日子来临，等她从可鄙的亲戚关系中解脱出来，下嫁于他。”

多高贵的一个人啊！哦，玛蒂尔达，我真是太幸运了，就要成为他的妻子了！

我婶婶叫我了，让我去做馅饼，所以，亲爱的朋友，再见了。

你的

亨利埃塔·霍尔顿

做客

献 词

致尊敬的詹姆斯·奥斯汀

先生：

希望你能读一读下面这出喜剧并保存下来，虽然比不得那些著名喜剧如《妒忌之校》和《旅途中的男子》，但我希望能为你这样可敬的助理牧师带来些许欢愉，这也是我最初创作时的目的。来自你卑微的仆人。

喜剧角色

男

亚瑟·汉普顿先生

亚瑟先生的侄子威洛比

菲茨杰拉德勋爵

斯坦利

女

汉普顿夫人

索菲·汉普顿小姐

亚瑟先生的侄女克罗·威洛比

菲茨杰拉德小姐

场景设在菲茨杰拉德勋爵的家里

第一幕

第一场

客厅

菲茨杰拉德勋爵和斯坦利 上。

斯坦利： 表兄，你在这儿呢。

菲茨杰拉德： 早上好，斯坦利，昨晚睡得不错吧！

斯坦利： 好得不得了，谢谢。

菲茨杰拉德： 我还担心你觉得床太短呢。是我祖母在世时就买的床，她是个很矮的女人，凡是她的床都要按她的身高来做，从来不希望有人作陪，因为她很不幸，说话有口吃，自知会让同住的人不舒服。

斯坦利： 不用解释那么多的，亲爱的菲茨杰拉德。

菲茨杰拉德： 我也不用太多客套话来烦你了，只求你把这里当成自己父亲的家一样。记住，越自在越好。

菲茨杰拉德 下。

斯坦利： 真是个友善的年轻人！
“你的美德无人能及，斯坦利必将幸福不已。”

斯坦利 下。

第二场

同上

斯坦利和**菲茨杰拉德小姐**出场。

斯坦利：表妹，今天都有谁陪你用餐？

菲茨杰拉德小姐：亚瑟先生和汉普顿夫人，还有他们的女儿、侄子和侄女。

斯坦利：汉普顿小姐和她表妹都很漂亮，对吧？

菲茨杰拉德小姐：威洛比小姐漂亮极了。汉普顿小姐也不错，但不如她漂亮。

斯坦利：你哥哥是不是爱慕汉普顿小姐？

菲茨杰拉德小姐：我只知道他欣赏她，但应该没有更多感情。我确实听他说，她是世界上最美丽可爱的女孩，跟其他女孩相比，他更愿意娶她为妻。但我相信，没有更进一步的意思了。

斯坦利：嗯，表哥从来不无中生有地乱说。

菲茨杰拉德小姐：是的。他从小就是个实话实说的人，从来不撒谎，撒过一次，也是为了帮我，可以说，世界上再没有他这样的哥哥了！

各自退场。

第一幕（完）

第二幕

第一场

休息室里

椅子排成一圈。菲茨杰拉德勋爵、菲茨杰拉德小姐和斯坦利已就座。

一个仆人 上。

仆人：亚瑟先生和汉普顿夫人、汉普顿小姐、威洛比先生、威洛比小姐到了。

仆人 下。

众人 上。

菲茨杰拉德小姐：见过夫人，愿夫人安好。尊敬的亚瑟先生、威洛比先生，亲爱的索菲，亲爱的克罗……

（对方也一一问候。）

菲茨杰拉德小姐：请大家坐下。

（大伙儿正打算就座。）

菲茨杰拉德小姐：哎呀，应该准备八把椅子的，怎么只有六把。不过，要是夫人能让亚瑟先生坐到您的腿上，索菲让我哥哥坐她腿上，相信这就再好不过了。

汉普顿夫人：哦！十分乐意……

索菲：请勋爵入座吧。

菲茨杰拉德小姐：看到大家这样挤在一起，我也感到不安。只是，这屋里的家具都是我祖母买的，因为从来不举办太大的派对，她觉得没必要买那么多椅子，够自己家人用，再为好朋友添两个位置就足够了。

索菲：好了，不用道歉，你哥哥很轻。

斯坦利（小声说）：克罗真是个小天使！

克罗（小声说）：斯坦利真是个六翼天使[①]！

（进来一个仆人。）

仆人：主餐准备好了。

（所有人站了起来。）

菲茨杰拉德小姐：汉普顿夫人、汉普顿小姐、威洛比小姐，请。

斯坦利搀着克罗和菲茨杰拉德勋爵、索菲、威洛比、菲茨杰拉德小姐，还有亚瑟先生及汉普顿夫人一起退场。

① 六翼天使：级别最高的天使。

第二场

饭厅

菲茨杰拉德小姐在首席，菲茨杰拉德勋爵在末位落座，其他人分布在两侧，仆人伺候。

克罗：斯坦利先生，稍微给我弄点牛蹄冻和洋葱，麻烦你了。

斯坦利：小姐，能帮助你这么美丽的女士，我暗自欢喜还来不及呢。

汉普顿夫人：勋爵，我敢说，亚瑟先生从来不沾酒，不过，相信索菲能跟你干一杯。

菲茨杰拉德勋爵：陈年老酒还是蜂蜜酒，汉普顿小姐？

索菲：先生，我想来点温啤酒，再来点烤面包和肉豆蔻，你呢？

菲茨杰拉德勋爵：来两杯温热啤酒，一份烤面包，一份肉豆蔻。

菲茨杰拉德小姐：威洛比先生，你恐怕没有好好照顾自己，喜欢吃的东西可能一样都没吃上。

威洛比：哦，小姐，桌上有熏青鱼，对我来说就已经足够了。

菲茨杰拉德勋爵：亚瑟先生，尝尝内脏，你应该会觉得不错的。

汉普顿夫人：亚瑟先生从来不吃内脏，对他来说太咸了。你理解的，勋爵。

菲茨杰拉德小姐：把肝脏和乌鸦肉弄下去，上板油布丁。

（一阵短暂的沉默。）

菲茨杰拉德小姐：亚瑟先生，我给你弄点布丁？

汉普顿夫人：亚瑟先生从来不吃板油布丁，这道菜对他来说太腻了。

菲茨杰拉德小姐：没人要吗？那，约翰，把布丁弄走吧，上酒。

（仆人们撤走东西，摆上瓶子和玻璃杯。）

菲茨杰拉德勋爵：真希望能给你们弄些点心，可惜我祖母在世时把温室破坏掉了，改建成火鸡和食料场，后来我们也没再建像样的温室。

汉普顿小姐：勋爵，你不用道歉。

威洛比：姑娘们，该轮流喝酒了。

索菲：这点子很好，表哥，我全力支持。斯坦利，你不喝酒吗？

斯坦利：克罗的眼睛已经让我如痴如醉了。

索菲：那可没什么营养。来，为结识她干一杯。

（菲茨杰拉德小姐走向橱壁，取出一个瓶子。）

菲茨杰拉德小姐：女士们、先生们，这瓶酒是我亲爱的祖母自己酿的，她擅长酿醋栗酒。汉普顿夫人，来尝尝。

汉普顿夫人：太提神了！

菲茨杰拉德小姐：既然夫人你觉得不错，我也喝一点，亚瑟先生也尝一尝吧。

汉普顿夫人：千万不要，亚瑟先生从来不喝这么烈的酒。

菲茨杰拉德勋爵：亲爱的索菲，求你屈尊嫁给我。

（他牵着她的手，引着她走向前方。）

斯坦利：哦，克罗，为了我的幸福，你能否做我的——

克罗：我愿意。

（他们一起走上前来。）

菲茨杰拉德小姐：威洛比，既然只剩你一个了，我也不该拒绝你诚挚的追求。来牵起我的手吧。

汉普顿夫人：你们都会幸福的！

全剧终

零碎篇章

献 词

致简·安娜·伊丽莎白·奥斯汀小姐

亲爱的侄女：

虽然现在的你脱离婴儿期还没多久，但我相信，在父母的精心培育下，不久的将来，你就能阅读手稿了。我为你写了下面这些点点滴滴，相信只要你用心阅读，定能从中得到有关生活言行的重要启示。如果我的希望得逞，那么，为创作这些文章而付出的日日夜夜也就没白费了。来自爱你的姑妈。

1793 年 6 月 2 日

有关美德践行的教诲

我们都知道，世上有很多身处逆境的不幸之人，但他们都是谁，我们并不知道。找到他们，了解他们的需求，帮助他们，这是每一个人的职责和使命。只是，很少有人有这个时间，有此意愿的人更是少之又少，总之，要么没时间要么没意愿，这事也就没人做了。

那些夜夜在觥筹交错中欢度光阴的人，怎能懂得疲于日常奔波之人的辛劳汗水。

细诉情感对不同人的影响

我刚从梅丽莎的病床边回来，我这辈子活得时间够长了，也有过不少病床边看护的经历，但从来没见过她这么可怜的。她躺在床上，裹着剪花细布睡衣，身下是条纹纱床单，头戴一顶法式纯色睡帽。

威廉先生一直陪在她床边，只到客厅的沙发上小憩一会儿，而且近两周来总睡不安稳，时时惊起，高喊着："哎呀，梅丽莎！哎呀，梅丽莎！"然后再度躺下，抬起左手挠自己的脑袋。

可怜的博纳比夫人苦恼极了，不时哀叹一声，差不多叹了一周了。悲伤不已的查尔斯不断地说："梅丽莎，你还好吗？"

那几个漂亮姐妹更是难过不已。

茱莉亚曾躺在朋友的枕头后边，支着她的脑袋，为她的境况恸哭。

玛利亚的悲痛之情要缓和一些，她说下周要到城里去。

安娜则总是回想起梅丽莎身体健康时曾有过的欢乐时光。

我经常在炉火旁为不幸的病人做点美味。有时重新热一热剩下的老鸭肉，有时烤点乳酪或做点咖喱饭，这是那位可怜的朋友最喜欢吃的。

今天早晨，我们接待了意外来访的道金斯医生。

“我来看看梅丽莎。”他说，“感觉怎么样？”

“很虚弱。”梅丽莎无力地说。

“很虚弱。”医生重复道，“哎，你已经一周多没有下床了，胃口如何？”

“不好，很不好。”茱莉亚说。

“那可真糟。”他回答说，“她精神好吗，女士？”

“太差了，先生，我们得时时用甘露酒来让她振作起来。”

“这么说，你们陪着她，就是她最好的精神鼓励了。她睡觉吗？”

“基本不睡。”

“我猜也不怎么睡。真是可怜！她会觉得自己要死了吗？”

“她根本没有力气去想。”

“哦，那她也不会想着让自己振作起来了。”

宽容的助理牧师

在沃里克郡一个鲜为人知的地方，最近搬来了一位受人尊敬的牧师。他的收入接近两百英镑，即便妻子没什么财富，他这笔钱也够满足一家子的愿望和所需了，只要别有太多奢求就行。

故事要从威廉先生结婚时说起，当时他已经这样生活了将近二十年：他声明要结婚后，没过多久就举行了婚礼，随后就成了六个好孩子的父亲。最大的孩子曾在朴茨茅斯的皇家海员学院学习，十三岁左右被派到驶往纽芬兰的一艘小舰船上工作，因为性情和善又有出息，与当地很多人成了朋友。

自那以后，他每个月都往家里送一只大型的纽芬兰犬。第二个孩子也是男孩，附近一位牧师收养了他，意在花钱培养他，那位先生非常慷慨，假如他的财富能跟他的雅量匹配，环境应该非常理想，可他只能靠一年五十英镑的助理牧师收入来维持自己这个庞大的家庭。

威廉姆斯十八岁时，除了从村里廉价的老妈子学校学到的那点东西，别的都一无所知。他的性情非常和善，但天赋有限，他不沉迷于年龄和环境所不允许的种种恶行，也不做什么犯法的事情。只是，偶尔会有人看到他朝鸭子扔石头，或是把碎砖放到养父的床上。但这些危害不大的行为，在那位好绅士看来全是想象力丰富的结果，并非本性不好，对于这种令人讨厌的行径，他最大的惩罚也就是让“罪犯”把石头捡起来，或是将碎砖拿走。

悲悯颂

我喜欢沉思着，
沿荣誉之路踏入桃金娘林，
白色的月光洒下来，
照着失恋的人儿。
夜莺在山楂树上，
唱得甜蜜而忧伤，
画眉鸟在与鸽子交谈。

公路蜿蜒向远方，
溪流静静地流淌，
月亮探出云端，
光芒把桃金娘林照亮。
啊，多美妙的景象，
屋棚、洞穴，还有不规则的礼拜堂，
更增添了修道院的荒凉，
月亮的脑袋挡在了古松后方，
在那里隐隐偷望。

Part 4

残　篇

Jane Austen

桑地顿

1

一位先生和一位夫人正从滕布里奇去往黑斯廷斯和伊斯特本之间的苏塞克斯海岸，途中因为一些事务离开了公路，上了一条崎岖不平的小道。道上一半是岩石一半是沙子，他们在长长的爬坡路上艰难前行，最终人仰马翻。这场事故发生时，他们刚刚越过一位绅士的房子，那是路边唯一的一座房子。车夫听令朝房子那边走时，以为到地方了，谁知却要越过房子继续前行，一脸的不情愿。他又是抱怨又是耸肩，怜惜自己的马，却又狠狠地抽打。如果知道路况比以前糟糕很多，他可能还会留点心，注意一下别让车子翻了，况且马车并不是乘客的。从房子旁边越过去后，他一脸的自命不凡，觉得除了马车，别的车都无法在这样的路上安全行进。因为步伐慢，小路窄，车子翻倒了。那位先生爬出来后，帮自己的同伴也挣脱出来。刚开始，他们只觉得浑身颤抖，有些擦伤。

其实，那位先生在挣扎出马车的过程中已经扭伤了自己的腿——意识到这一点后，他突然住口了，不再抱怨车夫，不再庆幸自己和夫人没有受伤，而是坐到路边，站不起来了。

“这里出问题了，”他把手放到脚踝上说，“不过别担心，亲爱的。”他微笑着抬头看自己的妻子说道，“这路只要比现在好那么一点，都不会发生这样的事情。不过，因祸得福也不一定，现在只能这么想了。一会儿就没事了。——我想，可以到那边处理一下。”他指着不远处露出顶来，看似整洁的一间小屋说。那屋子置于一片高地上，隐于林子之间。“希望那就是我们要找的地方。”

他妻子热切希望如此，却只是惊恐而焦虑地站着，不知道该做什么、该说什么了，看到几个人前来帮忙，才稍稍松了一口气。刚才路过的房子附近有一片干草田野，从那里可以看到这场意外。过来的几个人中，有一位面容俊美、举止高雅的中年男人，是该地的雇主，还有三四个晒制干草的人。他们身强力壮，当时正跟雇主在一起，听了他的召唤一同前来——田野里还有别的男男女女和孩子，都离此地不太远。

那位名为海伍德先生的雇主走上前来，很有礼貌地打了声招呼，非常关心这场事故，准备伸出援助之手。他觉得奇怪，怎么会有人乘马车走这条路。那对夫妇很有教养地谢了他。这时已经有一两个人帮着车夫把马车扶了起来，旅途中的男子说道：“太感谢您了，先生，这里就听您的吩咐了。——我腿上的伤可以说是微不足道，不过，出现这种情况，最好还是及时听听外科医生的建议。现在路况不佳，我没办法亲自到医生家里去，如果您能派个人去把医生叫过来，我将感激不尽。”

“外科医生！”海伍德先生答道，“只怕你在附近找不到什么外科医生。不过，我敢说，即便没有医生，我们也可以处理得好好的。”

“哦，先生，如果医生不方便，找他的助手也行——要么，最好是——还是叫他的助手来比较好，希望他的助手能来一趟。我相信，只要你派个人过去，不到三分钟就能把他请来的。这一路我们虽没看到别的绅士住宅，只路过了您的府邸，但那边的小屋自是看见了的。”他看着那间小屋说道。

海伍德先生非常惊讶，答道：“什么！先生，你觉得那间小屋里能找到外科医生？——我敢肯定，这个教区没有外科医生，也没有什么医生助手。”

“等一下，先生，”另一位说，“我不想反驳你，但是，也许教区比较大，或是别的什么原因，导致你不知实情呢。等等，是不是我弄错地方了？我不是在威灵登吗？这儿不是威灵登？”

“是的，先生，这里确实是威灵登。”

“那么，先生，我可以证明，这个教区确实有外科医生——不管你是否知情。你看这个——他掏出一个小笔记本——可否赏脸瞥一眼这些广告，这是我昨天早上在伦敦时，从《晨报》和《肯特公报》上剪下来的，我想，你看了以后就会相信，我不是在胡说。这里有条广告，先生，说的是医疗合伙人解散的事，就在你们教区，业务很广，白纸黑字，提到了很多事——他们想另外建立机构什么的——你看，写得很详细，先生——”说着把两张长方形的剪报递了过来。

“先生，”海伍德先生幽默地笑道，“即便你把举国上下这一周内的报纸都给我看，也无法让我相信威灵登有外科医生，因为我从出生到现在，已经在这里度过了五十七个春秋，如果有这样一个人，我肯定会知道的。至少，我敢说，即便有，他也没什么生意——不过，要是经常有人乘驿马车走这样的路，那在山顶上建一间外科室大概是项不错的投资。好了，我向你保证，先生，那间小屋虽然远远看着整洁漂亮，但跟本教区内的其他双梁房没什么区别，里面住了我的牧羊人和三个老女人，各住一侧。”

他一边说一边接过剪报，浏览一番后说道：“我想我可以解释清楚，先生，你还是搞错地方了。这乡下有两个威灵登，消息报道的是另外一个——那是大威灵登，或者叫威灵登艾伯茨，离这里有七英里，在巴托的另一面，巴托就挨着威尔德。而我们（说话时充满了骄傲）——没在威尔德地区。”

“你们确实不在威尔德地区，先生。”旅人明白过来说道，“我们花了半小时才爬上这座山。——哎呀，让你说中了，是我犯了愚蠢的错误。这下都解释清楚了，离开伦敦前半小时，这些广告才吸引了我的注意——因为在那儿待的时间短，一切都仓促而混乱——生意途中的这种情形，你是知道的，马车到门口之前，什么都没准备好——我只是大致查询了一下，知道我们要在威灵登走上一两英里的路程，没有仔细了解……亲爱的——”他转向妻子，“抱歉让你陷入这样的困境。不过，不用为我的腿惶惶不安。我只要静下来不动，就感觉不到疼——等这些好心人帮我们把马车扶起来，将马头掉过来，我们就返回到收税公路上去，然后前往海尔斯罕，回家去。我想，这是最好的办法，不用再想别的路子了。从海尔斯罕到家需要两小时，等到了家，治疗就方便了。——呼吸点海边的空气，我的腿很快就会痊愈。亲爱的，我敢说大海肯定有这功效。我觉得吧，沉浸在咸咸的空气里，一切都会好的。”

这时，海伍德先生非常友善地打断了他，恳请他们不要想着继续往前了，应该先检查踝关节，恢复恢复精神，而且非常热诚地邀请他们到自家去，方便检查和修养。

“我们的储备很丰富，”他说，“有各种治疗扭伤和瘀伤的通用药物——我的妻女也会很乐意帮助你和这位女士的，方方面面，尽力而为。”

旅人试着挪动步子，只觉得一阵阵疼，心想最好还是先接受眼前的恩惠吧，于是简短地跟妻子商量道：“亲爱的，我想这样更好。”然后转向海伍德先生说：“先生，接受你的热情款待前，让我先说明自己的来路吧，看到我这样白忙一场，可能会让你产生不良印象。我的名字叫帕克，桑地顿的帕克先生，这位夫人是我的妻子，帕克夫人，我们正从伦敦赶回家。我的名字——您可能有所耳闻，这里距海边也不远——我在桑地顿教区拥有田产，不过在那边称不上最大的家族。说到桑地顿，大家应该都听说过吧，那是个新兴的海滨浴场，特别受人欢迎，也是苏塞克斯郡沿岸最棒的浴场，可以说是大自然眷顾之地，有望成为众人的首选去处。”

“没错，我听说过桑地顿。”海伍德先生答道，“每隔五年，都会听说海边有新的地方兴起，慢慢成为时尚之地。那些地方能住满一半，就是个奇迹了！哪有那么多人有钱有时间去玩！对一个国家来说，这不是什么好事——只会让物资价格上涨，让穷人一无是处——我想你也发现了，先生。”

“不，先生，完全不是这样的——”帕克先生急切地叫道，“我跟你说，恰恰相反。常有人有你这样的想法，但这是不对的，可能对一些发展过度的大地方，比如布赖顿、沃辛或伊斯特本来说，确实如此。但像桑地顿这样的小村庄，情况却不一样，因为地方小，这里没有受到罪恶文明的影响。而且，由于地方在发展，建筑增多，苗圃扩大，对各种物质的需求增加，去度假的又是最有教养的群体，家庭稳定、循规蹈矩、出身好、性情好，不管到哪儿都备受祝福，这一切都会激发穷人辛勤工作，给他们带来舒适和进步。先生，我敢说，桑地顿不是你想的那样一个地方——”

“我不想区别看待任何一个地方，先生。”海伍德先生答道，“我只是觉得，海岸上已经满是这种地方了——不过，我们最好还是先把你——”

“海岸上满是这种地方了，”帕克先生重复道，“这一点我不置可否，确实是够多了，数量庞大，无须再建了。迎合各种品位和经济条件的都有了。如果有人想再增建，我会觉得荒唐无比，他们立马会发现自己的盘算靠不住，上当了。不过我敢说，先生，像桑地顿这样的地方，人们是需要的。大自然造就了它的与众不同，赋予了它最得天独厚的条件。岸上有和煦干净的海风——这是众所周知的，还有最佳沐浴场、细硬的沙子、十码深的水，没有淤泥，没有水草，也没有黏滑的岩石，大自然为病人设计的度假胜地，没有比这更好的了，这才是很多人梦寐以求的地方。而且，离伦敦也不算远！比伊斯特本要近整整一英里。你想想这样的优势，先生，能省一英里的旅程。布伦修就不一样了，相信你也看到了，那是三两个投机之人去年建的，他们试图建一个小村子，就在一片污浊的沼泽和荒凉的旷野之间，堆成山脊一样的海草腐烂了，发出臭气，最终只能以失望告终。有点常识的人都会想到，布伦修有什么好去的？——空气非常有害，路段臭名昭著，有盐味的水更不用说了，那个地方，三英里以内都买不到一杯热茶。还有，那里的土壤又冷又讨人厌，连卷心菜都种不出来。我敢说，先生，这种描述是真实的，绝对没有任何的夸张成分，你要是听到过不同的说法——”

“先生，我从来没听说过那里，”海伍德先生说，“不知道世上还有这样一个地方。”

“你没听说过！天哪，亲爱的，”帕克先生高兴地转向他妻子说，“你瞧这多奇怪啊！布伦修那么有名，这位绅士竟然不知道世上还有这样一个地方。哎呀，先生，诗人库珀有一句诗是描写虔诚的乡下人的，与伏尔泰截然不同，我觉得用来形容布伦修再合适不过了——‘距家半英里以外的地方，无人知道它的存在。’”

“诚心来讲，先生，你喜欢用什么样的诗句形容都行，不过我想看看你的腿怎么样了——从你夫人的表情来看，她很赞同我的想法，不能再浪费时间了。而且，我的几个女儿过来了，她们是代表自己和母亲来的（只见屋里出来两三个文雅的年轻女子，后边跟着同样多的女佣）——我想这样一场喧闹，怎么都逃不过她们的耳朵。像我们这种偏僻之地，这种事总会引起轰动。好了，先生，来看看怎么才能把你妥妥地弄到家里吧。”

那几个年轻小姐走过来，非常得体地说了一些话，表示支持父亲的主张。她们无任何矫揉造作之态，让陌生的旅人很放心。因为帕克夫人极度想放松一下，她丈夫也有此意，因此，客套的话没有多说，更何况马车扶起来以后，发现翻倒的一面已经受损，目前没法用了。就这样，帕克先生被抬到了屋里，马车则被推到了一个空闲的谷仓里。

2

这场相识虽然开头比较古怪，却并非无足轻重的短暂相逢。旅人夫妇在威灵登待了整整两周，帕克先生严重扭伤，短期内无法行动。他受到了非常精心的照料。可敬的海伍德一家无微不至地照顾他们夫妇俩，举止亲善，无任何矫揉造作之情，这种友善始终如一。帕克先生在护理下慢慢康复，妻子也是满心欢喜，倍感安慰——受到友善款待的人理应如此，而且，一方的好心总会换来另一方的感恩。总之，在这两周内，双方的举止都令人愉快，彼此喜欢上了对方，建立了深厚的友谊。

帕克先生的性格和往事很快就为众人所知。但凡知道的，他很快就会讲出来，因为他是个心直口快的人；即便谈到自己不了解的，他也会提供一些信息，让海伍德家的人能留个神。因此，人们发现他是个狂热的人，谈到桑地顿时，更是狂热无比。他为那个时尚的小小海滨浴场桑地顿而狂热，为其成功而狂热，似乎为此而活。几年前，那里只是一个没什么值得骄傲的寂静小村庄，但由于地理位置得天独厚，再加上一些偶然的因素，使得他和其他几个土地持有者觉得如果投资或许有利可图。于是他们忙碌起来，规划、建设、赞颂和吹捧，让那里成为一个新兴的有几分名气的浴场。除了桑地顿，帕克先生的脑子里基本没想别的。

有了进一步的沟通后，他还告知众人，他三十五岁，已婚七年，婚姻幸福，家里有四个可爱的孩子；他出生于一个体面的家庭，虽然没有大笔财富，但总算宽裕；他没有职业，因为是长子，继承了前两三代人积累和秉持的财产；有两个弟弟两个妹妹，都单身，并且不依靠别人，最大的两个因为继承了旁亲的遗产，跟他一样，过得很好。

他还明确说明，他之所以离开公路，是为了找一个打广告的外科医生，不是为了扭伤自己的脚踝或是弄伤自己，给这类医生带来好处，也并非（海伍德先生可能会这样想）有什么企图，想与之建立合作关系，仅仅是因为他希望桑地顿有个医护人员，所以看到那份广告就奔威灵登来了。他坚信，如果一个地方有了医护人员，可以大大促进当地的繁荣，带来庞大的人流量，仅此而已。他有理由相信，去年就有家庭因为这个原因没有去桑地顿，或许是很多家庭呢。他自己的妹妹就有病在身，本来今年夏天很想让她们到桑地顿的，可希望不大，让她们到一个不能及时听取医生建议的地方，太冒险了。

总之，帕克先生是个有家室的男子，爱自己的老婆孩子和兄弟姐妹，他善良、开明、有教养，性情随和、乐观，但想象力过剩，判断力不足。帕克夫人则是个贤良温淑的女人，最适合做聪明男人的妻子，但缺乏冷静的思考，尽管丈夫有时会有这需求。总之，她万事听命于别人，至于丈夫是否在拿自己的财富冒险，是否扭伤了脚踝，她浑然不知。

帕克先生热爱桑地顿，仿佛那是他的另一帮妻儿，付诸的感情一分不少，甚至还更专注。每每谈起他可以一直说下去。那里有他最想要的一切，不仅是他的出生地，财产和家庭所在地，也是他的矿藏，他的彩票，他的买卖和下注的马儿，他的职业、希望和未来。他极度想吸引威灵登的好友到那儿去，百般努力，热忱而令人感激，却引不起人的兴趣。

他希望对方承诺前去游览，尽可能让这家所有人都速速随他到桑地顿去，虽然他们都很健康，但无疑都能享受到大海的恩泽。他自认为，如果一年中待在海边的日子不足六周，没人能拥有真正健康的身体，也没人可以一直保持健康（尽管偶尔运动可以让人精神抖擞，看似健康的样子）。海风和海浴结合，简直能起到万无一失的效果，只要享受其一，就可以调节各种紊乱，对胃、肺和血液都有好处，可以预防痉挛、肺部疾病和风湿病，治疗多疑、脾气暴躁等症状。在海边，没人会感冒、胃口不好、精神不振或乏力。所有人都康复了，性情温和、轻松愉快，体质增强了，心旷神怡，一切如人所愿，有时是海风的功劳，有时则归功于海浴。如果海风起不到作用，海浴定然能补救；海浴不中用时，海风就够了，那是大自然赐予的治愈良方。

他口才虽然好，却说服不了别人。海伍德夫妇从来没离开过家，他们结婚多年，拥有一个庞大的家庭，长期以来，他们的活动仅限于一个很小的圈子，年纪算不上老，但习惯上却是老古董了。除了很久以前去过两次伦敦领取自己的分红，海伍德先生从来不前往步行无法抵达，或那匹劳苦功高的老马无法走到的地方。海伍德夫人也只是偶尔坐着旧马车去拜访自己的邻居，对她来说这已经算是冒险活动了。那辆马车是他们结婚时新买的，十年前大儿子成年时重新调整过。他们拥有大量财富，足够一家子适度享受高雅的奢侈品和改变一下现状，足够买一辆新马车，搬到路面更好的地方了，偶尔还可以到滕布里奇威尔斯度上一个月，如果有痛风症状，还可以去巴斯过冬。但为了十四个孩子的培育和供养，他们需要过一种安安稳稳、精打细算的生活，因此久居于威灵登，健康地生活着。

他们最初是刻意节省，现在已经成了习惯。他们从来不离开家，而且很高兴说与别人听。不过，他们不希望自己的孩子恪守成规，会尽力鼓励他们到外边的世界中去。他们守在家里，孩子们则应该出去。他们把家里弄得舒适至极，也欢迎各种变化，这有益于子女建立新的人际关系，结识体面的人物。因此，帕克夫妇不再恳请全家拜访桑地顿，而只要求带家里的一个女儿回去时，没费什么劲就说定了，海伍德夫妇欣然同意。

他们邀请的人是夏洛特·海伍德小姐，二十二岁，一位非常讨人喜欢的年轻女子，是家里的大女儿。她听了母亲的吩咐，无微不至地照顾帕克夫妇，经常与他们相伴，对他们最为了解。健康的夏洛特小姐要去享受海浴，让身体更佳，带她前往的夫妇为表感激之情，还会尽量让她享受到桑地顿的各种乐趣，还有，她要去帕克先生高度赞美的租书店[①]为自己和妹妹们购买新太阳伞、新手套和新锦缎。

海伍德先生所说的一切只不过让人们相信，不管是谁，如果问他意见，他一定力推桑地顿，有生之年，不管用什么方法引诱他，他都不会在布伦修花上半个先令。

3

每个地方都会有位了不起的女士，桑地顿的伟大女士是德纳姆夫人。从威灵登去往海边的途中，帕克先生向夏洛特介绍了这位夫人，说得比以往都详细。他在威灵登时经常提起她，因为她是他的一个投资伙伴，如果不提德纳姆夫人，光谈桑地顿是谈不了多久的。那是一位非常富裕的老妇人，埋葬了两任丈夫，深知钱的价值，备受人尊敬，有一位贫困的远亲跟她住在一起，这些都是广为人知的。他更加详细地讲了她的过往和性格，减少了那段长坡路带给人的沉闷之感，路程似乎变短了，也让那位来访的年轻女子对这位以后可能日日相伴的夫人有了相应的了解。

德纳姆夫人还是布里尔顿小姐时，就已经很有钱了，她出生在富贵家庭，却没受过教育。她的第一任丈夫是霍利斯先生，乡下一个财产颇丰的男子，在桑地顿教区占有相当大的份额，拥有庄园和府邸。她三十岁左右嫁给他时，他已经是个老人了。他们相差四十岁，这样的婚姻让人很不能理解，但她精心照顾他，逗他开心，因此，他死时把自己的一

① 租书店，18 世纪末 19 世纪初流行的社交场地，不光租书，还售卖日用品。

切都留给了她，所有财产全由她处理。寡居了几年后，她再度结婚，嫁给了桑地顿附近德纳姆庄园的哈里·德纳姆先生。第二任丈夫虽然成功地将她和她的大笔收入纳入了自己领地，却没法永久为自己的家族添砖加瓦。因为她非常谨慎，不会让任何东西脱离自己的控制。哈里先生死后，她回到了桑地顿的家中，曾跟一位友人说，虽然她从那个家里什么都没得到，只空得了个头衔，但她也没有失去什么。

至于那个头衔，能让人想到的只是她曾结过婚。帕克先生认为，目前这个头衔唯一的价值就在于，能很好地解释她的种种行为。他说："她有时自视过高，但并不令人讨厌，有时又爱钱爱得太离谱。不过，她是个友善的女人，非常和蔼可亲，也是个乐于助人的好邻居，性情开朗、独立，可圈可点，她的缺点大概都是因为缺乏教育造成的。她天生具有很好的判断力，但未经培养。她的头脑很灵活，虽然七十岁了，但身体健康强壮，而且精神勃勃地投入桑地顿的改良活动之中，真令人钦佩。虽然她偶尔会出点小状况，不能像我希望的那样向前看，而是总为一笔微不足道的钱担忧，也不想想一两年后会有多少回报。总之，我们想法不同，有时看待事物也不太一样。海伍德小姐，要是有人跟你讲她的故事，你要留点心。——等见了面，你就会有自己的判断了。"

德纳姆夫人是一位超出社会预期的伟大夫人，因为她每年都有几千英镑可以遗赠给后人，而且总有三队人马在向她献殷勤：她自己的亲戚，可能想适度分享她原来就拥有的三万英镑；霍利斯先生的法定继承人，肯定希望她做出判断时，能更多地惠顾他们，不要像霍利斯先生一样；还有德纳姆家族的成员，她第二任丈夫希望他们能得便宜。长久以来，她一直受到所有这些人及其旁亲的指责。对于财产分割问题，帕克先生毫不犹豫地说，他最不看好霍利斯先生的亲戚，最看好的是哈里·德纳姆的亲属。他认为，前者在霍利斯先生死时，很不明智、很无礼地表达了愤恨之情，这让他们无药可救了；而后者，不光是那段她颇为重视的婚姻残留下的痕迹，也是她看着长大的，更别说他们还总对自己的意愿有所保留，只是比较合理地献殷勤。现在的准男爵爱德华先生，哈里先生的侄子，一直住在德纳姆庄园。帕克先生相信，爱德华和跟他住在一起的妹妹德纳姆小姐会分得大部分遗产，他热切希望如此。德纳姆小姐只有很少的钱财，她哥哥也很穷，因为社会头衔不高。[1]

“他是桑地顿的一个热心朋友，”帕克先生说，“可惜有心无力，要是有点权力就好了，他会成为一位尊贵的合伙人的！不过他已经尽力在帮忙了，正在建一座颇有品位的小公馆，就在德纳姆夫人许给他的一片荒地上。毫无疑问，旺季结束前，会有很多人想住进去的。”

去年一整年，帕克先生觉得爱德华先生不会有什么对手，最有机会获得德纳姆夫人的大部分遗产，不过，现在出现了另外一个人，是个年轻的女亲戚，诱使德纳姆夫人把她接到了家中，她的要求也纳入了夫人的考虑之列。德纳姆夫人一直反对再往家里添人，可长期以来，她说过的话反复失效，只能听任亲戚们把这个那个女孩介绍到桑地顿来，给她在家里做伴。上一个米迦勒节[2]时，她从伦敦带回了一位布里尔顿小姐，有望跟爱德华先生争宠，为自己和家人弄到一份财产，对于德纳姆夫人累积的财产，无疑他们最有继承权。

帕克先生温和地谈起了克莱拉·布里尔顿小姐，因为引入这样一个角色，他的故事也更有趣了。此刻，夏洛特不再把他的话仅仅当作消遣，而是真正关心起来，这事让她觉得很愉快，因为听帕克先生描述，那是

---

①男爵是欧洲各国贵族爵位中的最末一等。

②米迦勒节，基督教节日，纪念天使米迦勒。西方教会定在9月29日，东正教会定在11月8日。

一位友善可爱，不矫揉造作的女子，言行举止得体，很有智慧，而且，她的天资显然得到了资助人的厚爱。她美丽甜蜜、家境贫寒、无依无靠，非常符合男人们的想象。如果不出什么意外，女人马上也会觉得感同身受，同情起她来的。他详细讲了克莱拉小姐为何能获许到桑地顿来，未掺杂任何不好的说法，同时也讲了德纳姆夫人的狭隘、善良、智慧，甚至还说她很大方。

德纳姆夫人多年来一直避着不去伦敦，主要是因为那些远亲总不断写信来邀请她，让她备受折磨，她决意要跟他们保持距离。上一个米迦勒节时，她不得已去了趟伦敦，而且至少要待上两周。她住在一个宾馆里，花自己的钱，尽可能精打细算，尽管她来自公认的富贵家庭。三天后要求付账时，她开始考虑自己的现状。花掉的那笔钱让她决定离开那个住所，一小时都不想待了。她大为光火，焦虑不安，坚信对方恶意多收了钱，又不知道去哪住才能让钱有更好的用途。就在她要冒险离开宾馆时，那走运又不乏见识的远亲出现了，他们似乎一直暗中监视着她，因此在这重要的时刻现身了。得知她的处境后，劝她到自家去，只要不嫌他们的寒舍卑微，处在伦敦次要区域，余下的几天尽可以在那里度过。

她去了，受到了欢迎和款待以及精心的照料，心里高兴不已，发现布里尔顿家的远亲比预期的要可敬，了解到他们收入极少，有经济困难后，她被迫邀请家里的一个女孩过来跟她一起过冬。邀请限于一人，时间是六个月，以后也可能会换人。选人的时候，德纳姆夫人显示出了她性格中非常优秀的一面，看过家里的所有女孩后，她选择了克莱拉，一位侄女，比任何人都更加可怜和无助，家境贫寒、无依无靠，为那个本已困难重重的圈子平添了负担，而且，在世人的眼光中，她是那么卑下，认为以她的先天禀赋和能力，做一个仆人再好不过了。

克莱拉跟着她回了家，因为自身的聪颖和美德，目前已牢牢抓住了德纳姆夫人的心，备受她的关注。六个月早就过去了，但夫人压根儿没有任何换人的意思。克莱拉特别讨人喜欢，言行稳重、脾气温和，所有人都能感受到她的影响力。最初对她的种种偏见，现在也都消失了。她给人一种值得信赖的感觉，正是能引导和慰藉德纳姆夫人的最佳人选，能让她拓展视野，变得慷慨。她又亲善又可爱，而且，受了桑地顿海风的滋润，更加美丽无比了。

4

“这是谁家的房子，很温馨的样子？”夏洛特问。他们到了一条距离大海不到两英里的阴凉坡路上，从一座中型的房子旁边路过，那房子有漂亮的篱笆，布置精美，花园里有诸多植物，兰花和草坪为寓所增色不少。“看着跟威灵登一样舒适呢。”

“哦，”帕克先生说，“这是我的老房子，祖先留下来的，我们兄弟姐妹都在这里出生长大，我最大的三个孩子也在这里出生。夫人和我离开这儿还不到两年，新房子盖好后才搬走的。我很高兴你能喜欢这里。这是个非常古老的地方，西里尔打理得井井有条的。这个人我就不给你介绍了，他主管我的大部分土地，因此也为自己弄了一套好房子，我呢，处境也更好了。再翻过一座山就到桑地顿了，时髦的桑地顿，美丽的地方。你瞧，我们的祖先总在洞穴一样的地方建房，把人禁闭在狭小的角落里，没有新鲜空气，没有景观，距离南福兰到地之角的广阔海域只有一又四分之三英里，却完全没有利用这一优势。等我们到特拉法尔加之屋时，你会觉得我换个地方是不错的——顺便说一下，我真希望那房子的名字不叫‘特拉法尔加’，因为我现在觉得‘滑铁卢’更好一些。不过，滑铁卢可以备用。要是今年有所收获，我们可能会冒险建个小新月的形状——相信会的，之后，我就可以称之为‘滑铁卢新月’了，这样的名字再加上建筑的形状，肯定能引来房客。过不了多久，就会有很多人申请住进来的，让我们顾都顾不过来。”

“那房子一直都很舒服，”帕克夫人从后窗望着越过的房屋，不无遗憾地说，“还有那么好的花园——真是太漂亮了。”

“是的，亲爱的，不过这些东西，也可以说都随我们带过去了，因为这里还像以前一样给我们提供水果和蔬菜。我们现在多享受啊，有这么好的园子，却不用面对那些碍眼的东西，或者说避开了一年一度的蔬菜腐烂这种麻烦事。10月的时候，谁还受得了卷心菜地啊？”

“哦，亲爱的，没错，离开了也挺好，因为园里的东西照样可以享用，如果忘了带过去，随时可以在桑地顿那边买到，那边的园丁很高兴卖给我们。不过，这地方适合孩子们在周围跑来跑去的，夏天多凉快啊！”

“亲爱的，山坡上也够凉快的，过不了几年，就比这边要凉快了，我种的树木长势惊人。而且，我们有帆布天棚，待在屋里舒服极了。你还可以从惠特比家给小玛丽买太阳伞，或者从杰布家买大大的童帽。至于小子们，我得说，我更愿意让他们在太阳底下奔跑。亲爱的，相信你也同意我的观点，男孩应该强壮点才好。”

“是的，我也觉得。我会给玛丽买小太阳伞的，让她得意一番。她肯定会举着伞四处走动，幻想自己是个小妇人，多端庄啊！——嗯，确实，离开这里，生活得更好些。要是有人想洗澡，走不了四分之一英里就到了。只是，你瞧，”帕克夫人仍旧回头望着说，“在那个曾经幸福生活过的地方，有我的老朋友，总想见见。去年冬天，西里尔一家好像完全没感觉到暴风雨的来临。我记得，在某一个可怕的夜晚之后，我见过西里尔夫人。那些夜里，简直在床上都能感觉到摇动，她却没发觉风跟往常有任何不同。”

“是啊，是啊——不过别再说了。我们可以享受到暴风雨的奇观，又没有什么真正的危险，因为房子周围没有障碍物，风只是呼啸着过去了。而住在这山沟沟里，在树荫底下，对气流状况一无所知，居民可能不知不觉就被可怕的气流卷走呢，最大的风虽然在开阔的地方掀起，却在山谷里的危害更大些。好了，亲爱的，至于园子里的东西，你不是都说了，偶尔缺点什么的话，德纳姆夫人的园丁会提供的。说到这儿我突然想起别的事情来了，那个老弦匠和他儿子有了更高的要求。我鼓励他赶紧开业，现在又害怕他做不好，时间上已经不能再耽搁了。——不说了，他肯定能做好的，不过这是一项艰苦的工作，所以我们要尽力帮他的忙。万一他需要什么蔬菜瓜果，日常的或是平日里容易忘的，只要还算合理，给他就是了。你瞧，都是些微不足道的供给，却能让可怜的老安德鲁不耽误日常工作。总之，我们常用的消费品，给弦匠也买上吧。”

“好的，亲爱的，这个容易，而且厨师会很高兴的，觉得松了一口气，因为她一直在抱怨老安德鲁，说他拿来的东西没有一样是她想要的。哎呀，老房子已经落在身后很远了。对了，你弟弟西德尼说要把这里弄成医院？”

“哦，亲爱的玛丽，他是在开玩笑呢。假装让我把这里弄成医院，假装嘲笑我的改良活动。西德尼这人你知道的，他什么都说，想到什么就说什么，跟谁都这样。海伍德小姐，相信很多人家里都有这样一分子，他们要么能力过人，要么精力太充沛，什么都敢说。我们家的那一分子就是西德尼，他是个非常聪明的年轻人，很会讨人喜欢。他去过太多地方，总是安定不下来，这是他唯一的缺点。他四处走，无处不在，我真希望他到桑地顿来，很想让你认识他一下。对这个地方来说，这也是件好事。像他这样的年轻人，带着整洁的装备，带着时尚之风而来，玛丽，你我都清楚，那会有多好的效果，可以迎来很多尊贵的家庭，细心的母亲和漂亮的女儿，让伊斯特本和黑斯廷斯人不再对我们有偏见。”

此刻，他们离教堂和真正的桑地顿村很近了，村子就屹立在山脚，后边那座山他们待会儿还要翻过去。山的一侧是桑地顿庄园的林子和围墙，山顶有一片开阔的台地，那里马上就要有新建筑了。一条山谷，弯弯曲曲地通向大海，小小的溪流沿山谷流淌，谷口形成了另一块宜居地段，聚集了几间渔人的屋子。

村里只有些小屋舍，不过，如帕克先生跟夏洛特说的，很有时下的风貌。其中最好的两三座房用白色窗帘装扮，是“招租房屋”；再往前，在一间老农舍的绿色小院里，两个身穿漂亮白衣的女子正坐在折凳上看书；转过面包店一角，能听到竖琴声从高处的窗扉传来。

这些景致和声音让帕克先生充满了喜悦之情，不过他对这村子本身能否成功并不关心，因为村子离沙滩浴场太远了，他在这边一点工作都没有做，他只是觉得这样一来，这地方就越来越时尚了。要是村子本身就能吸引人，那山坡上就很可能会住满。他期待着旺季出现。去年这个时候（7月末），村里还只有一所旅馆！他记得很清楚，整个夏天只有一个家庭来过，家里的孩子得了百日咳，从伦敦过来呼吸海风，那位母亲不让孩子靠近海岸，担心他们跌进去。

“文明！实实在在的文明！”帕克先生高兴地喊道，“看哪，亲爱的玛丽，快看威廉·希利家的窗口。蓝色的鞋，淡黄的靴子！谁能想到老桑地顿的鞋匠铺里能有这样的货品！这是本月新上的。一个月前我们路过这里时，还没有蓝色的鞋呢。太好了！哎呀，我觉得有生之年总算做了些有用的事情，为我们的山冈——健康呼吸的山冈。”

爬坡的过程中，他们路过桑地顿庄园的几道欢迎门，看到房子顶端隐于林子中央。这是本教区唯一的旧式建筑，比较高，有了现代色彩；越过那块台地时，夏洛特看到一座房子叫“前景之屋”，还有间村舍叫“贝尔维尤”，另外还有“德纳姆之地”。她没有说话，只觉得快乐而好奇。帕克先生热切地张望着，希望所有房屋都住满了客人。但窗子上有很多招租广告，跟他预期的不一样，而且，山上只有很少的人，马车和路人都比他预期的要少。他本以为这应该是人们兜风回来，享用主餐的时候呢。但是，沙子和露台总能吸引些人的吧，人们总爱跟潮流——目前只是潮流还没完全掀起来。

他想马上到沙地上、悬崖上去，家里家外都走一走。一看到海，他就精神高涨，似乎能感觉到自己的脚踝越来越强健了。特拉法尔加之屋在台地最高处，那是一座漂亮的建筑，立在一小片草地上，周围的植物还没有长大，距离悬崖边缘只有百码之遥，不过不是特别高耸的悬崖。离悬崖最近的建筑是一小排漂亮的房屋，称为街巷，街巷前有条宽大的人行道，号称是本地的购物中心。街巷里有最好的女帽店，有租书店——有点不太像，还有宾馆和台球室。从台球室那儿往下，就可以到沙滩和更衣车[①]了。这就是时尚人士最喜欢的地方。

到了街巷后方不远处的特拉法尔加之屋，帕克夫妇安全下车，父母

---

①更衣车，维多利亚时代海滨浴场的一种设施，是一种活动的封闭更衣间，上有遮盖，可以开进水中以便游泳者更衣。

和孩子团聚，一切都欢乐而幸福。夏洛特自己住一个房间，站在宽大的威尼斯窗旁，望着前方五花八门未完成的建筑，舞动的亚麻布，许许多多的屋顶，再往远处，大海在阳光中舞蹈，泛着光辉，空气是那么清新。

5

主餐前再次聚到一起时，帕克先生正在翻阅信件。“没有一封是西德尼写的！”他说，“他真是个懒家伙。我给他寄了封信，讲了我们在威灵登出的事故，以为他会回信给我呢。不过，这可能意味着，他正亲自赶过来呢，肯定是这样吧。这里还有一封信，是我一个妹妹寄来的，她们从来都不让我失望。通信方面，只有女人可靠。玛丽，”微笑着转向妻子说，“打开信之前，先来猜猜写信人的健康状况吧，或者说，猜猜要是西德尼来了，他会说什么？海伍德小姐，你要知道，西德尼是个粗鲁的家伙。他会说，我两个妹妹的诉苦中掺入了太多想象，其实不是他说的那样，顶多掺了那么一点点吧，她们的健康的确糟透了，你大概也听我们说过好几次了，反正是有各种严重的病痛失调。老实说，我觉得她们没有享受过一天健康的生活，但两人都是非常优秀有用的女子，很有人格魅力，但凡需要援手的地方，她们一定会去帮忙，哪怕受助人与她们素昧平生。而且，她们俩都特别漂亮，又没有任何矫揉造作的模样，身体比常人弱，脑子却强于一般人，两人都如此。我们最小的弟弟跟她俩住在一起，他刚刚过二十岁，遗憾的是，他跟两个姐姐一样羸弱，身体不健康，没法工作。西德尼总是嘲笑他，但这不该拿来开玩笑的，虽然西德尼经常让我忍不住发笑。要是这会儿他在，恐怕又要说些古怪的话了，说苏珊、戴安娜或亚瑟肯定在信里写，她们上月都快要死了。”

他把信浏览了一遍，摇头说：“很遗憾，没机会在桑地顿见到她们了。她们在信中的态度很冷淡，严重点说，是太冷淡了。玛丽，她们病得很重，你听了该觉得难过了。海伍德小姐，如果你愿意，我想把戴安娜的信大声读出来，让我的朋友们相互认识一下，恐怕也只有这个法子，能让你们相互了解一下了。念戴安娜的信，我不会觉得不安的，因为信如其人，字字句句活跃、友好、热心肠，肯定会给你留下好印象的。”

他开始念道：“亲爱的汤姆，你出了事故真叫人难过，若非你在信中说碰到了好心人，我肯定会排除万难，收到信后第二天就赶到你的身边，虽然我的老毛病——痉挛性胆汁功能失调又犯了，比以往都严重，简直没法从床上爬到沙发上了。——后来你们的遭遇如何呢？下次写信时记得告诉我。若是如你所说，只是简单的扭伤，那按摩是最明智的选择了，用单只手按，应该不久就能走路了。两年前我去拜访谢尔登夫人时，恰逢她的车夫清理马车时扭伤了脚，一瘸一拐的，简直没法走进屋里。经过坚持不懈的按摩后——我自己用手给他的脚踝按了六小时，没有间断——他不到三天就好了。

“亲爱的汤姆，谢谢你对我们的好意，若不是因为这番盛情，也不会发生这样的事故，求你别再冒着风险去为我们找药剂师了，因为，就算经验最丰富的医药人士住在桑地顿，我们也无意前去。我们已经不再寻医问药了，先前已经咨询过很多医生，终究是徒劳，我们终于相信，他们根本无能为力，面对这样糟糕的身体，我们只能靠自己的学识来缓解了。不过，你要是觉得弄个医生过去，对地方的发展比较有利，我愿意帮你找医生，而且肯定能找到，我做事向来都干净利索。至于我自己去桑地顿，那就不太可能了。我只能悲哀地说，我不敢尝试，直觉告诉我，以我现在的状况，去吹海风等于在寻死路。跟我住的那两个也不愿离开我，否则我会催他们到你那里待上两周的。老实说，我怀疑苏珊是否有这个精力。她备受头痛的折磨，一天要用六条水蛭①，这样过了十天，一点都不见好转，我们觉得有必要换换方法了。经过一番检查，我们终于找到了病因，在齿龈上，我劝她先把那里的不适解决掉。所以，她拔掉了三颗牙，显然好了一些，但神经严重受损，只能低声说话了。今早看到可怜的亚瑟试图止住咳嗽时，她晕过去了两次。我感到高兴的是，亚瑟好些了，虽然没精打采的不尽如人意，我很担心他的肝脏。

“西德尼简直音信全无，最后一次看到他是在城里，你跟他在一起。我估计，他去怀特岛村的计划没有实现，不然我们应该会在路上看到他的。真诚希望你在桑地顿生活愉快，虽然无法亲自去那时髦之地，但我们会尽力让朋友们前去的，他们理应享受这种待遇。我想，有两个大家庭很可能会去，一个是萨里郡富裕的西印度家庭，另一个是坎伯韦尔最受尊敬的女子寄宿学校，也可以说是学院。这事我动用了多少人，就不跟你说了，总之是环环相扣的结果，事半功倍。——你最亲爱的妹妹。”

“哎呀，”帕克先生说读完信说，“西德尼肯定会觉得信里有些东西可笑至极，逗我们笑上半小时的，但就我自己来说，我觉得他们很可怜，没什么好怀疑的。看得出，他们虽然带病在身，却忙着劝其

① 19 世纪前，医学上常用水蛭来吸血，达到治疗功效，结果往往越来越糟。

他的好心人过来！桑地顿有盼头了！两个大家庭，一家可以安排在‘前景之屋’，另一家安排在2号德纳姆之地，或是街巷尽头的房子里，宾馆里也可以添加床铺。海伍德小姐，我说得没错吧，我的妹妹们非常优秀。”

“我相信，她们是非常出色的人。”夏洛特说，“信里流露出的轻快风格让我很吃惊，想想看，你两位妹妹都病成这样了。一次性拔了三颗牙齿！太可怕了！你妹妹戴安娜好像也病得不轻，但苏珊拔掉三颗牙，更惨一些。”

“是啊！她们已经习惯这种手术——各种手术了，真是坚强。”

“我想说，虽然你的妹妹们很清楚自己在干吗，但她们的做法似乎有点极端了。我想，不管我得了什么病，都会渴望听取专业人士的建议，自己可不敢贸然动手，也不会让任何挚爱之人来处理！不过，我们家的人都很健康，所以，我不应该妄自评判她们这种自行医治的习惯。”

“说实话，”帕克夫人说，“我也觉得帕克小姐们有时太离谱了——亲爱的，我知道你也这么想。你会觉得，要是她们别再这样折腾，说不定就好起来了，尤其是亚瑟。我知道，你很同情他，她们把他也弄病了。”

“好了好了，亲爱的玛丽，我同意，可怜的亚瑟非常不幸，正是青春大好时光，却受她们影响，各种不舒服。真是糟糕透顶，他竟然觉得自己病得太重，没办法做任何工作了，才二十一岁，就坐吃山空，完全没想着改变现状，或是从事什么行业，对自己、对别人都有用。我们还是谈点高兴的事情吧。如我们所愿，有两个大家庭要过来了——不过——眼下的事更才更让人高兴呢，摩根已经在喊‘主餐上桌了’。”

6

吃完主餐没多久，在场的就行动起来了，如不尽早去参观租书店和订购的书目，帕克先生会不高兴的，而且夏洛特也很乐意前去，越快越好，听说那里都是崭新的。他们出了门，正是海水浴场一天中最安静的时刻，基本上所有人家都还在吃主餐，或是餐后坐着休息，只零星看见几个独行的老人，为了健康不得不早早地出来散步。总之，看不到任何人群，街巷里空空荡荡、静谧无声，悬崖和沙地也一样。

店铺里没有人，屋里屋外的草帽和花边坠饰仿佛被抛弃了，惠特比夫人坐在租书店的里间正在阅读一本小说，因为无事可做。订阅人名单上依旧是常见的那些名字，德纳姆夫人、布里尔顿小姐、帕克夫妇、爱德华·德纳姆先生、德纳姆小姐，可以说，这些名字无论何时都排在前头，后边无非是马修斯夫人、马修斯小姐、E. 马修斯小姐、H. 马修斯小姐；还有莱姆之家的布朗夫妇、理查德·普拉特先生、史密斯 R. N. 中尉、里托上校，格蕾丝客栈的简·费雪夫人、费雪小姐、斯克罗格斯小姐，牧师汉克、律师比尔德先生以及戴维斯夫人和玛丽维特小姐。

帕克先生觉得名单和之前没什么区别，人数也比他预期的要少。不过，这才到 7 月，八九月才是旺季，而且，萨里和坎伯韦尔的大家庭有望前来，随时会带给他安慰。

惠特比夫人立即走上前来，再次看到帕克先生，她很高兴，这位先生的言行举止让所有人都喜欢。他们忙于各种寒暄和交流，夏洛特已经把名字加到了单子上，为当季的成功做出了第一份贡献。惠特比小姐刚梳妆完毕走下来，夏洛特已经在购物了，好让所有人都更加开心，各种闪亮的卷发和漂亮的饰品都在向她召唤。

租书店出售各种各样的东西，全是些没用的，但没有也不行，处在这么多漂亮的诱惑物中间，再加上大家的好意难却，帕克先生又很鼓励她花钱，夏洛特开始觉得她必须克制一下才行，确切地说，她想的是，自己才二十二岁，找不到拒绝购买的理由，但也不能第一天晚上就把身上带的钱全部花掉。她拿起一本书来，恰好是《卡米拉》[①]。她没有卡米拉的青春美貌，也不想经历她的悲痛——所以，她从戒指和锦缎柜台边转了过来，抵挡住诱惑没再多买，为已购得的东西付了款。

随后，他们打算转个弯到峭壁上去，这让夏洛特高兴不已。但是，刚刚离开租书店，他们就遇到了两位女士，是德纳姆夫人和布里尔顿小姐，两人的到来改变了大家的计划。两位女士已经去过特拉法尔加之屋，知道他们在租书店就跟了过来。虽然德纳姆夫人精神勃勃，走上一英里都不需要休息，而且再三说要直接回家去了，但帕克一家知道，只有请她到家里，递上茶水，才最合她的心意。因此，去峭壁上散步的计划泡汤了，只能立即转回家去。

“不了，不了，”那位尊贵的夫人说，“我不能让你们为了我赶回家去喝茶。我知道，你们打算晚点再喝，我没想到自己来早了，给邻居带来了不便。不，不，克莱拉小姐和我还是回去喝自己的茶吧。我们过来也没别的事，只是想看看你们，确认一下你们是不是真的回来了。我们还是回去喝茶吧。”

但她还是朝特拉法尔加之屋走去，悄声在客厅里坐了下来，进屋时似乎完全没听到帕克夫人吩咐仆人赶紧送茶过来。散步虽然泡汤了，但能跟早上谈话时提到的人物待在一起，夏洛特倍感安慰，这些人曾让她

---

①《卡米拉》，副标题《青春画像》，佛朗西斯·伯尼著，出版于 1796 年。卡米拉是书中女主角的名字。

好奇不已，想目睹一番。她仔细观察了两位女士，德纳姆夫人中等个头，身板笔直强壮，行动敏捷，一双锐利的眼睛，一副怡然自得的神态，面孔也算不上糟糕。她虽然言行举止比较唐突直率，以直言不讳而自诩，但也不乏幽默和热诚。她对夏洛特很礼貌，很高兴认识她，并热诚地欢迎自己的老友回来，这些情感都激起了人的善意。至于布里尔顿小姐，她的外貌与帕克先生的赞誉不差一二，夏洛特觉得自己从来没见过比她更漂亮、更引人注意的年轻女子。

她身材修长秀美，面容精致漂亮，一双柔和的蓝眼睛，言辞温柔谦逊、优雅得体，夏洛特觉得，她就是惠特比夫人书架上所有书里面最美丽、最迷人的女主角的化身。也许是因为刚刚走出租书店，才会有此想法，不过，她没办法抛开这个念头，总觉得克莱拉・布里尔顿是一个完美的女主角。想想她跟德纳姆夫人的关系，更像那么回事了！她处在这个位置上，似乎常受虐待，家境又贫寒、无依无靠，再加上这样的美貌和美德，一切似乎顺理成章。

产生这样的想象，并非因为夏洛特比较罗曼蒂克。不，她是个头脑清醒的年轻女子，饱览过很多小说，但只是为了消遣，丰富想象，完全不会受其影响变得不切实际。刚开始时，她想象着迷人的克莱拉命中受到的迫害，尤其是德纳姆夫人残暴无比的行为，以此来娱乐自己，但后续的观察让她不无高兴地认识到，她们的关系似乎很融洽。她从德纳姆夫人身上看不出什么邪恶的地方来，只是有种古板的拘泥，总叫她克莱拉小姐，而克莱拉在遵从和照料这位夫人的过程中，也似乎没有任何反感之意。一方似有保护的善意，另一方则充满了感激和挚爱之情。

对话一直围绕着桑地顿，他们谈论着目前的贵宾数量和旺季到来的可能性。很明显，德纳姆夫人比较担忧，比她的合伙人更害怕亏损。她希望这地方能很快住满人，而且似乎对一些廉价出租房屋的情况倍感忧虑。戴安娜·帕克小姐提到的两个大家庭当然也引入了话题中。

“很好，太好了。”那位尊贵的夫人说，“一个西印度家庭和一所学校，听起来很不错，那就能给我们带来钱财了。”

“相信西印度人在花钱方面比谁都大方。”帕克先生说。

“是，我也听说了，因为他们的钱包鼓鼓囊囊的，自认为比得上你们这些古老的乡村家庭。不过，他们这样花钱如流水，也不想想这样做有无危害，是否会抬升物价。我听说，那边的西印度家庭大多如此。要是他们到这来抬高了日用品的价格，我们可不会感激他们，帕克先生。”

“亲爱的夫人，他们只会因为需求太多，抬高消费品的价格，其实呢，这样大肆花钱对我们来说利大于弊。如果这里繁荣不起来，我们的屠户、面包师和商贩都没法富起来。这样一来，我们的租金就不牢靠了，而且，他们的部分利润最终也是我们的，我们可以抬高房价。”

“哦，那倒是。不过我还是不希望屠户的肉涨价，而且会尽可能让价格维持不变。哎呀，我看到那位小姐笑了，我敢说，她肯定觉得我是个古怪的人，不过，她迟早也会为这类事担忧的。好了，好了，亲爱的，总之，你迟早也会对屠户的肉价有想法的，虽然你不像我，有满大厅的仆人要养。而且，我相信，少养几个仆人是再好不过的事情了。众所周知，我不是个爱炫耀的女人，要不是为了纪念可怜的霍利斯先生，绝对不会像现在这样维持着桑地顿之家，我可不乐意这样。帕克先生，另一个是寄宿学校，一所法语寄宿学校，对吧？那就没什么危害了。她们尽可以待上六周。这么多人，很可能会有人比较爱消费，想喝驴奶，我现在有两头产奶的驴子呢。不过，那些年幼的小姐们可能会损坏家具。我希望有个严厉的女教师看管她们。”

可怜的帕克先生讲起威灵登的事，德纳姆夫人的反应与他的妹妹们无异。“天哪！我亲爱的先生，”她叫道，“你怎么会想起来做这种事呢？出了事故，我很难过，不过，依我说，你活该。竟然跑去找医生！弄个医生到这儿来干吗呀？附近有医生，只会让仆人和穷人幻想自己病了。哦，快祈祷吧，别让桑地顿出现这类人。我们现在这样就挺好的，有大海有山丘还有产奶的驴子。而且，我已经跟惠特比夫人说过了，万一有人打听马椅[①]，可以到我这来买，价格公道——霍利斯先生的马椅还跟新的一样——别的还有什么人们可能想买呢？我在这儿好好地活了七十个年头，服药不超过两次，一生中从未因为自己的病去看过大夫。而且，我相信，要是可怜的哈里先生没看大夫，他现在应该还活着。那医生先后收了十次费用，最后却把他送上了西天。求你了，帕克先生，别往这里弄大夫。”

这时，茶点摆上来了。“哦，我亲爱的帕克夫人，你不该——你怎么这么客气呢？我正打算跟你们道晚安呢。不过，既然你这么热情，想必克莱拉小姐和我也只能待着了。”

7

第二天早晨，颇有名望的帕克一家迎来了几位访客，其中包括爱德华·德纳姆先生和他妹妹，他们到桑地顿庄园来，随后就过来道贺了。夏洛特刚刚写完信，就被叫到客厅里与帕克夫人一起接待他们。

①马椅，一种椅子，坐下后就像坐在小跑的马背上，天气不好不能骑马锻炼时，可以此代替。

德纳姆兄妹引起了夏洛特的注意，她很高兴与他们相识，至此，她对那个家庭的了解已经很完善了。她发现，兄妹二人中至少较好的那位——一对男女同时出现时，单身的绅士往往被视为较好的那位——是值得关注的。德纳姆小姐是个漂亮的年轻女子，但比较冷漠和矜持，让人感觉她又骄傲又对贫困的现状不满，因为想要一辆更漂亮的装备马车而备受折磨。他们坐着来的那辆两轮马车由车夫引着，此刻还在她的视野范围内。

爱德华先生的仪态举止要比她高贵得多，他很英俊，宜人的谈吐更加吸引人，他对别人很关注，也很乐意把快乐带给别人。他高高兴兴地进到屋里来，说了很多话，跟碰巧坐在旁边的夏洛特谈了很多。夏洛特很快注意到，他不光有张漂亮的面孔，而且声音温和宜人，非常善谈。她喜欢他。头脑清醒的夏洛特觉得他令人愉悦，而且觉得对方也有同感，夏洛特对此坚信不疑，因为他不顾妹妹的示意，坐在原位不走，继续跟她说话。——对于笔下女主角的自负，我无须表示歉意。世上那些芳华正茂的女子，有哪个不爱幻想，哪个能对别人的殷勤无动于衷，即便有，我也不认识，更不想认识。

这时，夏洛特和爱德华先生透过客厅的落地窗看到德纳姆夫人和布里尔顿小姐正在散步，从他们坐的地方可以看到窗外所有大大小小的路径。这时，爱德华先生的脸色出现了细微的变化，他焦虑地瞥了一眼她们前行的背影，然后对他妹妹提议说，不如活动活动，一起到街巷里走走。这让夏洛特的想象忽地发生了变化，平息了她前半小时的狂热之情，让她能在他走之后，更加冷静地判断他到底有多惹人喜欢。——“或许他的仪态和谈吐不错，头衔也没什么坏处。”

没过多久，她又跟他聚到一起了。早晨的访客一走，屋里清净之后，帕克一家首先要做的就是到外边走走。街巷对所有人来说都很有吸引力，但凡散步的人，必从街巷开始。沙砾路旁边有两条绿色长凳，他们发现汇集到一起的德纳姆一群就坐在其中一条长凳上。不过，虽然大体上是一群人，但明显还是分开的，那两位高贵的女士坐在凳子一端，爱德华先生和布里尔顿小姐坐在另一端。乍一看，夏洛特觉得爱德华先生扮演的是恋人角色。毫无疑问，他在对克莱拉大献殷勤。克莱拉的反应如何，看不太清楚，不过夏洛特倾向于认为，她不是很喜欢，因为她与他隔着一段距离——很可能是她没办法拒绝，而且一副平静而庄重的样子。

凳子另一头的德纳姆小姐与刚才大相径庭，她的脸色有了很大变化，坐在帕克夫人的客厅里时，她冷漠而庄重，一直保持沉默，不与别人说话，而此刻的她，挽着德纳姆夫人的胳膊，满脸堆笑地听着、讲着，一副热切的模样。这种变化真让人吃惊，也很好笑，或者说很悲哀，就像一出活脱脱的讽刺剧或寓意剧。德纳姆小姐的品性在夏洛特心里基本上定了型，爱德华先生还需要更长久的观察。夏洛特一行人走过去后，他立即撇开了克莱拉，同意跟他们一起走走，注意力全部转到了夏洛特身上，这让她吃了一惊。

他站在她旁边，似乎极力想将她跟其他人分开，单独与他交谈。他满怀深情、绘声绘色地讲起了大海，讲起了海岸，极尽华美之词来赞美其庄严之势，并描述了其激发出的难以言说的情感。暴风雨中的宏伟壮观，无风时光亮透明的水面，还有海鸥和海蓬子、深不可测的深渊，以及大海的变化无穷和可怕的骗术；阳光灿烂的日子，水手们出海冒险，却被突然的狂风暴雨淹没。他声情并茂、绘声绘色地讲着，或许是老生常谈，但从这位英俊的爱德华先生嘴里讲出来动人极了。她忍不住觉得，他是个富有感情的人，直到他开始一连串的引用，有些句子比较混乱，才让她开始有些摇摆不定了。

“你还记得司各特的那些美丽句子吗？”他说，“描写大海的？啊！多美的描述啊！只要在这一走，我就满脑子都是那些词。恐怕只有刺客才会对这样的描述无动于衷！上天保佑，别让我遇到这样的人，哪怕是徒手的刺客。”

“你说的是哪些描述？”夏洛特问，“我现在完全想不起司各特有什么描写大海的诗句。”

“真的想不起来？我这会儿也想不起开头来了，不过，你肯定不会忘记他对女人的描述吧：‘哦！女人，在我们闲暇之时……’有趣！太有趣了！——他还写过别的，他应该流芳百世的。还有，他笔下的父母之爱简直无与伦比，天下无双：‘凡夫俗子之爱，却无任何杂质尘埃。’等等。对了，既然谈到诗歌，海伍德小姐，你觉得彭斯写给他的玛丽的诗句如何？哦，那种哀婉能让人发狂！如果说世间只有一个用心体会的男子，那无疑就是彭斯了，蒙哥马利有诗的激情，华兹华斯掌握了诗歌真正的灵魂，坎伯雷那种愉快的憧憬让我们为之而动。[①]‘如同天使到访，这般异乎寻常。’你还能想出比这更庄严、更能让人融化的句子吗？不过，海伍德小姐，我得承认，在我心里，彭斯更胜一筹。如果说司各特有什么欠缺的话，他缺的就是激情，他的诗温柔典雅，描写生动，但太平淡了。一个男人如果不能公正地评判女性做出的贡献，我就要鄙视他了。——有时，他似乎受到某种情感的驱使，灵光一闪，正如我们刚才说的那句诗：‘哦！女人，在我们闲暇之时……’但彭斯一直都很有激情，他的灵魂寄托在圣坛上，那里供奉那位美丽女子的神龛，他用心灵呼吸着焚给她的香。”

---

① 彭斯、蒙哥马利、华兹华斯、坎伯雷均为英国著名诗人。

“我有幸读过彭斯的一些诗，”趁着可以插嘴，夏洛特迅速说道，“不过，我没那么诗意，会把一个男人的诗跟他的性格等同起来。而且，彭斯的诗出了名的不规则，有扰我阅读的兴致。我很难相信他对恋人的感情是真实的，这种有关男人情感的描写，我觉得靠不住，他不过是有感而发，写完就忘了。”

“哦！不，不！”爱德华先生不由自主地叫道，“他的激情都是真的！他的天赋和脆弱的感情可能让他有点精神迷乱，但谁又是完美的呢？那纯粹是一种苛求，希望一个高调的天才有常人的奴颜婢膝，那是一种伪哲学。天才胸中的激情诱发出的光辉之作，或许与一些乏味的生活准则相悖。所有女人，包括你，美丽的海伍德小姐，”爱德华先生一副很深情的样子，“都无法对一个受无限激情驱使的男人做出公正的评判，包括他的所作所为，所言所写。”

他说得很好，不过夏洛特是否全然明白，不太清楚，而且，她对他特别的赞美也没表现出高兴之意，只是庄重地答道：“我对此一无所知。今天天气真好。我想，现在吹的肯定是南风吧。”

“快乐幸福的风啊，占据了海伍德小姐的思维！”

她开始觉得他是个彻头彻脑的傻瓜。她知道，他选择跟自己散步，已经伤害了布里尔顿小姐的自尊，她不安地往他那一侧瞥了一两眼，一切尽收眼底。只是，他干吗要说这么多废话呢，除非他没有更好的表现了，真是莫名其妙。他似乎很多愁善感，总充斥着这样那样的感情，迷恋各种最新的晦涩之词。她觉得他头脑不是很清晰，说话时总有一大堆的引用。他到底如何，有待以后再说。这时有人提议去租书店，她觉得一早上跟他待一起的时间已经太多了，不想与他同去了，所以高兴地接受了德纳姆夫人的邀请，陪她继续留在街巷里。

其他人都走了，爱德华先生离开时很失望的样子。留在街巷的两人愉快地聚到了一起，德纳姆夫人跟所有伟大的夫人一样，不停地说着自己关注的事物，夏洛特一边听一边在思考身边这人跟刚才那人的反差。毫无疑问，德纳姆夫人的谈吐中没有那种令人疑惑的情感语调，也没有任何难以理解的措辞。她挽着夏洛特的胳膊，让对方很放松，觉得能得到她的关注是一种荣幸。因为自觉得重要，又天生爱说话，她很善谈。此刻她满心欢喜，颇有智慧似的说道："埃斯特小姐希望我邀请她们兄妹到桑地顿庄园过一周，跟去年夏天一样，不过我可不想邀请他们俩。那女孩想尽法子想说服我，赞美这个赞美那个的，但我对她的意图再清楚不过了。亲爱的，我可不是个傻瓜。"

夏洛特不知道怎么说才无伤大雅，于是简单地问道："爱德华先生和德纳姆小姐吗？"

"是啊，亲爱的。我有时叫他们年轻人儿，因为我亲自带过他们。去年夏天，大概就是这个时候，我让他们跟我待了一周，他们很高兴也很感激。亲爱的，他们是非常好的年轻人。我不想让你觉得，我关注他们仅仅是看在可怜的亲夫哈里先生的面子上，不是那样的，他们本身就值得我关爱，否则老实说，他们根本没办法这么频繁地跟我待在一起。我可不是那种盲目帮助别人的女人，尽举手之劳前，我非常清楚自己在干什么，惠顾的是谁。我一生从未做过过火的事情。作为一个结过两次婚的女人，要说的太多了。可怜的亲夫哈里先生——别告诉别人——总想把更多东西抓到手，把这个放在第一位，结果早早地走了。"她轻叹了一下继续说道，"不过，我们不应该对逝者评头论足。我跟他在一起时，那种幸福无人能及，他是个很受尊敬的人，出身于一个古老家族，非常绅士。他去世时，我把他的金表给了爱德华。"说到这儿，她瞥了同伴一眼，原想以此给对方留下很好的印象，却见夏洛特没出现大为惊讶的表情，于是快速补充道："亲爱的，那可不是留给他侄子的遗产，不能算遗赠，他在遗嘱里可没说。只有一次，他跟我说，希望把表给自己的侄子，但这话没必要遵循，虽然我还是照着做了。"

"您真善良！真慷慨！"夏洛特说道，明显是逼不得已，假装赞美。

"是啊，亲爱的，我对他的善举可不止这个。我已经成为爱德华先生的一个慷慨友人了，这个可怜的年轻人，正需要这样的朋友呢。亲爱的，虽然我只是个遗孀，而他是继承人，但我们之间的关系可不像一般的遗孀跟继承人那样。我不从德纳姆庄园收取一分一毫，爱德华先生不用给我钱。相信我，他没什么优势，是我在帮助他。"

"当然了！——他是个很好的年轻人，尤其是谈吐，非常优雅。"夏洛特说这个，只是为了有话可说，但是，她很快发现，这话引起了德纳姆夫人的怀疑，这位夫人敏锐地瞥了她一眼，答道："是啊，是啊，他非常中看，希望有大笔财富的女士也会这么想，因为爱德华先生必须为钱结婚，我们俩经常谈论这事。像他这样英俊的年轻男子，会虚情假意地朝女孩微笑，恭维她们，但他很清楚，他必须为钱而婚。总之，爱德华先生大体上算个稳重的年轻人，而且有了很好的观念。"

"爱德华·德纳姆先生有这么多优点，"夏洛特说，"肯定能娶到富有的女人的，随他挑就是了。"

这段巧妙的话语似乎很快消除了德纳姆夫人的猜疑。"哦，亲爱的，你这样说就对了。"德纳姆夫人叫道，"但愿能有年轻的女继承人到桑地顿来！不过女继承人简直是凤毛麟角！我认为这里没什么女继承人，甚至连共同的女继承人都没有，自从桑地顿成了热闹之地，一个个家庭相继搬来，但据我所知，一百个家庭里头，也没有任何一家有不动产、田产或资金。或许有收入，但没有地产。他们可能是来自城里的牧师、律师或半薪职员，也可能是继承了遗产的寡妇。这样的人对别人有什么好处？唯一的好处就是住进了我们的空房子里，但——别告诉任何人——我觉得他们不待在自己家里，真是大傻瓜。要是有个女继承人因为健康被送到这里来，并且听命喝我提供的驴奶，那就让她好了以后立马爱上爱德华先生！”

“那就太幸运了。”夏洛特说。

“埃斯特小姐也要为财富而嫁人，她必须嫁个有钱的丈夫。哎呀！贫困的年轻女子非常可怜！不过，”她顿了一下，“如果埃斯特小姐想说服我，让我邀请他们到桑地顿庄园来住，那她就要失望了。去年夏天之后，情况变了。我现在有克莱拉小姐陪伴，一切都大不同了。”她说这话时很严肃，夏洛特马上发现，她确实有真正的洞察力，准备听她继续评述，却只听她说道：“我可不希望自己的房子住得跟宾馆一样满。我不会让两个女佣一早上忙碌，就为了给卧室清理灰尘。她们每天都打理克莱拉小姐的房间，就跟打理我的一样。如果工作辛苦，她们会要求加薪的。”

对于这样的话题，夏洛特一点准备都没有，她发觉自己无话可说，甚至无法假装感同身受。不一会儿，德纳姆夫人非常高兴地继续道：“而且，亲爱的，我怎么能让自己的房子住满呢？那可是有损桑地顿利益的。既然想到海边来，干吗不自己租房呢？这里有很多空房子，这条街巷上就有三座。站在这儿放眼一望，至少有三张招租海报跟我们眼瞪眼呢，3、4、8号房都在招租。8号‘转角之屋’对他们来说太大了点，不过其余两座都是又小又舒适的房子，非常适合这样的年轻兄妹。所以，亲爱的，埃斯特小姐下次再唠叨德纳姆庄园潮湿，海水浴对她有好处什么的，我就建议他们到这儿来租房，住上两周。这样再好不过了，你不觉得吗？慈善要从家庭做起。”

夏洛特觉得好笑又义愤，而且，愤怒之情占了上风，怒火越烧越旺。但她没在脸上表现出来，一直沉默着。她实在忍无可忍，听不下去了，任由德纳姆夫人以同样的方式继续说着，不由得陷入了沉思。

她自私极了，真没想到有这么糟，帕克先生把她说得太好了一点。他的判断力一点也不靠谱。他天性纯良，容易被误导，太过好心，看不清事理。识人断物，我还得靠自己，况且他们的关系也会让他判断失误的。他劝她参与了投资，因为在同一条船上，目标一致，他就以为她对其他事物的感觉也跟自己一样。其实她非常非常自私，我从她身上看不到任何善意。可怜的布里尔顿小姐！不光如此，她还让所有人都围着她转。可怜的爱德华兄妹，其天性如何我不知道，但他们只能对她奴颜婢膝。而且，我也一样的卑劣，竟然对她殷勤，表现出跟她一致的样子。碰到利欲熏心的有钱人，情况往往就是这个样子。

8

两位女士继续散步，后来，其他人出了租书店，重新跟她们聚到一起。惠特比家有个年轻小子从租书店跟了出来，腋下夹着五册书，朝爱德华先生的两轮马车走去。爱德华先生则朝夏洛特走来，说道：“想必你已经看出来了，我们平时是怎么消磨时间的。我妹妹选书的时候，总需要我给点建议。我们闲暇的时间很多，阅读量很大。我可不是个不加选择的读者，普通租书店里的那些拙劣作品我最看不上了，那些幼稚的产物，我从来都不提倡去读，无非就是详述一些格格不入的准则，要么就是些再普通不过的乏味事件，从中推不出任何有用的东西。这种书即便放在文学的蒸馏器上，也终究是徒劳，提取不出任何科学的东西来。我想，这番话你应该能听明白吧？”

“我不太确定。不过，你要是描绘一下自己喜欢哪一类小说，估计我会更明白一些。”

“遵命，你真会发问。我喜欢那种将人性的华丽展现出来的小说，比如，展示一位女子的高尚气质，或是从初期情感萌芽到最终半失去理性的情感发展过程，从中我们可以看到她的魅力火花点燃了男人灵魂深处的火苗，使其甘冒一切险、敢于挑战一切、最终实现目标，得到她的垂青——尽管可能要冲破原始的道义束缚。就是这类作品，让我很乐于去读，可以说，让我体会到那种渐入佳境的过程。书中侃侃而谈，用华丽的语言描写崇高的理念、不受约束的视野、无边无际的激情、永不妥协的决定，就算事情对主角的计划不利，故事中那位强有力的英雄也会展现出澎湃的激情，让我们的心为之震颤。谁要敢说主角的光辉生涯带给我们的沉迷不过尔尔，对立角色的平静和病态美德同样吸引人，那纯粹就是虚假哲学。我们对后者的认可仅仅是一种施舍。就是这种小说，能壮大心灵的原始力量，将智慧无可指摘、性格鲜明，最最成熟的男子展现在我们面前。”

“如果我理解正确的话，”夏洛特说，“那我们对小说的品位就太不一样了。”这时，他们被迫分手了，德纳姆小姐对所有人都厌倦了，不想再待下去了。

事实上，境遇太过单一的爱德华先生很不相宜地阅读了太多感情用事的小说。理查森[1]笔下那些充满激情和无比非凡的角色把他吸引住了，让他浮想联翩；他把大部分阅读时间都耗在了那些仿效理查森的作者上了，他们笔下的男人毅然决然地追求女人，不顾一切反对，不怕艰难险阻，这也是他形成现在这种性格的原因；因为天生不具备强大的头脑，爱德华先生的判断力欠缺，对他来说，故事中反派人物的风度、精神、远见卓识和坚持不懈胜于他们的荒谬和暴行，他认为这种行为是天才、激情和情感的映射，让他着迷，激起了他的狂热；他总渴望故事有个好结果，为书中人物的挫败而哀叹，付诸的柔情恐怕超出了作者的预期。虽然他的很多观点归因于这类读物，但也不能说他没读过别的书，不能说他的语言构词不是基于对现代文学的了解。他阅读当下的各种散文、信件、旅游和评论文章，同样不幸的是，他只吸取道德教训中那些虚假的准则以及历史颠覆过程中那些邪恶的诱因，对于最受欢迎的作家，也只收集其晦涩的言辞和复杂难懂的句子。

爱德华先生一生最大的目标就是让自己富有魅力，他知道自己具备先天优势，又对自己的才华坚信不疑，所以，把展现魅力当成了自己的本职。他觉得自己天生就是个危险的男人，不折不扣的浪荡子，爱德华爵士这一称呼就有些魅力在里头。在美人面前显风度献殷勤，跟漂亮女孩说一番好听的言辞，不过是他扮演的次要角色。对于海伍德小姐或其他自诩美貌的年轻女子来说，他有资格——根据他自己的社交观点——在泛泛之交时对她们恭维一番，说一堆狂热的溢美之词。不过，唯独对克莱拉，他有着严肃的计划，他要诱惑克莱拉。

不管从哪方面说，诱惑克莱拉都是铁定了心的事。在德纳姆夫人面

---

①理查森，即塞缪尔·理查森（1689—1761），18 世纪中叶英国著名的小说家，代表作品有《克拉丽莎》《帕米拉》等，对英国文学和欧洲文学都产生过重要影响。

前，她是他的敌人，她年轻漂亮、无依无靠。他早就看出来了，诱惑她实属必要。目前，他正小心翼翼地尝试着，努力着，要在她的心里留下痕迹，然后慢慢侵蚀她的防线。克莱拉看穿了他，无意受他诱惑，但也耐心地忍受着他，以巩固自己靠个人魅力确立起来的附属地位。事实上，即便再冷漠一些，爱德华先生也不会受影响，再高调的轻蔑或厌恶之情他都能对付。如果靠爱意无法赢取她，那就夺走她。他知道自己在做什么，对此他已经想过很多。如果逼不得已，他自然而然就会出新招，超越前人。他在想，是否应该在通布图附近单独为克莱拉提供一套房，不过这么大一笔钱，啧啧，不是他担当得起的。而且那种追求方式也不适合他，一向谨慎的他更喜欢悄无声息地侵蚀对方，击破对方的优雅，为自己赢来更多名誉。

9

夏洛特到达桑地顿不久后的一天，正从沙滩爬上街巷时，欣喜地看到宾馆门口有辆拴着驿马的四轮马车。因为来得较晚，而且搬下的行李不少，所以，应该是来了什么体面的家庭，想在这里久住吧。夏洛特很高兴，想立即把这个好消息告知已经回家的帕克夫妇，于是抑制住欣喜之情，快速朝特拉法尔加之屋走去，她已经在海滩上吹了两小时和煦的微风。还没到那块小草坪，她就看到一位女士敏捷地走在后头，距离她不远，肯定不是她认识的。她决定加快步伐，尽量比对方先到屋里。但陌生人走得很快，没让她如愿以偿——她刚踏上台阶，按了门铃，门还没开，对方已经跨过了草坪，等仆人出现时，她们俩一起站在了门口。

那位女士轻松自在地对仆人说："你好吗，摩根？"摩根一脸的惊讶，而所有这一切，都让夏洛特觉得出乎意料。客厅里的帕克先生看到了来人，走向前厅来欢迎这位女士，介绍说她是戴安娜·帕克小姐。她的到来让大家始料未及，不过更多的是欢喜之情。夫妇二人热情友善极了。她怎么过来了？跟谁一起？这样的旅途劳顿她竟能承受，他们很高兴！而且，毫无疑问，她要来跟他们一起住。戴安娜·帕克小姐三十四岁，不高不矮，身形苗条，看上去比较单薄，但并非一副病容；她有一张令人愉快的脸，非常有生气的眼睛，言行举止跟哥哥有些相似，一样的轻松自在和坦率，不过语气中多了些果断，少了些和善。她不加迟疑地讲了起来，感谢他们的邀请，并且说："不用说，我们三个都来了，想在这儿住下，待一阵子。"

"三个都来了！不会吧！苏珊和亚瑟也来了！这再好不过了！"

"是啊，全都来了。难免的，没别的法子。我一会儿再细说，亲爱的玛丽，快把孩子们叫过来，我很想他们。"

"苏珊怎么受得了这样的劳顿？还有亚瑟？怎么没看到他跟你在一起？"

"苏珊惊人地挺过来了。我们出发前一晚，她整宿没睡，昨晚在奇切斯特也是一样，这对她、对我来说，都有点异乎寻常，让人担心死了。不过她神奇地挺过来了，也没有歇斯底里地发作，一直到古老的桑地顿进入视野，她才有所反应，但也不强烈，当时我们已经快到宾馆了——到这边以后，我们稳稳地把她弄出了马车，只有伍德卡克先生帮忙。我离开她时，她正在指挥行李摆放呢，还帮着老山姆解开箱绳。她想念亲人了，如果不跟我一块儿来，会懊恼万分的。至于可怜的亚瑟，他自然没有不愿意的，只是路上风大，我担心他没法平安抵达，因为他一直备受腰疼折磨。我帮他穿上大衣，让他去了街巷，帮我们找个地方住。海伍德小姐肯定看到我们的马车了，就在那个宾馆门口。我在那片台地上一眼就认出了这位小姐。亲爱的汤姆，看你走路很稳当了，真让人高兴。让我看看你的脚踝，好了，好得彻彻底底，肌肉活动一点都不受影响：基本看不出什么毛病来。哦，至于我们为何而来，我在信里跟你们提到过两个大家庭，说他们很可能过来，一个是西印度家庭，另一个是寄宿学校。”

听到这儿，帕克先生拉动椅子，靠了过去，无比深情地抓起妹妹的手说：“是啊，是啊，你这么积极地帮我们，对我们太好了！”

“我觉得最有希望过来的是那个西印度家庭，”她继续说，“格里菲斯夫人一家，真是再好不过了。我是通过别人认识他们的。你肯定听我提起过卡珀小姐吧，我的挚友凡妮·诺伊斯的好友。这位小姐现在跟一位达林夫人交往甚密，而后者常常跟格里菲斯夫人通信。你瞧，就是这么短的一条关系链，没多少中间环节。格里菲斯夫人为自己的子女考虑，想到海边去，她选定了苏塞克斯海岸，但不确定具体要去哪里，需要些私人建议，所以写信来征求她朋友达林夫人的意见。达林夫人收到格里菲斯夫人的信时，恰逢卡珀小姐在场，便求教于她，同一天，卡珀小姐写信给凡妮·诺伊斯，提到了这事。凡妮呢，跟我们无话不说，赶紧提起笔，将这事告知了我——不过，那家人的姓名，我也是后来才知道的——这个时候，我其实只需要做一件事了，就是回信给凡妮，极力推荐桑地顿。凡妮担心你们没有那么大的房子，容不下那么大的家庭。我好像还为此编了一大长串的故事呢。你瞧，一切就是这么来的。让人高兴的是，通过这条简单的关系链，我很快就得知，桑地顿已经得到了达林夫人的推荐，那个西印度家庭很想前来。这就是我当时写信给你的情形。不过两天前，也就是前天，我听凡妮·诺伊斯说，她从卡珀小姐那儿得知，格里菲斯夫人写信给达林夫人，迟疑不决，不确定是否到桑地顿来。我说清楚了吗？我想再清楚不过了。”

“哦，太清楚了，非常清楚！然后呢？”

“她迟疑不决的原因，是因为在这地方没有亲戚，也没办法查明到这儿以后是否能有好的住处，所以，考虑到自己照管了一位年轻女子拉姆小姐——可能是她一个侄女，又带着女儿，她倍加谨慎，有所顾忌。拉姆小姐有大笔财富，比其他人都有钱，但身体羸弱。说了这么多，大家肯定也都清楚了，像格里菲斯这样的女人，又无能又慵懒，能为我们带来财富，让这里火爆起来。不过，人各有所长。我能做什么呢？我曾迟疑了一会儿，考虑是否该给你或惠特比夫人写一封信，为她们预留房子。两者我都不太乐意，自己有能力行动时，我就不爱使唤别人。直觉告诉我，这次需要我出马了。这边有一家子无助的人需要帮忙。我知会了苏珊，她跟我想法一致，亚瑟也不反对，所以我们很快就定下来了。昨天早上六点出发，今天早上六点离开奇切斯特，这不，现在就到了。”

“太好了！太好了！”帕克先生大声说道，“戴安娜，在帮助友人，为世人做好事这方面，谁都比不上你。哪儿还能找到你这样的人啊！玛丽，亲爱的，她真是个大好人，是不是？对了，你打算给他们找什么样的房子呢？他们家多少人？”

“我也不知道，”他妹妹回答说，“一点概念都没有，没听说任何细节。不过，我敢肯定，桑地顿最大的房子对他们来说也不算太大。他们很可能还需要第二套房。但我只订一套，住一周肯定没问题的。海伍德小姐，我惊到你了。你不知道我是什么样的人，你的表情告诉我，你对我的雷厉风行很不习惯。”

夏洛特的脑海里闪过“多管闲事、不可理喻、做法疯狂”这样的词，但要礼貌地回答对方也不难。“确实，我是一脸惊讶，”她说道，“因为你做这些事太费劲了，我知道你们姐妹都是病人。”

“的确是病人。我相信，英格兰再没有谁，像我们三个这样可悲，配得上‘病人’这一称呼了！不过，亲爱的海伍德小姐，我们来到这世上，就要尽可能做有用的人，而且，既然上天赋予了我们一些精神力量，就不该以身体虚弱为托词，或者说，不该有这种倾向。精神强大和精神羸弱之人，其世界大不相同，体强和体弱的人也是如此，能者必须不失一切时机做有用的事情，这是他们不可推卸的责任。幸好我妹妹跟我的病痛都不常犯，不会危及性命。而且，只要能为别人做有用的事情，我就能让自己觉得，身体已经好多了，有了责任，精神就会焕然一新。这样一想，我顿时就觉得旅途好极了。”

这时，孩子们进来了，结束了她对自我人格的这一番赞颂。关爱和亲吻过孩子后，她打算走了。“你不跟我们一起吃饭？一点余地都没有？”帕克家的人叫道，遭到毅然决然的拒绝后，又说：“那我们何时再见面？能为你做点什么？”帕克先生热情地说要帮格里菲斯夫人预订房子。“我用完餐就去找你，”他说，“然后一起走走。”但这一提议也被谢绝了。

“不，亲爱的汤姆，这可不行，你不该为我的事走动半步。你的脚踝需要休息，瞧你的姿势，一看就是用脚过度了。不必的，我这就去订房子。我们的主餐安排在六点，到那时，估计房子已经订好了，现在才四点半。至于今天何时再见面还说不准，他们俩整晚都在宾馆，随时乐意见你。不过，我得先回去看看亚瑟给我们自己找好住处没，很可能主餐过后，还得为住所的事外出奔波一趟，因为我们想到各个出租的房舍看看，打算在明天早餐后就安顿下来。我对可怜的亚瑟没有信心，他找住房的能力可不行，不过他好像很喜欢这项差事。”

“我觉得你做的事情太多了，”帕克先生说，“会累坏的，主餐后你不该再走动了。”“是啊，你真的不能再走动了，”他妻子说，“哪怕吃了主餐，对你们也无益啊，我知道你们的胃口不好。”

“我向你们保证，最近我胃口好多了。我自己煎服了一些苦药，效果很神奇。不过我得说，苏珊就无论如何都不吃。我现在也什么都不想吃，旅途过后，我向来都是一周左右都不吃饭。至于亚瑟，却是太好吃了，必须让他克制些才行。”

“对了，另外那个要来桑地顿的家庭，你什么都没跟我讲呢。”帕克先生陪她走向门口时说，“坎伯韦尔女子学校，不知是否真的能来呢？”

“哦，当然了，肯定能来。我一时间把她们给忘了，不过，三天前我收到好友查尔斯·迪谱伊夫人的信，说坎伯韦尔的人肯定会来。毋庸置疑，坎伯韦尔的人很快就会到这边的。那位好女人——名字我尚不知——不像格里菲斯夫人这么富裕和衣食无忧，但能自己旅行，自主选择。我跟你说说我是怎么了解到她的。有一位夫人，应该算是查尔斯·迪谱伊夫人的隔壁，她有位亲戚不久前到克拉彭定居，进了那所女子学校，给一些女孩教修辞和写作。我让西德尼的一个朋友给那个男子送了只兔子，他就推荐了桑地顿。当然了，我没有出面，都是查尔斯·迪谱伊夫人安排的。”

10

不到一周前，戴安娜·帕克小姐还说她的直觉告诉她，以她的现状，海风会让她送命，可此刻她却到了桑地顿，还打算住上几天，似乎完全想不起来曾写过那样的信，有过那样的感觉了。夏洛特不得不怀疑，这种离奇的健康状态或许有很多幻想的成分在里头。异乎寻常地病得快也好得快，更像是脑力旺盛之人的一种消遣，并非真的病了又缓解了，而是太无所事事了。毫无疑问，帕克一家都是想象力丰富又敏感的人，大哥总是兴奋过度，做了规划人，总算有了发泄之地，姐妹两人则可能发泄在捏造奇怪的病痛上了。

他们的内心过于活跃，又没有用武之地，只有将部分心思用在做有用之人的狂热追求上了。似乎是这样，她们要么忙着为别人做好事，要么就让自己病到了极点。因为体质上有些敏感，再加上寻医不当，尤其是服用了江湖医生的药，让她们过早地出现一种倾向，随时可能出现各种各样的失调；其他的痛苦则是源于幻想，酷爱与众不同，酷爱奇迹；她们心地善良，和蔼可亲，但内心好动不安，为了荣誉，她们总想比别人做得多些，因此不遗余力地去做善事，其实他们所做之事，所承受的痛苦，都有些虚荣的成分在里头。

那天晚上，帕克夫妇大部分时间都待在宾馆里，但夏洛特只看到戴安娜小姐两三眼，她在整块台地上粘贴告示，为那位素未谋面、也不曾叫她做事的女士找一套房子。直到第二天，夏洛特才经介绍认识了其他两人，当时他们正往租住的房屋搬东西，一切进展顺利，帕克夫妇和夏洛特受邀与他们一起喝茶。

姐弟三人住进了街巷的一套房子里。晚上，大家在一个整洁的小客厅里度过，如果愿意开窗，可以看到美丽的海景，正是宜人的英国夏日呢。可是，不仅窗户没打开，就连沙发、桌子和别的设施都挪到了屋子一端闪耀的炉火旁。一天拔掉三颗牙的那位帕克小姐让夏洛特产生了恻隐之心，不管是性情还是举止，她都不同于姐姐，因为病痛和药物影响，比姐姐更瘦，更疲惫，但也更轻松自在，声音更柔和。不过，她也像戴安娜一样，一整晚都滔滔不绝。要不是她总捧着盐，还从壁炉台上的几个小瓶子中选了一个，取了两三次液滴，又多次面容古怪扭曲，夏洛特实在看不出她有什么大病征兆。只要她为自己的健康着想，大胆地把炉火灭掉，打开窗子，抛开药液和手里的盐，没有什么治不了的，一两个举措就够了。夏洛特曾好奇心满满，很想见亚瑟·帕克先生，原以为他是个身形羸弱、面容憔悴的男子，这个不健康家庭里最柔弱的一个，出乎意料的是，他跟哥哥一样高，而且结实得多，魁梧健壮，完全不像有病的样子，只是表情有些呆滞。

戴安娜显然是一家之主、首要的倡议人和行动者，她一天早上都在为格里菲斯夫人的事——也可以说是他们自己的事——忙来忙去，而且是三人中思维最敏捷的一位。苏珊只在他们离开宾馆时监管了一下，自己搬了两个沉沉的箱子；亚瑟觉得天气太冷，快速从一座房子跑到了另外一座，夸张地说想坐到炉火旁，然后就升起了旺旺的炉火；戴安娜的活动多在室内进行，没法考量，不过，据她所说，她已经整整七小时没有坐下来了，她坦白自己有点累。累是累，不过她做的事太成功了，经过来回奔走，排除种种困难后，她终于为格里菲斯夫人订下了一座漂亮的房子，每周八几尼。不仅如此，她还跟厨师、女仆、洗衣女工和浴女订了很多协约，等格里菲斯夫人到了，只需要手一挥，把他们集中过来，任意选择即可。她给格里菲斯夫人写了一封信，寥寥几行，很有教养地说了说自己的功劳。因为时间有限，她没法大展智慧绕着圈子说话，虽然她一贯如此。此刻，她沉浸在欢乐里，因为努力做了一件分外之事，为一位熟人开辟了“阵地”。

这时，帕克夫妇和夏洛特看到两辆驿马车穿过台地奔宾馆而去，随后又看到马车离开，真是令人愉快的场景，又叫人满腹狐疑。两位帕克小姐和亚瑟也看到了。透过窗户，他们看到有人去了宾馆，只是看不出究竟有多少人。来人乘了两辆出租马车，会不会是坎伯韦尔女子学校的人？不，不，如果还有第三辆马车，或许有可能，但只有两辆出租马车，容不下一个女子学校的人。帕克先生确信又来了一个新的家庭。

挪动位子看了海和宾馆后，大家都坐了下来。夏洛特坐在亚瑟旁边，亚瑟挨着烧得旺旺的炉火，为了借此机会表现自己的彬彬有礼，他客气地让夏洛特坐自己的椅子。夏洛特毫不犹豫地拒绝了，他便心满意足地再度坐下。她把椅子往后挪，好将他的身体当成挡火屏障，发现他的背部和肩膀比预期的要宽，真让人感激。亚瑟体形沉重，面色也沉重，不过没有不乐意说话的意思，其他四人也都聚拢了过来。他显然觉得旁边坐着这么一位年轻漂亮的女子没什么不好，想吸引对方一些注意，又不乏常有的礼貌之举。他那位总需要行动动机和兴奋因子的哥哥，此刻正颇有兴味地看着他们。因为年轻，因为风华正茂，他为生了火而感到一丝愧疚，开口便说道：“本来不该待在家里的，只是海风总那么潮，凡是潮湿的东西都让我害怕。”

“那我可真走运，”夏洛特说，“从来不知道空气是潮湿还是干燥，总觉得它有益健康，让我精力充沛。”

“我也跟所有人一样喜欢空气，”亚瑟答道，“没风的时候也酷爱站在打开的窗子旁边，只是，很不幸，潮湿的空气对我不宜，让我害风湿病。我想，你不是风湿病患者吧？”

“当然不是。”

“那可真是种福气。不过，或许你神经紧张。”

“不，完全没有，我一点也不觉得紧张。”

“我就总紧张不安。老实说，我觉得神经紧张是我最大的病痛。两个姐姐认为我是胆汁病，不过我表示怀疑。”

“相信你的怀疑是对的，应该尽可能去怀疑。”

“如果我有胆汁病，”他继续道，“就不宜喝酒，但喝酒对我有好处呢。我喝得越多——适度的——，感觉就越好。通常来说，晚上是我感觉最好的时候。今天主餐前你要是见了我，肯定会觉得我是个非常可怜的家伙。”

夏洛特相信他的话，不过她面不改色地说道：“鉴于我对神经紧张这种病的了解，建议多吹吹风，多运动，很能见效，应该每天有规律地运动，而且，我觉得你可能没有运动的习惯，所以要加倍推荐一下。”

“哦，我个人很喜欢运动，”他答道，“到这儿以后很想多走走，前提是要天气适宜。我应该每天早餐前出去一趟，在街巷里多转转，经常往特拉法尔加之屋走走。”

“但是，走到特拉法尔加之屋，算不上大量运动吧？”

“是啊，距离不远，不过坡挺陡的！中午爬上那山坡，我肯定会满身大汗！等到了那边，你会发现，我整个人都湿透了！汗水很让人遭罪，更容易让人神经过敏了。”

他们在医学上谈论得太过深入了，恰在这时，夏洛特看见仆人端着茶具进来，庆幸这场对话就此打住，气氛瞬间发生了很大变化。那个年轻男子的注意力马上转移了，他从托盘里取了自己的那杯可可饮料——似乎屋里有几个人，托盘里就放了几个茶壶，帕克小姐喝的是某种汤药，戴安娜小姐喝另外一种。随后，亚瑟正面转向炉火坐下来，精心把饮料烘烤了一番，直到自己满意为止，又从烤面包架上取了些面包片来烘烤。在这期间，除了一些自我感觉良好的破碎嘀咕声外，夏洛特没听到他的任何话语。做完这些工作，他像刚才那样颇有风度地把椅子转回来，并极力邀请夏洛特喝点可可饮料，吃点烤面包，原来他不光是为自己烘烤。夏洛特已经用过茶了，他吃了一惊，刚才他太过专注了。

“我以为能赶上呢，”他说，“煮可可饮料比较费时间。”

“太谢谢你了，”夏洛特答道，“我更喜欢喝茶。”

“那我就自己喝了，”他说，“每晚喝上一大杯较淡的可可饮料，对我来说比什么都强。”

他开始往外倒所谓的淡可可，出来的是一股浓黑的细流，夏洛特不由得吃了一惊，此刻，两个姐姐都喊出了声：“哎呀，亚瑟，你的可可饮料一晚比一晚更浓了。”亚瑟有些歉意地答道：“今晚是不该喝这么浓的。”这让夏洛特相信，亚瑟绝不像姐姐们期望的那样喜欢挨饿，也不像自己想象的那样。他高高兴兴地把话题转到了干面包上，不再听姐姐们说话。

“希望你能吃点烤面包，”他说，“我觉得自己是个很棒的烤面包师，从来没烤焦过，我不会一开始就让面包靠炉火太近。而且，你瞧，各个角都烤成了棕色，但愿你能喜欢。”

“适量抹些黄油，我很喜欢的，”夏洛特说，“不抹黄油就不喜欢了。”

“我也一样，”他异常高兴地说，“英雄所见略同。我觉得烤面包不光对健康无益，对胃也很不好。如果不抹点黄油软化一下，会损伤胃膜的——就像肉豆蔻磨碎器一样不断搅动，不过有些人不相信。我很乐意为你抹黄油，我自己也要抹一点。”

当然了，如不努力一番，他是没法如愿以偿抹上黄油的，因为两个姐姐斥责他吃得太多了，而且宣称他的话不可信。他坚持说他只吃一点，够保护胃黏膜就好，随后又说，他只想为海伍德小姐要一点。这样的恳求自然更有说服力，他拿到了黄油，精准地帮她抹上，一副扬扬自得的模样。帮她抹完后，他把自己的面包拿到手里，看了看两位姐姐。夏洛特差点没克制住自己，只见他小心翼翼地刮下黄油，尽可能多地抹到面包上，趁面包塞入口中之前，抓住机会再大抹特抹了一番。显然，亚瑟先生不像两个姐姐那么享受病情——决不超凡脱俗，而是在尘世的渣滓中徘徊。夏洛特不得不怀疑，他过着这样的生活，主要是因为性格懒散，相信他没什么病，只不过想要温暖的房间、良好的营养，诸如此类罢了。

就在这时，他听到了旁人的只言片语，开口道：“不会吧！你一晚上敢喝两杯浓绿茶？你神经真大！我太妒忌你了。我要是喝上一杯，你猜猜，后果会怎样？”

“让你整晚都睡不着。”夏洛特答，意在用华丽的构想来打消他试图给人惊讶的念头。

“哦！光是那样就好了！”他叫道，“只可惜，绿茶对我来说简直就像毒药，喝下不到五分钟，就会让我的右侧动弹不得。听起来很不可思议，但在我这里是常有的事，我连怀疑的份儿都没有了。整整几小时，我的右侧身体都用不成了。”

“实在太奇怪了，难以置信。”夏洛特冷冷地说，“不过我敢说，对那些科学研究过右半身和绿茶之间的相互作用、了解各种可能性的人来说，这应该是世界上再平凡不过的事吧。”

刚用完茶，宾馆送来了一封信，给戴安娜·帕克小姐的。“是查尔斯·迪谱伊夫人写的，”她说，“她的亲笔信。”看了几行后，她大声叫道：“哇，这太好了！再好不过了！那两位女士竟然同名，两个格里菲斯夫人！这封信向我推荐和介绍了坎伯韦尔的那位女士，她的名字恰巧也叫格里菲斯。”看了几行后，她的脸色沉了下来，忧虑不安地说道：“这也太怪了！这家也有个拉姆小姐，一个年轻的西印度人，有大笔财富。怎么可能都一样呢，不可能一样的。”

为寻求安慰，她大声读起信来，内容不多：

> 兹向戴安娜·帕克小姐介绍来自坎伯韦尔的持信人格里菲斯夫人以及她看护的三位年轻小姐。格里菲斯夫人对桑地顿很陌生，急需一份体面的介绍信，因此，查尔斯·迪谱伊夫人应一位中间人的邀请，帮她写了这封信，深知对戴安娜小姐来说，最大的善意莫过于让她有机会做有用的事情。格里菲斯夫人的当务之急是为其监护的一位年轻女子——拉姆小姐找一个舒适的住处，这位小姐是个西印度人，弱不禁风、财富可观。

“这也太奇怪了！非常奇怪，太不可思议了！”但他们一致认为，两个家庭不可能是同一个，根据已知情况，分明是完全不同的两批人啊！他们坚信，肯定有两个家庭的，不会有别的可能。“不可能”“不可能”，他们带着极大的热情重复着这个词。虽然名字和背景恰巧相同，让人乍一看很吃惊，但世上无奇不有，肯定是这样的。

戴安娜小姐立即想到，要排疑解惑，她必须披上披肩再出去一趟了。虽然很累了，但她要马上去宾馆，弄清真相，提供力所能及的服务。

11

来自萨里和坎伯韦尔的家庭是同一行人，对帕克他们来说，简直太不可思议了，没有什么比这场灾难更让人啼笑皆非了。富裕的西印度人和女子学校年轻的小姐们乘着那两辆驿马车到了桑地顿。达林夫人说的那位犹豫不决、担心旅程不顺的格里菲斯夫人，就是同一时期另一边说的那位主意已定、全无担忧和顾虑的夫人。

两边的说法不一，不是因为虚荣心作怪就是太马虎，要不就是因为戴安娜·帕克小姐太小心谨慎，导致牵扯到的人太多，错误难免。她的密友们显然跟她一样殷勤过度，这事通过信件传达断章取义之后，一切都变得面目全非了。戴安娜小姐恍然大悟，不得不承认自己的错误时，或许会觉得有点难堪吧。大老远地从汉普郡跑来纯属徒劳无益，让哥哥失望了，还有那套昂贵的房子，她订了一整周呢，她肯定会生出这些想法的吧，更糟糕的是，她还会觉得自己不像想象的那样聪明，事事正确。

不过，这些都不会烦扰她太久，因为这样的羞耻和过失，可以跟她一起分担人的有很多，适量分给达林夫人、卡珀小姐、凡妮·诺伊斯、迪谱伊夫人及其邻居后，留给自己的就所剩无几了。不管怎样，第二天早晨，人们就看见她跟格里菲斯夫人一起在寓所后边散步了，跟往常一样活泼。

格里菲斯夫人是位端庄而和善的女人，靠接收富裕女孩和年轻小姐维生，她们或是需要老师以完成学业，或是需要一个家开始自己的人生履历。除了一同到桑地顿的三位小姐，格里菲斯夫人看护的女孩还有很多，只是她们都碰巧不在。三位当中，拉姆小姐最为重要和宝贵，无可替代，即便其他女孩在场也是如此，因为她富有，给的钱也多。这位小姐年近十七，是个黑白混血儿，冷淡而温柔，自己带了个女仆，享用寓所里最好的房间。格里菲斯不管做什么计划，总要最先考虑她。

另外两个女孩都是波弗特家的小姐，与常见的年轻女子无异，国内三分之一的家庭中都会有这样的女孩。她们的面容还过得去，身材颇引人注目，举止坦诚直率，脸上写满了自信；她们很成熟也很无知，要么把时间耗在吸引别人的赞美之上，要么就忙着玩弄心机、独辟蹊径，这样才能在条件不允许的情况下也能跟得上时髦；她们是各种时尚潮流的领头人，最大的目标就是迷住一些比自己有钱的男子。

格里菲斯夫人为拉姆小姐着想，选择到桑地顿这样又小又偏远的地方，而两位波弗特小姐讨厌一切不起眼的东西，只不过，今年春天，她们俩在一次为期三天的拜访中，各自买了六套新衣服用去了不少钱，因此也只能满足于到桑地顿这样的地方了，等手头宽裕了再说。其中一位小姐租了台竖琴，另一位则买了些画纸，两人都把最美的服饰带上了，想优雅节约、与世隔绝地住上几天。波佛特小姐希望那些听着她音乐散步的人会赞美她，以此获得声誉，莉蒂西亚小姐则希望在她作画时有人靠近，对她产生好奇和迷恋，总之，两人都想成为本地最时髦的女孩。格里菲斯夫人详细介绍了戴安娜·帕克小姐之后，她们很快就认识了特拉法尔加之屋的人，也认识了德纳姆一家。她们随即就为进入“桑地顿的圈子”而感到心满意足，用她们的话说，现在的人谁不加入圈子，加入时尚啊，只是圈子常在转动，使得很多人晕头转向，踏错了步。

德纳姆夫人之所以拜访格里菲斯夫人，不光是因为帕克一家，还因为拉姆小姐。那位小姐年轻富有，但身体羸弱，为了爱德华先生，为了自家产乳的驴子，她要认识认识她。那位小姐对准男爵感觉如何，还有待证明，至于家里的牲口，她很快发现种种盘算都是徒劳。格里菲斯夫人不会让拉姆小姐出现驴奶可以缓解的任何病兆或是小疾。“有位经验丰富的医生无微不至地照顾拉姆小姐，必须遵照他的药方来”——除了一位表亲提供的滋补药丸，格里菲斯夫向来都是严格遵循药单子，不赞成拉姆小姐吃别的东西。

戴安娜·帕克小姐高兴地把新朋友们安排在街巷拐角处的那所房子里，因为那里的客厅受到了桑地顿所有访客的欢迎。再回到两位波弗特小姐身上，不管宾馆里发生什么事，都没有两位波弗特小姐的隐居场景更引人入胜。她们还没有拨响乐器，拿起画纸，就已经吸引了很多目光，令人们不禁抬头张望。她们总频频出现在楼上的落地窗前，一会儿把窗帘拉上，一会儿又拉开，或是在阳台上摆一盆花，用望远镜望着什么也没有的地方。

在这么小的地方，微不足道的新鲜事都会产生很大的反响，两位波弗特小姐在布莱顿什么都不是，在这里却备受关注，就连不喜欢多费力气的亚瑟·帕克先生，也不惜走上四分之一英里的路，再往山上爬两级阶梯，频频往哥哥家跑，路上常在街巷拐角的房屋旁驻足，只为了看两位波弗特小姐一眼。

12

夏洛特已经在桑地顿待十天了，还没去过桑地顿庄园，每次打算去拜访德纳姆夫人时，总会恰巧就碰到了她。而这一次，大家早早地盘算好，无论如何都要去拜访德纳姆夫人了，不要扫了夏洛特的兴。

“亲爱的，你要是能找着机会，”不打算跟她们一起去的帕克先生说，“最好提一提马林斯一家的可怜处境，让那位尊敬的夫人为他们捐款。我不喜欢在这种地方搞慈善募捐，就好像对捐款人收了税似的，只是他们一家非常困难，而且，我昨天基本上答应那个可怜的女人，要为她做点什么了。我想，必须行动起来了，开始筹款，越快越好——把德纳姆夫人的名字列在了名单开头很有必要。你不会厌烦跟她说这事吧，玛丽？”

“你要我做什么，我都会做的。”他妻子说，“只是，你亲自跟她说比较合适，我不知道该怎么说。”

“亲爱的玛丽，”他大声说道，“你真不用慌乱的，这事再简单不过了，只要讲明那个家庭目前的贫困状况，还有他们极力求我帮忙的情形就行了。就说我希望筹点款，帮他们减轻困难，当然了，前提是要得到她的许可。”

“这事再简单不过了，”恰巧来访的戴安娜·帕克小姐说，“你要说的做的，不会比现在说这些耗的时间多。玛丽，你说到捐款时，要是能跟德纳姆夫人提一提另外一个悲苦的家庭，我会感激不尽的，我也是听来的，非常触动。伍斯特郡有个可怜的女人，让我一些朋友特别关心，我承诺说，要尽我所能为她做点什么。要是你能跟德纳姆夫人说说这个情况，让她深受感动，那她就能施点恩惠了。我觉得她是这样一种人，只要能说服她拉开钱包，她就会把十几尼当五几尼来给。所以，你要是发现她有施舍的意思，就为另外一项慈善活动也争取一下，我和几个朋友都很放在心上，我们想在特伦特河畔的伯顿建立慈善机构。另外，约克郡上次庭审吊死了一个可怜的男人，虽然我们已经为他的家人筹到了款，能帮他们走出困境，但你要能为他们要到一几尼，也是非常好的。”

“亲爱的戴安娜！”帕克夫人惊叫道，“跟德纳姆夫人说这么多事，对我来说比登天还难。”

“有什么难的啊？我也想跟你一块儿去，不过我要在五分钟内赶到格里菲斯夫人那边，拉姆小姐第一次下水需要人鼓励。她太害怕了，真可怜，我答应过去给她打气，如果她需要，还会陪她进更衣车；做完这些，我就得赶回家去，因为苏珊要在一点钟用水蛭吸血，这事要耗上三小时。所以，我实在没有空闲的时间，而且——只在我们中间说说——我这会儿就应该上床休息的，都快站不起来了。相信用完水蛭后，我们两人就会回房去，一觉睡到天亮了。”

“对不起，真的，只是，如果你不去的话，希望亚瑟能跟我们一块去。”

“亚瑟要是能听取我的建议，也该上床睡觉了，因为他要是不睡觉，就会吃喝太多。你瞧，玛丽，我根本没办法跟你一起去德纳姆夫人那边。”

“玛丽，我再三考虑之后，”她丈夫说，“还是不麻烦你去说马林斯家的事了，我自己找机会去见德纳姆夫人。我知道，硬往你脑子里塞你不喜欢做的事，实在不合适。”

他收回了自己的请求，他妹妹也不再坚持，这正是他的目的所在，因为他觉得说那些太不得体，而且肯定会对自己的要求产生不利影响。帕克夫人解脱了，高高兴兴地跟朋友和女儿一道出了门，朝桑地顿庄园走去。早晨有点雾蒙蒙的，她们走到陡坡上时，看到一辆马车正往这边驶来，但一时间分辨不出是什么样的马车。车子好像随时在变化，从两轮变成四轮，从一匹马变成四匹马，等他们看出那是两匹马拉的马车时，小玛丽那双稚嫩的眼睛认出了车夫，她热切地叫道：“妈妈，那是西德尼叔叔，肯定是的。”事实证明，她说得没错。

西德尼·帕克先生带着仆人，驾着一辆非常漂亮的马车，很快就到了她们跟前，双方都停下来，待了几分钟。帕克家的人，相互之间的言行举止总是那么令人愉快，西德尼和嫂嫂见面，一副亲密无间的样子。玛丽想当然地认为他正要到特拉法尔加之屋去，没想到他说不是。他刚从伊斯特本过来，如果可能，就在桑地顿待上两三天，但他要住在宾馆里，可能还有一两个朋友会过来跟他相聚。剩下的就是日常寒暄似的一问一答，他亲切地问候了小玛丽，经介绍认识了海伍德小姐后，很有教养地朝她鞠了一躬，说了几句得体的话。随后，双方各自散去，几小时后又聚到了一起。西德尼·帕克二十七八岁，非常英俊，轻松自在而时尚的模样，脸上写满了青春活力。他突然来访，一时间让大家热议起来，这样一来，帕克夫人和丈夫都高兴极了，相信西德尼的到来会让这地方增光。

通往桑地顿庄园的路在田野之间，宽敞漂亮，两边有植株，大约有四分之一英里，经过两道门后进入了庭院，庭院虽然不大，但有很多上等林木，美观而体面。这些入口门太靠近庭院或者说围场的一角，致使外面的围篱快要挤压到路面上来，只得在这弯成个角，在那绕一下，好留出距离来。围篱是上好的花园木栅，沿线“几乎”被一簇簇榆树，一排排古老的荆棘丛占满了。

“几乎”一词必不可少，因为有空缺的地方，夏洛特刚进入围墙，一眼就瞥见木栅那头有个白色的人影，像是个女人，她一下子就想到了布里尔顿小姐，于是朝木栅走去。虽然有雾，但她看清了，绝对没错，坐在那里的正是布里尔顿小姐，就在前方不远处木栅外的斜坡下头，沿斜坡似乎有一条窄窄的小径，布里尔顿小姐镇定地坐在那里，旁边是爱德华先生。

他们彼此之间挨得很近，看起来很亲密的样子在轻松地交谈着，夏洛特随即想到，她没什么事需要找他们，于是赶紧朝后退，没有说一句话。他们肯定不想被人打扰。想到布里尔顿小姐，她感到有些不快，不过，以她的处境，不该那么严厉地去评判她。

她高兴地发现，帕克夫人什么也没有看到，如果不是夏洛特个子比较高，布里尔顿小姐的白丝带也不会落入她的眼帘。看到这种亲密谈心的情景，夏洛特没想到什么道德说教，只是想到偷偷会面的秘密恋人要找个合适的地方是多么困难。他们大概觉得这里能避开所有人的视线吧，前方是开阔的田野，背后有陡坡，还有木栅，谁也跨不过去，而且，还有迷雾相助。只是，夏洛特还是看到了他们，那一切都徒劳无益。

房子很大很漂亮，出来两个仆人，把她们迎了进去，屋里的一切都富贵华丽，秩序井然。德纳姆夫人自视为自由派，却很享受这种秩序井然、唯我独尊的生活方式。她们被引进了一个常规的客厅，里面的家具摆放得错落有致，这些摆设虽然质量上乘，保存得很好，但不太新了，也不太引人注意。

因为德纳姆夫人不在屋里，夏洛特可以趁机四下观望一番，很快，她就被摆放在壁炉架上的一幅全身肖像吸引了，画上是位高贵的男子。帕克夫人告诉她，那是哈里·德纳姆先生的画像。屋子的另一边，有很多微型肖像画，其中有一幅比较惹人注意，那是霍利斯先生。可怜的霍利斯先生！让人忍不住为他难过，因为他只能站在自家房子的后部，看着炉火旁最好的位置被哈里·德纳姆先生所占。

沃特森一家

1

萨里郡D城的第一次冬季聚会将于10月13日——周二举行，大家都期待着这次盛会。名单上已经列了一长串的家族名字，他们都确保可以参加，另外，奥斯本一家也有望出席。

爱德华兹家的邀请函当然也递到了沃特森一家手里。爱德华兹家是有钱人，住在城里，出入都有马车。沃特森一家住在三英里以外的乡村，很穷，没有封闭式马车。只要有舞会，爱德华兹家就会邀请对方到家里穿衣打扮、餐饮住宿，每月一次，整个冬天都如此，已经习以为常了。

当时，沃特森先生只有两个孩子在家，其中一个一直就待在家里陪他，因为他身体不好，夫人也去世了，另一个是因为他们友善接纳才住到了家里。艾玛·沃特森小姐刚从抚养她长大的姨妈那里回来，即将在邻里间首次公开露面。那个重要的早晨，大姐伊丽莎白高高兴兴地驾着家里的老马车，载上她的衣物，送她到 D 城去。大姐十年来一直笃好舞会，兴致不减。

她们在尘土飞扬的小路上前行，沃特森小姐开始对不经事的妹妹传经布道："我敢说，这次舞会肯定棒极了，有很多军官参加，你不会缺伴的。你会发现，爱德华兹夫人的女佣很乐意帮你；茫然不知所措的时候，还可以去问问玛丽·爱德华兹的意见，她品位很好；如果爱德华兹先生没在牌局上输钱，那你想待多久就待多久，如果他输了，可能就会催你们回家了——不过，迎宾汤你准能喝上的。我希望你打扮得漂亮一点，如果你成了屋里最迷人的女孩之一，我一点也不会感到诧异。舞会上会出现很多新面孔。汤姆·马斯格雷夫可能会关注你，不过，我建议你不要给他任何鼓励。他通常都会关注新来的女孩，但只是调情而已，从来就没认真过。"

"我之前好像听你说起过他，"艾玛说，"他是谁？"

"一个富有的年轻男子，很独立，彬彬有礼——不管到哪都很受欢迎。这里的大部分女孩都喜欢他，要么曾经爱过他。我想，我是唯一一个没有全心全意对他投入的人。而且，六年前他刚到本郡时，最先注意到的就是我，对我非常殷勤。有人说，从那以后，他再没对别的女孩这么好过，虽然他总有特别感兴趣的人。"

"那你怎么能成为唯一那个对他冷淡的人？"艾玛笑着说。

"这是有原因的，"沃特森小姐说着变了脸色，"我不太习惯跟他们在一起。艾玛，我希望你运气比我好。"

"亲爱的姐姐，都是我考虑不周，让你不快了，请原谅。"

"刚认识汤姆·马斯格雷夫时，"沃特森小姐似乎没听到妹妹的话，继续说道，"我正在热恋一个年轻男子，叫普维斯，是罗伯特的一个好友，那时候罗伯特经常跟我们在一起。所有人都认为我跟普维斯非常般配。”

沃特森小姐说着叹了一声，艾玛没有说话，沃特森小姐顿了一会儿，继续道：“你肯定会问，我们怎么没结婚，他为啥娶了别的女人，而我仍旧单身。其实你应该去问佩内洛普，不该问我。没错，艾玛，是佩内洛普搞的鬼。为了找个丈夫，她想尽了法子。我相信，是她让普维斯反感我的，目的就是把他抢到手，终于，他不再来找我，然后速速跟别的女人结了婚。佩内洛普觉得自己的行为没什么大不了的，我却觉得她背信弃义，无耻至极。这事毁掉了我的幸福，我永远不会再像爱普维斯那样去爱任何一个男人了。我觉得汤姆·马斯格雷夫跟他不可同日而语。”

“你这么说佩内洛普，太出乎我的意料了，”艾玛说，“好姐妹怎么能做这种事呢？姐妹之间竟然会有背叛和敌对！我有点害怕认识她了。不过，我希望这不是真的，她看着不像这种人。”

“你不了解佩内洛普，为了结婚，她会穷尽一切手段，她自己也会这么跟你说的。不要跟她分享你的秘密，记住我的警告，不要相信她；她有她的优点，但没信仰，没节操，也不会感到良心不安，只求对自己有利就行。不过我还是真心希望她婚姻幸福，可以说，她嫁得好比我嫁得好还重要。”

“比你嫁得好还重要！嗯，我能想象，像你这种心灵受伤的人，很少会想结婚了。”

“的确不太想了——不过，你知道，我们不结婚不行的。我虽然单身，但活得很好，小小的社交圈，不时去参加一个快乐的舞会，对我来说，这就够了。只是人不可能永葆青春啊！父亲没办法永远养着我们，我们会慢慢老去，越来越穷，被人笑话，这种情况很糟的。我是失去了普维斯，不过，能跟初恋结婚的人也不多。我不能因为别人不是普维斯就把人家拒之门外。只是我永远不能原谅佩内洛普。”

艾玛沉默地摇了摇头。

“不过，佩内洛普也有烦恼。”沃特森小姐继续说，“汤姆·马斯格雷夫一开始是关注我的，后来把心思转到了她那里，她非常喜欢他，但还是失望了，因为他从来就没认真过，新鲜劲过去了，就怠慢了她，开始关注玛格丽特，可怜的佩内洛普懊恼极了。在那之后，她试图跟奇切斯特那边的人缔结婚约——对方是谁她不说，不过我相信，肯定是又老又有钱的哈丁医生，她去看望的那位朋友的叔叔。那个人也让她烦恼多多，如今已白白浪费了很多时间。前几天她离开时，说这是最后一次去那边了。我想你不知道她在奇切斯特到底在干吗，也猜不出她离开斯坦顿的真正目的，你已经多年不在家了。”

“确实，我从来没揣测过这些，只觉得自己运气不好，回到家的时候，她刚好去见肖夫人了，我希望所有姐姐都在家，相互之间能成为好朋友。”

“我估计那位医生哮喘发作了，她才会匆匆离开的。肖夫人一家很支持她——至少我是这么认为的，不过，她什么都没说。她总是自己拿主意，还真真切切地说过，‘人多反误事’。”

“好遗憾啊，没想到她这么忧虑，”艾玛说，“但我不喜欢她的心机和主张。我应该会怕她吧。她肯定很男性化，脾气不好。这么执着于婚姻，去追求一个不便与她交往的男人，这种事真让人吃惊，我很不能理解。贫穷是种莫大的不幸，但对于一个有教养的女人来说，贫穷并不是什么大不了的事。与其嫁给一个自己不喜欢的男人，还不如去学校里当老师——我觉得最糟的莫过于此吧。”

“我干什么都行，只是不想在学校当老师。”她姐姐说，“艾玛，我在学校里待过，知道他们过的是什么样的生活，那种日子，你不会想经历的。我也跟你一样，讨厌跟不中意的男人结婚。只是，我觉得世上没那么多不合意的男人吧，收入可观、有幽默感的男人我都喜欢。你是由姨妈带大的，应该有着比我高贵的情感吧。”

“这个我不知道。我是怎样长大的，言行举止就能看得出来，我自己不做评价。我没法拿姨妈养育我的方式去跟别的人相比，我也不认识别的人。”

“你情感高贵，很多事情都能反映出来。你一到家，我就看出来了。只是，这恐怕对你的幸福无益，佩内洛普会大肆嘲笑你的。”

“确实对我的幸福无益，我也这么想。如果我的观念错了，我肯定会改，如果我的想法于情于景不合，我就努力隐藏起来。但是为什么要嘲笑别人呢——难道佩内洛普比别人聪明？”

“是的，她精力很旺盛，不管她说什么，你都别在意。”

“我猜，玛格丽特比较温柔吧？”

“是的，尤其是在外人跟前，她总是一副温柔谦逊的样子，不管身边的人是谁。不过跟我们在一起时，就有点暴躁和刚愎自用了。可怜的人！她坚信汤姆·马斯格雷夫对她比对任何人都认真，总期待着他表明心意。她去了罗伯特和简那边，要待上一个月，一年之内外出两次，目的就是要用这种失踪的方式来刺激他。不过，我相信她搞错了，他不会再像去年 3 月那样跟着她去克罗伊登。他不会结婚的，除非找到非常优秀的人选——可能是奥斯本小姐，或者同一类型的别的女孩。”

“伊丽莎白，听了你对这个汤姆·马斯格雷夫的描述，我一点都不想认识他了。”

“你觉得怕他，也不足为怪。”

“不，不是，我讨厌他，鄙视他。”

“讨厌和鄙视汤姆·马斯格雷夫！哦，不会的。如果他注意到了你，你不喜欢他才怪。我希望他能跟你跳舞，我敢说，他会的，除非奥斯本一家带着大群的人来，那样的话，他就不会跟别的人说话了。”

“他好像是个万人迷啊！”艾玛说，“我倒要看看，汤姆·马斯格雷夫到底有多大的魅力，估计我一进舞场就能把他认出来，他肯定有张诱惑人的脸吧。”

“我敢说，舞场上你找不到他。你去得早，爱德华兹夫人会在篝火旁给你找个位子的，他呢，每次都很晚才去。如果奥斯本一家要来，他会在路上等着，跟他们一起抵达。我有可能会去找你的，艾玛，如果父亲状况好一些，我就会收拾一番，给詹姆斯弄好茶后，让他载我过去，赶在舞会开始前见到你。”

“真的！你晚点会过来参加？”

“是的，有这打算。对了，我刚才说你情感高贵，这就是实例。”

艾玛没有回答，顿了一会儿，终于说道：“伊丽莎白，我真希望你没有自作主张让我去参加舞会，你应该代替我去的，你从中得到的快乐会比我多。我在这里就是个陌生人，除了爱德华兹一家，谁也不认识；我能否享受到乐趣，还是个问题。而你呢，周围都是熟人，肯定会玩得很开心。现在改变主意还来得及。只要向爱德华兹一家道个歉就可以了，他们肯定更愿意见到你，我也很乐意回到父亲身边去。赶着这匹沉默的老马回家，我不会害怕的，你的衣物，我会想办法送过去。”

“亲爱的艾玛，”伊丽莎白亲切地说，“你觉得我会这样做吗？死都不会！你的好意我心领了。你脾气真好，我还没碰到过这么好的事呢！你真的愿意放弃舞会让我代你去？相信我，艾玛，我没那么自私。好了，虽然我比你大九岁，可我没有阻止你露面的打算。你非常漂亮，应该趁机计划自己的未来，我们的机会是均等的，否则就太难为你了。哎呀，艾玛，这个冬天谁都可以待在家里，唯独你不能。我十九岁那年，有人不让我去参加舞会，我一直耿耿于怀呢。”

2

艾玛表达了自己的感激之情，马车辘辘向前，两人沉默了一会。伊丽莎白先开口道：“你能留意一下玛丽·爱德华兹跟谁跳舞吗？”

“好，我会尽可能记住她的舞伴的。不过，你看，对我来说，他们都是陌生人。”

“你只需留意一下，看她有没有反反复复跟亨特上尉跳舞，我只担心这件事。倒不是她父母喜欢军官，而是，如果她反复跟他跳舞，那山姆就没希望了。我答应写信给他，说明她都跟谁跳舞了。”

“山姆喜欢爱德华兹小姐？”

“你不知道？”

“我怎么可能知道呢？我在什罗普郡，怎么会知道萨里的事情？过去十四年，你我交流甚少，完全不可能说到这么详细的事。”

“真奇怪，我竟然没在信里跟你提过。你到家后，我一直忙着照顾可怜的父亲，又有大量的清洗工作要做，所以没空跟你讲，不过，我以为你什么都知道呢。两年来，他一直深爱着她，令人扫兴的是，他脱不了身，没法经常来参加我们的舞会；柯提思先生一般都不给他闲暇时间，而且，吉尔福德那边目前有疾病流行。”

“你觉得爱德华兹小姐会喜欢他吗？”

“恐怕不会，你知道的，她是个独生女，至少有一万英镑。”

“但她还是有可能喜欢我们兄弟的吧。”

“哦，没可能！爱德华兹家眼光很高。她父母根本不会同意的。你瞧，山姆只是个外科医生。不过，我有时候觉得，玛丽·爱德华兹的确喜欢他，但那女孩比较含蓄和矜持，我向来不知道她到底要干吗。”

“除非山姆确信那女孩对他有感情，要不然，他这么想着她，真是太可怜了。”

“年轻小伙肯定会有个想着的人，”伊丽莎白说，“只是，为何他没有罗伯特那么幸运呢，罗伯特娶了个好妻子，还得了六千英镑。”

“不能指望每个人都那么幸运，”艾玛说，“一家人，只要有一个幸运儿，就是全家的福分了。”

“相信总有一天，我的好运也会来的。”伊丽莎白说着，又想起普维斯，叹了一声，“我已经够不幸了，你也好不到哪儿去，那个愚蠢的姨妈竟然再度结婚了。哦，我敢说，舞会肯定会很棒的。再转个弯，就到收税关卡了：你可以看到树篱那边的教堂塔楼，还有旁边的白鹿酒馆。我急切想知道你对汤姆·马斯格雷夫的看法呢。”

越过收税关卡的门之前，沃特森小姐还说了些什么，再听不到了；等她们的车驶上城里的沥青路，混乱和嘈杂声更让人无法听清她们的对话了。那匹老马沉重地小跑着，不需要勒缰绳就能自己转弯，它只犯了一个小错误——在女帽商的店铺前停了停，就一直到了爱德华兹先生的家门前。爱德华兹先生的房子是那条街上最好的一栋，如果说银行家汤姆林森先生在城尽头新建的有灌木丛、有蜿蜒的马车道的房子是当地最气派的，那爱德华兹家的就是本条街上最好的。爱德华兹先生的房子比邻居家的都高，门各边都有四扇窗子，窗上用栏杆和链子护住，门口有一段石阶。

“我们到了，安全抵达。”马车停住时，伊丽莎白说，“按街道上那钟的时间来算，我们在路上花了三十五分钟，我觉得这已经很好了，虽然佩内洛普会觉得没什么稀罕的。这镇子很美吧？你瞧，爱德华兹家的房子真是气派，他们过着奢华的生活。我跟你说，到门那里就会有个抹了头粉的男仆给你开门的。”

艾玛在斯坦顿时，曾在某天早晨见过爱德华兹家的人，不过对她来说，他们都是陌生人。虽然她也很期待度过一个愉快的夜晚，但想到即将发生的一切，总觉得有点不舒服。伊丽莎白的话让她对自己的家庭产生一些很不愉快的感觉，从而对其他事情都有了不太好的印象，觉得在不熟悉的情况下就急于去亲近，真是尴尬极了。

不管是爱德华兹家的夫人还是小姐，其言行都没办法立即改变她的这些想法。那位母亲虽然是个友善的女人，但有点矜持的样子，而且太过讲究礼仪客套了；那位二十二岁的女儿文雅漂亮，头发用纸卷着，似乎有点母亲的风范，她是在母亲的抚养下长大的。伊丽莎白匆匆离开了，艾玛只能自己去了解他们的为人究竟如何。半小时后，房主人才露面，在此之前，屋里一直沉默，只偶尔有几句没精打采的对话，谈谈舞会可能有多精彩。

爱德华兹先生比家里的所有女人都健谈、容易相处，他刚从街道上回来，准备把有趣的事情一股脑讲给人听。热忱欢迎了艾玛之后，他转向女儿说：“哦，玛丽，我给你带了个好消息：今晚奥斯本一家肯定会来参加舞会的。奥斯本城堡已经从白鹿酒馆预订了够驾两辆车的马匹，要求九点钟到城堡去。”

“那太好了，”爱德华兹夫人说，“他们的到来能为这次聚会增色不少。首场舞会就有奥斯本一家参加，以后的舞会肯定能吸引不少人来。他们本不该有这么大功劳呢：很晚才来，早早地就离开，不能为这个夜晚增添任何乐趣。不过很多人都为他们着迷。”

爱德华兹先生喋喋不休地讲着早上闲逛时听来的各种琐碎新闻，他们轻松地聊了起来，直到爱德华兹夫人安排的梳妆时间到了，有人温馨地提示各位小姐，别错过了时间。艾玛被引进一个舒适至极的房间里，远离了爱德华兹夫人的客套礼仪，心里顿时明朗起来，首次感觉到了舞会带给人的喜悦。女孩们聚在一起，多多少少打扮一下自己，很自然地熟了起来。艾玛觉得爱德华兹小姐很有智慧的样子，谦逊不做作，而且乐于帮助别人。她们回到客厅时，爱德华兹夫人已经坐在那里了，整洁而体面，她从冬季穿的两件绸缎礼服中挑了一件穿上，头上戴了一顶新买的帽子。女孩们走进去时，只觉得比先前轻松多了，脸上也多了些自然的微笑。

这会儿该审查她们的装扮了：爱德华兹夫人承认自己太过守旧，时髦奢侈的装束，不管别人有多赞赏她都看不惯；看着女儿漂亮的扮相，她虽然满心欢喜，却也只是有保留地赞美了一下；爱德华兹先生幽默得体地恭维了艾玛，对她非常满意，觉得不亚于自己的女儿。这番讨论又引发了更多亲密的对话，爱德华兹小姐亲切地问艾玛，有没有人说她像自己最小的那位兄弟。艾玛觉得，她问这个问题时，脸上似乎微微泛起了红晕，还有，爱德华兹先生很快把话接了过去，真是可疑。

“玛丽，我觉得你这话可不是恭维艾玛小姐的。”他迅速说道，“山姆·沃特森是个非常好的年轻人，我敢说，他还是个极聪明的外科医生，不过，因为总受风吹雨淋，他的肤色不那么受人欢迎。”

玛丽有些混乱地道歉说：“我也没觉得很像，不是同一种类型的美，表情可能相似，但肤色和面孔很不一样。”

“我对自己的兄弟一点也不了解，”艾玛说，“因为上一次见面时，他才七岁，不过父亲说我们俩挺像的。”

“像沃特森先生！”爱德华兹先生叫道，“天哪，惊到我了，一点也不像，你兄弟的眼睛是灰色的，你的是棕色的，他的脸长，嘴宽。亲爱的，你不觉得一点也不像吗？”

“确实。艾玛·沃特森小姐更多地让我想起她大姐，有时候又有点像佩内洛普小姐，偶尔还能看到罗伯特先生的影子，但没看出跟山姆先生有任何相似之处。”

“我看出来了，她跟大姐沃特森小姐比较像，”爱德华兹先生答道，“很像，但是其他人的影子，我倒没看出来。我觉得，那个家里的人，她只像沃特森小姐一人，我敢肯定，跟山姆没有任何相像之处。”

讨论就此结束，他们去吃主餐了。

3

围着炉火享用甜点时，爱德华兹先生一边给艾玛倒酒一边说：“艾玛小姐，你父亲是我的一个老友，我们应该干一杯，祝愿他身体好起来。他病成这样，我真的很为他担忧。我认识的人里边，没有谁像他那么喜欢玩牌，喜欢这种社交方式，而且，玩盘式桥牌的时候，没几个人能像他那么公正。如今他无法享受这种乐趣，真是太可怜了。我们组建了一个小型的惠斯特牌俱乐部，一周聚三次，就在白鹿酒馆，如果他身体健康，该有多享受啊！”

“是啊，他肯定会喜欢的，先生，真心希望他能好起来。”

“你的俱乐部更适合没用的人，”爱德华兹夫人说，“你总是玩那么晚才回来。”她这是在发牢骚了。

“哪算晚啊，亲爱的？你在说什么？”丈夫坚决而幽默地叫道，“我们总是午夜前就回家的。奥斯本城堡的人听到你这么说，肯定会笑掉大牙的，他们午夜才离开主餐桌。”

“那跟这一点关系都没有，”夫人平静地反驳道，“奥斯本家的规矩不能用在我们这里。你们还不如天天晚上聚，然后提前两小时回来。”

这个话题可谓老生常谈了，不过爱德华兹夫妇很明智，从来不会有过激的言辞。这时，爱德华兹先生转到了别的话题上。在这慵懒的城里住久了，他变得有点爱说长道短，总想更多地了解年轻宾客的情况，于是，他说道：“艾玛小姐，你姨妈三十年前的模样，我还记得很清楚；有一点可以肯定，我跟她在巴斯的老舞场跳过舞，就在我结婚前一年。她当时是个非常漂亮的女人，不过，我想，这么多年过去了，她应该跟其他人一样老了吧。希望她的第二次婚姻能幸福。”

“希望如此，相信她会的，先生。”艾玛有些激动地说。

“我想，特纳先生过世还没多久吧？”

“大概有两年了，先生。”

“我忘了她现在嫁给谁了。”

“欧布里。”

“爱尔兰人！啊，想起来了，她去爱尔兰定居了。我就想知道，你怎么不跟她一块儿到那边去呢，艾玛小姐。哎呀，去那边对她来说真是一种解脱，可怜的女人！她已经把你养大了，就像自己孩子一样。”

“我不是个忘恩负义的人，先生，”艾玛温和地说，“只要能跟她在一起，去哪里我都愿意。不过我跟他们去不合适，欧布里上尉觉得我不宜跟他们待在一起。”

“上尉！”爱德华兹夫人重复道，“这么说那位先生在服兵役？”

“是的，夫人。”

“啊，最能蛊惑女士的莫过于军官了，老少通吃。他们的帽章真是难以抗拒，对吧，亲爱的。”

“希望吧。”爱德华兹夫人严肃地说，同时快速瞥了自己的女儿一眼。艾玛刚刚平息了内心的不安，却见爱德华兹小姐的脸上泛起了红晕，不由得想起伊丽莎白说过的话，说爱德华兹小姐在亨特上尉和她兄弟之间举棋不定，左右摇摆。

“上了年纪的女人，二次选择时应该慎重些。”爱德华兹先生说。

“不光是上了年纪的女人，也不光是二次选择时，”她夫人说，“年轻女孩初次选择时也要慎重，仔细考虑。”

“是更需要慎重，亲爱的。”他答道，“因为慎重与否，对年轻女孩的影响期更长。如果一个年老的女人干了蠢事，她不用为此受太久的折磨。”

艾玛用手挡住了眼睛，爱德华兹夫人注意到了，赶紧转到了一个较轻松的话题上。

年轻的小姐们无所事事，只求赶紧出发，那个下午显得特别漫长。想到母亲安排好的出发时间，爱德华兹小姐有点心乱，又有些期待。

七点钟时，茶具搬进来了，人们松了口气。每次打算熬到深夜时，爱德华兹夫妇总会比平时喝得多一些，并且多吃一个松饼，这样才能撑到预期的时间点。快到八点时，汤姆林森家的马车从门口经过——对爱德华兹夫人来说，这是一种信号，意味着她该把自家的马车叫到门口了。几分钟后，大家从静悄悄、暖洋洋的客厅里转到了一个旅馆的入口通道上，那里通风宽敞，大家吵吵嚷嚷的。

爱德华兹夫人小心地护住自己的衣服，一边让年轻的小姐们不要太挤，不要大声嚷嚷，一边引着大家上了宽大的台阶。这时，一把小提琴被刮擦了一下，虽然不是舞会的乐音，却让所有跟随其后的人愉快起来。爱德华兹小姐焦急地问是不是来了很多人，侍者告诉她："汤姆林森家已经在屋里了。"她也只知道这么多。

前往礼堂要穿过一小段走廊，眼前灯光闪耀，一位身穿礼服和靴子的年轻男子来跟她们搭讪。他站在一个卧室门口，显然是为了看她们从跟前走过。"呀！爱德华兹夫人，您好啊！你好，爱德华兹小姐！"他从容地说道，"你来得正是时候，跟往常一样，蜡烛刚刚点起来。"

"我想在炉火边找个好位子，马斯格雷夫先生。"爱德华兹小姐答道。

"我这会儿要去打扮一下，"他说，"正等我那个愚蠢的同伴呢。这场舞会肯定是一流的。奥斯本一家准会来，这个毋庸置疑，因为我今早跟奥斯本勋爵在一起。"

一行人走了过去。爱德华兹夫人的绸缎礼服扫过干净的舞场地面，到了远端的壁炉旁。那里规规矩矩地坐了一群人，有三四个军官在闲逛，从旁边的牌室进进出出。随后，邻居们非常僵硬地打了招呼，大家都入座后，艾玛有些严肃地低声对爱德华兹小姐说："我们在过道里碰到的那位绅士是马斯格雷夫先生吧，他很讨人喜欢，是不是？”

爱德华兹小姐犹犹豫豫地答道：“是的，很多人都喜欢他，不过我们不是太熟。”

“他很有钱，是吗？”

“我想他一年有八九百英镑的收入。年幼时就有财产了，我爸妈觉得他因为有钱就很不安分，不是很喜欢他。”

4

屋里清冷空荡的氛围渐渐消失了，聚在一起的女孩也不再那么谦恭羞涩。令人兴奋的马车声不断传来，一群群举止庄重的年长女伴陪着装扮靓丽的女孩们接踵而来，不时有位新面孔的绅士落了单，若不喜欢待在任何漂亮女孩身边，就高高兴兴地逃到牌室去。

加入舞会的军人越来越多，有一位走到爱德华兹小姐跟前，殷勤地说道：“我是亨特上尉。”旁边的艾玛不由得朝爱德华兹小姐望去，只见她有点哀伤的样子，但没有不悦的意思。随后，她听到两人约好了一起跳第一支舞，这让她觉得自己的兄弟山姆没希望了。

艾玛也不是没人关注和爱慕的，这样一张漂亮的新面孔，不可能被冷落。人群中低声谈论着她的名字。过了一会儿，乐队得到指示，开始演奏音乐，营造快乐的氛围，仿佛在召唤年轻的人们行动起来，到舞场中央去。艾玛很快就受邀与一位军官跳舞，是亨特上尉介绍的。

艾玛·沃特森中等个子，体态优美而丰满，一副健康、精力旺盛的模样；她的皮肤呈棕色，干净滑腻，很有光泽；眼睛灵动，微笑甜美，面容爽朗，有种迷人的魅力，加上其得体的言行，更加让人想去认识她。因为对舞伴没有什么不满，她觉得这个晚上开头很不错。不断有人关注她，她心情很好，这真是场一流的舞会。

开场的两支舞还没跳完，就被回响的马车声打断了，人们的注意力都被吸引了过去。“奥斯本一家来了！奥斯本一家来了！”屋子里反复有人说着。屋外一阵喧闹，屋内人人好奇，几分钟后，那群显赫人物由殷勤的旅馆老板引着，打开那扇本就没有关闭的门，出现在大家面前。

前来的有奥斯本夫人及儿子奥斯本勋爵，女儿奥斯本小姐，奥斯本小姐的朋友卡尔小姐；霍华德先生——以前是奥斯本勋爵的老师，现在是奥斯本城堡教区的牧师；布莱克夫人——霍华德先生的妹妹，是个寡妇，跟他住在一起；布莱克夫人的儿子——一个十岁的漂亮男孩；还有汤姆·马斯格雷夫先生，过去半小时他可能关在自己的房间里听音乐，早就等得不耐烦了。他们往屋子里走时，在艾玛身后暂停了一下，接受一些熟人的致意。艾玛听到奥斯本夫人说，他们特意早来，是为了让布莱克夫人的小男孩高兴一下，小家伙非常喜欢跳舞。

艾玛看着他们走过，最让她感兴趣的还是汤姆·马斯格雷夫，他真是个文雅而英俊的年轻男子。诸多女士中，奥斯本夫人是最醒目的一位，虽然快五十了，但仍然美丽而尊贵。奥斯本勋爵一表人才，但有点冷酷和淡漠的模样，甚至有些笨拙，似乎不太适应舞厅的氛围，他来这里，只是为了讨城里的人欢喜，他不喜欢和女人相伴，也从不跳舞。霍华德先生是个外表英俊的男子，三十岁多一点。

两支舞跳完后，艾玛不知怎么跟奥斯本一家坐到了一起，很快被那个小男孩漂亮的面孔和活泼的举动吸引了，他站在母亲前头，想知道他们何时能开始跳舞。“查尔斯真是急不可耐，”布莱克夫人——一个充满生气和喜悦的三十五六的小妇人对站在旁边的女士说，“不过，你要是知道他的舞伴是谁，就不会感到吃惊了。奥斯本小姐真是太好了，答应先跟他跳两支舞呢。”

“是啊是啊！我们这周就约好的，”男孩叫道，“我们要把其他人都比下去。”

艾玛的另一边，奥斯本小姐、卡尔小姐和几个年轻男子正站在那里愉快地聊天。随后，她看到这群人里最精干的那位军官走到乐队旁边，点了舞曲。就在这时，奥斯本小姐从艾玛面前经过，走到那个急切的小舞伴面前，快速说道：“查尔斯，求你原谅，我得爽约了，我要先跟贝雷斯福德上校跳两支舞。我知道你会原谅我的，茶点过后，我准会跟你跳舞的。”没等男孩回答，她就转回到了卡尔小姐身旁，过了一会儿，由贝雷斯福德上校引着进了舞场。

小男孩快乐的面孔固然吸引艾玛，但此刻他脸上出现的巨大反差更引人注意，只见他一动不动地站着，扫兴极了，两颊通红，嘴唇在颤抖，眼睛盯着地面。她妈妈丢了面子，也很郁闷，设法用奥斯本小姐的二次承诺来安慰他，但他努力挣扎了一番后，颇有男子气概地脱口而出：“哦，无所谓了！”但很明显，他非常有所谓，脸上红一阵白一阵的。

艾玛没有多想，或者说，没有慎重思考，只凭着感觉说道：“先生，我很高兴跟你跳舞，不知你是否愿意？”说着伸出了手，既风趣，又没有任何的矫揉造作。

那男孩一下子恢复了刚才的欢喜之情，高兴地看着妈妈，然后走上前来，简单而真诚地说了声“谢谢，小姐”，很乐意与新的舞伴相识。布莱克夫人的脸上则写满了惊喜和真挚的感恩之情，跟旁边的人反复说艾玛小姐这样屈尊与自己的孩子跳舞，真是太好了，太友善了。艾玛如实告诉这位母亲，能跟这孩子跳舞，她再高兴不过了。查尔斯接过自己的手套戴上，两人进了已经热闹起来的舞池，都觉得心满意足。

这对组合引来了不少人的注意，人们都很惊讶。奥斯本小姐和卡尔小姐迈着舞步从旁边经过时，都睁大眼睛瞪着艾玛。“我说得没错吧，查尔斯，你很幸运，”奥斯本小姐转向男孩时，说道，“你找到了一个比我还好的舞伴。”

查尔高兴地答道：“当然。”

跟卡尔小姐跳舞的汤姆·马斯格雷夫好几次投来好奇的目光。过了一会儿，奥斯本勋爵走了过来，假装跟查尔斯说话，其实是为了看他的舞伴。虽然受到这么多关注让艾玛很苦恼，但她不后悔自己的做法，因为这能让小男孩和他的母亲开心，那位母亲不断寻机来客套一番，表达她最诚挚的谢意。艾玛发现，那个小舞伴虽然专心致志地跳舞，但只要问他问题，他没有不愿意说的。问了几个常见的问题后，她了解到，查尔斯有两个弟弟和一个妹妹，他们都跟妈妈住在威克斯蒂德的舅舅家，舅舅教他拉丁语，他非常喜欢骑马，自己有一匹马，是奥斯本勋爵给的，而且，他还曾带着奥斯本勋爵的猎犬出去过。

几支舞跳完后，艾玛得知，茶点时间到了。爱德华兹小姐提醒她到旁边来，看她的态度，艾玛就知道是爱德华兹夫人的意思，那位夫人觉得进茶点室时，有必要让她们两人都在自己旁边；艾玛便随时留意着，总跟她们待在一起。舞会中场休息时，有点熙攘和拥挤会让人觉得很高兴。茶室是个很小的房间，在牌室里头；穿过摆着桌子、过道局促的牌室时，爱德华兹夫人一行被挤在了中央，站在奥斯本夫人的卡西诺牌桌旁。正在玩牌的霍华德先生跟自己的外甥说起话来，艾玛发现他和奥斯本夫人都在看自己，赶紧移开了目光，避免对视。这时，只听小舞伴高兴地大声说道："喂，舅舅！快看我的舞伴，她可真漂亮！"话音刚落，人群再次移动起来，查尔斯匆匆离开了，没听到舅舅的赞许。

5

进了茶室，里面有两张长桌，只见奥斯本勋爵独自在一张桌子的尽头，似乎想尽量避开舞会，享受思考的乐趣，无拘无束地发愣。查尔斯立刻指着他对艾玛说："那是奥斯本勋爵，我们坐在他旁边吧。"

"不，不，"艾玛笑着说，"我得跟我的朋友坐在一起。"

此刻的查尔斯已经不再拘束，偶尔也问一两个问题。"现在几点了？"他问。

"十一点。"

"十一点！我竟然一点都不困。妈妈说我十点前准会睡着的。你觉得奥斯本小姐会守约吗，茶点后会跟我跳舞吗？"

"哦，当然了！我猜会的。"因为，奥斯本小姐刚才就食言了，这是个再好不过的理由。

"你什么时候去奥斯本城堡？"

"可能永远不会去。我跟他们家的人不熟。"

"但是你可以来威克斯蒂德看我妈妈，她会带你去城堡的。那里有只巨大古怪的狐狸，还有只獾，所有人都以为它们是活物。你没见过，真是可惜。"

离开茶室时，又是一阵欢乐的拥挤，大家都争抢着先出屋子，恰巧又有一两群牌友刚刚散了朝这边走来，更显得拥挤不堪。牌友中就有霍华德先生，她姐姐倚着他的胳膊，走到近处时，布莱克夫人为引起艾玛的注意，轻轻碰了碰她，说道："亲爱的沃特森小姐，你对查尔斯的友善，把他的家人都吸引过来了。容我介绍下，这是我弟弟，霍华德先生。"

艾玛行了个屈膝礼，那位绅士鞠了一躬，匆忙问是否有幸跟她跳后面的两支舞，艾玛刚表示同意，二人就被推着朝不同的方向走去。这事让艾玛很高兴，霍华德先生有种令人欢喜的绅士气质，很合她的口味。几分钟后，想与她约舞的人增多了，当时她坐在牌室里，正好被一扇门挡住了。奥斯本勋爵懒洋洋地靠在旁边一张空桌子上，只听他把汤姆·马斯格雷夫叫过来说："你怎么不跟漂亮的艾玛·沃特森跳舞？我希望你跟她跳，我会到场支持你的。"

"我正想着这事呢，勋爵，我这就去找人介绍，然后请她跳舞。"

"好，去吧。你要是发现她不太爱说话，就不时提一提我。"

"好的，勋爵。要是她跟几个姐姐相像，很可能说起来就滔滔不绝呢。我这就去，她应该在茶室里。那个又呆又老的爱德华兹夫人总要喝半天茶。"说完他走开了，奥斯本勋爵跟在后头。艾玛赶紧离开那个角落，朝另一边走去，因为匆忙，没发现爱德华兹夫人就在后头。

"我们找你半天了。"爱德华兹夫人说，身后跟着玛丽，其实艾玛跟她们分开还不到五分钟，"你要是喜欢这屋不喜欢那屋，就没必要待在那边，不过，我们最好还是待在一起。"

这时，汤姆·马斯格雷夫过来了，正好免了艾玛向爱德华兹夫人道歉的麻烦。只听马斯格雷夫大声要求爱德华兹夫人将自己介绍给艾玛·沃特森小姐，让那位好夫人没了选择的余地，不过她态度冷冷的，表明她并不乐意。随后，马斯格雷夫不失时机地邀请艾玛与他共舞，艾玛虽然乐于让勋爵和公众视自己为美女，但一点也不喜欢汤姆·马斯格雷夫本人，便说自己已经有约了。显然，马斯格雷夫很惊讶，也很不安。艾玛的上一个舞伴肯定让他觉得，她没有什么人邀请。

“我的小朋友查尔斯·布莱克，”他叫道，“肯定不指望让你陪他跳一晚上的舞。我们不必受这个罪，而且跟舞会的原则不相符，相信爱德华兹夫人也不支持你这么做。合不合乎体统，她最有资格评判了，她不会允许有这样的特例——”

“先生，待会儿跟我跳舞的不是布莱克少爷！”

那位绅士有点发窘，只好说希望下次有幸与她跳舞，但似乎不想离开，开始问她一些有关家人的问题，尽管他的朋友奥斯本勋爵正在门口那儿等着他的消息呢。艾玛发现了，觉得很有意思。

“今晚怎么没见到你的几个姐姐？舞会上没有她们，真不习惯，她们总让舞会增色不少，这次没来，真令人遗憾。”

“只有我大姐在家，但她要陪父亲，走不开。”

“只有沃特森小姐在家！不会吧！前天我好像还看到她们三人都在城里呢。不过，我是个后知后觉的人，不管到哪儿，总有人抱怨我太疏忽。确实，我很久没到过斯坦顿了，真不好意思，不过，我现在想努力弥补我的过失。”

艾玛恭谦有礼，不像几个姐姐，总对他那么热切，这让他有些吃惊，并且有种全新的感觉，怀疑自己的影响力不够，想更多地吸引她的注意。这时，舞会重新开始了，没等有人喊“大家都起来”，卡尔小姐就迫不及待地站了起来。看到霍华德先生走过来朝艾玛伸出手，汤姆·马斯格雷夫的好奇心才平息下来。

“对我来说，那样也挺好。”奥斯本勋爵听了朋友的消息后说道。总共两支舞，奥斯本勋爵一直在霍华德附近看着，他频频出现，让两人的舞约多少有点不愉快，艾玛也因此对霍华德有那么一点不满。不过，就其本人来说，她觉得他又帅气又有风度。虽然他们聊的都是些常见话题，但他表达自己的看法时，没有任何矫揉造作之情，非常睿智，让人很喜欢听他说话。艾玛唯一觉得遗憾的是，他教出来的学生完全不像他这么彬彬有礼。那两支舞似乎很短，她的舞伴也这么认为。他们跳完时，奥斯本一家以及同行的人都要走了。

“总算要走了，”勋爵对汤姆说，“你要在这快乐之地待多久——待到明天太阳出来？”

“哦，不是，勋爵，我已经玩够了。老实说，把奥斯本夫人送上马车后，我就不会再到这来了。我会退到房里最远最隐秘的角落，叫上一桶牡蛎，舒舒服服地蜷上一夜。”

“希望你尽快到城堡里来，告诉我她在白天是什么模样。”

艾玛和布莱克夫人像老朋友一样依依不舍地跟他们道别，查尔斯跟艾玛握了握手，至少说了十几次“再见”。奥斯本小姐和卡尔小姐从她身边经过时，似乎匆匆行了个屈膝礼，奥斯本夫人也满意地看了她一眼。

其他人都出了屋子后，那位勋爵返回来了，请她行个方便，要在她后方的靠窗座位那里找手套，而手套明显就掖在他手里。汤姆·马斯格雷夫没再出现，我们可以猜测，他按计划行事去了，沉闷而孤寂地享受着那桶牡蛎，也可能在酒吧高兴地帮女老板酿制新鲜的尼格斯酒，提供给快乐的舞者。艾玛不由得开始怀念刚才还在身边的那群人，尽管有些方面不尽如人意。舞会结束前又跳了两支舞，但跟前面的相比，显得单调沉闷。爱德华兹先生在牌场上运气很好，屋子里只剩他们几个了。

“我说，我们又回到这来了。”艾玛踏进餐厅时有些沮丧地说。餐桌已经准备好了，灵巧整洁的女佣正在点蜡烛。“亲爱的爱德华兹小姐，舞会这么快就结束了，我真希望重来一遍。”

见她度过了这么愉快的一个夜晚，大家都善意地表达了喜悦之情。爱德华兹先生跟她一样兴奋，赞美舞会丰富多彩，生气勃勃，虽然他一直都在同一个屋子、同一张桌子旁玩牌，从头到尾只换了个椅子，根本什么都没注意到。不过，他玩五局赢了四局，所以觉得一切都再好不过了。大家评论和回顾的过程中，爱德华兹小姐很享受这种心满意足的感觉，现在又有美味的迎宾汤喝，心里美滋滋的。

“你怎么没跟汤姆林森家的两位先生跳舞，玛丽？”她妈妈问道。

“每次他们问我时，我都已经有约了。”

“我以为最后两支舞你会跟詹姆斯先生跳的，汤姆林森夫人告诉我，那位先生去邀请你了，而且，在那之前我刚好听你说，你没有其他舞约。”

“是的，不过，那是一场误会，是我误解了，我不知道自己已经有约了。我以为约的是后面两支舞，以为我们还要在舞厅待很久，但是亨特上尉说，他跟我约的就是当前那两支舞。”

“你跟亨特上尉跳完之后，”她妈妈说，“开始跟谁跳呢？”

“亨特上尉。”玛丽低声说。

“啊！这么说是连着跳了。你还跟别人跳了吗？”

“诺顿先生和斯泰尔斯先生。”

“他们是谁？”

“诺顿先生是亨特上尉的表兄。”

“斯泰尔斯先生呢？”

“是他的一个好友。”

“都是同一伙的，”爱德华兹夫人说道，“玛丽一晚上都被英国军人围着转。我想，我更愿意看她跟我们的一些老邻居跳舞。”

“是啊，是啊，我们不能忽略自己的老邻居。但是，如果这些士兵总比其他人速度快，年轻的小姐们有什么法子呢？”

“我觉得他们不可能提前定下这么多舞约，爱德华兹先生。”

“是啊，不太可能，不过我想起来了，亲爱的，你我就曾这么干过。”

爱德华兹夫人不再说话，玛丽松了一口气。随后是一大连串漂亮的客套话，最后，艾玛高高兴兴地睡觉去了，脑海里满是奥斯本一家，布莱克母女和霍华德先生。

6

第二天早晨，来了很多访客。舞会过后，总会有很多人来拜访爱德华兹夫人，这是当地惯例。而这一次，因为对艾玛充满好奇，邻居们更是精神倍增，人人都想再来看一看头天晚上受到奥斯本勋爵赞赏的那个女孩。

很多双眼睛审视着她，对她褒贬不一，有人觉得她完美无缺，有人觉得她一点也不漂亮。有人说她的棕色皮肤把所有美丽都给毁了，也有人说，跟十年前的伊丽莎白·沃特森相比，还不及她一半。聚来的人们纷纷讨论着舞会的种种好处，那个早晨一转眼就过去了。艾玛惊讶地发现，已经下午两点了，怎么一直没听到父亲的马车声。想到这儿，她两次走到窗边，往街道上张望。她正打算去按铃询问时，门口响起了轻快的马车声，她放下心来，再次走到窗前，出现在眼前的却不是穷人家常用的装备马车，而是一辆轻便马车。随即传来了马斯格雷夫先生的声音，爱德华兹夫人听闻此声，脸一下子拉了下来。但是，面对她的冷漠，马斯格雷夫一点沮丧的意思都没有，他一脸的轻松，赞美了所有女士，然后继续向前，走到艾玛跟前，给她递了张便条，按照他补充的说法，这是他“有幸”从她姐姐那儿捎来的。

艾玛接过便条，爱德华兹夫人告诉她不用说那些客套话，她赶紧看了起来。便条上有几行伊丽莎白的手迹，说他们的父亲出奇地好，突然决定当天要出门探访，因为他不从D城经过，艾玛只能第二天早晨再回家了，除非爱德华兹家愿意送她，但希望比较渺茫，要么她寻机搭便车，或者不嫌路远，走回家去。

她刚把便条扫了一遍，就听到汤姆·马斯格雷夫继续说了起来。“我十分钟前从沃特森小姐手里接过便条的，”他说，“我在斯坦顿村掉转马头时，正好碰上了她，当时她正想找人送信，可以说，是幸运星让我们碰到了一起。我有幸让她相信，我就是那个最乐意帮忙、速度最快的信使。哦，我可没说自己有多无私，我要的回报就是，用我的轻便马车把你送回斯坦顿。这些话虽然你姐姐没写，但我把她的命令传达过来了。”

艾玛觉得很苦恼，她不喜欢这样的提议，不想跟马斯格雷夫有任何的亲密关系，但又怕惹恼了爱德华兹家，她只想自己回家去，因此有点茫然，完全不知道怎么拒绝他的好意。爱德华兹夫人继续沉默，可能不了解情况，也可能想坐视不管，要看看这位小姐意下如何。艾玛感谢了他，说自己不愿意给他添这么多麻烦。

“是麻烦，但更是一种荣耀和幸福——你对我或是我的马有何吩吋？”马斯格雷夫说。

艾玛仍在犹豫：“我想，你的好意我只能谢绝了，我比较害怕坐这种马车。路程也不是那么远，我可以走回去。”

爱德华兹夫人不再沉默，她了解细节后说道：“艾玛小姐，如果你能明天走，我们很高兴送你过去。不过，要是你不方便，随时可以用我们的马车，而且，如果有机会让玛丽见到你姐姐，她也会感到高兴的。”

这正是艾玛所期待的，她欣然接受了爱德华兹夫人的好意，不胜感激地说伊丽莎白自己一个人在家，她想回家去吃主餐。这一计划遭到了来人的极力反对：“这样不行，不要剥夺了我护送你的荣幸。我向你保证，我的马一点也不可怕，你自己都能驾驭它们。它们有多温顺，你的姐姐们都很清楚，跟我在一起，不用有任何顾虑，即便上了赛马场，也没什么好害怕的。相信我，”他压低嗓音继续说，“你不会有危险的——即便有危险，我一个人就能抵挡。”听了这番话，艾玛仍旧觉得不乐意。

“而且，舞会后一天就用爱德华兹夫人家的马车，这可不合惯例，我可以肯定，这种事闻所未闻，会让那个老车夫变得跟他的马一样黑的——是吧，爱德华兹小姐？”他的话没有引起注意，女士们都沉默着，这位绅士觉得自己无计可施了。他顿了一会儿，大声说道：“昨晚的舞会真是太棒了！我跟奥斯本一家离开后，你们又玩了多久？”

“又跳了两支舞。”

“那肯定很累了，待到那么晚。我想，应该空了很多座位吧。”

“不，坐得满满的，除了奥斯本一家的位子，哪儿都没空出来，所有人都非常精神，跳到了最后。”艾玛不假思索地说了这一番话。

“这样啊！早知如此，我应该再来看看你们，跳舞总比不跳好。奥斯本小姐真是个漂亮女孩，对吧？”

“我没觉得她很漂亮。”艾玛回答说，马斯格雷夫的话主要都是说给她听的。

“也许她没那么漂亮，但言行举止非常讨人喜欢。范尼·卡尔是最引人注意的人儿，没有谁比她更纯真迷人了。你觉得奥斯本勋爵怎么样，沃特森小姐？”

“即便不是勋爵，他也是个英俊帅气的男人，或许比现在更有教养，更惹人喜欢，更知道适时表现自己的欢喜。”

“依我说，你对我的朋友太挑剔了，我可以肯定地告诉你，奥斯本勋爵是一个非常好的人。”

“我对他的美德没有任何异议，只是不喜欢他漫不经心的样子。”

“如果不是怕泄露秘密，”汤姆面色严肃地说道，“我应该为可怜的奥斯本挽回一下的。”

艾玛没有鼓励他往下说，他也只好为朋友保守秘密了，而且不得不结束本次拜访，因为爱德华兹夫人已经叫了马车，艾玛小姐准备离开了。爱德华兹小姐陪她回了家，由于斯坦顿的主餐时间到了，她陪她们待了几分钟就走了。

7

屋里只剩下姐妹俩后，沃特森小姐立刻说道：“哎呀，亲爱的艾玛，这下你得好好跟我讲讲了，一直讲，不要停，不然我会不满意的。不过，先让仆人把主餐端上来吧。可惜，你享受不到昨天那样的餐宴了，除了炸牛排，我们没有别的了。玛丽·爱德华兹穿了件新的皮外套，真漂亮！快说说，昨天的舞会你很享受吧，我应该怎么跟山姆说呢。我已经开始给他写信了，杰克·斯托克斯明天就来取信，他叔叔后天要到吉尔福德附近去，离那里不到一英里。”

仆人把主餐端来上了。“我们就自行其便好了，”伊丽莎白继续说，“还有，别浪费时间了，快说说，你为何不愿意让汤姆·马斯格雷夫送你回家？”

“嗯，你说了那么多反感他的话，所以我不想用他的马车，不想对他产生什么感恩或是亲密之意。甚至连那辆车的外观，我都不喜欢。”

“你做得很对，你的克制力真叫人吃了一惊，我想，我自己就做不到。他好像特想送你回家，我没办法说不，虽然我也不想把你扔给他，因为我很了解他要的花招。只是，我真的很想见到你，让他帮忙不失为明智之举。谁也想不到爱德华兹家会让你坐他们的马车回来，因为头天晚上马匹很晚了才休息。对了，我应该怎么跟山姆说？”

“你要愿意听我的建议，就别鼓励他继续想着爱德华兹小姐了。那位小姐的父亲显然无视于他，爱德华兹夫人也没有喜欢他的意思，而且，我怀疑他是否真的喜欢玛丽。玛丽跟亨特上尉跳了两次舞，我觉得就她的性格和当时的环境来说，给对方这样的鼓励，算是极限了。她提过山姆一次，有点慌乱的样子，也许仅仅是因为他喜欢她，让她知道了。”

“哦，亲爱的！没错，大家都跟她说过这事。可怜的山姆！他跟其他人一样不幸。哎呀，我这一生，总是忍不住同情失恋的人。好了，从现在开始，好好跟我讲讲舞会上的事吧。”

艾玛顺从地讲了起来，伊丽莎白基本没打断她，直到她讲到霍华德先生与自己跳舞。“跟霍华德先生跳舞！天哪！不可能吧！哎呀，他是最优秀、最重要的人物之一，你不觉得他很高贵吗？”

“他的举止很亲善，让我觉得放松、有自信，比跟汤姆·马斯格雷夫在一起舒服。”

“哦，继续，如果跟奥斯本一行人扯上关系，我会吓疯掉的。”

艾玛一直讲，终于讲完了。

“这么说你真的没跟汤姆·马斯格雷夫跳舞，但是你应该会喜欢他的，你应该彻底被他迷住才对。”

“我不喜欢他，伊丽莎白。我承认，他一表人才，也还算有礼貌，谈吐也招人喜欢，只是我看不出他还有什么值得赞赏的地方。相反，他一副空虚自负的模样，总想表现得与众不同，为了凸显自己，采取的一些方式真让人瞧不上。他的荒谬取悦了我，但他待人的方式我可一点好感都没有。”

“我最亲爱的艾玛！你跟别人都不一样。幸好玛格丽特不在家，你这番话，虽然我不太相信，但也触怒不了我，要是玛格丽特听到这话，肯定饶不了你的。”

“玛格丽特真该听听他都说了些什么，他自称不知道她不在村里，说两天前好像还看到她呢。”

“哎呀，这可就是他的风格，就是这个男人，让玛格丽特浮想联翩，觉得对方疯狂地爱着自己。你知道，他不是我喜欢的类型。不过，你肯定觉得他很讨人喜欢吧，你能把手放在我的心上，说你对他一点感觉都没有吗？”

“当然可以，双手都放上去，还要尽可能地伸开。”

“我想知道，你觉得哪个男人讨人喜欢。”

“霍华德先生。”

“霍华德！天哪，我只能想到他陪奥斯本夫人打牌的样子，而且，他好像很高傲。不过，这下我松了口气，说明你真的对汤姆·马斯格雷夫印象不好，刚才说的话是真的。我还担心你可能对他喜欢得不得了呢。你说得那么坚决，我以为你只是吹嘘罢了。我希望你以后也一直这样想，他也不要太过于关注你。要是一个男人一心想取悦女人，女人是很难抵挡得住诱惑的。”

她们安静而友好地吃完了晚餐，沃特森小姐觉得很放松。“好开心，”她说，“一切都美好、祥和。谁也不知道我是多么痛恨争吵。虽然只吃了点油炸牛肉，但感觉好美味啊！我真希望所有人都能像你这么容易满足。可惜玛格丽特太暴躁，佩内洛普觉得要一直争吵下去才好。”

晚上，沃特森先生回来了，白天的劳顿没有让他情况恶化，他一脸的自鸣得意，高高兴兴地坐在炉边讲起自己的事情来。艾玛原以为自己对探访之类的事没什么兴趣，可一听说霍华德先生作为牧师讲了话，布道非常精彩时，不由得竖起了耳朵。

“这样句句入耳的布道，真是首次听到，”沃特森先生继续说，“没有比这更好的演说了。他念得非常好，处理得恰到好处，给人留下了很深的印象，而且，没有任何做作的表情或歪曲篡改。我承认，我不喜欢牧师们惺惺作态，不喜欢那种学究的气息和造作的变音转调，那些受人欢迎和爱戴的牧师经常这样。简简单单的布道更能激发人的忠诚和敬意，也显得更有品位。霍华德先生布道的样子就像个学者，也像个绅士。”

“你主餐吃的什么呢？”他的大女儿问。

他列数了各种佳肴，并告诉她们自己都吃了哪些。“总之，”他补充道，“今天我过得很舒坦。老朋友们看到我都很惊讶，我得说，每个人都很关心我，对我这个病人充满了同情。他们让我坐在炉火旁，而且，因为山鸡很高，理查德医生便将它们摆到了桌子另一端，‘以免它们让沃特森先生不适’，我觉得他人真好。不过，最让我高兴的是，我引起了霍华德先生的注意。去往餐室要经过一段很陡的台阶，我这痛风的腿走上去很困难，霍华德先生陪着我从台阶底部一直走到了顶部，让我搀着他的胳膊。这个年轻人做事这么得体，让人为之一震。可以肯定的是，我没有要求他帮我，因为我以前从来没见过他。顺便说一下，他问候了我其中一个女儿，我也不知道是谁。我猜，你们自己知道吧。”

8

舞会后的第三天，下午三点差五分时，仆人正在客厅里忙着摆放碗碟餐具，突然听到前门传来轻快的敲击声，就像马鞭末端敲在门上一样。沃特森小姐对她说，别让任何人进来，但片刻过后，她一脸惊慌地回来了，客厅门开着，进来的是奥斯本勋爵和汤姆·马斯格雷夫。

女士们的惊讶之情可想而知。这个时候，她们不欢迎任何人来访，尤其是像奥斯本勋爵这样的贵族和陌生访客，真让人苦恼。勋爵本人也有点尴尬，同来的那位朋友倒是一脸轻松的模样，口若悬河地介绍了他；他低声表示会等沃特森先生前来，这是他的荣幸。

他们意外来访，艾玛虽然说了些恭维之词，但纯属不得已而为之，心里一点也不喜欢。她觉得对方光临这样的寒舍是多么不协调，她在姨妈家过惯了养尊处优的生活，非常了解富人到眼下这个家里有多荒唐。

伊丽莎白没有这么强烈的感觉，她想法简单，也比较理性，没觉得太失面子；她虽然有自卑感，但也没觉得受了羞辱。仆人说，沃特森先生情况不好，没法下楼来。他们表示很关切，各自入座。奥斯本勋爵坐在艾玛旁边，那个轻松随意、兴致勃勃、自以为重要的马斯格雷夫先生跟伊丽莎白坐在壁炉另一侧。

奥斯本勋爵不至于语无伦次，但说到希望艾玛在舞会上没着凉时，不知道后边该说什么了，只能不时瞥一下旁边这个美丽的人儿，一饱眼福。艾玛不想取悦他，爱搭不理的。苦想了一番后，他又有了新的话题，说今天天气真好，然后问道："今天早晨你们去散步了吗？"

"没有，勋爵大人，我们觉得外边太脏了。"

"你们应该穿半筒靴。"他顿了一会儿后说道，"没有什么比半筒靴更能衬托出漂亮的脚踝了，淡黄色的配黑色套鞋，很好看。你们喜欢半筒靴吗？"

"喜欢，但这种靴子太笨重了，不太好看，而且不适合在乡下走路。"

"这么脏的天气，女士们应该骑马。你们骑马吗？"

"不骑，大人。"

"真奇怪，有些女人怎么会不骑马，马背上的女人是最美的。"

"但不是每个女人都有这种爱好，还可能不具备条件。"

"要是知道骑在马背上有多美，她们肯定就有这爱好了。而且，沃特森小姐，我想，爱好有了，条件也就马上具备了。"

"勋爵大人，您觉得女人总有自己的一套办法。有关这一点，男女的观点向来都不一致，我不敢妄下断语，不过我得说，有时候，女人也无能为力。精打细算是很有用，但没办法把小钱变成大钱。"

奥斯本勋爵沉默了。艾玛这番话既不是说教，也没有讽刺之意，但言辞中有某种严肃的东西，让这位贵族不由得思索起来。等他再次开口时，言辞变得礼貌而得体，跟先前半生涩半无畏的风格全然不同。他有种焕然一新的感觉，有意去取悦女人，生平第一次意识到应该怎么跟女人说话，站在了艾玛的立场上思考；他不乏智慧也不乏好的性情，这样的体会对他不无影响。“我听说你到这村的时间不长，”他很有绅士风度地说，“希望你喜欢这里。”

艾玛优雅地回答了他，并且慷慨地把整张脸转了过来。因为不知道说什么，而且乐于这样凝视着艾玛的脸，他一直沉默地坐了好几分钟，此时的汤姆·马斯格雷夫正在跟伊丽莎白闲谈。仆人的到来打断了他们，她半开着门，把头探了进来，说道：“小姐，老先生问怎么还不吃饭？”

两位绅士显然没注意到用餐时间到了，此时，他们猛地站起来，连连道歉，伊丽莎白快速对仆人说：“告诉贝蒂，把禽肉摆上来吧。”

“真不好意思，这么不巧。”她愉快地转向马斯格雷夫说，“不过，你知道的，我们一直都吃得早。”

汤姆无话可说，他对此非常了解，而且，这种不怕羞的简单和坦诚，让他有点不知所措。奥斯本勋爵说了一堆离别时的客套话，似乎说话的欲望大增，简直有点纵容自己。他劝女士们即便天气不好也要锻炼，再度赞美了半筒靴，并恳请让他妹妹把自己鞋匠的名字给艾玛送来。最后，他说道：“我下周要带猎犬到这边乡村打猎。相信周三九点钟的时候，我的猎犬已经在斯坦顿的林子里撒欢了。之所以说这个，是希望你们能来看看狩猎进展如何。如果早晨的天气适宜，恳请你们前来助阵，这是我们的荣幸。”

姐妹俩非常惊讶，你看看我，我看看你，这时，访客已经走了。“这可真是无上的荣耀！”伊丽莎白终于喊道，“谁能想到奥斯本勋爵会来斯坦顿呢？他好英俊，不过汤姆·马斯格雷夫才是最时髦、最有智慧的。

我真高兴奥斯本勋爵没跟我说只言片语，我可没打算跟这样的大人物说话。汤姆很惹人喜欢，对吧？不过，不知道你听见没，他一进来就问佩内洛普和玛格丽特小姐到哪儿去了，这真让我不耐烦。幸好仆人还没有预备开席，不然就太寒碜了，光摆了碟子，看不出什么来。”

说艾玛不因奥斯本勋爵的到访而感到荣幸，那是不可能的，年轻女子如果这样，那就太古怪了。不过，她并没有觉得受宠若惊：他前来拜访，说明她受到了关注，满足了她的虚荣心，但不会让她觉得骄傲；她更希望对方不要冒昧前来，有此心意就够了，这比在斯坦顿见到他要好。而且，想到霍华德先生怎么没抓住这次机会陪他的爵爷前来，她更觉得失望了，不过，她乐于这样去想：霍华德先生不知道这事，要么就是他不愿意参与，觉得这样做太冒昧，很没教养。

沃特森先生听完刚才的事后，一点高兴的意思都没有，甚至因为阵痛而有些动怒，哪高兴得起来，他只是答道：“哼！哼！什么事能让奥斯本勋爵前来？我在这儿住了十四年，也没引起那个家族任何人的注意。这都是那个游手好闲的家伙——汤姆·马斯格雷夫的愚蠢行径。我没法做回访，即便能，也不会去。”沃特森先生再次遇到汤姆·马斯格雷夫时，让他往奥斯本城堡送了封道歉函，为自己身体状况不佳，不能回访表示歉意。

9

此次探访之后，大约过了一周到十天的时间，没人再打扰这对姐妹的安宁和亲密，她们之间越来越了解，感情与日俱增。打破这种祥和的第一件事是她们收到了一封信，从克罗伊登寄来的，说玛格丽特很快就会回来。而且，罗伯特·沃特森夫妇要来待两三天，一是为了送玛格丽特回家，二是为了看看他们的妹妹艾玛。

斯坦顿的姐妹俩都很期待，并为此忙碌起来，至少其中一人很忙，因为简是个有钱的女人，必须准备一番，好好接待她。伊丽莎白总是空有一番好意，却在家务整理上没什么法子，不过是空忙碌一番，结果家里还是一成不变。因为十四年未见，对艾玛来说，自己的兄弟姐妹都是陌生人，见面免不了尴尬。至于玛格丽特，她虽然很期待，却也多了些疏远感，因为先前听到的那些事让她有点害怕对方回来。而且，那群人一到斯坦顿，屋里的舒适很可能就没了。

罗伯特·沃特森在克罗伊登当律师，业务不错，他感到心满意足，因为他还娶到了一个富有的女人，拥有六千英镑，是曾雇佣他的大律师的独生女。罗伯特夫人的得意之情也不亚于丈夫，不光因为那六千英镑，还因为他们在克罗伊登拥有一座漂亮至极的房子，她在家里举办上流的派对，穿着华丽的服饰。她本人没有什么特别吸引人的地方，言行举止时髦而自负。玛格丽特倒是不乏美丽，她身材苗条匀称，面孔不是特别漂亮，但招人喜欢，只是那副愁眉苦脸的表情让她的美大打折扣。见到多年不在家的妹妹，她就像戏里演的一样，一副充满爱意的模样，声音温柔极了，一直微笑着，话语清晰缓慢，这可真是她取悦人的资本。

见到“最最亲爱的艾玛”时，她是那么高兴，有一瞬间简直说不出话来了。“我们肯定会成为好朋友的。”坐到一起时，她深情地说道。面对这样的话语，艾玛不知道怎么回答，而且，对方说话的方式她学不来。罗伯特·沃特森夫人则用好奇的眼光看着她，还有些扬扬自得的同情：一见面她就觉得，艾玛没得到姨妈的财产，这事再严重不过了；她自我感觉良好，庆幸自己是克罗伊登一位富裕绅士的女儿，而非一个老女人的外甥女，那个老女人还嫁给了爱尔兰的一个上尉。

罗伯特已经是有钱人了，虽然和善，但漫不经心，他一心想跟车夫算清账目，痛骂马车费涨得太快，为半克朗的钱没算清而思虑了半天，却没跟自己的妹妹打照面，这位妹妹已经一无所有，再不能吸引他的注意了。“村里的路真是一片狼藉，伊丽莎白，”他说，“比以前更糟了！哎呀，要是我住在附近，一定要提起上诉，现在的道路检查官是谁？”

好心的伊丽莎白问候了留在克罗伊登的小侄女，那孩子为自己不能跟来而感到懊恼。“谢谢你的关心，”她母亲回答说，“我敢肯定，她的日子很难熬，我们不在的时候，只有奥古斯塔陪她。我跟她说我们去教堂，答应她马上就回来。哎呀，你瞧，要是带上她，就得带上她的女佣，我总是太在意，就怕她得不到良好的照顾。”

“那个甜蜜的小人儿！”玛格丽特叫道，“离开时，我心都碎了。”

“那你干吗走得这么匆忙？”罗伯特夫人高声说，“你真是个可怜的女孩。一路上我还为这事埋怨你呢，对吧？这样来去匆匆的访亲，真是闻所未闻！你们几个，不管是谁，只要能跟我们待上几个月，我们都会很高兴的。可惜，”她俏皮地笑了一下继续说道，“这个秋天，克罗伊登没这个福分了。”

“亲爱的简，别逗我了。你知道我为啥要回家的。放过我吧，求你了，你总是俏皮话连篇，我说不过你。”

“好吧，我只求你别让周围的人对那地方反感就好了。你要是没插嘴，或许艾玛会禁不住诱惑，愿意跟我们回去，一直待到圣诞节呢。”

艾玛表示非常感谢。

“我跟你们保证，我们在克罗伊登有很好的社交圈。我不怎么参加舞会，舞会上太杂乱了，但我们的派对都是精选的，很棒。上周我在客厅里聚了七桌人。你喜欢这个村子吗？觉得斯坦顿怎么样？”

“非常好。”艾玛想出了一个最贴切的词，她看见嫂子马上露出了鄙夷的神色。罗伯特·沃特森夫人其实是想知道艾玛在什罗普郡的家大概是什么样子，听了这话，认定艾玛的姨妈不可能有六千英镑。

“艾玛真漂亮。”玛格丽特用最深情的语调低声对罗伯特夫人说。艾玛觉得这事让人不快，更让她讨厌的是，五分钟后，玛格丽特对伊丽莎白说话时声音尖、语速快，跟先前完全不一样：“佩内洛普去奇切斯特以后，给你写过信吗？我几天前收到过一封信，发现她好像没什么目标，估计她去的时候是佩内洛普小姐，回来还是一样。”

艾玛觉得，这才是玛格丽特正常的声音，是她去掉表面虚饰后的样子。想到这儿，艾玛觉得她那种矫揉造作的语调真让人反感。女士们受邀到了楼上，更衣等候主餐。

“希望你能凑合着住，简。”伊丽莎白打开空余的那间卧室时说。

“我的可人儿，”简答道，“别跟我客套，求你了。我从来都不比别人挑剔，只希望能在一个小房间里将就将就，悠闲地住上两三个晚上就好了。我来看望你们，只希望你们像家人一样对待我。好了，但愿你们别准备太丰盛的餐饮，要知道，我们从来不吃晚餐的。”

“我想，”玛格丽特快速对艾玛说，“你就跟我住吧，伊丽莎白总喜欢自己住一间。”

“不用了，伊丽莎白让我跟她住。”

“哦！”她的声音柔和起来，发现对方不领情，有失面子，“享受不到跟你做伴的乐趣，真是遗憾，我特别害怕孤单。”

10

艾玛最先回到了客厅，进屋时发现只有哥哥待在里头。“哎呀，艾玛，”他说，“你在家里就是个陌生人。在这儿看到你，感觉怪怪的。你的特纳姨妈真是干了件好事！唉！钱财真不该托给女人管理。我一向都说，她应该在丈夫死后就给你分点什么的。”

“不过，那就是把钱财托给我管了，”艾玛说，“而我也是个女人。”

“这样才能担保你以后能用，现在好了，你连摸都摸不着了。这对你来说是多大的打击啊！发现自己没能继承到那八九千英镑，还被送回了家里，成了这个家庭的负担，一个银币都没得着。我希望那个老女人为此受到惩罚。”

“不要说这么无礼的话，她对我非常好，要是她做了不明智的选择，自己就会为此受折磨，不需要我再折磨她。”

“我不是想戳你的痛处，只不过，你很清楚，所有人都觉得她是个老傻瓜。我一直认为特纳先生是个特别通情达理的聪明人，不知道着了什么魔，竟然立下这样的遗嘱？”

“我不会因为他太爱姨妈，就觉得他不够聪明。对他来说，姨妈一直是个非常好的妻子。最开明、最有见识的人总是最相信别人。这事是不幸，但在我的记忆里，正是因为他对姨妈的温柔呵护，才让我觉得他是那么可亲。”

“你这么说真是古怪！他是应该让自己的遗孀体面地活着，但不应该把什么都留给她处理，或者说，任何一部分财产都不应该任由她摆布。”

“姨妈或许有错，”艾玛温和地说，“确实错了，但特纳先生的做法一点错都没有。我是姨妈的外甥女，特纳先生只是把供养我的权力和乐趣留给了她。”

“可惜的是，她把养你的乐趣推给了你父亲，一个无力养你的人。简而言之，事情就是这个样子。他们在一个远离家的地方养了你这么久，让你享受不到亲情，我猜，还把你养成高人一等的模样，然后又将你推回到家人手里，一个子儿都不给。”

“你知道的，”艾玛忍住泪水说，“当时特纳先生的健康状况令人担忧，比我们的父亲病得还重，都没办法出门了。”

“我没想让你哭。”罗伯特缓和了一些，顿了一会儿之后，换了个话题，说道，“我刚从父亲的房间过来，他情况很糟，如果他死了，那种永别多让人痛心啊。可怜你还没找到夫家！以后，你也可以到克罗伊登去，看在那边能做点什么。我相信，要是玛格丽特有一千或者一千五百英镑，肯定会有年轻男子追求她的。”

这时，有人进来了，艾玛如释重负，罗伯特的话让她又生气又难过，与之相比，她更愿意看嫂嫂的华丽衣服。罗伯特夫人漂亮极了，就像在自家参加派对时一样。她一进来就为自己的服饰做了辩解。“我不想让你们等，”她说，“所以，也不管第一眼看到的是什么，赶紧就穿在了身上，只怕我现在的模样糟糕极了。亲爱的沃先生，”转向她丈夫说道，“你也不新抹些头粉。”

“哦，不用再抹了。我觉得，跟自己的妻子和姐妹在一起，抹这么多就够了。”

“哎呀，你外出做客时，吃主餐前应该换换衣服的，可惜你在自己家都不换。”

“无聊。”

“其他绅士都这么做，偏偏你不喜欢，真是古怪。马歇尔和海明斯先生每天都在主餐前换衣服。你说我干吗给你带上次买的新外套呀，你反正又不穿。”

“你自己弄漂亮就行了，放过你丈夫吧。”

为了结束这段争吵，安抚嫂子的恼怒之情，艾玛（虽然也反感这种荒唐）开始赞美她的礼服，对方马上就自鸣得意起来。

“你喜欢我的衣服？”她说，“我太高兴了。这衣服一直备受称赞，不过，我有时候觉得图案太大了。我明天另外换一件，估计你会更喜欢的。你看到我给玛格丽特的那件了吗？”

主餐上桌了，罗伯特夫人只要不看丈夫的头，就觉得欢畅愉快，一直喋喋不休。她责备伊丽莎白太浪费，准备了一大桌饭菜，而且，她显然不赞成烤火鸡入桌，先前她只是反复说：“你瞧瞧，这么多菜。”这次她说道：“我恳求你，今天不要吃火鸡。摆了这么多，我都已经吓疯了，千万别再上火鸡了，求你了。”

“亲爱的，”伊丽莎白答道，“火鸡是烤的，放在这里跟放在厨房是一样的。而且，要是切开了，或许父亲会忍不住吃一点，这是他比较喜欢的一道菜。”

“你可以摆上来，亲爱的，不过，相信我不会碰一下的。”

沃特森先生状况不佳，没跟他们一起吃主餐，不过经劝说后下了楼，跟他们一块儿喝茶。看到自己的父亲舒服地坐到扶手椅上，伊丽莎白对罗伯特夫人说：“今晚我们一起打牌吧。”

“求你别把我算在内，亲爱的，我不喜欢玩牌，觉得闲聊要好得多。我一向都说，扑克牌有时是好东西，能让人抛开客套礼仪，不过朋友之间就不需要这个了。”

“虽然你不喜欢，但我觉得这能让父亲高兴，”伊丽莎白说，“他说他受不了惠斯特牌，要是我们玩轮回纸牌，他可能会忍不住坐下来跟我们玩。”

“这当然好了，亲爱的，我愿听吩咐，不过，别让我选择玩法。说到轮回纸牌，克罗伊登那边现在只流行一种玩法，叫大投机，不过我一点都不会玩。只有一两个人在家的时候，你们肯定挺茫然的，不知道怎么逗他乐吧。怎么不让他玩克里比奇牌呢？要是没什么约会，玛格丽特就跟我一起玩克里比奇牌。”

11

就在这时，远处似乎隐隐传来了马车声，所有人都侧耳倾听，声音越来越清晰，显然是朝这边来的。在斯坦顿听到马车声很不寻常，不管是什么时间，因为这个村子不在热闹的大道上，没有贵族家庭，只有牧师家庭。车轮快速转动，两分钟后，众人的揣测有答案了，毫无疑问，车子停在了沃特森牧师家的花园门口。

“会是谁呢？这肯定是一辆轻便马车。想来想去，只可能是佩内洛普，或许她碰上什么意外的好机会，回来了。”

大家都猜测了一番。脚步声响起，来人踏上铺设的小道，沿着窗下一直到了前门，随后进了走廊。是男人的脚步声，不是佩内洛普，肯定是山姆。

门开了，汤姆·马斯格雷夫穿得像个旅人似的出现在门口，他从伦敦回来，途中偏离正路，到半英里外的斯坦顿来探望探望。他喜欢突然来访，给人惊喜，这一次，他之所以前来，还有一个目的，那就是要告诉沃特森家的小姐们，他要回家去赶八点的晚宴，他相信两位小姐已经喝过了茶，正安静地坐着干活。但是，这一次轮到他自己吃惊了，常去的那个小客厅的门没有打开，倒是大会客厅（四面都比别的客厅大一英尺）的门开了，映入眼帘的是一群欢快的人儿，其中都有谁，他一时间辨认不出来。他们围着炉火而坐，热烈欢迎他的到来，沃特森小姐坐在上好的折叠式桌子旁，面前摆着最好的茶具。因为惊讶，他呆站了几秒钟。

“马斯格雷夫！”玛格丽特柔声叫道。

他缓过神来，走向前去，为见到这群人高兴不已，称自己运气太好，这事太出乎意料。他跟罗伯特握了手，朝女士们鞠躬微笑，言行举止非常得体。不过，在旁边观察的艾玛发现，他对玛格丽特没有任何特别的言辞或感情，跟伊丽莎白说的一样。玛格丽特倒是满脸端庄的微笑，似乎认为他是为自己而来。

众人没怎么费劲就劝他脱掉了大衣，坐下来一起喝茶。因为，如他所说：“晚餐八点吃还是九点吃，都没多大关系。”他没有特意找座位，见玛格丽特殷勤地给他推了把椅子，便不推辞，在她旁边坐了下来。不过，玛格丽特虽然把他抢到了自己身边，却无力阻止他回答哥哥的问题。因为他四小时前刚刚离开伦敦，必须跟罗伯特讲讲那边的最新情况，各种公共新闻，时下舆论，这样一来，他就无暇顾及女士们问的那些无关紧要的问题了。终于，他闲了下来，可以听玛格丽特说话了，她温柔地说担心他的旅途一团糟，又冷又黑的。“真是的，你不该这么晚才出发。”她说。

“不能再早了，”他回答说，“我在贝德福德跟一个朋友聊天耽误了。对我来说，何时出发都一样。你回村里多久了，玛格丽特小姐？”

“我的好哥哥好嫂嫂今早刚送我过来，真巧，对吧？”

“你去那边很久了吧，我想，有两周了？”

“你可能觉得两周就算很久了，马斯格雷夫先生，”罗伯特夫人厉声说，“可我们觉得一个月的时间都很短呢。我跟你说，刚好待了一个月，我们都不愿这么快送她回来。”

“一个月！你真的去了一个月？时间真是过得太快了。”

“你可以想见，”玛格丽特低声说，“我回到斯坦顿是什么心情了，真是游子归来的那种伤感。而且，我迫不及待地想见艾玛，盼着姐妹相聚，同时又害怕见她，你能理解这种百感交集的心情吗？”

“不能，”他大声说道，“我永远不怕见到艾玛·沃特森小姐，也不怕见她的任何一个姐妹。”

他加上后面那句，真是再妥当不过了。

“你在跟我说话？”艾玛听到自己名字后说道。

“不是，”他答道，“只是刚才想到了你，估计远方也会有很多人，在这个时候想到你吧。天气不错，艾玛小姐，很适合打猎。”

“艾玛很讨人喜欢，对吧？”玛格丽特低声说，“我发现她比我想象的还要迷人。你见过比她漂亮的吗？我想，就算是你，也会被棕色皮肤迷倒的。”

他犹豫起来。玛格丽特本人很漂亮，但他不太想取悦于她，奥斯本和卡尔小姐也同样漂亮，而且他更喜欢她们一些。

“你妹妹的肤色，”他终于说道，“黑得很漂亮，不过我更喜欢白皮肤。你见过奥斯本小姐吗？她的肤色是典型的女性肤色，而且，她非常漂亮。”

“她比我漂亮吗？”

汤姆没有回答。“女士们，”他扫了大家一眼说道，“我以名誉担保，你们这样屈尊俯就，让穿着随意的我到客厅里来，真是太令人感激了。到这儿来有多不合适，我之前真没想到，不然，我肯定会保持点距离的。奥斯本夫人如果看到我这样，肯定会说我越来越漫不经心了，跟她儿子一样。”

女士们不想跟他客套，罗伯特·沃特森先生通过对面的玻璃，偷偷瞥了一眼自己的头，然后客气地说：“你哪有我随便啊。我们很晚才到这儿，都没时间新抹点头粉。”

艾玛忍不住想，嫂子此刻是什么样的感受呢。

茶点撤走后，汤姆开始谈他的马车，这时，旧牌桌摆上来了，沃特森小姐从餐厨带来了包装还算干净的鱼和筹码。大家都迫切要求汤姆一块玩，他同意再待一刻钟。他愿意留下，连艾玛都觉得高兴，因为她开始觉得，家庭派对肯定是再糟糕不过的聚会了。其他人也因为他留下而高兴。

“玩什么呢？”大家围着桌子站成一圈时，他问道。

“我想，玩大投机吧。”伊丽莎白说，“我嫂子推荐的，我猜大家都喜欢，我知道你喜欢，汤姆。”

“克罗伊登那边的轮回纸牌，只有这一种玩法，”罗伯特夫人说，“我们从来没想过玩别的。很高兴你也喜欢玩。”

“哦，别管我了，”汤姆说，“玩法随你们定，我反正都喜欢。大投机曾让我度过了一些快乐时光，不过很久没玩了。奥斯本城堡玩‘二十一点’，我最近都在玩这个。你们要是听到我们在那边有多吵，肯定会感到吃惊的。那个古老华贵的客厅回声隆隆，奥斯本夫人说，她有时都听不到自己说话了。奥斯本勋爵非常喜欢这种玩法，他是我见过的最棒的发牌人，速度飞快，情绪高昂，任谁也猜不出自己的牌来。你们要能见到他专注于双手纸牌的情景，就不枉此生了！”

“哎呀！”玛格丽特叫道，“那我们干吗不玩‘二十一点’？我觉得肯定比大投机好玩。我得说，我不是很喜欢玩大投机。”

罗伯特夫人一言不发，不再坚持自己的玩法，她妥协了，奥斯本城堡的玩法战胜了克罗伊登的玩法。

“你在城堡里经常见到牧师一家吗，马斯格雷夫先生？”艾玛一边坐下一边问。

“哦，经常见，他们总在那边。布莱克夫人是个友好愉快的小女人，她跟我是至交；霍华德很绅士，是个好人！可以肯定的是，那群人一直没忘记你。我觉得你应该偶尔露一露脸，艾玛小姐。你应该会对上周六晚上八九点钟发生的事感兴趣吧？我跟你说是怎么一回事。——我看你很想知道。听说霍华德到奥斯本勋爵——”就在这吊胃口的一刻，他被别人叫住了，让他规范玩法，有争议的地方需要他定夺。就这样，他的注意力完全集中到了牌上，玩的过程中也再没提起刚才的话题上。艾玛虽然很好奇，但也不敢提醒他往下说。

事实证明，他在桌旁非常有好处。如果没有他，就只是一堆亲戚聚在一起玩，没多少乐趣，也少了很多殷勤，他的出现让牌局变得丰富多彩，让大家都颇有兴致。他非常擅长轮回纸牌，在牌局中光芒四射，偶尔出现情况时，他的存在显得更加重要了。他兴致勃勃，总有很多话要说，他虽然没什么智慧，却能引用不在场友人的一些趣话，而且能把一些老生常谈或是芝麻小事说得趣味无穷，这对牌桌的影响真是太大了。

他还常常说起奥斯本城堡的趣事和笑话，以此娱乐众人。他复述了一位女士的机智格言，又讲了另一人的疏忽往事，甚至为逗乐大家，模仿了奥斯本勋爵专注于双手纸牌的样子。

他就这样欢快地忙活着，直到九点的钟声敲响，仆人为主人端来了一盆粥，他高兴地对沃特森先生说，他该回去赴餐宴了，对方也该享用晚餐了。马车已经在门口准备好，此刻再挽留他，实属徒劳，因为他很清楚，如果再待下去，过不了十分钟他就得坐下来跟他们一起吃晚餐，而对于一个反复说要赴餐宴的人来说，这是不能忍受的。玛格丽特得知他决意要走，开始朝伊丽莎白又是点头又是使眼色，让她邀他明天到家来吃主餐，天性热情友善的伊丽莎白终于忍受不了这样的暗示，发出了邀请：“你能过来跟罗伯特聚一聚吗？他们想跟你聚聚。”

“那再好不过了。”他一开始这样答道，过了一会儿又补充道，“我是说，我会尽量按时到的，但我要跟奥斯本勋爵去狩猎，所以不能做保证。如果到时没看到我，就别等我了。”他说完就离开了，很高兴自己给了一个模棱两可的答案。

12

玛格丽特觉得事情很顺利，满心欢喜。第二天早晨，有一小段时间她单独和艾玛在一起，有意想跟艾玛成为好友，说道：“亲爱的艾玛，那个年轻男子昨晚在这儿，今天还会过来，你可能想不出我有多高兴——”艾玛假装不知道她话里有话，敷衍作答后起身跑了，避开这个让她不舒服的话题。

因为玛格丽特不允许任何人质疑马斯格雷夫会不会来赴宴，为了款待他，餐饮准备得比头一天还要丰盛。玛格丽特从她姐姐那里夺过了监工的位置，大半个早晨都在厨房里指手画脚。大量的烹饪工作完毕，又经过长时间焦虑的等待后，他们无奈地坐了下来，嘉宾席空缺，汤姆·马斯格雷夫没有来。玛格丽特无力掩藏自己的失望和懊恼，也压制不住自己易怒的脾气。

那一天下午以及后面的一整天，家人团聚（包括罗伯特和简的来访）带来的祥和气氛反复被她的焦躁易怒和吹毛求疵打破了。伊丽莎白总成为她的发泄对象，她尽量尊重哥哥姐姐的意见，在他们面前举止要得体，可总觉得伊丽莎白和女仆什么事都做不好。她似乎没再想起艾玛来，而艾玛也发现她那异乎寻常的温柔之音是那么短暂。因为不想介入他们中去，艾玛更愿意坐在楼上陪父亲，并温柔地请求父亲让她每晚来做伴。伊丽莎白喜欢各种类型的社交，她更愿意待在楼下，不管有什么样的风险。而且，即便玛格丽特常常故意作对，她也觉得和简在一起谈论克罗伊登要比跟父亲待在一起好，父亲往往忍受不了别人说话。因此，既然她妹妹觉得陪父亲一点都不吃亏，这事就这么定下来了。对艾玛来说，这次互换再合意不过了。父亲病得重时，只要她安安静静、彬彬有礼地陪着就好，他能说话时，也是个不错的伙伴，因为他是个有智慧、有教养的人。

待在父亲的卧室里，艾玛觉得很平静，远离了不平等社会和家庭不和带来的各种窘迫，不用再忍受兴旺发达背后的冷酷无情，粗俗的自负和执迷不悟的蠢行，这一切都那么令人不快。想到他们，想到过去和将来，她依旧会苦恼，但此刻，她不再受他们的影响和折磨。她很悠闲，可以读书，可以思考，尽管当下的处境让她没法太平静地思考。她失去了姨丈，这可不是儿戏，由此而生的灾难也没有淡化之意，每当她任由思绪驰骋，将过去和现在进行对比时，不快之感油然而生，只能转去看书，换换脑子，消除不愉快的想法。

因为一位至亲的死亡和另一位的草率离开，她的家庭、社交和生活方式发生了太多变故。她曾经是姨丈最大的希望和最深的念想，享受着如同父亲一般的呵护，还有姨妈温柔的照顾，好脾气的姨妈总乐意娇宠着她。她曾经在那个舒适而高雅的家庭里意气风发地生活，有望继承一笔足够她生活的财产，而现在，她成了一个无足轻重之人，给那些对她无任何爱意的人添加负担，成为这个本已承载过重的家庭的累赘。这个家里充斥着愚蠢之人，完全没有温馨舒适可言，将来也不可能会支助她。唯一好的一点是，她依旧开朗大方，如果是精神脆弱之人，这样的变迁肯定会让她陷入悲观沮丧不能自拔。

罗伯特和简邀她到克罗伊登去，让她倍感压力，很难找到拒绝的托词，因为他们自觉高人一等，把自己的善意想得太过崇高，认为这样的邀请对艾玛再好不过了。伊丽莎白表示，她会私底下劝艾玛跟他们去，尽管她自己并不愿意。

“你不知道你都拒绝了什么，艾玛，”她说，“也不知道在家里都要承担些什么。我建议你，无论如何都要接受他们的邀请。克罗伊登那边总有热闹的事情，你每天都会有人陪，罗伯特和简会对你很好的。至于我，情况也糟不到哪儿去，我已经习惯了。你呢，现在才刚刚见识到玛格丽特的那些讨厌行为，如果待在家，以后还有更多气让你受的，你想都想不到。”

听了这番话，艾玛不为所动，只是更加敬重伊丽莎白。后来，哥哥嫂嫂走了，她没有一块儿去。

附录

根据 1871 年再版的《回忆录》第 364 页：

作者的姐姐卡桑德拉把这份手稿给她的几个侄女看时，也告知了一些后续的故事情节，因为简·奥斯汀似乎总跟亲爱的姐姐畅谈手头忙活的书稿——相信她只跟这位姐姐谈。沃特森先生很快就去世了，艾玛不得不寄于目光短浅的哥哥嫂嫂檐下。后来，她拒绝了奥斯本勋爵的求婚。故事最吸引人的地方在于，奥斯本夫人爱上了霍华德先生，而霍华德则恋上了艾玛，最终娶她为妻。

莱斯利城堡

献 词

致亨利·托马斯·奥斯汀先生

先生：

你一直让我写一部小说给你，这是我的荣幸，如今我就冒失地把这部献给你，只可惜没有写完，虽然我写的东西大抵如此。作为你谦卑而感恩的仆人，我担心写出来的这部分也太过琐碎，不值得一看。

请为您这位卑微的仆人——未婚女简·奥斯汀考虑，向她付款一百几尼。

信 1

玛格丽特·莱斯利小姐致夏洛特·卢特瑞尔小姐

写于莱斯利城堡

1792 年 1 月 3 日

我哥哥刚刚离开了我们。“玛蒂尔达，”他离开时说，“相信你和玛格丽特会好好照顾我女儿的，她会从你们这里得到母亲一般的关切和宠爱。”说着，他的眼泪流了下来，因为想起了她——一个放纵无度、亵渎母亲职责、公开背弃婚姻的女人，他再也说不出话来。拥抱了自己的孩子之后，他与玛蒂尔达和我作别，迅速上了轻便马车，朝阿伯丁而去。世上还有比他更好的年轻人吗！哎，他不该经历这样的婚姻波折。这么好的丈夫，却娶了那么糟糕的妻子！亲爱的夏洛特，你也知道，那个可鄙的路易莎背弃了他和孩子，不顾自己的名声，几周前无耻地跟着丹佛斯跑了。像路易莎这样面孔甜美，身材曼妙，内心阴冷的女人，世界上恐怕再无第二个了。这孩子像她母亲那样漂亮迷人，希望会继承父亲的精神世界。莱斯利现在才二十五岁，却陷入了忧郁和绝望，跟他父亲差别太大了！乔治先生已经五十七岁了，仍然生气勃勃，仿似轻狂的年轻人，倒像他儿子五年前的模样，记忆中的他一直就是这个样子。

这位五十七岁的父亲在伦敦街道上四处晃荡，沉迷于酒色，什么都不想。玛蒂尔达和我则一直与世隔绝，住在古老而腐朽的城堡里。这座城堡坐落在一块凸出醒目的岩石上，距离佩思两英里，可以俯瞰城市风光和美丽的郊区景色。不过，我们虽然很少与世人接触，只去利奥兹、肯依丝、佛逊、卡特尼、唐纳德、金农、利兰、凯斯、麦克白和迈克达夫家拜访拜访，但谁也不觉得沉闷或不开心。相反，世上再没有比我们更活泼快乐的睿智女孩了，沉闷的日子我们一刻也不曾有过。我们读书、劳作、散步，累了就放松下来，唱一首欢快的曲子，跳一支优雅的舞蹈，或者来点智慧名言，妙语如珠。亲爱的夏洛特，我们很漂亮，非常漂亮，但不会以此自诩，这才是最完美的地方。

哦，我干吗这样喋喋不休地说自己呢！该夸一夸我可爱的小侄女——天真无邪的路易莎了。此刻，那孩子正躺在沙发上小憩呢，脸上露出了甜蜜的微笑。小家伙刚刚两岁，却有着二十二岁的美貌，三十二岁的智慧和四十二岁的沉稳。为了让你心服口服，我有必要告诉你，她的肤色很好，面孔漂亮无比，而且已经认识字母表的前两个字母，也从来不哭湿自己的连衣裙。如果你还是对她的美貌、智慧和沉稳有所怀疑，我也没有更多依据了。所以，这事没别的法子，只有你亲自到莱斯利城堡来，与路易莎相识，然后靠自己判断了。

啊，我亲爱的朋友，要是能在这庄严的城堡内见到你，那该多好啊！从我离开学校，与你作别到现在，已经过去四年了。这样两颗温柔的心，因悲悯和友谊而紧紧联系在一起的两个人，竟然天各一方，太让人伤感了。我在佩思郡，你在苏塞克斯。我们可以在伦敦见面，前提是我父亲愿意带我上那儿去，同时你母亲也带你前去；还可以相遇在巴斯、藤布里奇或其他任何地方，只要你我都同在那里。现在我们只能期盼了，期盼着这样的时刻来临。

我父亲要到秋天才回来，我哥哥要离开苏格兰一段时日，他急不可耐地要去旅行，自称换换空气能抚平心灵的创伤！亲爱的夏洛特，相信你会和我一起，为不幸的莱斯利祈祷，希望他能恢复内心的平静，他平静了，我才能平静。

玛格丽特·莱斯利

信 2

夏洛特·卢特瑞尔小姐写给玛格丽特·莱斯利小姐的回信

写于格林福德

2 月 12 日

亲爱的佩吉[①]，这么长时间没回复你的信，真是有上千个借口，相信我，要不是过去这五周一直在忙，没有任何闲暇时间，我绝不会拖到现在。我忙着安排姐姐的婚礼，没能把时间放在你我的情谊上。现在，最让我受刺激的是，婚礼取消了，我的努力都白费了。想想我有多失望吧，你看，我白天黑夜地忙，只为了能在指定的时间内准备好婚宴主餐。我烤了牛肉、焙了羊肉、炖了汤，足够这对新婚夫妇度完蜜月了，最后却懊恼发现，我烤的、焙的、炖的肉食全无用处了。亲爱的朋友，自从记事以来，我从来没像上周一那么恼火过，当时我姐姐跑进储藏室来找我，脸色煞白，跟我说哈维从马背上摔了下来，脑袋摔坏了，外科医生说情况非常危险。“老天啊！”我说，“不会吧？怎么可能发生这样的事情！那我们只能等食物变坏，没机会吃了。不过，我们可以让外科医生帮忙。我自己吃掉牛里脊肉，母亲喝汤，剩余的交给你和医生解决。”

---

①佩吉，玛格丽特的昵称。

说到这儿我打住了，只见可怜的姐姐死了似的倒在一个存放桌布的箱子上。我赶紧叫妈妈和仆人，好不容易才把她弄醒了。恢复知觉后，她说要赶紧去看亨利·哈维，非常坚决，怎么都阻止不了。劝说不成，我们只能强行把她弄到了房间里，让她躺在床上。

后面的几小时，她一直在抽搐，非常吓人。母亲和我一直在屋里陪着她，等她相对平静下来后，我们才得点空闲，为这事引起的巨大浪费哀叹不已，讨论怎么处理这些食品。我们一致认为，最好的办法就是赶紧吃掉，因此，我们让人呈上冷火腿和鸡肉，大咀大嚼起来。我们劝埃洛伊莎来点鸡翅，但她不愿意吃。她已经平静多了，之前的抽搐变成了完全的麻木。我们想方设法让她起来，但无济于事。我跟她讲起了亨利。

“亲爱的埃洛伊莎，”我说，“你不该为这样的琐事——我这样轻描淡写，是为了安慰她——哭成这样。拜托，别再放心上了。你看，这事都没让我苦恼，虽然我才是最遭罪的那个，因为我不得不吃掉自己准备的所有食物。如果亨利康复了——虽然不太可能——我还会为你准备这么多东西的；万一他死了——我估计是这样了——你嫁了别人，我也会为你准备餐宴。所以，虽然你现在为亨利的不幸而痛苦，但我敢说，他马上就会死的，等他的痛苦结束了，你也就好了。而我呢，麻烦的工作还要持续很久，花上两周都没法把食品储藏室清理干净。”

我极力安抚她，但一点用都没有。终于，我发现她似乎没在听我说话，因此不再多说，只让母亲陪着她，自己吃掉了剩余的火腿和鸡肉，并派威廉去问问亨利的情况。他没多活几小时，当天就死了。我们以最温柔的方式，小心翼翼地把这事告诉了埃洛伊莎，可我们的谨慎一点用都没有，她听了这事后，反应太剧烈了，连续几小时神志昏迷。现在她仍旧病得不轻，医生很担心她的病情会恶化。所以，我们准备去布里斯托尔，下周应该会待在那里。

亲爱的玛格丽特，现在该说你的事了。首先要告诉你的是，根据可靠消息，你父亲要结婚了，这个令人不快的消息，我也不愿意相信，但又没法不信。有关这事，我已经向我的朋友苏珊·菲茨杰拉德写信求证了，她目前就在伦敦，可以给我确凿的答案。我不知道你父亲要娶的人是谁。我觉得，你哥哥去旅行，这个主意很不错，因为这有助于抹除他的记忆，忘记近来让他备受折磨的那些事。得知你和玛蒂尔达虽然与世隔绝，但不觉得乏味或苦恼，我很高兴，作为你真挚的朋友，只望你们永远都不要有这类体验。

夏洛特·卢特瑞尔

另：我这会儿收到了朋友苏珊的来信，把信给你附上，剩下的你自己考虑吧。

附件如下：

亲爱的夏洛特：

你问我有关乔治·莱斯利先生的婚讯，算是问对人了，对此恐怕没有人比我知道得多了。乔治先生确实要结婚了，他要娶的人就是我，所以，看到我下面的署名变了，你应该不会感到惊讶了。

爱你的

苏珊·莱斯利

信 3

玛格丽特·莱斯利小姐致夏洛特·卢特瑞尔小姐

写于莱斯利城堡

2 月 16 日

亲爱的夏洛特：

看了你附上的信件，我已经心里有数了。我想，再婚后，乔治先生有了第二个家庭，我们的财富必然会大量削减——如果他妻子是个奢侈的人，可能会鼓励他继续放荡淫逸地生活，其实那都不需要鼓励，我只是担心这太损耗他的健康和财富——那女的可能已经成为我母亲那些珠宝的女主人了，本来乔治先生答应给我们的——他们要是不来佩思郡，我就没法亲眼看一下这位后妈的模样，好奇心只能落空了；万一来了，玛蒂尔达和我就再也不能坐在父亲桌子的首席位置了。亲爱的夏洛特，看了苏珊给你的信，我脑子里塞满了这些郁闷的想法。玛蒂尔达读完信后，跟我一样，脑海里充斥着各种各样的担忧，最让她困扰的究竟是财富的减少还是自己的命运，我也不得而知了。我们俩都很想知道莱斯利夫人漂亮与否，你觉得她怎么样。既然你称她为朋友，她肯定很迷人吧。

我哥哥已经到巴黎了，打算几天后离开前往意大利。他的信写得轻松愉快，说法国的环境让他大大恢复了健康，精神也好了，他现在完全不去想路易莎了，对她既没有同情也没有爱恋，甚至觉得应该感谢她跟人私奔了，再度单身真是其乐无穷。至此，你可以感觉到，他已经重获快乐，恢复朝气和智慧了，以前的他一直是那么优秀。三年前他刚认识路易莎时，是同龄人中最活泼，最令人愉快的一个。

他与她的相识，想来你不知道其中细节吧。这要从我们的表兄杜梦德上校说起。那时我哥哥刚刚二十二岁，去坎伯兰郡的表兄家过圣诞节。路易莎·伯顿是杜梦德夫人一个远亲的女儿，那位远亲死于极度贫困，留下十八岁的独生女，让愿意监护她的亲戚来看护。杜梦德夫人是唯一愿意监护她的人。因此，路易莎从约克郡一所卑微的小屋搬到了坎伯兰郡的一座豪宅里，摆脱了贫穷带来的经济窘迫，从此享受着荣华富贵。路易莎天生脾气不好，而且特别狡猾，但她父亲教她用甜蜜的外表来掩饰自己的真性情。那位父亲很清楚，只有结婚才不会让她饿死，而且认为，有这么惊艳的美貌，再加上优雅的举止和迷人的谈吐，她肯定能抓住好的机会，让某个年轻男子为她倾心，愿意娶一个身无分文的女孩。路易莎对父亲的伎俩十分认可，决定全心全意参与进去。凭着一股坚持不懈的韧劲，她终于把自己的天性掩藏在了天真温柔的面具之下，只要不跟她长期相处，亲密来往，任何人都无法发现她的真实面目。莱斯利在杜梦德家初次见到路易莎时，她就是那样一副迷人模样。莱斯利的心，用你最喜欢的比喻说，就像奶油葡萄酒一样甜蜜温柔，抵挡不住她的诱惑。没几天，他就坠入爱河，认识她还不到一个月，就跟她结婚了。对于这桩仓促、欠考虑的婚姻，我父亲一开始很反对，但得知他们一点都不在乎时，也很快就接受了。

我哥哥在阿伯丁附近的田产是他那位不用靠乔治先生过活的好叔叔赠予的，足够他和路易莎优雅闲适地生活了。最开始那一年，没有谁比莱斯利更幸福了，也没有谁比路易莎更和蔼可亲，她扮演得那么真实，行为举止那么谨慎，虽然玛蒂尔达和我经常花几周时间跟他们在一起，但对她的真实性格完全没有起过疑心。小路易莎出生后，加固了她在莱斯利心中的地位，她也就大胆抛开了长久以来一直戴着的面具，因为她可能觉得自己安全了，深得丈夫喜爱（确实，孩子的出生让他的爱意更浓了），不用煞费苦心，防止丈夫的爱意减退了。因为相处不如以前那样愉快了，我们也就不常去他们居住的邓比斯村了。但我们的缺席从来没让路易莎挂怀或惋惜，因为她与年轻的丹佛斯来往甚密，而且在阿伯丁（他在那里的一所大学上学）混熟了，觉得比跟我和玛蒂尔达在一起更开心，虽然世上没有比我们俩更讨人喜欢的女孩了。莱斯利的婚姻以悲剧告终，这个你知道的，我也就不复述了。

再见，亲爱的夏洛特，虽然我一直没说，但请你相信，我能想象和感受到你姐姐所受的折磨，并为此而难过。希望布里斯托尔丘陵的新鲜空气能让她不再想亨利，能抚平她的创伤。

你永远的

玛格丽特·莱斯利

信 4

夏洛特·卢特瑞尔小姐致玛格丽特·莱斯利小姐

写于布里斯托尔

2 月 27 日

亲爱的佩吉：

我刚刚收到你的来信。你的信寄往了苏塞克斯，而我到了布里斯托尔，不得不从那边转寄过来，因此有所耽误，不过我这会儿还是收到了。谢谢你跟我讲莱斯利与路易莎相识相爱到结婚的过程，虽然以前你跟我讲过了，但我仍觉得有趣。

我要不无欢喜地告诉你，我现在完全可以想象，食品室就要清理干净了，因为我们给仆人下了特别详细的命令，让他们努力把东西吃掉，并且叫了两个女会长来帮忙。我们带了一份凉鸽肉排，一只凉火鸡，一份凉舌和半打果冻，在房东夫妇和他们家三个孩子的帮助下，总算在到达后不到两天的时间内吃光了。可怜的埃洛伊莎仍然病恹恹的没精神，我担心布里斯托尔丘陵的新鲜空气也无法将亨利从她的记忆中抹去。

你问我你们的继母是否漂亮迷人，我现在详细跟你描述一下她的外貌和精神魅力吧。她个子不高，但身材很好；脸色苍白，不过抹了很多胭脂，一见面，她就会刻意让你留意到她的明眸皓齿，觉得她是个非常漂亮的人；她脾气特别好，别具一格，而且很活泼，也不乏幽默；她放纵无节制，但不矫揉造作，除了我写给她的信，别的再没读过些什么，而且，除了回信，也没写过别的东西；她会弹琴、唱歌和跳舞，但品位不佳，而且都不擅长，虽然她自称非常喜欢这些。可能你会觉得惊讶，这样一个不怎么讨人喜欢的人，怎么会是我的密友。老实说，我们的友谊源于她的突发奇想，而非我对她的敬意。我们在伯克郡与一位女士共同相处了两三天，因为我俩碰巧都认识她。那期间，天气出奇地糟，我们一伙人都很无聊，她是那么好心，对我怀有特别的偏爱之情，我们很快就建立了率真的友谊，后来一直通信。现在她可能厌倦我了，就像我厌倦了她一样，不过，她太客气，我太文明，都不会说出来。我们依旧常常通信，很亲密，忠诚真挚如初。

她很喜欢伦敦和布赖特赫尔姆斯通的声色娱乐，我敢说，她不会为了满足好奇心，劝自己抛开城里纸醉金迷的生活，到你们住的那座阴郁而庄严的城堡中去的。不过，若是因为过多娱乐而损耗了身体，或许她会拿出点毅力，到苏格兰去旅行，虽然不令人愉快，却能助她恢复健康。

我不无遗憾地说，对于你父亲的挥霍，你自己的财产，你母亲的珠宝以及你姐姐的命运，你的担忧非常有道理。我这位朋友有四千英镑，只要能到手，估计每年耗在衣物和热闹场合的就有这么多——她肯定不会劝乔治先生放弃他早已习惯了的奢靡生活。所以，你确实应该担心，你的财产可能一点都拿不到了。我猜珠宝很可能会成为她的，而且有理由相信，她将入座你父亲的餐桌首席，你们做女儿的只能靠后了。不过这个话题肯定会让你懊恼无比，我就不多说了。

因为埃洛伊莎的病，虽然季节不宜，我们还是到了布里斯托尔。自打来了以后，只结识了一个上流社会的家庭。马洛夫妇非常和蔼可亲，因为儿子健康欠佳，他们才到这里来的。既然只能与他们家交流，和他们建立亲密的友谊也是自然而然的事。我们基本上每天都见面，昨天还跟他们共进主餐了。非常愉快的一天，主餐也不错，只是小牛肉半生不熟的，咖喱没加料。我忍不住想，要是每顿主餐都让我加料就好了。马洛夫人的一个弟弟——克里弗兰德先生跟他们在一起，他是个面容英俊的年轻人，似乎总有说不完的话。我跟埃洛伊莎说，她应该跟他调情，但她好像对我的点子一点兴趣都没有。我希望看到这女孩结婚，而且克里弗兰德先生是个品位很好的人。或许你会想，结婚这事我怎么不考虑一下我自己呢。老实说，我从来没想过要在婚礼上扮演更重要的角色，监督和筹办婚宴就够了。要是某个熟人跟我结婚，我就没法自己筹办婚宴了，可以想象，我没有那么多时间像筹备朋友的婚宴那样去为自己准备。

你真挚的朋友

夏洛特·卢特瑞尔

信 5

玛格丽特·莱斯利致夏洛特·卢特瑞尔小姐

写于莱斯利城堡

3 月 18 日

上一次收到你的信时，玛蒂尔达也于同一天收到了乔治先生的来信，从爱丁堡寄来的，说次日晚上他会高高兴兴地把莱斯利夫人介绍给我们。我们自然是大吃一惊，尤其是看了你对那位夫人的描述后，我们有理由觉得她没可能到苏格兰来，因为此时的伦敦肯定充满了欢愉。我们准备好好写封回信，表达我们的荣幸和欢喜之情，但又想起他们第二天晚上就到，离开爱丁堡之前肯定是收不到信了，我们有多高兴，就留给他们去猜想吧。第二天晚上九点，他们来了，同来的有莱斯利夫人的弟弟菲茨杰拉德先生。这位夫人跟你的描述完全相符，只不过，我觉得她没有你眼中那么漂亮。她的脸蛋还不错，但跟高挑优雅的玛蒂尔达和我相比，她那短小的身材太不出彩了，简直就是个可以忽略的侏儒。她很好奇，要来看我们（对她来说，跑到四百英里以外的地方肯定很有趣），现在好奇心满足了就开始提回城的事，并且要我们跟她一块儿去。我们不好推辞，更何况父亲也附和着她，命令我们前往，菲茨杰拉德先生也盛情邀请。生平见过的年轻男子中，菲茨杰拉德先生是最讨人喜欢的一个。何时出发还没定下来，不过，我们去的时候，肯定会带上小路易莎。

再见，我亲爱的夏洛特，奉上玛蒂尔达和我的美好祝愿，愿你和埃洛伊莎都好。

你永远的

玛格丽特·莱斯利

信 6

莱斯利夫人致夏洛特·卢特瑞尔小姐

写于莱斯利城堡

3月20日

亲爱的朋友：

我们是两周前到这儿来的，真后悔离开波特曼广场的迷人房屋，到这座古老阴郁、饱经风霜的城堡里来。你想象不到，那地牢似的外形有多难看。城堡坐落在一个大岩石上，看着就难以靠近，真希望有根绳子拖着我上去。我真的很懊悔，竟然为了满足自己的好奇心，不惜进入这样危险而可笑的“监狱”来看望两个女儿。不过，安全进入这座巨大的建筑之后，我安慰自己说，见到两个漂亮女孩应该能让我恢复生气，她们应该跟我在爱丁堡时听到的描述相差无几。可是，见到她们时，我失望了，并且很惊讶。玛蒂尔达和玛格丽特太高了，高得离谱，这种身高的人也只能住在这么庞大的城堡里。亲爱的夏洛特，我真希望你能看到这两个苏格兰巨人，相信她们会把你吓疯掉的。对我来说，她们真是绝好的陪衬，所以我要邀请她们跟我去伦敦，估计两周后就能到那边了。

除了这两个年轻姑娘，我发现这里还有个令人发笑的小家伙，相信是她们的一个亲戚。她是谁，她们跟我讲过的，还讲了一个特别冗长的故事，有关那孩子的父亲和某一位小姐，不过我都忘记了。我讨厌流言蜚语，憎恶小孩。到这里以后，我一直备受折磨，总有大堆的苏格兰人不厌其烦地前来拜访，名字真是太难记住了。他们那么礼貌客套，盛情邀请我，说是很快会再来，我忍不住冒犯了他们，心想以后再也不要见到他们了。而且，这一家子人都那么蠢，我真不知道怎么打发日子。这些女孩只知道些苏格兰风格的音乐，画画也只会画苏格兰的山，除了苏格兰诗歌，再没有别的书——什么都是苏格兰，讨厌透了。总之，我会在自己的梳妆室里待上大半天，很享受，但是，我为啥要打扮呢，这城堡里又没有让我想取悦的人。

刚才我跟弟弟谈话时，他严重把我惹恼了。既然我没别的趣事可说，就详细跟你讲讲这事吧。要知道，过去这四五天，我一直强烈怀疑威廉对我那个小女儿有偏爱之意。我要说，假如我会爱上某个女人的话，绝对不可能是玛蒂尔达·莱斯利，我才不会把激情放在这样一个人身上，没别的，我就是讨厌高个子的女人。只是有些男人不考虑这个，而且威廉身高将近六英尺，他会喜欢这么高的人也不足为怪。我猜，如果不能跟玛蒂尔达结婚，我弟弟会很不开心，我真为他难过，因为我是那么爱他。但是，我很清楚，他的情况不允许他娶一个没有任何财富的女人，而那个玛蒂尔达完全只能靠她父亲，她父亲可不愿意给她任何东西，我更是不会同意。我觉得有必要做件好事，让他把情况弄清楚，到底是要克制自己的激情，还是要继续爱下去，最后以失望告终。因此，今天早晨我发现他独自在城堡的一个老屋子里时，跟他谈起了这事。

“哎呀，亲爱的威廉，你觉得这两个女孩怎么样？我觉得，比我想象的好一点，不是那么平淡无奇。不过，你可能觉得我对自己丈夫的女儿有所偏袒，或许是这样。她们跟乔治先生很像，自然会让人觉得——”

“我亲爱的苏珊，”他极度惊讶地叫道，“你不会真觉得他们父女很像吧！他是确确实实平淡无奇！哦，真对不起，我刚才忘了，我们说的可是你丈夫。”

“啊，不用管我。”我答道，“人人都知道乔治先生奇丑无比，放心，我也一直觉得他很丑。”

“你对乔治先生和他女儿的看法都让我很惊讶，你可不能觉得自己的丈夫丑陋没魅力。而且，你怎么会觉得他跟两位莱斯利小姐很像，在我看来，他两个女儿非常漂亮，一点都不像他。”威廉说。

“你要是觉得那两个女孩漂亮，那就说明她们的父亲不英俊。因为，既然她们很好看，又一点都不像父亲，那就是说，她们的父亲平淡无奇。”

“不是这样，因为女人觉得美的，男人可能会觉得很不喜欢。”他说。

“但是几分钟以前你自己还说他平淡无奇。”我说。

“男人不好判断男人的美。”他说。

“不管男人还是女人，没有谁觉得乔治先生还过得去。”我回道。

“好了，好了，不要再讨论他英俊与否了。不过你对他两个女儿的看法确实很奇怪，要是我理解得没错，你说的是她们俩没你想象的那么平淡无奇。”他说。

“这么说，你觉得她们比平淡无奇还要平淡无奇？”我说。

“你这么极端地说她们，很难相信你是认真的。你不觉得两位莱斯利小姐非常漂亮吗？”他答道。

“天哪，不觉得！我觉得她们太普通了！”我叫道。

“普通！我亲爱的苏珊，你不会真的这么想吧！她们俩的脸，不管哪一个，你能从中找到一点瑕疵吗？”他说。

“哦！饶了我吧。那好，我就从大的玛蒂尔达说起，可以吧，威廉？”为了羞辱他，我说这话时露出一副可爱的模样。

“她们俩长得那么像，我觉得，其中一个的瑕疵，也就是两个人的瑕疵吧。”

“好吧，首先，她们俩都高得可怕！”

“她们确实比你高。”他无礼地笑着说。

“哦，这我可不知道。”我说。

“好吧，”他继续道，“就算她们比普通人高，但形体优雅，脸蛋和眼睛也非常漂亮。”

“这么庞大，能把人撞倒的身材，我可看不出什么优雅来。至于眼睛，她们太高了，我脖子伸不了那么长，看不到。”

“不会吧。”他说，“你都没看看，是对是错我也不好说了，因为，她们的光芒可能会刺到你呢。”

“哦！那当然了。”我自鸣得意地说。因为，亲爱的夏洛特，我保证，我一点都不生气，即便威廉觉得自己冒犯了我，走过来抓起我的手说：“苏珊，你不要这么严肃，让我觉得害怕，害怕我惹恼了你！”

“惹恼我！亲爱的弟弟，你脑子里怎么会有这样的想法！当然没有！跟你说吧，你这样热情洋溢地赞美两个女孩，我一点都不觉得奇怪——”我说道。

“嗯，但是，”威廉打断我说，“有关她们，我们还没争论完呢。你觉得她们的外貌有什么缺陷？”

“她们苍白得可怕。”

“是不怎么红润，但做点运动就会好很多。”

“没错，不过，要是这地方下雨，她们就只能一直苍白着了——除非自娱自乐，在这些可怕的走廊里跑上跑下。”

“嗯。”我弟弟很不礼貌地瞥了我一眼，让人恼火地说，“虽然她们不太红润，但至少，那是她们的自然肤色。”

这可太过火了，亲爱的夏洛特，我敢肯定，他脸上写满了狂妄，做出怀疑我真实肤色的样子。我相信不管什么时候，听到这样的诽谤，你都会为我的人格做担保，证明我有多反对涂脂抹粉，多么讨厌这些，因为我一直都这么跟你说的。而且我还可以保证，我现在的观点仍是一样的。我弟弟的话让人受不了，我迅速离开了那个房间，随后就到梳妆室里给你写信了。我写了多么长的一封信啊！等我回到城里后，你就别指望能收到这样长的信了，因为只有在莱斯利城堡，我才会有时间写信，恰恰就是写给夏洛特·卢特瑞尔。威廉那一瞥太让我恼火了，本来去跟他谈话是出于我对他的爱，想就他对玛蒂尔达的爱恋给点建议，但我失去性子了，什么都没说就走了。我现在可以肯定他非常喜欢她，相信他不会听我的劝告的，所以我也不用为了他和他喜欢的那个人给自己添堵了。

再见，亲爱的女孩。

爱你的

苏珊·莱斯利

信 7

夏洛特·卢特瑞尔小姐致玛格丽特·莱斯利小姐

写于布里斯托尔

3 月 27 日

我这周既收到了你的来信，也收到了你后妈的来信，真是太好玩了，因为我发现你们俩都在妒忌对方的美。两个漂亮女人，即便是母女，如果在同一屋檐下从不曾因为脸蛋闹过不和，那可就奇怪了。可以肯定的是，你们俩都很漂亮，这不用多说。我想，这封信应该直接寄到波特曼广场吧，希望你到那里不会太难过，毕竟你对莱斯利城堡的感情是那么深。虽然人人都说绿色的田野和乡村宜人，但我总觉得，如果只待一段时间，伦敦的花花世界肯定更迷人，要是我妈妈的收入允许，能在冬天带我们到伦敦热闹的地方去，那就太好了。我一直特别想去沃克斯大厅，看看那里的冷牛肉是否真如传闻能切那么薄，因为我暗自怀疑，冷牛肉切丝这门艺术，像我这么懂的人恐怕寥寥无几。如果我对此一无所知，倒不会觉得有什么难的，只不过这是我一直以来学得最用功的课程。

妈妈总说我是她最好的学生，爸爸在世时，埃洛伊莎是他最好的学生。我们俩可谓是世界上性格差异最大的人了。我俩都喜欢阅读，她爱读历史，我爱看票据；她爱画画，我爱摆弄雏鸡；唱歌没有谁比得上她，馅饼没有谁做得比我好。我们长大以后，就一直是这种情况。不过，以前我们总为谁更优秀而争吵不休，现在不了。多年前我们达成协定，要相互欣赏对方的工作，我绝不错过她的音乐，她总吃我做的馅饼。亨利·哈维出现在苏塞克斯以前，我们一直都遵守约定。如你所知，亨利的姑妈一年前搬到我们附近居住，他定期来看望她，访问持续的时间也差不多是固定的。但是，自从姑妈搬到距我家只有一步之遥的房屋后，他就来得更频繁了，待的时间也更长了。当然了，这会让他姑妈戴安娜夫人很不悦，她自称反对所有不合礼仪规矩的事情，或者说，反对那些不让人轻松、没教养的行为。她对自己侄儿的行为非常憎恶，我经常听见她当着他的面隐隐表现出来，如果不是在跟埃洛伊莎说话，他肯定会注意到，并为此而苦恼。

我上面说姐姐变了，她的变化就是从这时候开始的。我们达成协议，要相互欣赏对方的作品，但她似乎不遵守约定了，虽然不管她弹奏什么乡村舞曲，我都会鼓掌，但即便我做了鸽子派，也无法赢得她的半句赞美。这事碰上谁都会生气的，可我就像奶油干酪一样冷静，我已经有了计划，有了复仇方案，我决定任由她去，不批评她半句。我的方案就是——她怎么对待我，我就怎么对待她，即便她给我画肖像，或是弹奏了马尔布鲁克（这是我真正喜欢的一个曲子），我也不说“谢谢你，埃洛伊莎”。虽然很多年来只要她一弹奏，我就会虚伪地说好极了、太棒了、再来一曲、重复一遍、小快板真不错、有表现力、激烈的快板，还有很多古怪的用词，都是埃洛伊莎教我的，让我用来表达赞美之情。估计这些词确有此意，音乐书上每页都可以看到，我猜是用来表达作曲家情感的。

我严格执行了自己的计划，但没有成功，因为，哎，她弹奏时，我的沉默似乎一点都没有让她难过。相反，她有一天还对我说：“哦，夏洛特，我高兴地发现，我弹钢琴时，你终于不再习惯性地为我喝彩了，那种可笑的赞美弄得我头疼，你也喊哑了。我觉得很感激，你把赞美之情都埋在心里了。”我当时的答复非常睿智，令人难忘。“埃洛伊莎，”我说，“放心吧，你以后再也不会有这样的顾虑了，因为，我会把赞美留给自己，留给自己的喜好，而不是给你。”有生以来，我就这一次说得特别严肃，虽然我经常觉得想讽刺人，但只有这一次，我公开表达了自己的感情。

我想，没有哪对年轻人像亨利和埃洛伊莎这么相爱。哦，你哥哥对伯顿小姐的爱也没这么牢固，虽然可能更强烈一些。所以，他出事以后，可以想见她受了多大的触动，可怜的姐姐！她仍旧为他的死哀叹不已，分毫不减，虽然他已经死了六周了。有些人就是比一般人在乎这种事情。因为失去了他，她健康出了问题，虚弱不堪，一点点刺激都受不了。今天早晨，马洛夫人和她丈夫、弟弟还有孩子离开了布里斯托尔，仅仅因为这个，她一早上都在垂泪。他们离开，我也很难过，因为到这儿以后，我们只认识了他们这一家人，不过，我可没想过要哭。当然了，跟我相比，埃洛伊莎和马洛夫人走得更近些，彼此之间有蜜意浓情，所以对她来说，掉点眼泪也不足为奇了。马洛一家要去伦敦，弟弟克里弗兰德与他们同行。既然埃洛伊莎和我都没抓住他，我希望你或玛蒂尔达运气好一点。我不知道何时离开布里斯托尔，埃洛伊莎精神低迷，非常不愿意活动。有一点可以肯定：即便住在这儿，对她恢复健康也没有任何帮助。只希望我们能在一两周内把行踪定下来。

纵有千言万语，也只能就此搁笔。

夏洛特·卢特瑞尔

信 8

埃洛伊莎·卢特瑞尔小姐致马洛夫人

写于布里斯托尔

4月4日

亲爱的爱玛：

你建议我们保持通信，我自认为这是你深情厚谊的一种传达，对此感激不尽。无疑，写信给你是一种莫大的安慰，你会发现，只要精神和健康允许，我会常常给你写信的。我不敢说这是一种乐趣，因为，你知道我的情况，欢笑对我来说很不相宜，我深知这一点，也知道自己无心取乐，否则就太不合常理了。

你可不能指望我能带给你什么新鲜事，因为，哪怕只是有一点瓜葛的熟人，我们都见不到一个，也没有任何人能引起我们丝毫的兴趣。你也不能指望我说什么流言蜚语，因为我们既听不到也捏造不出这类言辞来。你能指望的，只有一颗破碎的心散发出来的忧伤情绪。这颗心总沉浸在曾有过的幸福里，承受不了眼前的灾难。能够给你写信，诉说我失去亨利的痛苦，对我来说已经很奢侈了，我知道，善良的你不会拒绝阅读这封能释放我内心情绪的信。

我曾经想，有我妹妹做伴就够了，别的所谓朋友（我指的是说起话来比在任何人面前都自在的同性朋友），我可不指望，现在才知道我错了！夏洛特把太多心思都放在与两个朋友的私密通信上了，完全没有我的位置。

我这样说话，希望你不会觉得我太女孩子气，不切实际：有时候，我希望能有个肯倾听我伤心事的朋友，善良而富有同情心，但不会极力来安慰我。认识你之后，油然而生的亲密感让我喜不自禁，再加上你从一开始就亲切关注我，让我觉得我们正从熟人升级为朋友，如果你正是我期待的那种友人，那我最大的幸福莫过于此了。

后来发现，我的愿望成真了，这恐怕是目前唯一让我觉得心满意足的一件事了。我觉得自己没精打采的，相信如果你在身边，肯定会让我搁笔别再写了，不管你在还是不在，你的愿望我都心知肚明。所以，我只有搁下笔，用行动来证明我对你的深情了。

你真挚的朋友

埃洛伊莎

信 9

马洛夫人致埃洛伊莎·卢特瑞尔小姐

写于格罗夫纳街

4 月 10 日

亲爱的埃洛伊莎：

我要说，收到你的信我非常高兴，为了证明我的欢喜之情，表明我希望与你定期通信、频繁通信的意愿，我决定赶在周末之前，现在就给你回信，做个好的表率。不过，我这么及时地回信，可不是为了寻求赞誉，千万别这么想。相反，给你写信度夜，比参加音乐会或舞会更令人愉快，真的。马洛先生希望我每晚都去一些热闹的地方，我不想拒绝他，但同时我也很想留在家里。亲爱的埃洛伊莎，为你花费时间对我来说是一种乐趣，更何况还能以写信为借口，自由自在地陪孩子待上一晚，这一切都足以诱惑（其实都不需要诱惑）我留在家里，高兴地给你写信了。

你信中写的，不管是快乐还是忧伤，只要是你的心绪，都让我感同身受。只是，我担心你沉浸在自己的伤心事里，反反复复地跟我讲述，只会让悲痛加深，所以你应该谨慎地避开这一悲伤话题。不过我也知道，对你来说，忧郁也是一种安慰和幸福，因此我也不能劝你别再沉迷，只能说，你别指望我鼓励你这样下去。我只想用机敏睿智和活泼幽默来填补你的忧伤，让我的埃洛伊莎甜美而忧郁的脸上现出笑容。

首先要告诉你的是，我到这儿以后，两次在公共场合碰到了你妹妹的三位朋友——莱斯利夫人和她的两个女儿。我想，你肯定没耐心听我讲述这三位女士的美貌了，因为听到的已经够多了。不过，什么都不说你又会觉得不高兴不舒服，所以我想我可以大胆地告诉你，她们三个人的脸蛋都没法跟你相比。虽然她们都很漂亮——莱斯利夫人我以前就见过了，她两个女儿的脸蛋比她美的，而且，她虽然貌美如花，但有点做作，话也太多了（这两方面她都胜于两位年轻小姐），我敢说，她为自己赢来的爱慕者一定跟外貌更端庄的玛蒂尔达和玛格丽特一样多，相信你会同意我的看法。

她们三个的身高都不符合真正的美女，两位小姐太高了，那位夫人又比我们都矮。尽管有这样的缺陷（或者说，正因为这样的缺陷），两位莱斯利小姐还是有种高贵而端庄的气质，她们的小后妈也算活泼漂亮、令人愉快。不过，虽然一方端庄，另一方活泼，但她们的脸上都没有埃洛伊莎那令人着迷的甜蜜，只是她现在无精打采的，甜蜜不再了。若是我丈夫和弟弟知道我在信中这样写别人，会怎么说我们呢。

一个漂亮女人若得到同性的赞美，一般都会怀疑那是她的死敌和马屁精。女人在这件事上可真不够友好！男人之间哪怕是客套的赞美连连，我们也不会怀疑他们有什么企图，只要他们对女人尽责就行了，我们可不在乎他对同性有多客气。

问候卢特瑞尔夫人和亲爱的夏洛特，祝愿埃洛伊莎早日恢复健康。

来自她亲爱的朋友

爱玛·马洛

另：我担心这封信反映不出我的机智诙谐来，也不能让你增加丝毫的欢愉，但我保证，我已经尽力了。

信 10

玛格丽特·莱斯利小姐致夏洛特·卢特瑞尔小姐

写于波特曼广场

4 月 13 日

亲爱的夏洛特：

我们于上月 28 日离开了莱斯利城堡，经过七天的旅途，安全抵达伦敦，发现你的信已经在这里等我，真是太高兴了。哎呀，我亲爱的朋友，离开城堡的安静祥和，身处浮华都市变化多端的声色娱乐中，我一天比一天感到遗憾。我不会假惺惺地说这些多彩的娱乐活动一点都不能让我快乐，相反，我觉得非常享受。而且，每次身处热闹场地时，若不是总把目光集中在那些不幸之人的枷锁上，同情他们的苦痛的话（虽然我无力改变什么），我会觉得更加享受的。总之，亲爱的夏洛特，我没法全身心享受这里的生活，享受伦敦形形色色的娱乐消遣，因为我同情好多英俊男子的遭遇，不喜欢那么多的钦羡爱慕，也讨厌出名，公开的也好，私密的也好，报纸上抑或是书本上，都不喜欢。我真希望自己没那么漂亮，就像你一样，身形不优美，脸蛋不漂亮，整个外形不那么讨人愉快！但是，哎，哪有这么好的事情呢。我感染了天花，只恐要向不幸的命运屈服了。

我现在想跟你说个秘密，亲爱的夏洛特，这事扰乱我好多天了，我相信你，也求你一定要保守秘密。上周一晚上，玛蒂尔达和我陪同莱斯利夫人去可敬的吉卡阿伯特夫人家参加宴会，护送我们的是菲茨杰拉德先生，总体来说，他是个非常迷人的年轻男子，只是品位比较独特——他正爱着玛蒂尔达。我们还没问候房屋主人，还没朝几个人行过屈膝礼，我的目光就被一位年轻男子吸引了，他英俊的外表无人能及，当时他正陪同一位绅士和一位夫人走进屋子。看到他的第一眼我就知道，我未来的生活幸福与否，全都取决于他了。他经人介绍给我时，我吃了一惊，他竟然是克里弗兰德。我当时就知道了，他是马洛夫人的弟弟，在布里斯托尔时，认识了我的夏洛特，陪同他的绅士和夫人就是马洛夫妇（你不觉得马洛夫人很漂亮？）。克里弗兰德先生谈吐优雅，风度翩翩，连鞠躬都那么讨人喜欢，我的爱慕之情马上又加剧了。他没有说话，但我能想象他开口都会说些什么。我在心里构想他渊博的学识、高贵的情感、优雅的言辞，这一切都会让他的谈吐多么醒目啊！詹姆斯·高尔先生（我众多爱慕者中的一个）走过来，把我的注意力吸引了过去，终止了我们还没开始的交谈，致使我没能亲见他的这些迷人魅力。但是，哎呀，詹姆斯先生跟他这么一个令人妒忌的对手一比，真是相形见绌啊！詹姆斯总来拜访我们，而且总参加我们的聚会。

从那以后，我们经常见到马洛夫妇，但没见到克里弗兰德——他总是在别的什么地方忙碌着。每次见面，马洛夫人总是不知疲倦地谈论你和埃洛伊莎，简直让我厌烦死了。她真是愚蠢至极！我活着只有一个希望，那就是希望今晚能见到她那个令人无法抗拒的弟弟，我们要去弗雷姆博思夫人家，这位夫人跟马洛家很熟。参加聚会的将有莱斯利夫人、玛蒂尔达、菲茨杰拉德、詹姆斯·高尔先生和我自己。我们很少见到乔治先生，他总在赌桌旁。哦！我那可怜的财富，如今在哪里呢？莱斯利夫人倒是经常见到，她总在主餐时间出现，浓妆艳抹的。哎，今晚参加弗雷姆博思家的宴会，她会戴上什么闪耀的珠宝呀！不过，我倒想知道，戴上珠宝后她能有多闪耀。她肯定也清楚，那么小的身材，佩戴那么多饰品，一点也不相宜，可笑至极。而且，讲究的饰物，只有佩戴在典雅朴素的人身上才能显出美来。要是她把珠宝给玛蒂尔达和我，我们该有多感激啊，我们这么华美的身形，与钻石是多么相称！奇怪的是她竟然从来没有过这样的想法。我可不止一次这样想了，五十次都有了。每次看到莱斯利夫人打扮得珠光宝气的，我脑海里就会出现这样的念头：那是我妈妈的珠宝啊！

不过，这个话题太伤感，我不想多说了，跟你讲点愉快的事吧。玛蒂尔达今早收到了莱斯利的一封信，信中我们得知，他正在那不勒斯，成了罗马天主教徒，已得到教皇许可，撤销了他的第一次婚姻。随后，他跟一位那不勒斯小姐结婚了，很有地位，财富可观。他还说，同样的事情发生在了他前妻——可鄙的路易莎身上，她也到了那不勒斯，成了罗马天主教徒，迅速嫁给了一位有杰出功勋的那不勒斯贵族。他说，他们现在成了很好的朋友，过去的种种纠葛都速速忘掉了，还打算将来做好邻居。他邀请玛蒂尔达和我去意大利做客，带上小路易莎，因为她的妈妈、后妈和父亲都很想见她。收到邀请后，我们至今未拿定主意。莱斯利夫人让我们抓紧时间去，菲茨杰拉德愿意护送我们前往，但玛蒂尔达怀疑这样是否合适，虽然她承认有他护送非常好，我相信她喜欢那家伙。父亲希望我们别急着前去，如果等上几个月，或许他和莱斯利夫人会与我们同往。莱斯利夫人当然不去，放弃布赖特赫尔姆斯通的娱乐消遣，去意大利看我们的哥哥，对她来说一点诱惑力都没有。“不行。我已经做过一次傻瓜了，到几百英里以外去看望两个家人，结果发现很不值，真是见鬼，我可不会再傻一次了。”那位讨厌的夫人说。但乔治先生仍然坚持说，再过一两个月，他们很可能陪我们前去。

你忠实的朋友

玛格丽特·莱斯利

三姐妹

献 词

致爱德华·奥斯汀先生

以下是一则未写完的小说，由他卑微的仆人奉上。

信 1

玛丽·斯坦霍普小姐致某夫人

亲爱的凡尼：

我真是这个世界上最幸福的人了，因为沃茨先生向我求婚了。这是第一次有人向我求婚，我简直不知道该怎么去权衡了。我赢了达顿姐妹！我不想接受他的求婚，相信我也不会接受，但总觉得不太肯定，所以，我给了他一个模棱两可的答案，然后就离开了。亲爱的凡尼，我现在需要听听你的意见，我是否该接受他的求婚呢，他的优点和事情的现状，你应该都能判断得出来，我给你描述一下吧。

他挺老了，大概三十二岁，相貌平平，简直太普通了，我都没法忍受正面瞧他一眼。他非常不讨人喜欢，简直是世界上最让我讨厌的人。他有大笔财富，能为我提供非常好的住所，只是他还很健康。总而言之，我不知道怎么办了。如果我拒绝他，他也说了，他会向索菲求婚，如果索菲也拒绝，他就去问乔治亚娜，她们两人，谁比我先结婚都会让我受不了的。如果接受他，我知道下半生都会非常悲惨，因为他脾气暴躁易怒，妒忌心极强，而且非常吝啬，家里没有一个活物陪伴着他。他跟我说他会向我妈妈提亲，但我坚决不让他这么做，因为妈妈肯定会让我嫁给他的，不管我愿不愿意。不过，现在他可能真提了，因为，只要他想做的事，没有不去做的。我相信他是我的，这一点毫无疑问。能在索菲、乔治亚娜和达顿姐妹之前结婚，我有种胜利感。他承诺说结婚时买一辆新马车，但因为颜色的问题我俩差点吵了起来，我坚持要蓝色银点的，他却说要买纯巧克力色的。更让我生气的是，他说新买的马车跟低矮的旧车一样高就行了。我敢说，我不会嫁给他的。他说他明天再来，等我给他最终答复，所以，到时候只要我愿意，肯定能得到他。我知道达顿姐妹会妒忌的，以后我可以陪着索菲和乔治亚娜去参加所有的冬季舞会了。不过，如果他不让我独自前去，我又能怎么样呢。他讨厌跳舞，而且，凡是他讨厌的，就不让别人喜欢，他还大肆说女人应该一直待在家里等等。

相信我不会答应他的，前提是两个妹妹都不会接受他，这样的话，我立马就会把他回绝掉，而且，她们都拒绝他的话，他应该也不会向达顿姐妹求婚了。但我可不敢冒这样的险，因此，只要他答应买我喜欢的马车，我就同意嫁给他，万一他不答应，那就让他来给我驾车。我的这一决定，希望能得到你的支持，我想不出更好的法子来了。

永远爱你的

玛丽·斯坦霍普

信 2

同上

亲爱的凡尼：

我刚刚封上前面一封信，我妈妈就走过来说，她有件事要特别跟我谈谈。

“啊！我知道你要谈什么。”我说，“那个老傻瓜沃茨先生什么都跟你说了吧，虽然我不让他这么干。总之，我要是不喜欢，你可不能强迫我嫁给他。”

“我不会强迫你的，孩子，只是想知道，对于他求婚这事，你是怎么决定的。嫁还是不嫁，希望你赶快做决定，你要是不接受他，索菲可能会接受的。”

“老实说，”我仓促答道，“索菲不必为难了，因为我现在决定要嫁给他了。”

“这是你的决定？你怎么会担心我强迫你拿主意？”我母亲说。

“哎，因为我还没决定好，到底嫁还是不嫁。”

“你真是个奇奇怪怪的女孩，玛丽。前一刻这样，后一刻又是那样。你最后一次告诉我，到底愿不愿意嫁给沃茨先生？”

“天哪！妈妈，我该怎么跟你说呢？我自己也不知道。”

“那我只能希望你快点搞清楚，因为沃茨先生说了，他不会一直等的。”

“一切都取决于我吗？”

“不，不是。明天他来跟我们喝茶，到时候如果你还没有最终答案，他就会向索菲求婚。”

“那我就对众人说，他对我很差。”

“那又有什么用？到目前为止，沃茨先生一直备受众人辱骂。”

“我真希望自己有父亲，或者有个哥哥，那样就可以让他们揍他一顿。”

“要是真要动手，他们得巧妙点才行，因为沃茨先生会事先跑掉的。所以，你应该、也必须在明晚之前做出决定，到底是接受还是不接受。”

“但是，如果我拒绝他，他为什么非要向我的妹妹们求婚呢？”

“为什么？因为他想与这个家庭结亲，因为你两个妹妹都跟你一样漂亮。”

“可索菲会嫁给他吗，妈妈，如果他求婚的话？”

“很可能，干吗不嫁呢？不过，即便她拒绝了，乔治亚娜也会选择他的，因为这么容易就能处理掉一个女儿，我决不会让这样的机会溜走。所以，抓紧时间吧，你自己做决定，我走了。”之后她就走开了。

亲爱的凡尼，我当时能想到的，就是去问问索菲和乔治亚娜，如果他求婚，她们会不会嫁给他，如果她们说不会，那我就拒绝他，因为你都想象不来我有多讨厌他。至于达顿姐妹，要是他娶了其中某一个，我仍旧有成就感，因为是我最先拒绝他的。

就写到这儿吧，再见，亲爱的朋友。

你永远的

玛丽·斯坦霍普

信3

乔治亚娜·斯坦霍普小姐致某小姐

星期三

亲爱的安妮：

索菲和我刚刚对大姐撒了个谎，虽然我们也不太愿意，但那也是形势所迫，逼不得已。我们的邻居沃茨先生向玛丽求婚了，她不知道该如何接受，因为她非常讨厌他（讨厌他的可不止她一个），但又怕他向索菲或我求婚，因为沃茨先生跟她说了，如果她拒绝，他就向我们求婚。你肯定知道，可怜的玛丽觉得，如果我们在她之前结婚，对她来说是莫大的灾难，为了阻止这样的不幸发生，她情愿嫁给沃茨先生，将自己陷入永久的悲苦境地。

一小时前她来找我们，想听听我们对这事的想法，以便她做最终决定。她来之前，妈妈已经跟我们说明了一番，她跟我们说，她绝不会让沃茨先生娶了别人家的女儿为妻。“所以，”她说，“要是玛丽不嫁他，索菲就得嫁，要是索菲也不嫁，乔治亚娜就必须选择他。”可怜的乔治亚娜！我们谁也改变不了母亲的决定，我不无悲哀地想，这一次，她的决定比以往都坚决，很不讲理。她走之后，是我打破了沉默，我向索菲保证说，如果玛丽拒绝了沃茨先生，我不希望索菲因为对我的情义而牺牲自己的幸福，做了他的妻子，我担心天性善良的她顾及姐妹之情，为此而嫁给那人。

“我们就往好处想吧，”她说，“就想着玛丽不会拒绝他。只是，我怎么能希望自己的姐姐接受一个无法给她幸福的人呢？”

“他确实给不了她幸福，但他的财富、头衔、房子和马车可以让她过上好日子，我一点都不怀疑，玛丽会嫁给他的。是啊，干吗不嫁呢？他不过三十二岁，正是结婚的年龄，他确实相貌平平，但是，男人怎么样才算美呢？只要他形体较好，脸部看得过去就行了。”

“这样说是没错，乔治亚娜，但是很不幸，沃茨先生形体猥琐，表情非常沉重。”

“说到他的脾气，估计是很不好，但世人或许判断错误，被蒙蔽了呢？他性格中有某种开朗坦诚的东西，让他有了男人味。他们说他吝啬，但我们可以说这是节俭。他们说他猜忌心重，但那也是因为年青，出于关怀，情有可原。总之，我看不出他怎么不能做一个好丈夫，玛丽跟他在一起怎么会不幸福。”

索菲大笑起来。我继续道：“不管玛丽接不接受她，我打定主意了，我会嫁给他的。要是不嫁沃茨先生，就只有贫穷的份儿，同样是不幸！他人长得难看，又没有什么好品质可以弥补。不过，他有财产就行了，尽管不是那么多！一年三千英镑。一年三千英镑有多少呢？是我们妈妈收入的六倍。只是这引诱不了我。”

“不过对玛丽来说可算是大富大贵了。”索菲再次笑着说道。

“对玛丽来说当然算了，看到她享受这样的荣华富贵，我会很高兴的。”

就这样，我继续跟妹妹逗乐，直到玛丽进了屋子，一副焦虑不安的样子。我们在炉火旁给她让了个位子。她坐下来，似乎不知道怎么开口，终于有些混乱地说道：

“索菲，拜托你说一说，你对结婚有什么样的打算吗？”

“结婚！一点打算都没有。你怎么会问这样的问题？难道你知道谁要向我求婚？”

“我——不是，我怎么会知道？我问的只是个寻常问题吧？”

“玛丽，这可不是什么寻常问题。”我说。

她顿住了，沉默了一会儿后继续说道：“你会愿意嫁给沃茨先生吗，索菲？”

我朝索菲眨了眨眼，帮她答道：“谁会拒绝嫁给他那样的男人呢？一年有三千英镑的收入。”

“没错，是这样。这么说，如果他求婚，你愿意嫁给他，对吧，乔治亚娜。那你呢，索菲？”

索菲不愿意欺骗自己的姐姐，为避免说谎，她含糊其词，为自己保留了一点良知。

“乔治亚娜怎么做，我就怎么做。”

“这样啊。”玛丽说着，眼睛里泛出胜利的喜悦，“沃茨先生向我求婚了。”

我们当然表现出很惊讶的样子。“哦，别接受他，”我说，“这样他就可能是我的了。”

总之，我的阴谋得逞，玛丽决定自己嫁给他，以防假想的幸福从身边溜走，到了我们手上。只是，在这之后，我心里没办法原谅自己，索菲更不用说了。亲爱的安妮，给我们写信吧，平息我们内心的不安，告诉我们，你支持我们的做法，觉得这样的结局很不错。玛丽结婚后真的会幸福，能够与我们相伴，肯定能的吧？因为我觉得自己既然让她做了这样的抉择，肯定会极力帮她，让她幸福的。他们肯定会有新马车的，那她可就如临天堂了。要是我们能劝沃茨先生架起他的四轮敞篷马车，她也会高兴坏了的。只是，面对这样的家庭悲剧，即便真能这样，也安慰不了索菲和我。只请你不要责备我们。

星期五

昨天晚上，沃茨先生如约来跟我们一起喝茶。他的马车刚停到门口，玛丽就跑向了窗口。

“你能相信吗，索菲，”她说，“这个老傻瓜竟然想买辆跟旧车同色的新轻便马车，车顶也一样矮。这可不行，我要按我的意思来。他要是不买辆达顿家那种蓝底银点的高马车，我就不嫁他。嗯，我会坚持的。

他来了。我知道他很粗俗，脾气很坏，不会跟我说什么好事情！而且也没有恋人的做派。”这时她坐了下来，沃茨先生进了屋子。

“尊贵的女士们。”他说。我们问候他后，他坐了下来。

“天气真好，女士们。”他转向玛丽说，“哦，斯坦霍普小姐，有关那事，希望你脑子里已经有了答案。能否行行好告诉我，你到底是愿意呢，还是不愿意嫁给我？”

“我想，先生，”玛丽说，“你问这话时应该更像个绅士一点。你这么古怪，我真不知道该不该嫁你。”

“玛丽！”我妈妈叫道。

“哎呀，妈妈，他要是这么蛮横……”

“闭嘴，闭嘴，玛丽，你不能对沃茨先生这么无礼。”

“拜托，夫人，不要束缚斯坦霍普小姐，别逼着她做文明人。她要是不愿意牵我的手，我可以向其他人求婚。相比你两个妹妹，我可没有特别喜欢你，对我来说，你们三个，我娶谁都一样。”多卑鄙的一个人啊！因为愤怒，索菲满脸通红，我也觉得愤恨极了。

“那么，”玛丽用恼怒的口吻答道，“既然必须嫁你，那就嫁吧。”

“那我可就要这样想了，斯坦霍普小姐，面对我的求婚，既然你有了这样的决定，那就表示你同意了，没有反对的意思。”

玛丽喃喃地说了些什么，我坐的地方挨她很近，能听清的只有这么几句：“男人要是不死，给寡妇的财产何时才能到手？”还隐约听她说：“想想零花钱，每年有两百英镑。”

“一百七十五英镑，小姐。”

“是两百，先生，”我妈妈说。

“还有，你记着，我要买一辆新马车，车顶跟达顿家的一样高，也是蓝底银点的；另外，我还想要一匹驯马，一套上好的饰边礼服和很多昂贵无比的珠宝；还有你们从来没见过的钻石，外加珍珠、红宝石、翡翠和数也数不清的小珠子；你还得装配一辆敞篷马车，奶油色的，银色花冠环绕；你要买四匹英国最好的马，每天都给我驾车。这还不够，你还应当按我的品位重新布置屋子，至少雇两个男仆来照顾我，雇两个女人来伺候我，我高兴怎么做就怎么做，你要做个好丈夫。”说到这儿，她停了下来，相信她已经喘不过气来了。

“我女儿要求的这些都非常合情合理，沃茨先生。”

“你的女儿要失望了，斯坦霍普夫人，这也非常合情合理。”他正要往下说，玛丽打断了他：“你得为我建一座漂亮的温室，里面种满了植物。冬天的时候，你得让我待在巴斯，春天待在伦敦，夏天去旅行，秋天待在有温泉的地方疗养，如果其余的时间都要待在家里（索菲和我笑了起来），你不许做别的，只许举办舞会和化装晚会。你要专门弄一个房间当剧场，在里边演话剧。演的第一部戏必须是《斯人何在》，我要扮演贝尔·布鲁姆女士。”

“好了，斯坦霍普小姐，”沃茨先生说，“作为回报，我能从你那里得到什么呢？”

“能得到什么？哦，你可以让我开心。”

“这也太稀奇了，我做不到。小姐，你的要求对我来说太高了，我要向索菲小姐求婚了，她可能没这么高的要求。”

“那你可就想错了，先生。”索菲说，“虽然要求的不是同一层面，但我的要求绝不比我姐姐的低，因为我希望自己的丈夫脾气好，令人愉快，所做的一切都要为我的幸福考虑，忠贞不渝地爱我。”

沃茨先生吃了一惊：“这些想法真怪异，年轻的小姐，你最好在结婚前就摒弃这种想法吧，否则，就只有婚后被迫抛开了。”

在这期间，我妈妈训斥了玛丽，沃茨先生转而向我求婚时，相信玛丽也知道自己太过分了，她有些恭谦又有些愠怒地对他说：“沃茨先生，我说了这么多，假如你认为我是认真的，那可就错了。不过，我必须要一辆新的轻便马车。”

“是啊，先生，你得允许玛丽有这样的要求。”

“斯坦霍普夫人，我一直都想在结婚时买一辆新车。但必须跟现在的车同一种颜色。”

“沃茨先生，在这件事上，我想你应该跟我的女儿商量一下，看她喜欢什么样的。”

沃茨先生不同意，坚持要买巧克力色，玛丽则热切想要蓝底银点的，两人争执了一段时间。终于，索菲建议说，为了让沃茨先生高兴，就买黑棕色的吧，为了让玛丽也中意，车顶要高，并且有银色的饰边。双方虽然不大情愿，都想完全按自己的意思来，但终于达成了一致。随后，我们说到了其他事情，一切都定下来了，他们会尽快结婚，可能我写完这些信时就该结婚了。玛丽渴望获得特许结婚证[①]，沃茨先生觉得发份公告就可以了。最终两人达成一致，领普通的结婚证。玛丽想要家里所有的珠宝，但我相信这也没什么可能。沃茨先生答应给她买一匹驯马，但作为条件，三年之内她不得去伦敦或其他热闹的地方。她得不到温室，也没有剧场或敞篷车。而且，他用一个女仆就打发了她，男仆一个都不会有。

花了一整晚，这些事情都定下来了，沃茨先生跟我们一起吃了晚餐，

---

① 特许结婚证，由大主教颁发的结婚证，结婚形式里最体面的一种。

直到十二点才离开。他刚离开，玛丽就叫道："谢天谢地！他终于走了，我真是恨死他了！"她不断宣泄对他的厌恶情绪，希望永远别再见到他，妈妈说她很不得体，应该感到羞愧，竟然讨厌即将成为自己丈夫的男人，但劝说无益。这将是怎样的一场婚礼啊！

再见，我亲爱的安妮。

你真诚的朋友

乔治亚娜·斯坦霍普

信4

同上

星期六

亲爱的安妮：

玛丽急着想让所有人知道她要结婚了，希望享受到赢了达顿姐妹的胜利喜悦（这是她说的）。因此，今天早晨，她叫我们跟她一起去了斯托汉姆，我们之所以同意前去，是因为没别的事可以做。我们愉快地跟玛丽上了路，她一路上都在辱骂那个即将与她结为夫妻的人，而且特别想有一辆蓝色银点的轻便马车。到了达顿家，我们发现两个女孩坐在梳妆室里，旁边还有一个十分英俊的男子，经介绍，原来他是莱斯特郡亨利·布鲁德内尔爵士的儿子。这位布鲁德内尔先生真是我此生见过的最英俊的男人，我们三个都很高兴认识他。自从进入梳妆室的那一刻起，玛丽就满心觉得自己很重要，想让别人都知道。坐下没多久，她就忍不住打破沉默，对凯蒂说道：“你觉得有必要买一套全新的珠宝饰物吗？”

“买了干吗？”凯蒂问道。

“买了干吗？哦，为了漂亮出场啊！”

“等一下，我没搞懂，你说的是什么珠宝，是要在哪出场？”

“反正，下次参加舞会时，我就是已婚人士了。”

他们的惊讶之情可想而知。刚开始他们不相信，但我们都附和着说确有此事，他们终于信了。第一个问题当然是：“你跟谁结婚呢？”玛丽假装害羞慌乱，眼睛垂了下来：“跟沃茨先生。”众人又来向我们求证，因为但凡有玛丽的美貌和财富（虽然少，但总算有给养），谁会嫁给沃茨先生呢，他们无法相信。此时，这一话题引起了热议，她发现自己引起了众人瞩目，不再遮遮掩掩，变得非常坦率和健谈。

“真奇怪，你们之前没有听说吗，这种事在邻里间传得很快。”

“我敢保证，”杰迈玛说，“之前一点都不知道。这事早就有眉目了吗？”

“哦！是啊，从周三就开始的。”

他们都笑了，布鲁德内尔先生笑得最欢快。

“你们要知道，沃茨先生非常爱我，所以，这样的结合，可谓让他得偿所愿了。”

“我想，不光是他吧。”凯蒂说。

“哦，当一方爱得太多时，另一方就没机会付出同等的爱了。不过，我也不是很讨厌他，虽然他确实很普通。”

布鲁德内尔先生目瞪口呆，两位达顿小姐笑了，索菲和我暗自为自己的姐姐害臊。她继续说道：“我们要买新的四轮马车，还可能装配一辆敞篷车。”

我们知道这是假的，但那可怜的女孩一心想让众人觉得这是真的，并以此为乐，我也不想扰了她的兴致。她又说道："沃茨先生要送我家传珠宝，我估计是很贵重的。"

我忍不住悄声对索菲说："我估计不会。"

"我想这些珠宝肯定是新的，还没戴过。我要等到结婚后首次去参加舞会才戴。要是达顿夫人不去参加，就让我做你们的女伴好了，当然了，我还会带上索菲和乔治亚娜。"

"你真是太好了。"凯蒂说，"既然你这么喜欢照顾年轻小姐，我建议你劝埃奇克姆夫人让你做她六个女儿的女伴好了，有你的两个妹妹，再加上我们，会让你的出场非常体面的。"

凯蒂的话逗得大家都笑了，只有玛丽没笑，她没搞明白凯蒂的意思，冷冷地说她不喜欢做那么多人的女伴。此时，索菲和我极力想转换话题，但几分钟后才成功，因为玛丽总想再度把他们的注意力转移到自己和即将举办的婚礼上。我很为自己的姐姐难过，因为看到布鲁德内尔先生似乎很享受听她讲这些，甚至问了她几个问题，并发表一些评论，鼓励她继续往下说，很明显，他唯一的目的是嘲笑她，恐怕是觉得她太可笑了。他一直面不改色，但明显能看出来，他快要忍不住了。终于，他似乎对她荒谬的话语厌倦了，转向我们，此后大半个小时都没跟她说话，直到我们离开斯托汉姆。我们出门后，大家都对布鲁德内尔先生的外貌和举止赞不绝口。

回家后发现沃茨先生在我家。"哦，斯坦霍普小姐，"他说，"你瞧，我献殷勤来了，像个真正的恋人那样。"

"哎呀，你没必要这样说。我很清楚你到这来干吗的。"

这时，索菲和我离开了房间，觉得如果有献殷勤的场面，我们应该避开才对。奇怪的是，玛丽也很快就跟着我们出来了。

“这么快就献完殷勤了？”索菲说。

“献什么殷勤啊！”玛丽答道，“我们吵了一架。沃茨真是大傻瓜！我再也不想见到他。”

“只怕你还会见到的。”我说，“他今天要在这吃饭。但是你们怎么会吵架呢？”

“怎么会，只因我跟他说，今天早上见到了一个比他英俊的男人，他就大发雷霆，叫我荡妇。所以，我告诉他，在我眼里他就是个无赖，然后就走开了。”

“简洁漂亮。”索菲说，“但是，拜托，玛丽，这事要怎么和解呢？”

“他可能会来向我道歉，但是，即便他来，我也不会原谅他。”

“这么说，即便他投降也没用。”

梳妆完毕后，我们回到客厅，妈妈和沃茨先生正在亲密交谈。看样子，他已经就玛丽的言行跟她抱怨过了，而她已经劝他别再想了。因此，再度与玛丽相见时，他把所有殷勤都使出来了。那个晚上，大家基本上和谐融洽，只是谈及敞篷车和温室时有所争执。沃茨打算去伦敦，加快速度筹备婚礼。

你诚挚的朋友

乔治亚娜·斯坦霍普

秘密

献 词

致尊敬的乔治·奥斯汀

先生：

　　恳请你惠顾下面这出喜剧，虽然没写完，但我自认为，它跟任何同类的喜剧一样完美。来自你最最卑微的仆人。

剧中角色

男

埃利奥特上校

爱德华·斯邦格先生

老哈姆伯格

小哈姆伯格

克罗伊登

女

凡尼·埃利奥特

哈姆伯格夫人

戴芙妮

第一幕

第一场

花园里

克罗伊登 上。

克罗伊登：静一静！打扰到我了。

克罗伊登 下。

老哈姆伯格和儿子小哈姆伯格说着话上场。

老哈姆：正因为那样，我才希望你听从我的劝告。这下信了吧，这才是最妥帖的。

小哈姆：信了，先生，我一定会按你教的去做。

老哈姆：好了，那我们回屋里去吧。

两人 下。

第二场

哈姆伯格家的客厅

哈姆伯格夫人和凡尼正在做活。

哈姆夫人：我说的你明白了吗，亲爱的？

凡尼：完全明白，妈妈，继续说吧。

哈姆夫人：哎！也该说完了，有关这个，我也没什么可以说的了。

戴芙妮 上。

戴芙妮：亲爱的哈姆伯格夫人，你还好吗？哎呀，凡尼，全完了。

凡尼：是吗！

哈姆夫人：这可真叫人难过。

凡尼：告诉你，我……

戴芙妮：绝没有这事。

哈姆夫人：要是……会成什么样……

戴芙妮：哦！那就都解决了。

（戴芙妮与哈姆伯格夫人窃窃私语。）

凡尼：这是怎么定下来的？

戴芙妮：听我跟你说……

（戴芙妮与凡尼窃窃私语。）

哈姆夫人：这么说他要……

戴芙妮：让我跟你说吧，据我所知，事情是这样的……

（三人窃窃私语。）

凡尼：好了，这下我全都知道了，我要走了。

哈姆夫人和戴芙妮：我也走。

三人 下。

第三场

帘幕拉开，爱德华·斯邦格先生姿态优雅地斜靠在一个沙发上，睡得很香。

埃利奥特上校 上。

上校：看来我女儿不在这儿……躺在那边的是爱德华先生，我要不要告诉他一个秘密呢？不了，他肯定会泄密的。不过，他睡着了，听不到我说话。所以，我可以冒这个险。

（走向爱德华先生，与他低语。）

埃利奥特上校 下。

第一幕（完）

残篇

献 词

致凡尼·凯瑟琳·奥斯汀小姐

我亲爱的侄女：

因为罗林和斯蒂文顿相距甚远，我没法亲自督导你的教育，这份关爱只能寄托在你父母身上了。不过，我觉得应该特别给你写点什么，说说我对年轻人的建议和警告，以免你觉得少了我的亲自辅导。来自爱你的姑妈。

一出喜剧的第一幕

人物

帕普根、玛利亚、查尔斯、皮斯特莱托、车夫、女老板、耕童合唱团、厨师、斯特文、克洛伊

场景

一家酒馆

女老板、查尔斯、玛利亚和厨师 上。

女老板（对玛利亚）：要是狮子间的绅士需要床，就带他们到九号房。

玛利亚：好的，夫人。

玛利亚 下。

女老板（对厨师）：要是月亮间的贵人要菜单，就给他们呈上。

厨师：我会的，我会的。

厨师 下。

女老板（对查尔斯）：要是太阳间的夫人们按铃，马上回应。

查尔斯：好的，夫人。

各自退场。

场景

切换到月亮间，可看到帕普根和皮斯特莱托

皮斯特莱托：拜托，爸爸，这里离伦敦有多远？

帕普根：亲爱的女儿，我最爱的宝贝，你简直就是两个月前去世的母亲的原型。我要带着你去城里，跟斯特文结婚，我要把所有财产都遗赠给你。去那里有七英里。

场景

切换到太阳间

克洛伊 和 **耕童合唱队** 上。

克洛伊：我这是在哪？在豪恩斯洛。——我要去哪？去伦敦。——去干什么？去结婚。跟谁结婚？跟斯特文。他是谁？一个年轻人。好了，我要唱首歌。

歌曲

我要去城里，

到那之后，

与斯特文结连理。

这真让人欢喜。

副歌

让人欢喜，让人欢喜，让人欢喜，真让人欢喜。

厨师 上。

厨师：这是菜单。

克洛伊：两只鸭、一条牛腿、一只臭松鸡、一份果馅饼。——我来牛腿和松鸡。

厨师 下。

我现在要唱另外一首歌了。

歌曲

我将要享用我的美餐，

吃完后不会消瘦不堪，

我多想斯特文在身旁，

如果松鸡不嫩，

他会帮我把它切烂。

副歌

把它切烂，把它切烂，

如果松鸡不嫩，就帮我把它切烂。

克洛伊 和 **合唱队** 下

场景

切换至狮子间

斯特文 和 **车夫** 上

斯特文：你从斯坦斯载我到这里，还要载我去伦敦跟克洛伊结婚，应该预付你多少钱？

车夫：十八便士。

斯特文：天哪，朋友，我只有一几尼了，打算到城里过生活用呢。不过，我可以把一封无收件人姓名的信典当给你，是克洛伊写给我的。

车夫：先生，这个提议我接受。

第一幕（完）

女哲学家——一封信

我亲爱的路易莎：

你的朋友米勒先生昨天来我们家做客了，他要去巴斯疗养，途经此地，同行的有两个女儿，大女儿和三个男孩则留在苏塞克斯陪他们的妈妈。你经常跟我说，米勒小姐非常漂亮，却没说她妹妹也很美，她们可都是大美人呀。我来描述一下吧。茱莉亚十八岁，面容端庄，集智慧与高贵于一身，面前一站，只觉得身形优雅，匀称美丽。夏洛特比姐姐小一点，十六岁，虽然不像茱莉亚那么端庄，但身形丰满，令人喜爱，那是一种完全不同的极致之美，她的面部表情丰富，有时写满了温柔，令人着迷，有时又活泼可爱，让人沉醉，她似乎有无穷的智慧，而且总是那么幽默。她跟我们在一起待了半小时，话语里充满了诙谐、反讽和机灵的俏皮话。而明理、可亲的茱莉亚则表现出高贵的道德情操，让同样高贵的人为之倾心。

米勒先生的品行与我之前耳闻的并无不同。我父亲与他相见时，脸上写满了喜意，亲密的握手和热切的一吻都透露出见到好友时的欢喜之情。之前因为种种原因，他们分别了将近二十年。米勒先生颇有理由地说，在这段时间里，双方都发生了很多事。美丽的茱莉亚借此机会发表了一番至理感慨，说这么长时间过去了，诸多人事变迁在所难免，有些带给人益处，有些则相反，又说了些题外话，感慨人生喜乐无常，生死无常，并由此联想到人世间必然没有完完全全的欢乐幸福。她继而用大人物的生活为例，阐释了这一说法，这时马车到了门口，这位美丽的卫道士不得不跟父亲和妹妹一起离开了，但承诺说回来时会跟我们待上五六个月的。

我们当然提到了你，而且，可以肯定的是，所有人都大大褒奖了你的美德。“总的来讲，”我说，“路易莎·克拉克是个令人愉快的女孩，只是，有时会让暴躁、妒忌和怨恨把情绪搞得乌云密布的。她不乏理解力，美丽又不造作，不过这些都不足为道。她自认为非常有魅力，想以此博取人的欢心，这都是她虚荣、骄傲、愚蠢荒唐的表现。”我说完后，每个人都对此发表了自己的意见。

你亲爱的

阿拉贝拉·斯麦斯

一位年轻女士写的信

她非常纠结，因为理智上讲她应该承认错误，可内心又不愿意。

亲爱的埃莉诺：

我过去的生活中发生了很多盛衰变迁，只让人心酸苦涩，唯一的安慰是，检讨自己的行为后，我觉得自己活该。很早以前，我谋杀了自己的父亲，随后又谋杀了自己的母亲，现在打算谋杀我姐姐。我经常变换自己的宗教信仰，到现在，我觉得什么都不信了。过去的十二年中，我在所有公开审判中都做了伪证，并且伪造了自己的遗嘱。总之，我基本什么罪都犯过——不过我现在想改变了。

皇家骑兵卫队的马丁上校向我求婚了，过不了几天我们就要结婚。我们的恋爱有些特别，跟你描述一下吧。马丁上校是已故的约翰·马丁爵士的二儿子，那位爵士死后留下了万贯家财，却把大笔的财产——大概八百万英镑都给了长子，也就是现在的托马斯爵士，而遗赠给其他三个孩子的只有一万英镑。上校用这笔微薄的钱勉强生活了大约四个月后，决定把大哥的财产都夺过来。

于是他伪造了一份新的遗嘱，诉诸法庭，但除了他自己，没人相信这才是真的遗嘱，他信誓旦旦，还是没人信他。这时，我碰巧从法庭门前路过，法官把我召了过去，对上校说我是一位淑女，可以为本次裁决做证，建议他让我做证人。事情很快就有了定夺。上校和我都发誓说，这才是真的遗嘱，托马斯爵士被迫放弃所有非法获得的财产。上校对我感激不尽，第二天就拿着求婚信来等我了。

好了，我现在要去谋杀我姐姐了。

你永远的

安娜·帕克

威尔士之旅——一位年轻小姐的信

亲爱的克莱拉：

我很长一段时间都漫步在外，无法回复你的信件，所以一直拖到了现在。上周一，我们离开可爱的家，开始了威尔士之行，这是与英格兰接壤的一个公国，以威尔士亲王的名字命名。我们是按自己的喜好骑马去的。我母亲骑着那匹小小的矮种马，凡尼和我在她旁边走着，应该说跑着更恰当，因为母亲喜欢骑快马，一路飞驰。到达休息地时，可以想见，我们都大汗淋漓了。凡尼画了很多乡村景色，非常漂亮，虽然不尽如人意，因为都是一路跑着画的。

看到我们在旅途中穿坏的鞋子，你肯定会大吃一惊的。我们决定多带些储备，因此，除了出发时脚上穿的鞋，还各自带了一双。但是，到卡马森时，不得不给鞋加个头，钉上新掌了，等鞋子完全没法穿时，好心的妈妈给了我们一双蓝的色丁拖鞋，我们各自穿了一只，高高兴兴地从赫勒福德单腿跳回了家。

永远爱你的

伊丽莎白·约翰逊

一个故事

有一位绅士，他的姓氏我且隐去，两年前，他在彭布鲁克郡买了一间村舍。他之所以这么干，是听了哥哥的劝，哥哥承诺为他装修两个房间和一个衣帽间，前提是他要在一片大森林边上买一间小小的房舍，距离大海三英里左右。威尔麦诺斯高兴地接受了哥哥的提议，开始寻找这种隐秘的住处，一天早晨，他在一份报纸上读到下面一则广告，终于如释重负了。

转让

大森林边的一间整洁村舍，距离大海约三英里，陈设齐全，只有两个房间和一个衣帽间尚未装饰。

欣喜若狂的威尔麦诺斯立即通知了哥哥，给他看那则广告。哥哥罗伯特斯恭喜了他，用马车载着他去买那套村舍。他们三天六夜没停，总算到了那片森林，上了一条小路，小路旁陡峭的山坡上有十条小溪蜿蜒流淌。

半小时后，他们到了那套村舍。威尔麦诺斯下了车，敲了敲门，没听到回应，里面也没有任何喧闹声，门上只有个木门闩扣着。他打开门，进了一个小房间，发现里面没有装饰。随后，他进入一个衣帽间，里面也是空空如也。他爬上一段楼梯，进入楼上的一个屋子，同样什么都没有。

这时他发现，房子里总共就这么几个房间。他自然有些不快，不过，想到自己不必花钱装修，又觉得有了安慰。他很快回到哥哥那里，第二天哥哥就带他去城里买了布置那两个房间和衣帽间的必需品。

几天后，一切配备完毕，威尔麦诺斯前去享用他的村舍。哥哥罗伯特斯陪同，他美丽的夫人塞西莉亚和深得威尔麦诺斯欢心的两个可爱女儿——阿拉贝拉和玛利亚也一同前往，另外还有一大批仆人。

要接纳这么大一批人，哪怕是天才也会觉得困难的，但威尔麦诺斯很有头脑，立即下令在房子旁边的林地空旷处支起了两个大帐篷。帐篷的结构简单优雅——两张旧毯子，分别用四根棍子支撑，这都说明威尔麦诺斯在建筑上很有品位，而且能够轻松愉快地解决困难。

简·奥斯汀大事年表

1775年 出生

12月16日，简·奥斯汀出生于英国汉普郡的史蒂文顿。

父亲乔治·奥斯汀为当地教区长，简是奥斯汀家的第七个孩子。

1783年 8岁

与姐姐卡桑德拉、表姐简·库珀一起前往牛津考雷夫人的女子寄宿学校求学。

同年，考里夫人将学校迁至南安普顿，姐妹俩患传染病被接回家。

1785年 10岁

与卡桑德拉前往雷丁的修道院求学。

1786 年 11 岁

12 月，与卡桑德拉回到史蒂文顿，接受父亲的教育。

简开始少女时代的习作，一直至 1793 年。

1794 年 19 岁

开始创作书信体小说《苏珊夫人》。

1795 年 20 岁

开始创作书信体小说《埃莉诺与玛丽安》(《理智与情感》的前身)。

与来自伦敦的青年汤姆·勒佛罗伊交往甚密。

1796 年 21 岁

完成《埃莉诺与玛丽安》。

10 月，开始创作《最初的印象》(《傲慢与偏见》的前身)。

1797 年 22 岁

8 月，完成《最初的印象》。

11 月，与出版商联系出版《最初的印象》，未果。

11 月，将《埃莉诺与玛丽安》由书信体改写成叙事体，更名为《理智与情感》。

1798 年 23 岁

开始创作《苏珊》(《诺桑觉寺》的前身)。

1799年 24岁

夏，完成《苏珊》。

1801年 26岁

父亲将教区职务和家宅传给长子詹姆斯，简随父母、姐姐搬至巴斯。

1802年 27岁

12月，接受了21岁的牧师哈里斯的求婚，但于次日撤销婚约。

冬，修订《苏珊》。

1803年 28岁

春，将《苏珊》的版权卖给出版人克劳斯比，但对方并未出版。

1804年 29岁

开始创作《沃特森一家》，不久放弃。

1805年 30岁

1月21日，父亲于巴斯病逝。

夏，拒绝了32岁的牧师爱德华的求婚。

1806年 31岁

7月，与母亲、姐姐离开巴斯。

10月，移居南安普顿。

1809年　34岁

4月，试图争取《苏珊》出版，未果。

7月，与母亲、姐姐搬至乔顿，安定下来。

1811年　36岁

2月，开始创作《曼斯菲尔德庄园》。

10月，《理智与情感》出版，封面注明："一部三卷小说/一位女士著。"

同年，修订《最初的印象》，更名为《傲慢与偏见》。

1812年　37岁

秋，将《傲慢与偏见》的版权以110英镑卖给出版人埃杰顿。

1813年　38岁

《傲慢与偏见》出版，封面注明："一部三卷小说/《理智与情感》作者著。"

1814年　39岁

1月，开始创作《爱玛》。

5月，《曼斯菲尔德庄园》出版，封面注明："一部三卷小说/《理智与情感》《傲慢与偏见》作者著。"

1815年 40岁

3月，完成《爱玛》。

8月，开始创作《劝导》。

12月，《爱玛》出版，封面注明："一部三卷小说/《傲慢与偏见》作者著。"

1816年 41岁

春，开始感到身体不适。

哥哥亨利买回《苏珊》旧稿，简重新修订，更名为《诺桑觉寺》。

8月，完成《劝导》。

1817年 42岁

1月27日，开始创作最后一部小说《桑地顿》。

3月18日，因病情恶化，停笔。

4月27日，立遗嘱。

5月24日，与姐姐卡桑德拉前往温彻斯特就医。

7月18日，病逝。

7月24日，葬于温彻斯特大教堂。

12月，《诺桑觉寺》《劝导》出版，封面注明："《傲慢与偏见》《曼斯菲尔德庄园》作者奥斯汀小姐著/附有作者生平事记/合计四卷。"第一次署上简·奥斯汀的真名。